扬州大学出版基金资助
国家社会科学基金项目（12BZW117）结项成果

自然灾害
与当代文学书写研究

张堂会　著

中国社会科学出版社

图书在版编目（CIP）数据

自然灾害与当代文学书写研究/张堂会著. —北京：
中国社会科学出版社，2017.10
 ISBN 978 - 7 - 5203 - 1087 - 1

 I.①自… II.①张… III.①中国文学—当代文学—
文学研究 IV.①I206.7

中国版本图书馆 CIP 数据核字（2017）第 236363 号

出 版 人	赵剑英
责任编辑	郭晓鸿
特约编辑	席建海
责任校对	王 龙
责任印制	戴 宽

出　　版	中国社会科学出版社
社　　址	北京鼓楼西大街甲 158 号
邮　　编	100720
网　　址	http://www.csspw.cn
发 行 部	010 - 84083685
门 市 部	010 - 84029450
经　　销	新华书店及其他书店

印　　刷	北京明恒达印务有限公司
装　　订	廊坊市广阳区广增装订厂
版　　次	2017 年 10 月第 1 版
印　　次	2017 年 10 月第 1 次印刷

开　　本	710 × 1000　1/16
印　　张	26.25
插　　页	2
字　　数	301 千字
定　　价	118.00 元

凡购买中国社会科学出版社图书，如有质量问题请与本社营销中心联系调换
电话:010 - 84083683

目　　录

序

　　文艺创作中的灾难题材是一个广阔多元的领域，而且在不同的历史条件下具有不同的内涵。在中国古代，除了民间文艺外，文艺创作的作者队伍主要来自士大夫阶层，在他们的创作中，自然灾害往往被一笔带过，而反复渲染的总是来自封建专制下的政治灾难（如《红楼梦》《水浒传》），以及与此相关的战争、内乱、匪患给平民百姓带来的灾难（如杜甫的《三吏》《三别》，韦庄的《秦妇吟》等），古代戏曲表现的类似题材更是数不胜数。民国以后，新文学运动兴起，在内乱外患的社会背景下，现实主义文学主流把批判锋芒指向政治黑暗、外敌侵略，只有少数作品关注到自然灾难的危害（如丁玲的《水》）。但关注点仍然在于人事，诸如灾难背景下阶级矛盾加剧之类。1949年到"文化大革命"结束，自然灾害与人事斗争交集在一起，常常成为高层争斗的筹码，所以文艺创作里自然灾害常常被严重遮蔽，宣传舆论上往往是"天大旱，人大干"的虚假报道，或者是为极"左"路线服务的政治阴谋（关于1976年唐山大地震以后的许多作品）。20世纪80年代以来，现实主义文学重新回到了写作领域，人对于自然灾难也有了新的认识。灾难题材的创作开始有了比较重要的突破，尤其是关于自然灾难的书写，文学创作逐渐摆脱以往以自然反衬人事的虚假书写，直面自然灾难给人们带来的伤害，以及进一步反思人类在自然生态环境破坏过程中的责任。灾难题材、生态题材、环保题材开始盛行。在这个意义上，"文艺与灾难"这个话题具有了新的含义，也具有深入探讨的可能性。同时，站在现代文明的立场上，对于历史上曾经给人类带来可怕经历的政治灾难和战争灾难，也有了重新认识、思考、评估的可能性。

回顾起来，"文化大革命"以后的当代文学中的自然灾难题材，大致包含以下三个部分。第一部分描写的是历史上许多重大自然灾难，这都是与政治上、体制上，以及决策上的许多重大失误联系在一起的事件，给百姓群众带来毁灭性的伤害。如《大河东流去》写到的花园口黄河决堤，《犯人李铜钟》《定西孤儿院纪事》写到的自然灾害，都是天灾人祸联系在一起的，很难把两者绝对区分开来，现实主义文学的创作精神也不允许孤立地表现某一个部分，而且真正的现实主义文学创作，也必然要追究自然灾难背后的人事责任。这部分在近三十年的文学创作中得到了比较大的进步。第二部分是纯粹的自然灾难，其产生根源与人事基本无关，如汶川大地震、非典事件等，这类题材主要是表现自然灾难对人性的考验，以及种种因此而产生的人事纠集。文学作品不是媒体新闻报道，没有舆论导向责任，它必须发挥文学最擅长的优势特点，来表现人们的各种心理反应和精神状态。我们目前学术界对于这类文学的关注最多，普遍把这一部分的创作视为灾难文学的代表。但对于这部分文学书写如何呈现"灾难"的美学形态还是有争议的。有人认为这部分文学书写在艺术审美方面力度不够，因为灾难给人类直接带来的生命毁灭太过痛苦，感情表达太过浓烈，都超越了文艺审美的能力，所以至今为止，我们面对的灾难文学书写还是停留在纪实作品或者直接抒情的居多，无法进一步深入去挖掘人类面对灾难的精神世界及其伦理思考。第三部分是与环保文学、生态文学联系在一起的"新观念"文学：从自然灾难来引申人与自然的关系，进而反思人类在开发自然界的同时破坏自然生态，造成了大自然（包括其他生物）对人类的报复。生态文学在 21 世纪以来的文学创作里有很大的发展，题材也越来越丰富，有可能成为灾难文学中最高层次的创作。

自然灾难总是与天灾人祸联系在一起的，所以，我们在讨论灾难文学时不要把概念界定得太狭隘。其一，政治灾难、自然灾难和生态灾难是一个主题的三重侧面，第一个灾难偏重人祸，第二个灾难偏重自然，第三个灾难是人类从自然灾难中反思自身，只有把三者协调好了，人类才不至于犯太大的，甚至祸及自身的错误。因此这也是灾难文学的完整的主题。其二，自然灾难、生态灾难的书写都是新近兴起的文学类别，还没有积累太多的书写经验。这类书写会涉及大量的自然现象的灾难场景描写，与传统中国文学里的田园风光和自然风光不一样，这是一种恐怖自然的书写，宏伟震撼的自然场面与怪诞艺术手法的奇异结合，会产生与传统书写截然不同的自然景观，这是一种大恐怖、大怪诞、大震撼、大悲壮的自然场面，如森林里的熊熊烈火、海洋里的滔天海啸、山摇地动的末日世界，或者在大饥荒时期的死神肆虐景象，人在极度饥饿病痛下的精神奇幻，等等，莫不需要作家放开自由的想象力，在精神层面上去深度探讨，才能建构起灾难美学的丰富内容。其三，由此又进而要注意到，灾难文学不能简单地停留在纪实文学的水平，不能满足于简单的生活真实性，而必须运用多元的艺术手法，来表现灾难及抵抗灾难的辩证关系。

谈到灾难文学，我不能不提到阎连科。这位当代最卓越的灾难书写者对灾难的理解和想象力都达到了前所未有的艺术高度。很多年以前，阎连科发表中篇小说《年月日》，讲述大饥荒的年代，一个老汉为种好一株玉米付出了生命的代价。小说里一个场面：饥饿之鼠成千上万磅礴而过，所到之处，声如雷轰，腥秽冲天……至今我想起这个场面，依然会产生呕吐与恐怖之感。阎连科新近出版的长篇小说《日熄》也是一部杰出的灾难小说。《日熄》让人想起了卡缪的《鼠疫》。小说以象征手法，写了小镇上的人们一夜之间集体患了梦游症，他们在梦游中互相厮杀、抢劫，陷入犯罪的大恐怖之中，究其原因，是因为太阳遭到了遮蔽，世界陷入日食的黑暗状态，人们在昏睡不醒中丧失理性，演绎出种种犯罪行为。但也有人在梦游中把内心深处的忏悔说了出来，并且一家一户地上门道歉，求得人们的谅解；当他意识到日熄的危险之后，毅然发动昏睡中的村民，以利作诱，指挥村民把大量尸油推到山顶，用自焚点燃了油，燃起熊熊大火，取代日头，终于唤醒梦游中的村民，迎来了新的一天。这是一首集体的噩梦书写，这是一首人性抗争自然灾难的壮烈之歌。作家在深刻批判人性的自私贪婪等丑恶因素的基础上，揭示出人是世界上自我拯救的第一要素。可以说，这是一本中国版的《鼠疫》，却比《鼠疫》更加悲壮、更加强烈，对人性也有更加深刻的洞察力。在揭示天灾人祸、书写自然灾难、深刻反省人性这三位一体的灾难书写诗学上，做出了重要的探索。

张堂会的博士后报告对于当代文学书写中的灾难题材做了比较全面的整理研究。他在中国社会科学院攻读博士学位期间，研究的是民国时期灾难文学书写，现在又将出版 1949 年迄今的当代灾难文学书写研究，花了近十年的时间研究一个课题，孜孜以恒，锲而不舍，表现了学术上的坚韧和勇气，同时也证明了灾难文学这一课题有进一步发展的空间。张堂会在博士后工作期间，我曾经是他的联系导师，他在写作过程中，我们有过多次的讨论，我也对他的研究报告提出过一些修改意见。他顺利出站已经数年。现在他来信说著作要正式出版，嘱咐我写几句话作为序文。尽管我手头事情多而且杂，已经无法再细细重读他这部经过多次修改的著作，但我非常高兴这部书能够出版。《自然灾害与当代文学书写研究》对描写自然灾害的当代文学作品做了较为具体全面的考察，积极探讨灾害文学书写的理论特征，是一部富有开拓精神的研究专著。在书的结尾部分，堂会还写到了进一步研究的计划，还想写一部从古代到当下的灾难文学通史，我认为这是一件非常有价值也非常有意义的工作，我支持他，希望他坚持研究下去并做出更大的成绩。于是，利用春节假期，写下如上一些看法，以供堂会参考。

教育部长江学者特聘教授

复旦大学图书馆馆长　陈思和

2017 年 2 月 1 日

引　言

一　灾害文学的界定

何谓"灾害文学"？有必要先对这个研究对象作一番界定。"灾害文学"是社会科学和自然科学交叉的产物，是以表现洪水、干旱、地震、台风、雪灾、蝗灾、瘟疫等自然灾害现象为主要内容，并能够传达出一定灾害意识的文学。其中，是否具有灾害意识是判断灾害文学的一个核心因素。灾害意识是人类特有的一种危机意识，是人们对灾害这种特定的客观现象的主观反映。灾害意识是灾害文学最终的意义指向，主要包括忧患意识、敬畏意识及反思意识。灾害文学就是以语言组构的方式将灾害意识符号化的结果，是创作主体艺术地把握灾害现象的一种审美活动。灾害文学不仅仅是对具体灾害事件的记录与展览，灾害事件在作品中只是起到推动情节发展的作用，灾害文学更侧重表现的是人的精神影像，探索灾害下人们深邃复杂的内心世界，如对死亡的恐惧与求生的欲望，刻画人性的高贵与卑劣，反映人们坚韧不屈的抗争精神。灾害文学通过描摹人们面对灾害、恢复生产、重建家园时的精神影像，可以有效缓解人们的痛苦与焦虑，帮助人们审视人与自然的关系，提升公众的防灾减灾觉悟。

为了进一步深入理解灾害文学，还需对"灾害"作进一步解释。目前，对于"灾害"词条的解释多种多样。张建民认为："灾害"是指"任何一种超出社会正常承受能力的、作用于人类生态的破坏。这种破坏是由破坏力通过破坏过程最终导致破坏性后果"。① 《人类灾难纪典》中认为："灾害"是"指给人类生命、财产造成损失的现象和过程。灾害包括两方面的要素：一方面是灾害本身的特征，如地震的里氏级数、烈度，造成洪灾的降雨量、洪水流量、流速等；另一方面是灾害造成的人类生命和财产的损失情况，即灾情"②。孟昭华认为："灾害是由某种不可控制或未予控制的破坏性因素引起的、突然或在短时内发生的、超越本地区防救力量所能解决的大量人群伤亡和物质财富毁损的现象。"③ 延军平则认为："灾害"是指给人类生存带来祸害的现象和过程，包括自然灾害和人为灾害两类；自然灾害则指给人类生存带来祸害的自然现象和过程。④ 陈玉琼认为："灾害"是与人类社会接触时产生的不均衡状态，给人类的生产和生活带来不同程度的损害，它具有自然科学和社会科学的两重性。⑤《灾害大百科》中则认为："由自然变异、人为因素或自然变异与人为因素相结合原因引发的对人类生命财产和生存条件造成的

---

① 张建民、宋俭：《灾害历史学》，湖南人民出版社1998年版，第2页。
② 范宝俊主编：《人类灾难纪典》第1卷第1编，改革出版社1998年版，第1页。
③ 孟昭华、彭传荣：《中国灾荒辞典》，黑龙江科学技术出版社1990年版，第91页。
④ 参见延军平《灾害地理学》，陕西师范大学出版社1990年版，第1页。
⑤ 参见马宗晋主编《灾害与社会》，地震出版社1990年版，第291页。

危害即为灾害"，构成"灾害"概念的要素有灾因、灾发、灾时、灾强、灾域或灾区、灾果等。[①]

尽管对灾害的解释已经比较细致和科学化了，但从文学研究角度出发还有不尽如人意之处，即这些定义都还没有涉及人的精神层面，灾害对人类的伤害除了具体的生命、财产损失外，还有无形的、看不见的、精神的虐杀，精神的"荒芜""荒废"也是灾害不可忽视的一面。

灾害可以分为人为灾害和自然灾害两类，本书研究探讨的对象是自然灾害与当代文学的书写，范围也只限定在自然灾害之内，包括地震、瘟疫、洪水、干旱、雹灾、雪灾、虫灾、寒潮、台风等，不包括战争、内乱等人为灾害。本书旨在揭示当代自然灾害给作家及文学带来的影响，通过对描写自然灾害的当代文学作品进行研究，分析当代作家是如何描写自然灾害，如何表现灾害下人民的苦难生活，拷问灾害下的人性，揭示人与自然灾害及社会之间的关系。具体的灾害事件严格地限定在当代，至于作品中书写的灾害则可以适当扩展，并不拘泥于当代。比如，迟子建的《白雪乌鸦》、张浩文的《绝秦书》、李准的《黄河东流去》、刘震云的《温故一九四二》等，内容涉及晚清与民国时期的鼠疫、大旱与洪水等自然灾害。

二 自然灾害文学书写传统及其当代延续

在人类成长的历史长河之中，自然灾害始终如影随形，人类是在与之不断斗争中发展起来的，一部人类文明史就是人类与自然

---

① 参见郭强等编《灾害大百科》，山西人民出版社 1996 年版，第 1045 页。

灾害不断斗争的历史。自然灾害已经成为中国文学创作的一种重要母题，"鲧禹治水""女娲补天""后羿射日"等远古神话就与洪水、大旱密切关联，中国历代文人的创作中都能大量地发现这些自然灾害的身影与原型，自然灾害书写在中国文学史上一直不绝如缕。

民国时期自然灾害频发，中华民族一直在与自然灾害不断地斗争，但由于科技生产力低下，以及国民经济的衰弱不振等原因，人们无法抗拒强大的自然灾害，默默地承受着自然的风吹雨打，苦难与饥馑成为中华民族文化记忆深处的隐痛。中国现代文学承载着这种苦难与饥馑，对各种自然灾害都做了生动形象的反映，真实地展现了灾害打击下劳动人民的悲惨生活，出现了诸如沙汀的《代理县长》、丁玲的《水》、欧阳山的《崩决》、田涛的《灾魂》、臧克家的《水灾》、张洛蒂的《卖女》、康濯的《灾难的明天》、陈荒煤的《灾难中的人群》、石灵的《捕蝗者》、刘心皇的《灾民》、林淡秋的《散荒》、萧乾的《流民图》、范长江的《川灾勘察记》、蒋牧良的《雷》等一大批作品，敢于正视阴暗的人性与淋漓的鲜血，表现了作家直面苦难的勇气和良知。频发的自然灾害对作家的创作心态与创作风格产生了重要的影响。在自然灾害的影响下，现代作家把眼光更多地投诸农村，使得现代文学版图中乡土文学异常发达，而都市文学则相对较弱，现代文学的整体格局严重失衡。而左翼乡土文学的发达反过来又促进了农村的觉醒与反抗，推动了中国革命的历史进程。

在现代文学灾害书写传统的影响下，当代的一些作家也直面生活的苦难，创作出了具有鲜明特色的灾害文学作品。一些作家把目光聚焦于现代历史中的灾难，书写隐藏在历史深处的文化记忆。李準的《黄河东流去》直接以1938年黄河花园口决堤为背景，描写了黄泛区灾民的逃荒生活，通过徐秋斋、李麦、海长松、老清、蓝武、王跑等不同性格的农民形象，描绘了一幅幅惨不忍睹的流民图，为历史上那群在饥饿线上苦苦挣扎的灾民塑造了一幅生动的画像。作者一方面写出了中国农民如黄河奔腾不息的生命力，赞扬了他们坚忍顽强的生命意志，就像书中女主人公李麦所说的那样："关天关地一个人来在世上，就得刚强的活下去！"另一方面，作家也挖掘了他们身上沉重的精神负担，这些精神的奴役的创伤就如同沉淀在河床里的黄河泥沙那样深厚和悠久，羁绊着他们觉醒与前进的步伐。刘震云的小说《温故一九四二》以历史事实为摹本，描写了1942—1943年发生在河南的大饥荒，对那段痛苦的历史记忆展开了文学的想象，对其作了自己特殊的文学性的解读与思考。

有的作家用寓言的笔法写出中华民族多灾多难的历史，比如，罗伟章的长篇小说《饥饿百年》就以农民何大的一生为缩影，写出了人类坚强不屈的生命力，书写了中国百年的饥饿史。作家阿来高度地评价了这部小说："他庄严、浩大而深情地抒写了土地和土地上的万物，在这里，所有的生命都在无声地奔流，人类为生存而战斗，为粮食而歌哭，但绝不仅止于此。他想证明：如果我们饥饿的情感和思想若不能在苦难丛集又生生不息的大地上变得丰饶和顽健，我们的灵魂就没有资格与世界对话，恐惧和死亡就依然会让我们怯懦，使我们震惊。"

每次大的灾难过后都有文学的身影在闪烁，隐现着人们对于这些灾难的文学记忆与想象。李尔重根据自己 20 世纪 50 年代在武汉领导军民抗洪救灾的经历，写出了长篇小说《战洪水》。钱钢由于当年参加了唐山地震的抗震救灾工作，与灾区人民感同身受，写出了气势恢宏的报告文学《唐山大地震》。他从社会学、人类学、地震学、心理学等角度出发，对猝然而来的自然灾害进行了全景式的书写，揭示了自然的肆虐与暴戾，对浩劫中的人与自然的抗争、人性的复杂等都进行了深入的观察与思考，为我们留下了一份关于大毁灭的"全息摄影图"，给人以强烈的心灵震撼。虹影的长篇小说《饥饿的女儿》讲述了人们对于 20 世纪 60 年代大饥荒的痛苦记忆，通过主人公"六六"的成长历程，描写出了一个生活在没有粮食也没有爱的饥饿中的形象，揭示了人们深陷物与欲的双重饥饿的困境。2003 年，SARS 病毒肆虐全球三十多个国家，柳建伟进行了一次"激情燃烧的写作"，仅用五十多天的时间就创作出了长篇小说《SARS 危机》，反映了中华民族面临突发灾难时所表现出来的忧患意识与责任感，忠实地记录了中国人的生存状况，为 SARS 危机留下了一份弥足珍贵的文学记录。2008 年之初，由拉尼娜现象引发了一场雨雪冰冻灾害，使得中国南疆漫天飞雪、千里冰封，春节回家的地平线消失了，车辆寸步难行，本来就十分拥堵的春运更是雪上加霜。陈启文的长篇报告文学《南方冰雪报告》描绘了这一抗击冰冻灾害的悲壮历程，全方位地展示了那一场五十年不遇的灾难，记录了举国上下惊心动魄的抗灾行动，对灾难背后的天理伦常与世道人心进行了深沉的理性思考，是一本抵抗遗忘的厚重之作。2008 年汶川地震发生后，作家歌兑在第一时间带领医疗队奔赴灾区救援，事后结合自己的救灾经历写出了长篇小说《圻裂》，冷静地审视、剖析了那场灾难以及救援中的世间百态。书名意味深长，富有深刻的寓意，作家将大地的圻裂与人心深处的圻裂形象地结合起来，揭示我们日常生活中所隐藏的各种怪诞与荒谬之处，深刻地剖析了灾难中人性的分裂与内心的冲突，直面赤裸的人生真相。

此外，新时期很多报告文学也都直击灾难，每次重大灾害都出现了相应的报告文学作品。如，陈桂棣的《不死的土地：安徽三河镇营救灾民纪实》描写了1991年淮河洪水灾害，杨黎光的《生死一线——嫩江万名囚犯千里生死大营救》描写了1998年三江流域的特大洪水，《瘟疫，人类的影子》则是杨黎光以"非典"为内容的另一部力作，徐剑的《冰冷血热》记录了2008年的南方冰雪灾害，关仁山的长篇报告文学《感天动地——从唐山到汶川》则把唐山大地震和汶川地震放在一起进行比较。

当代文学灾害书写接续了现代文学灾害书写的现实主义传统，延续了现代文学对苦难书写的现代性叙事模式。陈晓明认为："苦难一直是文学艺术表现的生活的本质之一。正是在这一意义上，文学艺术对生活的把握具有现代性意义。苦难是历史叙事的本质，而历史叙事则是苦难存在的形式。对苦难的叙事构成了现代性叙事的最基本的一种形式。"① 现代文学对灾害书写不仅仅是为了展示灾害，更主要的是一种现实主义的叙事策略，是激发民众抗争的一种手段，所以现代作家以各种方式反复渲染强调灾害的苦难特性，目的是为了衬托中国共产党所领导的人民斗争的政治合法性。当代文学的灾害书写显然也是以苦难作为底色来表达中华民族——国家

---

① 陈晓明：《无根的苦难：超越非历史化的困境》，《文学评论》2001年第5期。

的建构与认同。在整个的 20 世纪文学之中，苦难叙事与意识形态都是密不可分的。陈登科的《风雷》一方面描写祝永康带领黄泥乡的群众与水灾进行抗争，组织生产自救；另一方面又要和以黄龙飞、羊秀英等为首的阶级敌人做斗争，因为他们"利用冰雪在地，灾荒当头，煽动群众闹事，从中套购国家粮食"，抗灾救灾故事演变成走社会主义还是资本主义道路的路线斗争。张抗抗 1975 年出版的描写抗洪斗争的小说还以《分界线》为名字，突出两条路线的不可调和。小说描写以耿常炯为首的群体战胜了以霍逦为代表的另一方，抗击洪水，保卫了胜利成果。在现实主义审美意识主导下，这种灾难叙事与革命话语结合，使得灾害文学书写无法逃脱无处不在的意识形态，凸显了自左翼文学运动以来民族国家想象中阶级对抗的合法性。

自然灾害在某种程度上被赋予了"民族危亡"的历史想象，灾害的文学书写变成了"民族救亡"的行动。这在新时期的诗歌中再次得到鲜明的印证，书写民族的灾难和民族的重生成为这些诗歌最基本的意义倾向。灾害诗歌书写吸纳了现代文学以来的"苦难"叙事成分，带有民族寓言和神话书写的特征。例如，典裘沽酒的诗歌《民族与灾难》就鲜明地体现了灾难与民族危亡的关联。

一个民族

如果　总要靠灾难

凝聚力量

这个民族

很快就会消亡

而五月的中国人民

所凝聚的力量

比汶川大地震爆发的能量大千百倍

足以支撑中华民族千秋万代①

龚学敏在《汶川断章》中写道：

谁点燃了这烛。并且，让烛光成了中国铺满阳光的午后最痛的伤口

一只叫作汶川的陶罐，一只被舜用宽仁的手指

就着厚厚的黄土与泪一般透明的水焙制成的陶罐

被黑色的烛光击中，然后

碎了……②

无论是描写冰雪灾害还是刻画地震的诗篇，频频出现了象征民族——国家想象的关键词：雪压中国、南国家园、众志成城、中国告急、国难、大爱等，这种趋同的集体情绪和心理是对民族——国家的重新想象与塑造，是对民族——国家的一种心理期待与自我身份的一种确证。"祖国"成为一个被诗人反复书写的巨大意象，表达了对祖国的重新认识和重新塑造。"我们有一个永不会塌陷的家，名字叫中国！"汤养宗在《瓦砾中的中国》这样深情地写道：

---

① 典裘沽酒：《民族与灾难》，《5·12汶川地震诗歌专号》，《诗歌与人》2008年第5期。

② 龚学敏：《汶川断章》，http：//www.qssgo.com/Show_ Text_ cn_ 1350_ 212_ 0_ 0. html。

2008 年 5 月 12 日 14 时 28 分，中国一震

我的祖国被压在自己的瓦砾中

许多花朵突然被白云带走，天空中

挤满了人群，手机上留下

临死的母亲给怀中婴儿的短信：

"亲爱的宝贝，你要是活着

一定要记住，妈妈爱你。"

中国的废墟从来没有遭到

春天的嫌弃，废墟上的中国

依然有最美丽的春天！

瓦砾中的中国正在站起来，她依旧是

一道巍峨的风景线，她身上有伤

却能把自己的鲜血流成一道

耀眼的彩虹；一个母亲这样说：

"我拥有花朵，所以我也要准备拥有孤儿

但只要我手上还拥有阳光！"

站起来的中国拍了拍身上的尘埃

使她身后的废墟立即改变了废墟的含义

她抚着宽厚的手对所有死去和活着的

儿女说："一定要记住，妈妈爱你

我们有一个永不会塌陷的家，名字叫中国——"①

---

① 汤养宗：《瓦砾中的中国》，http://www.poemlife.com/thread－210020－15－1.html。

诚如王干先生所言："汶川地震发生以后，人们把对灾区的关注，升华为对祖国的关注，把对灾区群众的热爱升华为对民族的热爱。这种升华，是自然的升华，是发自内心的升华。中国在地震诗中，成为一个坚强的、坚固的、庞大的形象。"① 洪烛的《废墟上的祖国》到处充满了"祖国"的形象。

> 楼倒了，桥垮了，公路塌陷……
> 受伤的祖国依然在废墟上站立
> 就像牧羊人，焦急地等候迷路的羊群
> ——"别怕，有我呢，我在这儿呢！"
> 它是遇难者的祖国，也是幸存者的祖国
> 不可能离开，顶风冒雨守望在原地
> 比塑像还要忠实，比纪念碑还要坚定
> 今夜，我写下"祖国"这两个字
> 比往日有着更为复杂的感情
> 只敢轻轻、轻轻地念出来，生怕
> 稍微一用劲，就碰着它的伤口
> 其实它的心，比伤口还要疼
> 在瓦砾遍地的灾区，轻轻喊了一声"祖国"
> 为了送去安慰，同时也为了使自己
> 不显得孤独：我就是祖国，祖国的一分子
> 祖国就是他，祖国就是你，祖国就是我……
> "祖国，救我！"废墟里发出呼唤

---

① 王干：《在废墟上矗立的诗歌纪念碑——论"5·12"地震诗潮》，《当代文坛》2008 年第 4 期。

"我来救你了，祖国！"①

当代文学的自然灾害书写在对民族——国家的重塑中延续了现代文学那种感时忧国的精神情怀，使新时期文学与现实更加紧密地连接在一起，不至于淹没在个人的呢喃私语与欲望的旗帜张扬中不能自拔。

---

① 洪烛：《废墟上的祖国》，http://hongzhublog.blog.163.com/blog/static/12722930320098910512918 9/。

第一章　当代自然灾害文学书写概况

　　当代文学对自然灾害作了较为全面的书写，生动地记录了中国人民与灾害抗争的不屈画面，为我们留下了丰富的精神影像。当代文学对自然灾害的书写大概有三类情形：一类是直面生活中的自然灾害，并以现实灾害为背景或主要内容而创作出的文学作品，如对 1954 年和 1998 年长江洪水灾害、1959—1961 年三年灾荒、唐山和汶川地震灾害、"非典"灾害及南方雪灾的书写；一类是以 1949 年之前的灾害历史为背景进行的文学书写，如迟子建的《白雪乌鸦》对百年前东北鼠疫进行了日常生活化的书写，张浩文的《绝秦书》对民国十八年西北大旱进行了"究天人之际"的追问，刘震云的《温故一九四二》对 1942 年的河南灾荒进行了新的历史解读；还有一类是对自然灾害的寓言式书写，如罗伟章的《饥饿百年》以何大为代表对百年来自然灾害所带给中国农民的沉重灾难作了形象的阐释，马玉琛的《风来水来》描写了大量的水旱洪灾，让人类挑战自己的生存极限，从书名即可看出是一部书写自然灾害与人类生存的诗话寓言，毕淑敏的《花冠病毒》以科幻的手法描写一种罕见的嗜血病毒——"花冠"袭击燕市，书写了人们面对病毒时的恐慌与心理困境，寓意人类与病毒的战争远未结束。

第一节　当代重大自然灾害的精神影像

当代自然灾害频发，重大的自然灾害有 1954 年的长江洪水、1959—1961 年三年灾荒、1970 年通海地震、1976 年唐山地震、1991 年江淮特大洪涝灾害、1998 年长江、松花江、嫩江流域特大洪水、2003 年"非典"、2008 年南方雪灾和汶川地震等，面对如此多的灾害和苦难，当代作家没有缺席，他们纷纷拿起手中的笔参与到救灾、防灾的工作中来，用文学来反映中国人民抗灾救灾的英勇事迹和伟大精神，反思现实苦难的根源和工作的得失，探讨人类如何与自然和谐相处的时代命题，记录了中华民族面对灾害时的精神影像，为将来的救灾防灾立此存照。

一　洪水灾害的文学书写

洪水灾害具有突发性特征，对社会经济破坏最为直接，给人们的生命财产带来严重的威胁。当代历史上曾发生过几次大的洪水灾害，主要集中在长江、淮河流域。如 1954 年、1991 年、1998 年的大洪水，给人们的生产生活与生命财产造成严重的危害及损失。

（一）1954年长江洪水

1954年，长江发生全流域的特大暴雨洪水。武汉市险情严峻，武汉关水位达到29.73米，比1931年的最高水位还高出2.84米，洪峰流量达到76100立方米/秒，达到了自1865年有水文记载以来的最高值。

李尔重根据自己当年领导武汉军民抗洪的经历写出了长篇小说《战洪水》，全景式地展现了武汉军民抗击洪水保卫武汉的英勇事迹，歌颂了党政军民团结一致，不畏艰险，用鲜血和生命战胜特大自然灾害的英雄壮举。小说初稿完成于1956年，1978年修改完成并定稿，1979年由陕西人民出版社出版。小说塑造了众多的人物形象，涵盖了当时的各个阶层，既有党政领导，如防汛第一指挥部的指挥长陈冠军、党委书记常方，也有为了他人的安全只身挡住斗车而牺牲的军人代表曹广汉，刚毅顽强的农民大队的大队长兼支部书记方秀兰，豪爽无私的工人代表王成、小金等。难能可贵的是，小说摆脱了当时常见的塑造工农兵英雄形象的模式，描写了众多的知识分子形象。其中既有高级知识分子蕴珍、宁总工程师、薄教授、韩副总工程师等，也有年轻的医护人员习路、掌珠，以及逐步去掉书呆子气息的技术员尹慧琛，还有师生代表马鸿图、罗玉娴等。小说从各个方面细致具体地描写了整个抗洪抢险的过程，涉及了众多的抢险与劳动生活的场面，从抗洪大堤到分洪现场，从抗洪第一线到后方街道服务队，场景转换自然。小说最后描写英勇的武汉人民在党和政府的正确指导下，终于战胜了一次又一次的险恶洪峰，保住了荆江大堤、汉北大堤等重点堤防，守住了京广大动脉，保护了广大人民群众生命财产安全，充分说明共产党领导下社会主义制度的优越性。

这场抗洪抢险的胜利是百万军民艰苦卓绝拼搏的结果，也是全国人民大力支持的结果，武汉的汛情牵动全国，全国各地加班加点生产、调运发动机、麻袋、铁锚等救灾急需物资到武汉。小说不是一味地赞扬人定胜天的蛮干，而是充分尊重知识分子和老农的经验，制定科学的抗洪措施。在洪峰来临之前未雨绸缪，提高加固大堤，必要时牺牲局部利益，采取分洪蓄洪措施，减轻洪峰对武汉的压力，为武汉抗洪赢得宝贵的时间。

小说明显地带有那个时代的文化氛围。武汉抗洪之后，毛主席特地为此题词："庆贺武汉人民战胜了1954年的洪水，还要准备战胜今后可能发生的同样严重的洪水。"小说里写总指挥部把毛主席的题字作为礼物印发给每一个抗洪英雄。小说还多处把武汉抗洪与1931年大洪水下国民党的行径进行对比，说明社会主义制度的优越性。比如，1931年洪水来临时，国民政府只拨了八十条麻袋作为救灾物资，要求堵住铁路路基下的单洞门，以此来保住汉口。他们护堤是假，趁机发水难财才是真。不但没能保住大堤，还派警察向老百姓强行收缴三元的防汛特捐。事后，竟以玩忽职守、贻误防汛为由，在张公堤上枪毙了一个技术员和一个工人敷衍了事。

（二）1991年江淮抗洪

1991年江南地区发生严重的洪涝灾害，蒋德群等人的《中国大水灾纪实》被誉为中国第一部反映洪水灾害的长篇纪实文学。它全景式、多侧面地反映了中国1991年特大洪水灾害，真实地展现了党和国家领导人亲赴灾区，与灾区人民同呼吸共命运的公仆形象，展现了全国党政军民众志成城与洪魔英勇抗争的英雄事迹，同时还系统地记录了国内外炎黄子孙"一方有难，八方支援"的民族精神。这部长篇纪实文学气势恢宏，从历史和现实的高度对洪水灾害进行思考，融思想性、新闻性与文学性于一体。张希昆、严双军的长篇纪实文学《中国大洪灾——1991 年中国特大洪涝灾害纪实》全方位、多层次地反映了 1991 年特大洪涝灾害，讴歌灾区军民奋力抗洪抢险的英雄事迹，刻画了赈灾之中华夏儿女风雨同舟血浓于水的同胞之谊，通过与旧社会的对比，展示了中国共产党的英明领导与社会主义制度的无比优越性。该书还沉痛地反思了中国四十年来治水工作的得失与教训，阐明水利专家对进一步治理大江大河的精辟论断。该书全面展示了 1991 年洪涝灾害的真实场景，描绘了中国人民团结治水战胜特大洪涝灾害的壮丽画卷，内容丰富，资料翔实，叙事清晰有致。

郭传火的《汪洋中的安徽》、陈桂棣的《不死的土地：安徽三河镇营救灾民纪实》没有对 1991 年全国的灾情作全景式的报道，而是选取了一个重灾区域作为窗口，从不同的侧面对 1991 年大洪水进行了别致的刻画与报道。

1991 年 7 月 11 日 16 时 17 分，安徽省肥西县三河镇——一座具有两千年历史的名镇，仅在 23 分钟之内便遭受了灭顶之灾，6000 村民被大水围困，生命危在旦夕。在党政军民共同努力下，创造了无一人伤亡的抢险奇迹。安徽作家陈桂棣以火热的情感投入到这场抗洪救灾的采访与报道中，写出了感人至深的报告文学《不死的土地：安徽三河镇营救灾民纪实》。作者以遒劲的笔力翔实地再现了这场壮丽的抗洪救灾画卷，讴歌了风雨同舟多难兴邦的民族精神。该作品不以宏大场景取胜，细节真实生动，情节扣人心弦，高扬社会主义主旋律，奏响革命英雄主义的赞歌。该作不是一味地颂歌式报道，有些场景细腻感人，比如，《死人与活人》一节就让人为之动容：

> 在三河镇航运公司附近的一幢大楼上，除挤满了镇民，还停放着一具尸体。死者死于绝症，刚断气就发了大水。人越聚越多。大家赖以生存的空间越来越小。最后挤得针插不进，水泼不进，活人和死人塞在一起。死者的老母守在一旁，神色凄然。白发为青发祭祀，已够老人悲痛欲绝，尸骨未寒，就赶上这场百年不遇的洪水，伤心为难地偷哭起来。边哭，边找来塑料布，把儿子的尸体严严实实地包裹好。老人止住哭泣，望着挤在儿子身边的镇民们说道："求大家帮帮忙吧，把我儿子……"镇民们全怔怔望着老人，不知应该帮什么忙。"活人都挤不下了，"老人说得十分认真，"还把死人放在这干什么？你们把他推到水里去吧……"镇民们无不一愣，怀疑自己听错了。老人说得斩钉截铁："把他推到水里去，多让几个人挤进来，眼下首先是救命……他一个死人换几个活人，值得！"老人的话，烫了大家的心。过了很久，大家才行动起来，把包裹得严严实实的尸体推入滚滚的洪水。那尸体在湍急的大水中打着旋，久久不沉，久久不去。猛地，老人发出撕裂人心的哭声。这哭声给风雨中的镇民带来无限凄凉，却又使所有在场的人感到强烈的震动。①

---

① 陈桂棣：《不死的土地：安徽三河镇营救灾民纪实》，《当代》1991年第6期。

郭传火的《汪洋中的安徽》也把目光投向水灾中的安徽，写出了洪水的凶猛无情，泯灭了无数的希冀和理想。颍上县半岗区姜台村妇女主任张金荣带领村民护堤四天四夜，第五天凌晨回到家中，眼见唯一养家糊口的麦垛随着洪水漂走时，她发疯般地扑了过去。站在高处的孩子看到妈妈正随麦垛漂去，哭着喊"妈妈"，不顾一切跳下水追赶，不一会儿洪水就淹没了孩子的胸膛。张金荣听到孩子撕心裂肺的哭喊，泪流满面。孩子——麦垛，她面临着痛苦的两难选择。最终，她不得不放弃麦垛，拉着孩子回到岸上，嘴唇却咬出了鲜血。全椒县有七万多名群众被洪水围困，数十人不幸罹难。在遇难者的遗体中，一位母亲紧搂着不满周岁的儿子，人们试图将她母子分开火化时，却怎么也掰不开母亲的双手。

面对凶猛的洪水，蓄洪区人民为了他人的生命财产安全，发扬了舍小家为大家的牺牲精神，毅然执行了分洪的命令。1991 年 6 月 12 日至 14 日，当淮河第一次洪峰渐渐逼近时，安徽省防汛指挥部决定 15 日 8 时开闸蓄洪，通知蒙洼蓄洪区村民紧急转移。14 日夜里，凄厉的警报声响彻蒙洼蓄洪区上空。48615 名蒙洼人冒着瓢泼大雨，拖儿带女，扶老携幼，在一片泥泞中依依不舍地离开了家园。6 月 15 日 8 时，阜南县王家坝闸门缓缓开启，洪水呼啸而下，瞬间直扑蒙洼蓄洪区 18 万亩土地，这是新中国成立以来蒙洼蓄洪区第 11 次蓄洪。眼看十几万亩即将到手的庄稼全部付之东流，眼看全区人民花费 7 年心血兴建的水利工程毁于一旦，赶来开闸的曹集区区委书记郭西魁失声痛哭起来。初步估计，这次蓄洪造成的经济损失达 1.1 亿多元，粮食 2900 多万公斤。

蓄洪区人民深深地懂得"小局服从大局""弃小家保大家"的

道理，面对被淹的家园，含着热泪毅然执行了蓄洪命令。淮河中游一段两百多千米的大提上，到处都是薄膜棚、草袋棚，里面住的都是"倾家荡产"的行洪蓄洪区灾民。

> 我问临泉县艾亭乡的青年农民杨德才："毁了房，丢了粮，最后破堤淹精光，你心里咋想？"小杨伸出舌头舔舔滚在唇边的泪珠说："能保住命就不错了！要不炸坝，上游下游不知要淹死多少人哩！"
> 在霍邱县临淮乡的大堤上，我遇到从城西湖撤出来的70多岁的王庆老汉。他吃一口芽麦面做的黑饼子，喝一口不见米粒的稀汤。我尝了一口饼子，说："这饼子苦！"王老汉说："苦点没啥，只要能保住淮河大堤，苦，俺认了。"①

刘醒龙的《洪水，八个生命的瞬间》、江深等的《人民子弟：南京军区部队、民兵抗洪救灾纪实》、蒋德群等人的《1991——向洪水宣战——南京军区部队抗洪救灾纪实》等报告文学也都对1991年大洪水进行了深入的刻画与报道。

（三）1998 年大洪水

1998 年，三江流域（长江、嫩江、松花江）发生了百年不遇的特大洪水，检验着中国的大堤，也考验着中国的脊梁。

诗人商泽军深入湖北一线采访抗洪军民，创作出了《中国的脊梁》《灾区的孩子》《倒不下的民族》等激情澎湃的政治抒情诗，用自己的创作书写民族的苦难，也见证当代文学面对自然灾害时的义

---

① 郭传火：《汪洋中的安徽》，《民族文学》1991 年第 10 期。

务与良知。"在长江的那些日日夜夜，诗思一直涌动着我，也许诗人之笔沾的墨水应该有汨罗江的那种对人类和民族的关爱，我用我的笔抒写着我思、我见。但愿我的笔下能为这一次民族的灾难记下一份最真挚的文字，为那些不幸遇难的群众和英勇献身的人们招魂，为那些遇大悲痛大欢乐的民族的生命力而歌。"①

新的时代呼唤新的诗歌精神，在政治抒情诗被放逐的时代里，商泽军重新拿起这种诗歌样式，把诗思聚焦在人们普遍关心的抗洪救灾主题上，通过生动丰富的意象与画面，较为全面地展示了这场洪水保卫战的全景。比如，用"亮着的马灯"赞扬为了巡堤而被汹涌的洪流卷走的老支书。

> 在夜幕覆盖下的大堤之上
>
> 在无数的水声之上
>
> 那盏马灯
>
> 以它微弱而坚实的光芒
>
> 推开四周的黑暗
>
> 它发出的昏黄的光
>
> 穿透雨夜与惊恐
>
> 从这一段堤上
>
> 到另一段堤上
>
> 它发出昏黄的光
>
> 光的旁边有个蹒跚的身影
>
> 坚毅沉着

---

①　商泽军：《后记：诗与水的回声》，《'98 决战中国》，中国青年出版社 1998 年版，第 120 页。

　　他的脚步

　　在光的外面①

　　商泽军能够把日常生活中司空见惯的问题提升到一个充满诗情和哲理的艺术境界。

　　从罗霄山从宝塔山

　　从风雪弥漫的淮海

　　从上甘岭山头

　　穿过历史的风烟

　　开来了

　　集合在风卷浪涌之上

　　他们紧紧拥抱着洪水

　　使中国猝不及防的洪水

　　惊诧了

　　一个个血肉之躯里

　　竟蕴蓄着如此的能量②

　　长诗形象地礼赞了中国军民面对浊浪排空、乱石崩云之际的团结奋进与大无畏精神，毫不掩饰诗歌的政治倾向，具有强烈的感情与鲜明的政治色彩，能够较好地把诗歌的抒情性与政治性融为一体。整首诗气势奔放、格调高昂、音节响亮。诗歌没有一味沉迷于动天浩歌，没有漠视人民所遭受的灾难与痛苦，而是用细节加以形象地表达。

---

　　① 商泽军：《亮着的马灯》，《'98 决战中国》，中国青年出版社 1998 年版，第 77—78 页。

　　② 商泽军：《保卫家园》，《'98 决战中国》，中国青年出版社 1998 年版，第 6—7 页。

人们

被灾难追赶的人们

在洪水里挣扎

在一处高岗上

有一位老人

她的脸穆然沉静

她用手搂着

和她一起避难出来的狗

她的手搂的很紧

狗汪汪地叫着①

对此，商泽军有自己的诗学观点：诗应是现实与灵魂的融汇。"当民族有难，我想做为一个诗人，他不应该闭上嘴巴保持缄默。在以前的岁月里，一些诗中的概念化、口号化败坏了政治抒情诗的名声，那不是诗的过错，而应有诗人来承担责任。"②

1998 年，松花江发生了 300 年一遇的特大洪水，水位高达120.89 米，洪峰流量 16600 立方米/秒。一万多名囚犯被洪水围困，吉林省政法系统的领导、干部和数千名干警在绵延千里的嫩江大堤上转移囚犯，展开了千里大营救。作家杨黎光蹚着齐腰深的洪水，在松嫩大地的溃堤流域进行采访，深入监狱，走进坍塌的管教宿舍区，与干警、武警、家属、囚犯倾心交谈，沿着万名囚犯大转移的路线，东西跨越一千多里，连续进行了 12 天的艰苦采访，创作了中

---

① 商泽军：《倒不下的民族》，《'98 决战中国》，中国青年出版社 1998 年版，第 93 页。

② 商泽军：《后记：诗与水的回声》，《'98 决战中国》，中国青年出版社 1998 年版，第 120 页。

篇报告文学《生死一线——嫩江万名囚犯千里生死大营救》。

《生死一线》是一部具有很高新闻价值的报告文学，抓住洪灾中转移一万名囚犯这一重大社会题材，紧扣特大洪水、万名囚犯、千里营救几个关键词，对处在社会边缘的囚犯从不同层面展开描写，揭示灾难来临时人物之间各异的心态，从另一个角度展现了1998年大洪水肆虐中国大地的情形。

《生死一线》叙写营救行动惊心动魄，吉林省委书记向公安厅长布置任务时强调："犯人也是人，一定保证不丢一个人，不死一个人，不逃一个人。"在极度恶劣的环境下，广大公安干警经受住了严峻的考验，为万名犯人安全转移付出了巨大艰辛，做出了无私的牺牲，这些都通过一个个鲜活的事例得以呈现。第三监狱被洪水淹没之后，政委赵警龙组织犯人撤离，将所有的监舍查了一遍，坐着大锅围着大楼巡视一圈，确信没有一个犯人落下才最后离开；犯人于平安因拉肚子而虚脱，干警们就做了个临时担架抬着他转移；犯人王洪春转移途中心脏病复发，管教和犯人就背着他走，后来脱下衣服做担架抬着他，看到他冷得直打战，一位管教脱下自己的衣服给他，而自己找条麻袋披在身上；一些犯人把自己的东西吃完了，干警们就把自己的食品和水留下来给他们。正是本着"犯人也是人"的理念，广大干警在转移过程中恪尽职守，既严格监管，又认真护卫犯人的生命，昭示了党和政府的人道主义精神。这种人道主义关怀让处在滔天洪水之中的犯人备受感动，看到生的希望，躁动的情绪得以稳定，从而为千里大转移创造了良好的条件，创造了万名囚犯安全大转移的惊世壮举。"一支绵延数十公里的由近百辆汽车组成的庞大车队，日夜兼程，往返千里，持续多日，把1万多名因嫩江决口而被洪水围困的罪犯安全地转移到吉林省的 7 个监狱，创造了一项举世震惊的壮举。在中国在世界历史上也没有如此数量的罪犯千里安全大转移的先例。"《生死一线》因其出色的描写，荣获"第二届鲁迅文学奖"。

1998 年的特大洪水给灾害文学带来了一个长足发展的机会，特别是报告文学作为文学的轻骑兵，始终以强烈的现实主义精神拥抱当下社会生活。报告文学工作者深入抗洪抢险第一线，记录下中国军民抗洪救灾的感人事迹。比较出色的报告文学作品还有王敬东的《荆江安澜》、傅建文的《荆江倒计时》、岳恒寿的《洪流》等。

二 三年灾荒的文学书写

1959—1961 年，中国大部分地区发生了严重的饥荒，但时至今日对于这个特定时段的称谓还是一个争论不休的话题。1960 年 5 月，中央人民政府开始承认国家经济陷入困境，《人民日报》国庆社论称"过去两年来，全国大部分地区连续遭受了严重的自然灾害"，"三年自然灾害"的称谓开始流行。中共八届九中全会公报指出："在 1959 年严重自然灾害之后，1960 年又遇到了百年不遇的自然灾害。"随后，新闻媒介、官方文件及各级领导人讲话都是众口一词地指称"自然灾害"，"三年自然灾害"经过不断地重复，最终演变成了那个困苦年代的代名词。1981 年 6 月，中共十一届六中全会通过了《中国共产党中央委员会关于建国以来党的若干历史问题的决议》，对新中国成立 32 年来的历史进行实事求是的分析，"主要由于'大跃进'和'反右倾'的错误，加上当时的自然灾害和苏联政府背信弃义地撕毁合同，我国国民经济在一九五九年到一九六一年发生严重困难，国家和人民遭到重大损失"，已经明确地称为"严重困难"时期。知识界对于三年饥荒的原因到底是"天灾"还是"人祸"也都各执一词，刘歌认为是九分天灾，一分人祸①；而金辉②、王维洛③等则认为 1959—1961 年风调雨顺，不存在什么"自然灾害"之说，主要是人祸的因素；陈东林对两种说法进行了折中，认为"天灾""人祸"各占一定的比例④。其实，早在 1961 年 5 月，刘少奇就在中央工作会议上指出："这几年发生的问题，到底主要是由于天灾呢，还是由于我们工作中间的缺点错误呢？湖南农民有一句话，他们说是'三分天灾，七分人祸'。""总起来，是不是可以这样讲：从全国范围来讲，有些地方，天灾是主要原因，但这恐怕不是大多数；在大多数地方，我们工作中间的缺点错误是主要原因。"⑤

　　文学是社会现实的一面镜子，从中可以折射出复杂的历史意蕴。从灾荒发生一直到 1976 年，文学一直在回避这种棘手的现实，但在浩然、陈登科等人的创作中还是对此作了隐性书写。"文革"之后，配合拨乱反正的国家意识形态召唤，张一弓的《犯人李铜钟的故事》、茹志鹃的《剪辑错了的故事》开始涉足这一禁区。刘庆邦的《平原上的歌谣》、智量的《饥饿的山村》、杨显惠的《定西孤儿院纪事》等从民间视角写出了底层民众的悲惨现状。尤凤伟的《中国一九五七》、杨显惠的《夹边沟纪事》、方方的《乌泥湖年谱》刻画了饥荒下的知识分子形象，展现了一幅幅饥饿与强权暴虐下的灵魂

① 参见刘歌《九分天灾，一分人祸》，《理论》2003 年。
② 参见金辉《风调雨顺的三年：59～61 年气象水文考》，《方法》1998 年第 3 期。
③ 参见王维洛《三年自然灾害的历史真相》，《新观察》2001 年第 3 期。
④ 参见陈东林《"三年自然灾害"与"大跃进"》，《中共党史资料》2000 年第 4 期。
⑤ 《刘少奇选集》（下卷），人民出版社 1985 年版，第 337 页。

炼狱图。21 世纪以来，身居海外的虹影、严歌苓也把笔触伸向这一领域，写出了《饥饿的女儿》《第九个寡妇》等佳作。

（一）饥饿：穿越中国千年历史的记忆还魂

三年灾荒文学书写的一个重要主题就是"饥饿"。饥饿与自然灾害是紧密联系在一起的，自然灾害往往带来严重的灾荒与饥馑。饥饿贯穿中华民族几千年的历史，已经成为一种文化记忆深烙在中华民族的灵魂之中。三年灾荒之中，饥饿这种文化记忆又借助极左政治附体还魂。

借助于二战纳粹屠杀犹太人的惨痛记忆，文化记忆理论近年来在西方学界盛行不衰。"文化记忆是一个集体概念，它指所有通过一个社会的互动框架指导行为和经验的知识，都是在反复进行的社会实践中一代代地获得的知识。"① 哈布瓦赫创造性地扬弃了记忆的生物学理论，拒绝从生物学角度把集体记忆看作是可以遗传的种族记忆，赋予"记忆"这个概念以社会学内涵，强调记忆的社会性，认为记忆是一种文化建构。个体的记忆必须置身于"集体记忆"的框架之内来理解，特定的记忆能否被刺激出来和以什么方式刺激、讲述出来，都要取决于这个框架。"正是在这个意义上，存在着一个所谓的集体记忆和记忆的社会框架；从而我们的个体思想将自身置于这些框架之内，并汇入到能够进行回忆的记忆中去。"② 康纳顿在此基础上向前更进一步，其《社会如何记忆》认为一个

---

　　① ［德］简·奥斯曼：《集体记忆与文化身份》，陶东风主编《文化研究》第 11 辑，社会科学文献出版社 2011 年版，第 4 页。
　　② ［法］莫里斯·哈布瓦赫：《论集体记忆》，毕然、郭金华译，上海人民出版社 2002 年版，第 69 页。

群体通过各种仪式塑造出来的共同记忆，不仅仅是每一个群体成员的私人记忆相加的产物，更是属于这个群体自身的。集体记忆就从"集合起来的记忆"变成了"集体的记忆"。德国学者阿斯曼将哈布瓦赫的集体记忆定义为一种"交往的记忆"或"日常的记忆"，同时用"文化记忆"的概念对康纳顿的"社会记忆"进行了升华。"交往记忆的最大特征是时间的有限性，最多不超过 80 年到 100 年，相当于三代人到四代人的时间跨度。同时，交往记忆不能提供固定点，不能在时间流逝过程中把记忆捆绑于'不断扩大的过去'。奥斯曼认为，这样的固定性只能通过客观的文化符号的型构才能达到，这种通过文化符号型构、固定的记忆就是文化记忆。"① "交往记忆的特点是和日常生活的亲近性，文化记忆的特点则是和日常生活的距离。""与日常生活的距离（超越）标志着它的时间范围。文化记忆有固定点，它的范围不随着时间的流逝而变化，这些固定点是一些至关重要的过去事件，其记忆通过文化形式（文本、仪式、纪念碑等），以及机构化的交流（背诵、实践、观察）而得到延续，我们称之为'记忆的形象'（figures of memory），整个犹太人的日历就是以记忆形象为基础的。"② 所以，文化记忆以文化体系作为记忆的主体，超越于个人而存在，遗存在博物馆、纪念碑、节日和仪式等各种文化载体之中，特别是语言与文学文本之中。凭借这些文化载体，一个民族或一种文化才能将传统代代延续下来。

---

① 陶东风：《主编的话：从集体记忆到文化记忆》，陶东风主编《文化研究》第 11 辑，社会科学文献出版社，第 3 页。

② ［德］简·奥斯曼：《集体记忆与文化身份》，陶东风主编《文化研究》第 11 辑，社会科学文献出版社 2011 年版，第 6—7 页。

中华民族对饥饿的感觉深入骨髓，从汉字的构形就可以看出端倪。

　　毛喻原先生认为汉字是一种物欲性极强的文字，比如，"美"字是"羊"和"大"组合而成，即大的羊就是"美"，这显然是一种食物主义的美学观的表现。即使在那些用以表达精神性事物的汉字中，也能轻易地发现其带有明显的物欲性色彩。如，"精"是由"米"和"青"组成，就是经过挑选出来的干净上等的大米，充分显示了一种"精"的可食用性；"欲"是由"人"对"谷"的渴求所导致的，也就是"人"与"米"的关系构成了"欲"。为什么我们喜欢用物欲味浓厚的语词来指称精神性极强的事物？毛喻原先生认为这即使不是荒唐的，至少也是不当的，因为物欲性极强的符号只能让人更容易想到物，它们明显带有一种体现物欲文化的指向根源。① 余世存先生指出中华民族性格中现实与实际的一面，认为饥饿是我们民族的灵魂，中国文化是一种地道的饮食文化、农民文化。饮食成了中华民族生存的实质内容，也是我们汉语的本位。在日常生活中，人们打招呼说"吃了没有"，用"吃香喝辣"表达对别人的羡慕，指责别人不负责任则说"干什么吃的"。此外，还有"吃亏""吃得开""吃不消""吃饱了撑的""吃不了兜着走"等和吃有关的日常词语，饮食的语言几乎成为汉语表征事物的全部手段。

　　其实这些都与中华民族的多灾多难与生存的艰辛有关，汉语语词过多地指涉饮食，恰恰验证了西方文化记忆的有关理论。"文化记忆的概念包含某特定时代、特定社会所特有的、可以反复使用的文本系统、意象系统、仪式系统，其'教化'作用服务于稳定和传达

---

　　① 　参见毛喻原《汉语的诡谬和险情》，《书屋》2000年第9期。

那个社会的自我形象。在过去的大多数（但不是全部）时间内，每个群体都把自己的整体性意识和特殊性意识建立在这样的集体知识的基础上。"① 对中华民族来说，生存是第一要义，饮食成了中国人的灵魂，从远古时代起人们就知道"饥者歌其食"，汉代就有了"民以食为天"的政治格言。中华民族这种强烈的饥饿感经过一代代的传播，在现实灾荒的境遇中又重新被激发，召唤起当代作家的"集体记忆"，一个又一个的作家用他们的书写来印证这种集体记忆，传达自我的社会认同；同时，他们的自我认同通过书写又传播给他人，大大地强化了这种饥饿的集体记忆。许多作家的作品就直接以"饥饿"来命名，比如，智量的《饥饿的山村》，虹影的《饥饿的女儿》，罗伟章的《饥饿百年》，杨显惠的《夹边沟记事》《定西孤儿院纪事》更是把一个个惨痛的饥饿故事写得毛骨悚然、直逼人心。这种饥饿的集体记忆逐渐演变成为一种超越于个人的文化体系，存活于当下的语言文字与文学文本之中。三年灾荒的文学书写印证并强化了中华民族关于饥饿的文化记忆，读来撼人心魄，给人以强烈的震惊。

（二）隐性的灾荒书写（1959—1976）

无论怎样，1959—1961 年都把"灾荒"这个新中国本不应该出现的字眼深深地镌刻在了人们的记忆之中。马罗立（Walter H. Mallory）在《饥荒的中国》（民智书局 1929 年版）一书中对灾荒作了一个简略的解释，认为："灾荒者，基于天然原因而致食粮供给

---

① ［德］简·奥斯曼：《集体记忆与文化身份》，陶东风主编《文化研究》第 11 辑，社会科学文献出版社，第 10 页。

之失败也。"邓拓以阶级分析的眼光总结归纳了中国几千年的灾荒史料，对"灾荒"下了一个精辟的定义，认为灾荒"乃是由于自然界的破坏力对人类生活的打击超过了人类的抵抗力而引起的损害；在阶级社会里，灾荒基本上是由于人和人的社会关系失调而引起的人对于自然条件控制的失败所招致的物质生活上的损害和破坏"①。"灾荒"与"灾害"看似相同，其实内涵各异，但它们之间又存在某种关联。"灾荒"实际上是"灾"与"荒"的合称，"灾"即"灾害"，"荒"即"饥荒"。"灾害"是"在一定历史条件下不可抗拒的自然力对人类生存环境、物质财富乃至生命活动的直接的破坏和戕害"，而"灾荒"重点在"饥荒"上，"是天灾人祸之后因物质生活资料特别是粮食短缺所造成的疾疫流行、人口死亡逃亡、生产停滞衰退、社会动荡不宁等社会现象"②。由此可见"灾荒"是由于"灾害"引发的，但并不是所有的"灾害"都能造成"灾荒"，只有在其破坏力超过了人类所能承受的限度，造成人与社会关系失调时才形成"灾荒"的严重后果。旧社会由于外患内乱，政治窳败，人民抵御灾害的能力非常薄弱，几乎无"灾"不"荒"。而"5·12"汶川大地震的灾害级别虽然很大，但由于党和政府的精心组织及社会各界的无私援助，并未出现史书所说的"哀鸿遍野、饿殍塞途"的灾荒情景。

"灾荒"在现代文学中频频出场，一方面是为了表现中国的愚昧落后，而另一方面是左翼文学的一种叙事策略，是为了激发劳苦大众的阶级仇恨，为其翻身解放作斗争动员。"现代文学对灾害书写不

---

① 邓拓：《中国救荒史》，北京出版社 1998 年版，第 5 页。
② 夏明方：《民国时期自然灾害与乡村社会》，中华书局 2000 年版，第 25 页。

仅仅是为了展示灾害，更主要的是一种现实主义的叙事策略，是激发民众抗争的一种手段，所以现代作家以各种方式反复渲染与强调灾害的苦难特性，目的是为了衬托中国共产党所领导的人民斗争的政治合法性。当代文学的灾害书写显然也是以苦难作为底色来表达中华民族——国家的建构与认同。""当代文学灾害书写接续了现代文学灾害书写的现实主义传统，延续了现代文学对苦难书写的现代性叙事模式。"① 反观三年灾荒时期的文学创作，无一例外对当时的灾荒保持沉默，原因在于允诺劳苦大众翻身解放过上幸福生活的社会主义国度怎么可能会有饥荒存在呢？所以作家极力回避现实的苦难，高唱社会主义"艳阳天"，从当时的文学作品中很难寻觅到"三年灾荒"的踪迹。但现实的灾荒作为一种巨大的灾难，总会给作家心理带来或多或少的影响，逼迫作家在自己的创作中有意无意地回应这种存在，采用编码与遮蔽的方式进行灾荒的隐性书写。这在浩然、陈登科等人的创作中都有所体现。

浩然在现实生活中看到的真实情形是："饥饿的社员却等不及（麦子成熟），恨不能一口就变成面条、烙饼填到嘴里。有的社员在坡里干活，常常停住活计、直起身，掠一把半青半黄麦穗子，搓下粒子就塞进嘴里生吃生吞；上坡、下坡的路上，也有一边走路一边掠麦子往嘴里送。"② 而在其《艳阳天》中这种苦难却被编码成一种为了社会主义事业而自我牺牲的高尚行为——萧长春发现饲养员马老四把粮食省给牲口吃，自己却偷偷地吃野菜，就叹了口气说："四爷，您过得太苦了，我不能忍心……"马老四说："长春哪，苦是

① 张堂会：《民国时期自然灾害与现代文学书写》，中国社会科学出版社 2012 年版，第 339 页。

② 浩然：《我的人生》，华艺出版社 2000 年版，第 255 页。

苦，还能苦几天呢？长春，你不要再这样说了，再这样说，就是瞧不起四爷了……我们是农业社，专门生产粮食的，不支援国家，反倒伸手跟国家要粮食，我愧的慌。你对别人就说，马老四不缺吃的，不管吃什么，都是香香的，甜甜的，浑身是劲地给咱们社会主义效力啊！"① 浩然的创作不但无视他人的苦难，对自己家庭的苦难也有意遮蔽。浩然回忆儿子上幼儿园时的情形说："送进戏剧学院幼儿园的二儿子蓝天，实在受了罪。每周一送他的时候，他如同上屠宰场那样躲逃哭叫；周末接回来的时候，浑身都是屎。两周下来，孩子瘦成皮包骨头，他母亲整天以泪洗面，也瘦下去一圈。实在可怜！"② 浩然的《葡萄架下》的幼儿园却是另一番情景。谭五婶为了使其他妇女解放出来参加劳动，就在家里办了一个幼儿园，为此而日夜辛劳。为了孩子，自家架上的葡萄一粒也舍不得吃，因为对自己的孙子偏了点心眼，儿媳妇就批评她自私自利，说她："没有按着一个保育员的身份要求自己，现在是人民公社，是一个大家庭，所有的孩子都是我们的后代，都是我们的指望，人家既然把孩子交给咱们了，就是人家看得起咱们，厚待自己的孩子，薄待别人的孩子，那可不对啊！"③ 一粒葡萄都可以引发出对个体私心杂念的批判，由此也可看出当时灾荒的程度。

《葡萄架下》以对个人道德的评判遮蔽了现实的物质匮乏，从而虚构出一种公正幸福的集体主义生活。纵观当时的文学作品，呈现的是一派物产富饶、幸福安康的生活图景。《大豆摇铃的时节》《桃子熟了》《鱼的神话》《碧螺春汛》《茶花赋》《荔枝蜜》

---

① 浩然：《艳阳天》（第一卷），人民文学出版社 1974 年版，第 358 页。
② 浩然：《我的人生》，华艺出版社 2000 年版，第 242 页。
③ 浩然：《浩然文集》，春风文艺出版社 1983 年版，第 476 页。

等一大批散文传递出的是农林渔牧业丰产丰收信息，哪里存在什么三年饥荒呢？其实，作品中物产的丰富恰恰是现实物质匮乏的一种隐喻方式，是不出场的"灾荒"的另一张脸的神话。"1959年至1961年三年间的经济困难，苦难的中国人在饥饿中挣扎，更苦难的是他们的生命竟然少有人去记载，无数的生命消失得无影无踪。那一时期的中国文坛到处都是'艳阳天'，即使偶然涉及，也是被编码成考验人的意志力，铸就某些人的崇高品质的材料。在这个意义上说，浩然创作的历史遮蔽并不仅仅是个人创作的悲剧，而应该是一个时代悲哀。"①

　　但"灾荒"时刻在以缺席的方式发挥着它的作用，让作家无处遁形，甚至为之付出沉重的代价，陈登科的《风雷》就是一例。小说描写了陷入困境的"黄泥乡"，没有烧草，粮食紧张，人口外流，对淮北平原上的三年灾荒情形作了隐性书写。当年安徽大学中文系批判《风雷》小组的批判文章就说：

　　　　反革命分子陈登科的《风雷》是一九六四年炮制出笼的。他曾供认："我写合作化，就是指责这三年。"书中所谓"灾荒严重，粮食紧张，烧草困难，人口外流""合作就是共产，干的一样活，吃的是一样饭，穿的是一样衣服""白天黑夜的干""不要命"，等等，显然是影射我国三年暂时的经济困难，恶毒攻击党的三面红旗。因此，它描写合作化，只是个幌子，利用三年暂时经济困难，配合帝、修、反的反华大合唱，向毛主席的革命路线猖狂进攻，为刘少奇篡党复辟大造反革命舆论，才

---

① 徐伟东：《编码与遮蔽——1959—1961年浩然的小说创作》，《齐鲁学刊》2006年第1期。

是其真正的罪恶用心。①

撇开政治上的上纲上线不谈，这篇文章确实敏锐地发现了在"合作化"外衣下"三年灾荒"的身影，在"灾荒压顶"之际，许多群众或是贩运货物，或是编织芦席，"各找门路""各自谋生"，不愿走集体化道路，因而被指责为"走资本主义道路"。而在另一位批判者的文章中也同样指出了《风雷》是对三年灾荒的曲折表现：

在小说中，陈登科捏造了一个所谓"特殊落后"的黄泥乡，把总路线光辉照耀下的社会主义新农村污蔑得一塌糊涂。在这里，"粮食紧张，烧草困难，人口外流"，发生了一起又一起的闹粮风潮。在这里，"军心不振""唉声叹气""失去信心"。这完全是别有用心地给社会主义制度抹黑，给三面红旗抹黑！

《风雷》通过对农业集体化的污蔑，大刮单干风。在陈登科的笔下，黄泥乡的广大干部和贫下中农群众，都被灾荒压得"直不开腰""自私落后"，留恋单干，毫无走社会主义道路的积极性。要组织个副业生产组，得费九牛二虎的力气；刚刚搞起来，"三朝不到晚，就夭折了！"那些拼死拼活拉到一起的"农业互助组"，稍有一点风吹草动就"散伙了，不干了"。

祝永康是在"灾荒压顶""军心不振、士气涣散""粮食紧张"的所谓关键时刻，带着大批"救命"的粮食，从天而降，飘飘飞来的。祝永康的出场，使"阴霾满天"的黄泥乡马上出

---

① 《不准资本主义借尸还魂——彻底抵制反动小说〈风雷〉》，《新安徽报》1969年9月26日。

现了"积雪融化""河水解冻，大地回春"的场面，而且在他那"春雷一般轰鸣"的吼声之后，一场闹粮风潮，便立即烟消云散了。《风雷》中的祝永康俨然是一个力能回天的"救世主"！①

确实，在灾荒的重压下，农民士气低落，唉声叹气，没有什么能比救济粮对他们更有诱惑力与感召力。因此，祝永康是带着救命的粮食才能使"阴霾满天"的黄泥乡出现"积雪融化""河水解冻，大地回春"的场面。

（三）抵抗遗忘的文学书写（1976年以后）

1. 政治反思视角下的灾荒书写

1976年"文化大革命"结束之后，配合拨乱反正的政治需要，伤痕文学和反思文学盛行一时。在对过去历史的控诉与反思之中，张一弓、茹志鹃、高晓声走得要更远一些，把笔触伸向了比"文革"更为久远的三年灾荒时期。

张一弓的《犯人李铜钟的故事》以三年灾荒时期的"河南信阳事件"为背景，塑造了敢于为民请命的李家寨大队支书李铜钟的形象。1960年春荒来临，李家寨断粮七天，村里四百多号人都得了浮肿，一百多人已经躺在床上不能动弹。为了挽救濒危的乡亲，李铜钟决定用个人的名义向粮站主任朱老庆借粮，结果变成了煽动群众抢劫国家粮库的首犯。但他无怨无悔，平静地等待公安局的人来抓

---

① 安学江：《彻底砸烂叛徒、内奸、工贼刘少奇篡党复辟的黑碑——批判陈登科的反动小说〈风雷〉》，《人民日报》1968年7月8日。

他，临走还不忘叮嘱"种子得留够"。

"我要的不是粮食，那是党疼爱人民的心胸，是党跟咱鱼水难分的深情，是党老老实实，不吹不骗的传统。"小说借李铜钟借粮时所说的话展开了对极左政治的反思与批判，而这种批判主要集中在十里铺公社的党委书记杨文秀身上。这位"带头书记"原是一位文采出众的小学教师，后来被提拔到县委宣传部当了干事，1958年报名下基层工作，当了十里铺公社的党委书记。他把全副精力用在揣摩上级意图上，并推出种种典型经验。他上任第二天就向大家宣布：十里铺公社两年进入共产主义。他每天都盘算着十里铺公社各项工作怎样跑在前头，以此向县委书记田振山报喜。大办钢铁时，他命令村村队队砸锅炼铁，没收一切可以搜集来的铁器，门鼻、门搭钩无一幸免，统统砸碎，填到"小土群"里。县委号召建立丰产方的时候，他认为粉要搽在脸上，批示各队把丰产方一律建立在大路边。当检查团到来的时候，他让社员们化妆劳动，锣鼓助威，老汉们挂着业余剧团的长胡子下地，妇女们穿着古装戏衣，打着穆桂英的"帅"字旗。这一切滑稽的表演让李铜钟觉得新上任的公社书记整天都在给上级演戏，希望得到赏识和喝彩。李家寨终于没能逃脱"带头书记"带来的一场灾难，"去年天旱，加上前年种麦时钢铁兵团还在山上没回来，麦种得晚，一晚三分薄，秋庄稼又碰上'捏脖旱'，夏秋两季都比不上往年。而'带头书记'又带头提出了'大旱之年三不变'的豪迈口号：产量不变，对国家贡献不变，社员口粮不变"，致使乡民遭受了严重的春荒。

小说的政治反思意图非常明显，作家站在人道主义的立场上，从人的生命出发，考察不合理的社会政治权力如何挤压农民合理的生存需求，写出了人们面对极左政治的困惑与无奈。小说没有对政治体制层面进行过多的探讨，而是把目光聚焦于基层领导者的道德品质。作家与国家主流话语达成一个共识，认为三年苦难的根源是极"左"路线，是杨文秀这样一些瞒上欺下的执政者的道德水平出了问题，而不是制度本身。三年灾荒这样复杂的社会现象被作家简化为两种对立的道德冲突，在"善"必将战胜"恶"的信念下，传递了社会在曲折中前进的历史观念，错误必将得到纠正。作家在对体制做出有限度的反思后，急忙为李铜钟这样的道德英雄人物平反，这也契合了当时"拨乱反正"的国家意识形态需求与"平反昭雪"的社会心理氛围。

2. 民间视角下的灾荒书写

随着伤痕反思潮流的衰退，人们不再满足从单一的政治视角去反思三年灾荒，杨显惠的《定西孤儿院纪事》、刘庆邦的《平原上的歌谣》、虹影的《饥饿的女儿》开始从底层民众的视角去透视三年灾荒之下普通民众的苦难与死亡。

杨显惠采用纪实的叙事方式揭开了定西孤儿悲惨的生活真相。"灾荒使得人性幽暗卑劣的一面极度彰显，给人类社会造成极大的精神戕害，并带来了极为严峻的后果。在灾荒逼迫下，许多人的人性发生严重的扭曲与畸变，人们可以抛弃妻子或者卖儿卖女去求生，甚至发生人食人的惨剧。"① 《黑石头》讲述了灾荒绝境下两个母亲骇人听闻的举动，巧儿的娘为了让巧儿有进孤儿院的资格，把自己活活勒死，而当时政府已经开始发放少许的救济粮，是有望活下去

---

① 张堂会：《民国时期自然灾害与现代文学书写》，《青海社会科学》2011 年第 1 期。

的；另一个母亲则为了活命，煮亲生孩子"扣儿"的尸体吃，一直活到九十多岁。《华家岭》描写两家结伴而行的乞丐，一开始同病相怜，互相救助，到后来受助者一家三口却自恃强壮抢夺孱弱姐弟的救命粮，最后撑死在华家岭上。《姐姐》写一对冻饿交加的姐弟借宿牧羊人家，姐姐为了保住弟弟这棵独苗，让他安稳地在热炕上睡半宿而被迫献出自己的贞操。《老大难》写了一个母亲为了活命，忍痛撇下儿子，带着女儿改嫁他乡，与儿子再见面时羞辱交加，爱恨交缠。《顶针》叙述了一个母亲带着子女逃荒要饭，自己却饿死在山旮旯里，女儿莲莲从遗骸旁边留下的顶针才知道母亲的死讯。《俞金有》写俞金有因为肚子饿而吃了很多咸菜，半夜里找水喝，掉进井里淹死了。在饥饿的威胁下，这些孤儿的生命像蝼蚁一样死灭。有的因为寒冷钻进炕洞而被煤烟呛死，更多的孤儿因为感染痢疾而死去。在死亡阴影笼罩之下，孩子的人性也发生了扭曲，获得食物活下去成了他们生存的唯一信条。《打倒"恶霸"》写屈效仁强取豪夺其他孤儿的食物，被王汉元一帮孤儿"修理"好了，但另一个新恶霸王汉元又产生了，继续欺凌弱小孤儿。

杨显惠用凝重质朴的语言展现了定西人民的苦难，用文学的方式为当时饥荒的中国留下了一段难忘的精神影像。"我为什么二十一年不改初衷，旨在张扬人性和人道主义情怀。人道主义的核心是人的尊严，当我们面对成千上万在饥饿和死亡线上挣扎的卑微而弱小的蝼蚁般的生命，作何感想？中国缺少愤怒的作家，这是中国文学的悲哀！"①

刘庆邦的《平原上的歌谣》大幅度地转向民间立场，关注饥荒

---

① 赛妮亚：《历史的补丁·代序》，《夹边沟记事》，天津古籍出版社2002年版。

年代下普通人的行状，揭示饥饿对人性的损伤。作者通过魏月明这个普通劳动妇女的形象，透视特殊情境下人与人的关系，探索存活在民间的人情美与人性美。作品淡化了政治维度的叙述，描写了人们在灾荒中艰难生活的情形，赞扬底层劳动人民生命力的柔韧与坚忍，凸显了一种平民情怀。"什么样的苦难都能忍受，什么样的坎儿都能过去，也许这就是我们常说的中华民族自强不息的民族精神。"①

3. 知识分子视角下的灾荒书写

知识分子在灾荒中要承担着比别人更多的灾难和痛苦，尤凤伟的《中国一九五七》、杨显惠的《夹边沟记事》、方方的《乌泥湖年谱》、和凤鸣的《经历——我的 1957 年》、胡平的《残简——中国 1958 年》，都对知识分子的精神炼狱作了形象的书写。

杨显惠本人并没有当过右派的经历，没有亲历过大饥荒年代右派的悲惨生活。他在甘肃省生产建设兵团农建十一师上山下乡，有机会结识了一些夹边沟农场的右派，被他们的故事深深地震撼。时隔多年之后，他开始着手调查那里到底发生了什么事情。经过三年的调查采访，那些尘封的历史才逐渐展露出它残酷与峥嵘的一面。《夹边沟记事》的封面上赫然印着"关于饥饿与死亡的真实叙述"字眼，全书重点描写了右派们的饥饿与死亡。夹边沟的右派们和全中国老百姓处于同样的困境，都在忍饥挨饿。他们到处去挖野菜、捋草籽，连草根都吃光时就去抓蜥蜴、逮蚯蚓、掏老鼠窝。拌过农药的麦种，动物和人排泄出来的没有消化的东西，甚至人肉和内脏也拿来煮食，只要能填充肚皮就行。

---

① 刘庆邦：《平原上的歌谣》，北京十月文艺出版社 2009 年版，第 360 页。

饥饿变成了一种规训与惩罚知识分子独立精神的手段与工具，《夹边沟记事》展现了知识分子面对饥荒时所表现出的复杂人性，写出了知识分子在强权之下精神的委顿与异化。1957—1960 年，夹边沟农场的右派从 2400 人锐减至 1100 人，饿死过半。夹边沟偷盗食物成风，《邹永泉》里讲述了邹永泉为防止用手表换来的炒面和白面饼被偷，每天外出时就装在布袋里背在身上，晚上睡觉就锁在皮箱里，放在脚下边，最终却因为吃蜥蜴中毒而死。《贼骨头》描写了俞兆远做正人君子信念的动摇过程，最后变成一个贼里头打着不要的贼，即便获释回家仍然旧习难改，总要偷几口生粮食吃，才能安稳地睡一觉。《逃亡》中描写了高吉义与师傅结伴出逃，将奄奄一息的师傅遗弃在戈壁滩，结果被狼群所食，揭示了生存困境中人性的两难。

《夹边沟记事》在对历史的叩问中，表达了对强权政治的批判与否定，同时这种批判与否定还指向右派知识分子自身。小说没有过多地描写管教队伍如何欺凌压迫右派，管教干部对右派的施暴往往起因于右派自己的告密。知识分子在强权与饥饿之下主动异化，沦为强权政治的帮凶与工具，他们既是这场政治灾难的受害者，同时也是这场政治灾难的施暴者。知识分子精神灵魂为饥饿的肉体所控制，饥饿具有了主体的作用和意义，在饥饿的强大压迫下，知识分子放弃了对高贵灵魂的追求。方方的《乌泥湖年谱》、尤凤伟的《中国一九五七》也都描写了强权之下的饥荒，塑造了丁子恒、皇甫白沙、孔繁正与周文祥、高云纯、冯俐等失去独立性的知识分子群像，全方位地展现了中国知识分子在这场饥荒中的精神状态，直逼暴虐的强权，剖析了知识分子人性深处的弱点。

（四）三年灾荒文学书写的反思

三年灾荒在 1976 年之前的文学中一直处于隐性状态，以缺席的方式制约着作家的书写。1976 年之后，伴随着新时期思想解放运动的兴起，三年灾荒再次成为作家关注的对象。一批又一批的作家开始以三年灾荒为背景，探索人性面临灾荒时表现出的高贵和卑下，思考这场灾荒的天灾与人祸因素，寻找一个民族历经灾荒却生生不息的精神源泉。政治反思视角的灾荒书写强调国家与历史的宏大叙事，往往忽视普通人在历史中的生存状态，容易沦为阐释政治意图的附庸；民间视角的灾荒书写还原了普通人在特殊历史情境中的生存状态，又往往沉浸于鸡零狗碎生活的摹写，从而缺乏一种历史深度。杨显惠、虹影、方方、尤凤伟等用纪实与虚构的方式重新面对那段历史，从知识分子的视角关注大历史中知识分子个人的命运，思考民族历史命运，重建中国知识分子独立批判的精神。

三年灾荒已经过去了五十多年，很多亲历者已经不在人世。这些文学作品的意义就在于重建三年灾荒的文化记忆，拒绝对历史的遗忘，为我们提供前行的勇气与智慧。"文化记忆是一个集体概念，它指所有通过一个社会的互动框架指导行为和经验的知识，都是在反复进行的社会实践中一代代地获得的知识。"① 许多作家都在为创建三年灾荒的文化记忆而努力，虹影认为："苦难意识之所以变成饥饿，是由于丧失记忆。作为一个民族，我觉得我们失去了记忆。在这个意义上，《饥饿的女儿》这本书不只是写给六十年代的，实际

---

① ［德］简·奥斯曼：《集体记忆与文化身份》，陶东风主编《文化研究·第 11 辑》，社会科学文献出版社 2011 年版，第 4 页。

上，我们欠了七十年代，八十年代，甚至九十年代、下一代，我们以后的年代一笔债：应该补上这一课，恢复被迫失去的记忆。"① 杨显惠也显示了一种迫不及待的情形，表明创作《夹边沟记事》的目的就是为了保存三年灾荒的文化记忆："现在知道这段历史的人已经不多了，当年的事件制造者有意把它封存起来，当年的生还者大都谢世，少数幸存者又都三缄其口。在这种情况下，作者将调查的故事讲述出来，意在翻开这一页尘封了四十年的历史，希望这样的悲剧不再重演，并告慰那些长眠在荒漠戈壁滩上的灵魂：历史不会忘记夹边沟的。我们关注前人的历史就是关注我们自己。"②

刘庆邦对三年大饥荒的记忆刻骨铭心，他从个人记忆出发，写出了久藏心底的《平原上的歌谣》。作家直面现实的苦难，用嘲盐子儿、吃柿树皮、炒蛐蛐儿吃等典型细节，写出了对饥饿的切肤体验，那种撕心裂肺的痛感直逼人心。作家也同样抱有一种焦灼感与使命感，要为三年大饥荒作证，为全民族建立关于三年灾荒的文化记忆。他认为，不写这部小说就对不起那些饿死的人和那段历史，也对不起自己的良心，一辈子都白活了。"一个民族的记忆是这个民族的力量所在，善于保存记忆的民族是不可战胜的。试想，一个民族倘是失去了记忆，就有可能重蹈灾难的覆辙，那是多么可怕……一代作家有一代作家的生活记忆，如果我们这一代亲历过那段生活的人死了，让后来的人再想象就不那么容易了。我们必须现在就行动起来，让记忆文化向遗忘文化挑战。"③

① 谢有顺：《应该恢复被迫失去的记忆——著名作家虹影专访》，《羊城晚报》2004年10月12日。
② 杨显惠：《夹边沟记事·跋》，天津古籍出版社2002年版，第356页。
③ 刘庆邦：《平原上的歌谣·后记》，北京十月文艺出版社2009年版，359页。

在保存三年灾荒文化记忆的责任感与使命感上，作家们都达成了一致的共识，但还有一个问题需要讨论，即谁的记忆，记忆为谁？这些灾荒幸存者所写的文学作品具有见证历史的意义，但也必然存在自身的局限。因为个人的记忆具有选择性和遗忘性，作为大饥荒的见证者会受到当事人观察角度的限制，受到写作环境和时代氛围的制约，不自觉地与叙述者当下的感受缠绕在一起。个体记忆一旦演变成社会记忆和社会见证，这种记忆便会带有意识形态性，记忆的私人性和情感性就会受到遮蔽，容易呈现出高度的一致性。于是，作家们会努力按照流行的见解来理解自己的经历并建构自己的叙事，把个人性的记忆拼接成一个连贯的形态，在不知不觉中使所叙述的事实发生了变形与扭曲。

三年灾荒，在张贤亮、智量等人的笔下是知识分子沦落底层的受难史，同时又是他们获得女性情爱的罗曼史；在尤凤伟、方方、杨显惠的笔下，三年灾荒又是知识分子人性失落、灵魂备受煎熬的炼狱史；在张一弓、高晓声、茹志鹃的眼里，三年灾荒是农村基层政权异化、老百姓濒临生活绝境的历史。而在谈歌的眼里，三年灾荒虽然物质缺乏，但人们精神丰足，是一个令人缅怀的道德理想时代。那时政治清明，干部勤政为民，克己奉公，官民鱼水情深、同舟共济。人们遵循秩序，恪守操行，小孩子因偷吃公田里的红薯就被母亲责打致死。村支书用不正当手段给村民弄来粮食救荒，却被村民们拒绝，认为这是燕家村的历史污点，支书妻子儿女也为之蒙羞，在自我惩戒中默默饿死。司令员不顾家乡人民灾荒而先解决革命老区的燃眉之急，老区人民得到粮食后又贡献出来供全地区统一划拨。这种闪耀道德光环的荒年记忆明显与许多作家大相径庭，作品中"女儿"就质疑"我"的讲述："女儿笑着说：我看过一部反映那个年代的中篇小说，那篇小说里的主要人物可是带着愤怒的感情，带着红了眼的老百姓去砸了粮库的。这篇小说还获了奖的。"显然，作品中的女儿是读过张一弓的《犯人李铜钟的故事》而成长起来的一代人。面对这些不同的关于三年灾荒的叙述，到底哪些记忆可以有效地参与到灾荒文化记忆的建构之中？

灾荒的文化记忆作为一种建构，是为了下一代人对历史有清醒的认识，为一个民族的历史作证。因此有必要对哪些记忆可以参与三年灾荒文化记忆建构达成某种共识，以免引起思想混乱。当然，这个要求对于文学来说是一种苛求，但笔者认为文学有责任去书写灾荒，建构文化创伤，承担起拒绝遗忘的职责。杰弗里·C. 亚历山大（Jeffrey C. Alexander）认为："当个人和群体觉得他们经历了可怕的事件，在群体意识上留下难以磨灭的痕迹，成为永久的记忆，根本且无可逆转地改变了他们的未来，文化创伤（cultural trauma）就发生了。"① 文学是人类文化记忆的一种载体，要承担抵抗遗忘的责任，保留人类灾难的文化记忆。当然，除了文学之外，我们可以考虑通过更多的途径建构三年灾荒的文化记忆，比如，树立三年灾荒的历史纪念碑，或是建立三年灾荒的博物馆，或是保留有关三年灾荒的具体遗迹等。已经有人开始了这些工作，2004 年，河南省光山县十里乡高店大队吴围子村农民吴永宽自筹资金，为在大饥荒中饿死的七十四位村人修建了两座纪念碑，刻上他们的名字，以慰饿魂，以昭后人，这是中国第一座关于三年灾荒的纪念碑。2008 年，独立

---

① ［美］杰弗里·C. 亚历山大：《迈向文化创伤理论》，王志弘译，陶东风等主编《文化研究》第 11 辑，社会科学文献出版社 2011 年版，第 11 页。

制片人胡杰根据这一事件拍摄了纪录片《粮食关纪念碑》，是第一部用镜头竖起的大饥荒纪念碑。①

三 地震灾害的文学书写

（一）死亡人数被作为绝密消息封锁的通海大地震

1970 年 1 月 5 日，云南通海县发生了 7.8 级大地震，死亡人数达 15621 人，受灾面积为 8800 平方公里，是当代历史上仅次于"唐山大地震"和"汶川大地震"的三次大地震之一。长期以来，我国政府一直将自然灾害的死亡人数视为国家机密，这个规定直到 2005 年才得以终结。因此通海大地震的详细情形，在"文革"的特殊背景下，特别是死亡人数被作为绝密消息严密封锁了几十个春秋。杨杨以亲历者和调查者的双重身份深入地震灾区采访、调查，查阅了各种地震档案资料，前后历时十多年，写出了纪实报告文学《通海大地震真相———一个人的回忆与调查》，第一次详细、客观地报道了这次大地震的情形，使得通海大地震的真相重见天日。

一些幸存者描述了这次大地震的惨烈情景：

> 那天晚上，我闹肚子，睡至半夜，睡意蒙胧，肚子剧痛，翻身下床赶往茅厕，四周特别安静。突然，"呜"的一声，一个古怪的声音随即而至，但无风动，更不像什么动物的声音。总之，似乎从来就没有听见过这种声音。抬头只见，阴沉沉的天空中布满奇形古怪的云彩，说紫不紫，说红不红，变幻莫测，

---

① http://blog.sina.com.cn/s/blog_553f77fb0100yuny.html.

一会儿呈蓝白色，一会儿又变成红绿相间，我们叫"火烧天"。四周死一样的寂静，此时，心也莫明其妙地发慌，怦怦乱跳，恐惧感特别强烈。我慌忙逃进屋里，把门闩上，听见"吱呜……吱呜"的巨响，似数十辆汽车的发动机在同时轰鸣一样。我正在发愣，又听"咣当"一声，大地突然晃动起来，似天旋地转一般，我便什么也不知道了。

俞家河坎的余从宾，是该村大滑移的见证人。地震那天晚上，他到田里放水、巡视回来，刚进家门，随着"轰隆"的响声，他家的房屋移动起来，他摔倒在地，就像坐马车一样，随着他家的房屋滑出 100 多米。幸而墙从外倒，他才得以存活。震后，他看见他家的楼板，因为滑入一片藕田里，所以从泥土里拱出了一支支鲜藕。

高大乡的一位幸存者，心有余悸地说，大地震发生的当夜，他听到炸雷一样的声响，躺着的床顿时颠簸、摇动起来，像在河中的船上一样，房屋随之倾倒。在先后约有 2 分钟的时间里，他从塌下的房屋空隙里爬出来，发现自己是在屋顶上。他逃到村外，看到四处喷沙冒水。路上也不知从哪里冒出一摊摊稀泥，常常有逃难的人陷入里边。①

通海古城几秒钟之内就遭受了灭顶之灾，无数生灵瞬间陨灭。解放军某部驻扎在峨山县红旗公社通讯团营房里的 136 名女兵，都是刚入伍的新兵，正在接受集训，还没有正式佩戴领章帽徽。大地震发生时，营房竟然没有倒塌。她们在极度震骇之中飞快地奔出营

---

① 杨杨：《通海大地震——一个人的回忆与调查》，安徽文艺出版社 2010 年版，第 79—81 页。

房。她们只穿着内衣和内裤呆呆地站立在寒冷的夜空里，部队首长吹哨集合，发出了"保护油库"的动员令。女兵们这才发觉自己穿得太少，都羞红了脸，看着营房尚存，不约而同地冲进去寻找衣服。须臾之间，一次强烈的余震发生了，本来就已岌岌可危的营房顿时垮塌，这些女兵全部惨死在屋里。后来部队为她们举行了追悼会，首长为这些女兵戴上了鲜红的领章帽徽，然后用推土机掘出一个大坑，百余名风华正茂的女兵就长眠其中了。农村住房绝大多数是夯土墙和土坯墙，毫无抗震能力。厚重的墙体掩埋了熟睡中的人们，许多人在睡梦中就失去了生命，有的则被尘土窒息而死。馆驿村全村共计2373人，869人死亡，38户绝户。西寨村是彝族聚居区，全村共有557人，247人死亡，11户绝户，震亡率高达48%。

《通海大地震真相》里面有许多故事震撼人心，比如，《一个抗震救灾英雄的号哭》讲述了抗震英雄李祖德的故事。他在地震脱险后没有积极抢救自己的亲人，而是想到自己作为革委会主任要赶紧组织党员群众去抢救别人的生命和财产。等到他布置好组织抢险工作，急匆匆返回家刨出自己的母亲和五个孩子时，他们已经全部断气了，他抱着最喜欢的小儿子去找医生说孩子还活着，要求医生救救孩子。那个医生一看，说孩子早就断气了。他不相信自己的小儿子已经死了，对医生说孩子的身体还热乎乎的，怎么会死了呢，后来，他又抱着孩子的尸体去找另外一个医生，另一个医生仍然告诉他孩子真的死了。就是这样，他擦干身上的血迹掩埋了亲人的尸体，领着群众重建家园。当着群众的面他从来没哭过，他知道自己一哭，大家的勇气就没了，精神就倒了。"我们三个月就架通了从高寨到观音的高压线，修复了公路，修通了40多条沟渠，当年还保证交清了全公社应交国家的 150 多万公斤余粮。那年，某乡借口地震灾情，向政府索要救济粮，我们高大公社的干部群众知道后，无偿地支援他们，敲锣打鼓地为他们送去了粮食，用实际行动为他们上了一堂自力更生、奋发图强的教育课。"① 当李祖德带领作者去看那些 30 年来一直没有再去过的坟墓时，他靠在一棵松树上叫了一声："妈，我来看你了！"便失声号啕大哭起来，哭过之后还一一呼喊孩子们的乳名。"那一声他叫得非常凄惨，哭声更是让我们惊心动魄。我们从来没见过一个男人这样号哭过，从未见过，我们一下都惊呆了，任何人也不敢轻易去劝阻他别哭了……30 年了他没这样哭过，他是英雄不能哭的，而且他也说过，他白天从没哭过，只在梦中流过眼泪。这一定是压抑了几十年的哭声，凭着这一阵悲恸的哭声，我们相信他说的 30 年来没有哭过的事实。""此次采访结束了，我们已完全明白，与当年那些冲进屋子里抢救领袖像章和靠大吹特吹而特意拔高塑造起来的抗震英模们相比，李祖德才是我们心目中真正的抗震救灾英雄。"②

《通海大地震真相》全景式地展示了通海大地震发生前后的社会背景、地质变化、巨大震灾和救援情况。作品还多方位地展示了那个特殊历史时期人们对地震及救灾的种种怪异心理和荒唐行为，如震级被人为降低，对灾情实行严密封锁，无限夸大精神援助，国家拒绝一切外援，受灾的群众也提出不要国家的救济款、救济粮、救济物，致使灾民生活贫困，灾后重建异常艰难。作者对灾难中人与自然、人与人、人与家庭、人与社会、人与政治的纵横交错的复杂

---

① 杨杨：《通海大地震——一个人的回忆与调查》，安徽文艺出版社 2010 年版，第 219 页。

② 同上书，第 220—221 页。

关系作了细致入微的描述，对通海大地震作了社会学、灾害学、历史学、新闻学等方面的深层思考。作者能够以今天的目光审视那段难以理喻的岁月，本着实事求是的科学精神，充分尊重人民的知情权，用充满悲愤的画面告慰那些在地震中逝去的亡魂。

（二）唐山大地震

1976 年 7 月 28 日，唐山发生 7.8 级大地震，死亡 242769 人，重伤 164851 人，百万人口的唐山市毁于一旦。这场突如其来的灾难不但使山河破碎，生灵涂炭，而且给唐山人民的心灵蒙上了沉重的阴影。在当时和之后陆陆续续出现了一大批以此为题材的文学作品，甚至出现了一股唐山大地震文学热潮。一类是那个特殊年代的热情颂歌，一类是沉寂之后的追忆与反思。

大震之后不久，解放军文艺出版社出版了报告文学集《人定胜天的赞歌》，人民文学出版社出版了诗集《震不倒的红旗》，上海人民出版社出版了时永福的诗集《志气歌》。这些作品带有那个时代特有的政治烙印，报告文学《一分不差》描写解放军某部一排接受清理人民银行金库的任务，他们不顾闷热和尘沙呛嗓，冒着余震的危险，坚持战斗了一天，最后只差两分钱，九十多万元之中差两分早在误差范围之内了。"可是，业务部门的标准，怎么能和我们战士头脑里的标准相比呢?!"于排长要求："财经工作上允许百万分之一的误差，我们为人民服务的思想，却不允许有一丝一毫的误差!"他们又打着手电继续搜寻，为此，许多人的手指都磨破了，最终一分不差地完成了任务。他们激动地传递着最后抠出来的一枚两分的硬币，"就像拾到了宝贝似的。是啊! 两分钱同九十多万元相比，确实是微不足道的，然而，我们战士对人民的财产负责到底的这种精神是极为高尚的"①。

诗歌也不例外，比如有一首诗歌《慰问团亲人下队来》这样写道：

一封封火热的慰问信，

一瓶瓶婴儿的糖牛奶；

慰问团亲人呀——

带来毛主席的关怀。

同咱清理塌房地，

又把批判大会开；

抓住阶级斗争纲，

天灾要听咱制裁。②

《震后第一课》也强调自力更生、人定胜天的观念，时刻不忘阶级斗争。

政治夜校的牌子，

燃一簇通红的火焰；

帐篷里灿烂的灯光，

在把工人们召唤。

十二级狂风，

---

① 同送、天增、永茂：《一分不差》，《人定胜天的赞歌》，解放军文艺出版社1977年版，第253页。

② 衣惠恩、游传清：《慰问团亲人下队来》，《震不倒的红旗》，人民文学出版社1977年版，第11—12页。

拔不掉新生事物的红苗；

七级地震，

岂能把政治夜校震散！

震后咱上第一课——

"自力更生，人定胜天"；

剖析修正主义路线的实质，

狠批走资派的谰言。

莫道这帐篷简陋，

一座无产阶级的营盘；

莫道这课堂窄小，

——正孕育着崭新的唐山！①

《无敌的铁拳》也处处渲染阶级敌人的破坏，点燃人民群众仇恨的烈火，在阶级斗争火红的熔炉中铸造无产阶级专政。

捷报似火，战旗如画，

英雄镇得住地陷天塌。

抗震救灾的号角——惊雷在吼，

对敌斗争的战鼓——霹雳在炸。

唐山的民兵呵唐山的民警，

誓把困难和顽敌压垮！

并肩战斗在抗震前线，

---

① 肖振荣：《震后第一课》，《震不倒的红旗》，人民文学出版社 1977 年版，第 120—121 页。

革命的铁拳迸出火花——

……

一个坏家伙兴妖作怪，

躲在阴暗处散布黑话：

"哎呀，天降灾难，后患无穷……

嘿嘿，形势大好，咋个解答？"

民兵和民警发动群众，

揪住了他的狐狸尾巴。

反面教员，大有用处——

大批判添了一个"活靶"……

有一个反动资本家血债累累，

建国初期被人民镇压。

这次他家的"夹墙"震裂，

搜出了步枪一支、子弹百发。

这支枪象一条冬眠的黑蛇，

这子弹象一排磨尖的毒牙。

资本家人死心还不死，

梦想夺回失去的天下……①

许多作品都是出自抗震救灾第一线的工农兵之手，"作者用他们自己的亲身感受，挥战斗笔锋，抒革命豪情，热情歌颂毛主席、党中央对灾区人民的亲切关怀；歌颂无产阶级专政的社会主义制度的

---

① 时永福：《无敌的铁拳》，《志气歌》，上海人民出版社 1977 年版，第 34—38 页。

无比优越性；歌颂广大军民在抗震救灾斗争中所表现出来的大无畏革命精神，以及奋发图强、自力更生、发展生产、重建家园的英雄业绩"①。这些作品为那个时代的抗震救灾情景留下了一段丰富且耐人寻味的历史影像。

这些地震文学书写漠视几十万惨死的生命，游离于满目疮痍的灾难现场，过分关注那个畸形年代的政治热情和被强化了的群体精神。真正扭转这种写作倾向并且引起广泛关注的是钱钢的报告文学《唐山大地震》，这部作品浸润着作家强烈的主体意识，突破了一个时代的政治规范，以全新的眼光重新观照唐山大地震。那种地震灾难带来的毁灭场景读来令人震撼，"仿佛有一个黑色的妖魔在这里肆虐，是它踏平了街巷，折断了桥梁，掐灭了烟囱，将列车横推出轨。一场大自然的恶作剧使得唐山面目全非，七零八落的混凝土梁柱，冰冷的机器残骸，斜矗着的电线杆，半截的水塔，东倒西歪，横躺竖倚，像万人坑里根根支棱的白骨。落而未落的楼板，悬挂在空中的一两根曲弯的钢筋，白色其外而内里泛黄色的土墙断壁，仿佛是在把一具具皮开肉绽的形容可怖的死亡的躯体推出迷雾，推向清晰"②。由于地震发生在夜间，许多人是在毫无准备的情况下被死神带走的，一切都显得是那么的匆忙、急促。"惨淡的灰雾中，最令人心颤的，是那一具具挂在危楼上的尸体。有的仅有一双手被楼板压住，砸裂的头耷拉着；有的跳楼时被砸住脚，整个人倒悬在半空。他们是遇难者中反应最敏捷的一群：已经在酣梦中惊醒，已经跳下床，已经奔到阳台或窗口，可是他们的逃路却被死神截断了。有一

---

① 《震不倒的红旗》编辑组编：《编者的话》，《震不倒的红旗》，人民文学出版社1977年版，第245页。

② 钱钢：《唐山大地震》，解放军文艺出版社1986年版，第32页。

位年轻的母亲，在三层楼的窗口已探出半个身子，沉重的楼板硬落下来把她压在窗台上。她死在半空；怀里抱着孩子，在死的一瞬间，还本能地保护着小生命。随着危楼在余震中摇颤，母亲垂落的头发在雾气中拂动。"① 这些惨烈悲壮的描写给人一种强烈的冲击力，令人难以忘怀。作家突破灾难报告的书写禁区，秉持一种启蒙主义立场，全景式记录了人们面对自然灾害的种种表现，对救灾中的特殊政治思维模式进行批判，反思了人类如何与自然和谐相处，体现了一个知识分子的社会担当。该作品融报告性、新闻性及文学性于一体，蕴含丰富的社会信息，被认为是"极为宏观全景的报告文学"，"此文可以说是开了'全景式'报告文学的先声"②。

除了钱钢的《唐山大地震》之外，还出现了大量的以唐山大地震为题材的文学作品。长篇小说有张庆洲的《红轮椅》和《震城》、单学鹏的《劫难》、董天柚的《凤凰城》、刘凤城的《凤凰劫》、刘晓滨的《等待地震》、关仁山与王家惠的《唐山绝恋》、王离湘与刘晓滨的《废墟狼嚎》、刘宏伟的《大断裂》；中篇小说有刘宝池的《灾难人生》、何玉湖的《震荡后的震荡》，比较有影响的是加拿大华裔作家张翎的《余震》，被冯小刚拍成电影《唐山大地震》，轰动一时；短篇小说有孙少山的《八百米深处》；报告文学有张庆洲的《唐山警世录》、刘晓滨的《唐山，唐山!》、李润平的《四天四夜——唐山大地震之九死一生》、王立新的《地震与人——唐山震后心态录》、冯骥才等编著的《唐山大地震亲历记》、郭安宁的《中国唐山大地震》等；诗歌有珂宁的《在地震断裂带上》、张学梦的

---

① 钱钢：《唐山大地震》，解放军文艺出版社1986年版，第33页。
② 余树森、陈旭光：《中国当代散文报告文学发展史》，北京大学出版社1996年版，第325页。

《蓝色的纪念》、徐国强的《大地震十六年》等；散文有张丽钧的《车票》、李永文的《吊兰飞翠》、长正的《经霜焦竹声更高》、李志强与张庆洲的《地震往事》；电视剧本有关仁山等人的《唐山大地震》、冯思德的《方舟》、刘晓滨等人的《唐山故事》等；广播剧本有刘三伶的唐山地震生活"三部曲"：《三个人的月亮》《唐山孤儿的故事》《天堂之梦》。

这些作品以唐山本土作家为创作主体，体现出难以忘怀的地震情结。比如，张庆洲曾以晓洲为笔名写了长篇小说《震城》，然后又不断地去搜寻和追问当年唐山大地震的漏报真相，坚持不懈地去采访国家地震局和河北省及唐山市有关地震预报的当事人，写出了撼人心魄的报告文学《唐山警示录》，披露了当年唐山大地震预报工作中鲜为人知的一面。针对唐山地震之后出现大量的截瘫人员的事实，张庆洲创作了长篇小说《红轮椅》，描写了一个凄美的爱情故事。主人公陆志国和江心平是一对热恋的知青，陆志国返城工作，后来在大地震中被砸成高位截瘫。在青龙插队的江心平不顾家人的反对，毅然决定嫁给陆志国。恢复高考时，江心平考上了大学，但毕业后为了照顾丈夫又回到家乡，成为受人尊敬的模范教师。陆志国在改革开放中凭借自己的精明和闯劲，和其他截瘫人员一起创立了"大陆公司"，成了有房有车的总经理。陆志国虽然事业上红红火火，但由于伤残造成的无性婚姻时刻折磨着他，使他内心极度自卑，对妻子与同学周小凡的正常交往疑神疑鬼。后来，为了维护自己男人的尊严，竟对妻子做出了荒唐的"查体"之举，使得江心平感到非常屈辱，一怒之下真的红杏出墙，婚姻破裂。"丈夫塞给你屈辱的同时，也证明你的清白；丈夫以为你清白了，你却红杏出墙了。一切都来得那么突然，似乎在瞬间就完成女孩向女人的过渡。"① 《红轮椅》描写地震截瘫人员的艰辛生活与他们隐秘、悲凉的内心世界，反映了这一特殊群体的生存困境，旨在唤醒全社会对弱势群体的同情和关爱，拓展了地震文学的表现疆域，体现出唐山作家的良知和使命感。

（三）汶川地震

2008 年汶川地震发生之后，举国悲痛，文学也深深地介入这场国殇之中，特别是诗歌创作出现了井喷现象，各个出版社也都以最快的速度推出了各种版本的地震诗集，如，岳麓书社选编的《五月的殇咏》、赵丽宏与吴谷平主编的《惊天地泣鬼神——汶川大地震诗钞》、赵丽宏主编的《天使在泪光中远去》、珠海出版社编的《瓦砾上的诗——5·12 汶川大地震祭》、吴兴人主编的《废墟上的升华》、刘满衡主编的《国殇——献给 5·12 汶川大地震蒙难者和英雄们的歌》、李瑛等人的《感天动地——汶川大地震诗歌记忆》、尚泽军的《诗记汶川》、陈寅主编的《汶川——"5·12"诗抄》、苏历铭选编的《汶川诗抄》、柳柳等著的《珍藏感动——汶川·生命之诗》、人民文学出版社选编的《有爱相伴》、吴兴人主编的《不屈的国魂——汶川大地震诗歌选》、海啸等主编的《大爱无疆——我们和汶川在一起》、聂珍钊等编的《让我们共同面对灾难——世界诗人同祭四川大地震》等；报告文学有李明生的《震中在人心》、徐剑的《遍地英雄：第二炮兵部队抗震救灾实录》、关仁山的《感天动地：从唐山到汶川》、赵瑜和李杜的《晋人援蜀记》、张蜀梅的《生死一

---

①　张庆洲：《红轮椅：谨献给大地震的幸存者》，花城出版社 2009 年版，第 163 页。

线：汶川大地震九天纪实》、陈歆耕的《废墟上的觉醒：关于汶川大地震志愿者的问卷调查》；此外，以汶川地震为题材的长篇小说有歌兑的《坼裂》、关仁山的《重生——汶川特大地震三周年祭》、青川作家李先钺的《我前面桃花开放》与《天葬》等；以汶川地震为题材的电影剧本有李先钺和李世许的《让三川告诉世界》。

诗歌由于受到现代市场经济影响，一度处于低迷状态。汶川地震促发了诗歌的井喷现象，无论是名家（雷抒雁、李瑛、张学梦、徐敬业、王小妮等）还是草根，纷纷在各种媒体（报社、电台、网站、出版社等）上用诗歌表现自己对汶川的关注，抒发地震所带来的心灵震惊，思念罹难的人群，关心和抚慰幸存者的感情，歌颂坚韧的生命，赞扬军民奋不顾身的救援行动，弘扬救困帮贫、怜悯正义、生命至上及英雄主义等价值观念，歌颂党和政府迅捷的救灾行动，赞颂伟大的祖国，抒发中华民族自豪感。诗歌创作一时蔚为大观，有学者把这次地震诗潮称为 20 世纪中国文学史上的"第四次全民诗歌运动"。

杨秀丽的诗歌《写在大地摇动的时刻》描写汶川地震的惨烈情形，让生于 20 世纪 70 年代从未经历如此自然灾祸的诗人深感震惊，一下子从青葱安逸的梦境中醒来，近距离地看见了祖国母亲悲伤的容颜，可是自己作为诗人又如此无力，只能用诗歌亲吻祖国母亲忧伤的额头。

> 那一刻，我看到灰暗的云朵在天空漫上来，
>
> 那一刻，我以为上海的午后要有雨了，
>
> 那一刻，我不知道中国的腹地正在崩裂、颤抖！

历史将永远铭记这个黑色的瞬间，

五月的中国啊，天崩地裂，山峦震动，

有什么无形的东西在摧折祖国母亲的筋脉？

有什么可怕的力量在揉断她的骨骼？

有什么巨大的手在捣鼓她的血肉？

大自然在凶吼！神州硬生生地被震开了缝！

生与死的界缝啊，一道无明的深渊！

世界仿佛进入混沌的末日，

啊，中国！我庄严的国土，

我生息相共的母亲祖国，

为何无数无辜的众生被顷刻带走？①

有感于"四川绵竹汉旺镇东汽中学废墟中，一个死难学生的手中紧握着笔"，在钢筋水泥的丛林里，无辜的青春在萎缩，盛开的梦想在凋零，周碧华创作了诗歌《那只手，那支笔》，紧扣"手"与"笔"的中心意象，把最美好的、最痛楚的、最惨烈的几个矛盾元素融入诗中，赞美了孩子的坚定与抗争，抒发对遇难学生的哀悼之情，读后让人泪流不已。

孩子 生命的最后一刻

那支笔被你攥出了泪滴

你对生命的渴望

让活着的人不敢呼吸

---

① 杨秀丽：《写在大地摇动的时刻》，《不屈的国魂——汶川大地震诗歌选》，四川人民出版社 2008 年版，第 3—4 页。

那支笔是幸运的哟

与你的手一起构成最壮美的景致

孩子　我知道你不想松开

作业本上还有一道未解的题

那一刻　我听到你的骨骼吱吱作响

柔嫩的身体压满了钢筋和水泥

那支笔在痛苦地痉挛

那支笔像你一样没有哭泣

大难临头你仍然没有放弃

那支笔是你抵抗死神的武器

可以抛却生命却不可以抛却知识

孩子哟　那堆废墟因你充满了生机①

同样是悲悼罹难的学生，邹旭的《哭泣的书包》以书包的口吻去寻找往昔那熟悉的稚嫩的肩膀，最终只能成为没人背的书包，留在废墟里陪伴主人一起安息。

啊！你！

温暖的脊背

稚嫩的肩头

从此不能高兴

背着我

---

① 周碧华：《那只手，那支笔》，《不屈的国魂——汶川大地震诗歌选》，四川人民出版社2008年版，第14—15页。

往学堂的路上走

我！

成了没人背的书包

……

我哭泣你的灵魂

你的灵魂哭泣我

没人背着的书包

在大地深处寻找

寻找曾经的脊背

啊！你！

一个没人搭理的书包

一个满脸灰尘的书包

一个只能哭泣的书包

伏在母亲背上

无力走出废墟

和你一起在地里安息！①

地震中也有许多孩子因为老师舍生忘死的救护而得以逃生，张米亚老师就是这样一位天使。当人们徒手搬开汶川县映秀镇垮塌的镇小学教学楼的一角时，眼前的一幕让他们惊呆了：一名男老师跪在废墟上，双臂还紧紧搂着两个孩子，就像一只展翅欲飞的雄鹰。两个孩子得以存活，而那只"雄鹰"却已经气绝！他就是该校的小学教师张米亚，年仅二十九岁。由于他紧抱孩子的手臂已经僵硬，救援

① 邹旭：《哭泣的书包》，《惊天地泣鬼神——汶川大地震诗钞》，华东师范大学出版社 2008 年版，第 93 页。

人员只好含泪将之锯掉，然后把孩子救出来。有感于此，诗人创作了《摘下我的翅膀，送你去飞翔》一诗，向英雄的张米亚老师致敬。

> 亲爱的孩子，不要哭泣
>
> 摘下我的翅膀，送你去飞翔
>
> 在雷鸣电闪山崩地裂中，
>
> 灾难摧毁我们的校园
>
> 不怕，有我
>
> 我就是你们生命的雄鹰
>
> 张开我有力的臂膀
>
> 来为你筑起温暖的阳光
>
> 亲爱的孩子，不要哭泣
>
> 摘下我的翅膀，送你去飞翔
>
> 在杂乱的残垣断壁中
>
> 你们并不孤寂
>
> 不怕，有我
>
> 请相信未来
>
> 灿烂的明天又会回到巴蜀大地山川
>
> 在那时，到处都是花儿开放的气息
>
> 亲爱的孩子，不要哭泣
>
> 摘下我的翅膀，送你去飞翔
>
> 我也将去往天堂的路上
>
> 请你们原谅
>
> 我们未尽的师生情义
>
> 请看看吧

那些帮助我们血浓于水的解放军

是他们用血肉铸成了我们胜利的城墙

亲爱的孩子，不要哭泣

摘下我的翅膀，送你去飞翔

不是我不坚强

丢下你们独自离去

只是因为天堂太美丽

为了让你轻松的成长和站起

我必须折断我的双臂

那是我摘下的翅膀

我要用它

送你们去自由自在去飞翔①

　　四川省德阳市汉旺镇中学老师谭千秋，在教学楼坍塌之际，张开双臂趴在课桌上护住四个学生。学生得救了，他却献出了自己的生命。胡有琪的诗歌《谭千秋老师，废墟中的最后一课》叙写了谭千秋用老师的风范撑起坍塌的天空，抒发了对谭千秋老师的崇高敬意。

在你的面前

所有的颂语媚言都变得苍白、无力

你用唐诗宋词做骨

认认真真地写了四个字：我是老师

然后，你就做了一个老师应该做的事

---

① 《摘下我的翅膀，送你去飞翔》，http：//bbs1. people. com. cn/postDetail. do？ id ＝ 86361337.

用老师的风范撑起坍塌的天空

在 2008 在一场大地震中

上完了自己人生的最后一课

比"最后一课"中的老师还要老师 还要形象

之后 你和所有废墟中的灵魂一起悄悄悄悄地

赴死神之约

你没有动人的遗言

你没有响亮的口号

你怕 怕惊动身下的孩子

你怕 怕孩子们只有书包无法取暖

你怕孩子们知道你走了

会哭

四个有幸的孩子

在你的良心里安全的避难

被你的良心安全的救活

他们见证了一个普普通通的老师却是神的化身

他们知道 老师未说出口的话就是要他们好好读书

有老师在道就不会灭

有老师在再大的灾骨却不会酥

不能不为你哭 尽管你希望天天看到孩子们笑

不能不为你鼓掌 尽管我也最讨厌死后才为英雄鼓掌

已无法和你握手

但我不能不和你握手

你的最后一课

真真正正的令活着的老百姓感动 令中国的父母感动

谭千秋老师 一千年你都是我的道德文章

一千年你都是中国人不折不扣的老师

老师 你走好啊 你走好

天堂的学生也在等你呀 正在等你……①

　　汶川地震中这类感人的故事还有很多，比如，一名男子驮着已逝的爱人回家的画面就曾经感动了成千上万的人。周碧华为此创作了诗歌《爱人，搂紧我》，抓住典型的细节，描摹男子无望的絮语，感情深沉细腻，表现了人类在灾难面前的无奈，在一咏三叹中赞颂生死不离的爱情。

爱人，我知道你很累

此刻，我们的家已毁

遍地瓦砾掩不了血腥味

可我有宽阔的背呀

爱人，你且好好地安睡

爱人，我知道你很冷

请将我搂紧

我的热血是你最后的体温

爱人呀，你真的睡着了吗

为什么这次睡得这么沉！

---

① 胡有琪：《谭千秋老师，废墟中的最后一课》，《惊天地 泣鬼神：汶川大地震诗钞》，华东师范大学出版社 2008 年版，第 142 页。

爱人，请搂紧我

是否还记得那片小山坡

满山的花偷窥了我们的热恋

你是那最浪漫的一朵

搂紧我呀，别松开！

爱人，我要带你去听歌

天堂的歌声远远地传来

爱人，我的悲伤已成河

今晚的饭菜在哪里

今生再不能枕你温柔的胳膊

爱人呀，搂紧我……①

这类诗歌善于运用诗性的直觉，抓住一些经典细节，避免空泛的抒情，把诗歌的根须深深地扎在坼裂的土地之中，给人一种视觉和情感的冲击。

作家歌兑作为一名军医率领医疗队伍参加了救援工作，耳闻目睹了灾难中的许多残酷情景，在救援工作结束之后感觉还有未竟之事，经过两年的思索和酝酿，终于创作出了震撼人心的长篇小说《坼裂》，以一个军医的眼光对大地震进行哲理思考，直击苦难现场，深入剖解人心，用文学的方式对那场国殇进行特殊的祭奠。《坼裂》虽然以汶川地震为背景，但突破了一般地震文学书写的规范，展现了人性坼裂的现状，寻求中华民族现代精神的重铸，对灾害的文学书写进行了另类拓展。

---

① 周碧华：《爱人，搂紧我》，《汶川大地震诗歌经典》，四川文艺出版社 2009 年版，第 38—39 页。

地震使得汶川大地山河破碎，沟壑肆横，到处都是大地撕裂的伤口，脆弱的生命在自然的强力面前不堪一击。地震灾区是一个需要施救的地方，到处都是等待救治的患者。医院里，医生为了留住高中女孩那条美腿实施艰辛的"保肢计划"；废墟下，卿爽冒着生命危险为阆老师实施剖腹产，承受着杀一人救一人的心理煎熬；"宝宝不孤"行动中，医生们为了如何更完美施救小赵时而争吵不休。《坼裂》表现的不仅仅是简单的生命救赎，还有人的尊严的救赎，以及人的坼裂灵魂的救赎。

　　有尊严地活着是一个人最起码的要求，可就是这一最基本的人生诉求却因各种情境而无法得到满足，甚至在人死之后也依然如此。小说中写了一对刚完婚的新人，死后却因家庭背景的不同而受到不同的待遇，新娘子的母亲是有名的樱桃大王，硬把新郎手上的戒指摘下来套在新娘手上，新娘尸体被家人簇拥着用车子拉了回去，而贫困的新郎的尸体却只能被父亲独自背回家。新娘子孤零零一个人静卧在花团锦簇的丰收果实之上，没有人理会她的孤单，没有人去尊重她是为爱而死，亲友郑重的祭奠仪规不过是巩固家族地位的自利。大自然的灾难让一对新人的死增添了别样的意味，主人公卿爽感慨道："一个人对感情的拥有权是多么脆弱，你的，未必就真的是你的。任何事物，上天分你一小半的支配权力，把握不住的，是你自己。"① 爱情本是两个恋人之间的事情，是没有等级和贫富差别的，然而现实的规则和秩序无情地将这对恩爱夫妻死后还要拆散，人的尊严在此受到严重践踏。

　　书中还写了一个年轻的"鬼眼睛"，他曾高举两手抵住房梁，让

―――――――――――

　　①　歌兑：《坼裂》，解放军文艺出版社 2011 年版，第 78 页。

老婆孩子从瓦砾中钻出来。他表面上看起来很快乐，嘴里一直唱着山歌，可后来却突然上吊自杀了。原来，地震时他和一个寡妇情人在一起，这个寡妇临死前也许还救了他一把，他活着出来后才救出了家人。老婆知晓他和寡妇的关系，想到震后政府要按户补助救济金和住房，就让他和自己补办一份假离婚证明，再和死去的"寡妇"去办个假结婚手续。他一切照办，然后就上吊自杀，追随寡妇而去。生的尊严在现实利益的追逐面前遭到无情的蹂躏。"地震让人变得诡异了。"① 功利化的社会，让人变得越来越现实，越来越无情。在一个物欲横流的污浊社会维护好自己的尊严越来越难，如何有尊严地生存，是我们每个人都需要思考的问题。

与生命的救赎和人尊严的救赎相比，小说更多表现的是人的灵魂的救赎。书中对"坼"这个不常用的汉字做了一番解释，"指大地由整而分；或泥土由板而裂；或种子破壳发芽。人心深处，也藏着这一'坼'，所以，人性总是丰富多彩"。人性是异常复杂且矛盾的，尤其在当今社会，人格分裂是如此常见而又让人内心纠结。作品中关于"坼裂"的文学描写颇有意味。小说中有许多关于"裂纹"的描写，比如，大地的裂纹、女性乳房上的伤痕、林絮和卿爽爱情的裂纹……作者一再强调这些裂纹的存在，甚至小说的封面设计也采用了裂纹。裂纹，是坼裂后所留下的痕迹，是生活细碎状态的再现。但不管是大地的坼裂、身体的坼裂，还是爱情的坼裂，都是为表现灵魂的坼裂服务的。

在经济全球化的今天，多元化的价值观念让人眼花缭乱，现代人逐渐丧失了自己的核心价值观，灵魂的空虚和无所依靠几乎成

---

① 歌兑：《坼裂》，解放军文艺出版社 2011 年版，第 264 页。

了现代人的通病。《坼裂》通过大地震这一突发状况，把日常生活所隐藏的各种怪诞之处显露无遗，揭隐出大地震中被撕裂的人心、人性，让我们直面赤裸的真相。这部小说呈现出来的就是这样一种坼裂的精神状态，比如，在虚拟的网络世界里，人们可以无所顾忌地畅游在理想的爱情王国，可以抚养被遗弃的孩子，而一旦落实到现实生活，有些东西不免要受挫。小说一开场就把男女主人公心灵的"坼裂"展示在读者面前，林絮年轻有为但却玩世不恭，卿爽聪颖美丽但却孤独寂寞。两个高级知识分子沉溺于网络虚拟的爱情，恩爱有加，而当他们偶然发现生活中的彼此时却不知所措，不愿接受对方。这种现实与虚拟的坼裂，是现代生活中很多人面临的问题。

小说中男女主人公一方面是患有现代心理病的患者，另一方面又是无数灾民赖以求生的救赎者。他们和灾难互存互生，启示人们剥离灾难反思人性的庸常，即使没有地震，你的生活中也充斥着"坼裂"；即便没有现代性，你也一样是"坼裂"的。在人与人之间，人与集体之间，人与环境之间，到处都存在坼裂的现象。作品对大地震之后人情物态进行了精细的描摹，对灾后人心给予了纤毫毕现的描绘。我们从作品中看到的既有卑劣渺小，也有崇高伟大，既有生活的怪诞与荒谬，也有生活的秩序与逻辑，这无疑是对人的本质和本性的深刻揭示，也是对某种现实的有力针砭。《坼裂》的主旨其实远远超越了地震，对人的心灵的关注才是其关键所在，作者给地震废墟上人的灵魂实施了一场无形的手术，显示了对人的灵魂的深切关怀与救赎。小说通过对地震灾难的描写，希望引起人们对灵魂的关注与反思。地震过后，倒塌的房屋可以重建，堵塞的河流可以疏通，但废墟上人的灵魂还在四处飘荡，找不到回家的路。

四 "非典"灾害的文学书写

2003 年，正当人们期盼着广交会的来临，期待着经济快速发展的时候，中国却遭遇了一场前所未有的"非典"挑战，考验着中国政府和人民如何去处置这一重大的疫情，全世界都在关注着中国。最终，中国人民在政府的强力指导下，战胜了"非典"，交出了满意的答卷。"非典"过后，一些作家有感于"非典"时期的见闻，创作了一些描写"非典"时期人们的感情与生活情况的作品，表达了自己对于"非典"的看法。

"非典"文学作品很多，特别是以此为题材的长篇小说数量颇丰，有柳建伟的《SARS 危机》、徐坤的《爱你两周半》、向本贵的《非常日子》、张尔客的《非鸟》、倪厚玉的《非典时期的爱情》、赵凝的《夜妆》、胡发云的《如焉@ sars. com》、胡绍祥的《北京隔离区》、夏凡的《爱在 sars 蔓延时》、陆幸丰的《银狐之劫》等；中短篇小说有阿多的《非典时期的 B 城情感》、邹贤尧的《遭遇非典》、贺静炜的《SARS 覆灭记》、陈国炯的《非典时期的爱情》、四毛的《遭遇非典实况录》；电影文学剧本有朱苹等人的《非典时期的爱》；报告文学数量众多，内容丰富，有杨黎光的《瘟疫，人类的影子——"非典"溯源》、舒云的《纸船明烛照天烧——中国抗击非典全纪录》等；"非典"日记有张积慧的《护士长日记——写在抗非典的日子里》、掬水娃娃的《北大日记》、刘雪涛的《小汤山手记》等；此外，还有各种各样的"非典"民谣及"非典"短信。

柳建伟的《SARS 危机》是描述 2003 年"非典"的代表作品。

"非典"是重症急性呼吸系统综合征的中国式称谓，在西方简称SARS。柳建伟为创作这部作品进行了充分的准备，前后花了三个多月的时间去搜集"非典"的有关资料。正是有了如此认真的调查研究，才有了《SARS危机》的问世，让我们得以了解那个时期中国人的情感及表现，了解政府和民众面对重大危机时的态度，为将来更好地进行疫情防控提供了许多有益的启示。《SARS危机》是第一部全面反映SARS病毒入侵人类的长篇小说力作，被称为中国版的《鼠疫》。作品以北方省会城市平阳作为背景，以副市长张保国、医生朱全中、记者丁美玲等几个家庭主要成员为主人公，忠实记录了"非典"时期中国人的生存景况，较为全面地展现了政府和人民抗击"非典"的真实过程。小说描写了"非典"带来的恐慌，由于人们对"非典"的认识不足，在"非典"来临的时候，人们更多的是惊慌失措，人群疯狂地抢购板蓝根、食醋。这种恐慌也弥漫到大学校园中来，在封校传言的影响下，平阳大学的很多学生盲目地冲出校园，学校秩序几乎失控。小说批判了一些"非典"之下的人祸因素，如钱东风作为一院之长，为了自己的私利，听不进张春山等人的劝说，一意孤行，强迫下属服从命令，没有有效地控制疫情，任凭事件扩大，最后还试图隐瞒实情；市领导王长河一味追求经济发展，也刻意隐瞒疫情，漠视老百姓的知情权，导致了"非典"的进一步扩散；以丁国昌为代表的一些不法商人企图发国难财，囤积大量板蓝根，从中牟利，并制造谣言，贩卖烟花爆竹，最终得不偿失。副市长张保国为了百姓的利益不畏强权，在其父张春山的帮助下，带领人民抗击"非典"，成功地控制了平阳的"非典"疫情。

《SARS危机》视野开阔、结构庞大、情节生动曲折，全方位、多层面地描绘了"非典"时期人们的特殊生活。既对 2003 年"非典"这一真实历史事件进行了全面、深刻的描画，又对各个阶层典型人物的命运轨迹进行活灵活现的展示。《SARS 危机》是一部忠实记录中国人生存境况的大书，带有强烈的忧患意识，呈现出深刻厚重的艺术风格，表现了中国当代作家在反映民族灾难时所表现出的强烈的责任感与艺术良知，是中国灾难文学书写的一部代表作品，为 SARS 危机留下了一部人类良知的心灵史，具有重要的文学价值和认识价值，时刻提醒人们不要忘却过去的灾难。

不同于柳建伟的全景式地书写"非典"下的平阳社会状况，张尔客的长篇小说《非鸟》侧重于从局部和个人的角度去描绘"非典"，将"非典"放在日常生活层面进行深入的透视。《非鸟》以"非典"肆虐时期的某城市为故事背景，展现了瘟疫突然来临时的世态人心，是一部"非典"时期的名利场，一曲人性、权力、欲望、爱情的四重奏。某国企副总肖桦到广州出差，签了一大笔合同，幽会了情人赵米，正当其踌躇满志之际，他的广州情人被发现患了"非典"，他成了这个城市的第一例"非典"疑似患者。由于他频繁出入各种社交场合，其行踪给这座高度警觉又十分脆弱的城市带来了极大的恐慌，短短的十五天之内，就有一万五千人被隔离，甚至一副市长也因与其接触感染"非典"而身亡，人际关系风云突变，造成了官场极大的震动，他的升迁之梦也就此终结，最后住进了精神病院。小说还讲述了另外两个中产阶级男士的"非典"遭遇，一个是猎艳高手黄浦邂逅女作家圆波，因为发生"非典"疫情而被隔离，度过了一段尴尬时光，让他们得以重新审视被遗忘的日常生活；另一个是收藏家侯三石与从良妓女唐心如因为"非典"而产生了一段传奇式的爱情。《非鸟》通过"非典"疫情的强势介入，让一些隐蔽的东西无处遁形，颠覆了现代消费社会的私密性。肖桦与赵米的私情曝光，让这个曾经跪在妻子李春芽面前求婚的好丈夫形象彻底颠覆。黄浦每天都要与远在日本的妻子通昂贵的越洋电话，私下里却到处寻香猎艳，与女作家圆波私通时被隔离，而这时候妻子从日本回国，只好躲到厕所里打电话，用谎言来弥补生活的裂隙，隔离生活让他意识到寻花问柳生活的荒唐与无聊。《非鸟》写出了"非典"时期的夫妻反目与权力更替，反思了当下消费社会的道德观与价值观，说明所谓身体的自由其实是有其限度的，不可能超越社会的规范而存在，个人的私生活和社会是不可分割的。《非鸟》集中展示了背弃、伤痛、绝望、死亡等人性主题，深刻地揭示了权力与欲望的脆弱性。

表现"非典"的纪实文学作品更是层出不穷，各大报纸如《人民日报》《文艺报》《中国青年报》《中国教育报》，以及《安徽日报》等各省市的报纸都纷纷推出"抗非典"文学专栏，代表作品有郭玉山的《困境中的坚韧持守》、嘉嘉的《英雄在黎明前倒下》、邹月照的《仁者无谓》、黄天源的《我们面对什么?》、温远辉的《一场没有硝烟的战争》等，这些作品都从不同的视角，讴歌了白衣战士和各行各业的抗"非典"英雄，赞扬了"非典"时期全国人民的大无畏精神。军旅作家王宏甲在《文艺报》上发表了报告文学《天使之盾》，反映我军科技人员夜以继日进行科研攻关，发明新型隔离服的感人事迹。《人民日报》刊登了解放军307医院赴小汤山一线护士刘雪涛的报告文学《在小汤山医院的日子》，展现了十名护士战斗"非典"第一线无私奉献的敬业精神。《人民日报》文艺副刊推出了金敬迈的《好人邓练贤》，以真实质朴的文字展现了抗"非典"而殉职的时代英雄邓练贤高尚的职业道德和无私无畏的精神。

杨黎光在"非典"爆发之际不避艰危深入灾区，对医护人员的英勇行为和"非典"患者的痛苦现状进行了现场采访和报告，为人们更好地认识和应对 SARS 提供了真实的现场情景，表现了一个报告文学家的社会良知和勇敢担当。当 SARS 已经成为历史，许多人对当时那些刻骨铭心的"非典"记忆已经有所淡忘之际，杨黎光却没有停止自己对"非典"的认识与思考，在长期的材料积累和深刻思考的基础上，创作出了长篇报告文学《瘟疫，人类的影子——"非典"溯源》，真实地记录了当年"非典"的重大疫情，全方位地反映了广东人民在省委省政府的坚强领导下抗击"非典"的坚定信念和高昂斗志。《瘟疫，人类的影子》塑造了众多为了抗击"非典"而将生命置之度外的英雄人物，同时也描写了"非典"之下芸芸众生的生活场景，正是这些普普通通的人群用真情和大爱构筑了抗击"非典"的生死防线。该作品还对瘟疫的历史进行溯源，用了很大篇幅来介绍病毒、细菌与人类的关系，为读者提供了丰富的科学知识和历史知识，从历史和现实的角度揭示瘟疫与人类发展的密切关系，预言人类最危险的敌人是病毒，引导人们正确地面对瘟疫和自然，启迪人们去关注环境与健康，具有高度的科学思辨色彩。《瘟疫，人类的影子——"非典"溯源》不仅为"非典"之战留下难以忘却的记忆，同时还让我们去重温那些人类与瘟疫作战的历史，追溯"非典"的根源，揭示了"非典"的出现是人类文明发展必须付出的代价，无论科学多么发达，瘟疫仍旧会像影子一样忠实地伴随人类。该作品以其出色厚重的表现获得第三届鲁迅文学奖全国优秀报告文学奖。

五 南方雪灾的文学书写

2008 年春，中国南方发生大范围低温、雨雪、冰冻等自然灾害，造成多处铁路、公路、民航交通中断，大量旅客滞留，致使春运雪上加霜。许多地区供电中断，给电信、通信、供水、取暖等带来不同程度的影响。中国政府高度重视这次冰冻雪灾，采取了积极有效的措施来加以应对，化解了这一自然灾害所带来的危机。在文学方面，也出现了许多以此为题材的作品。南方雪灾的文学书写以报告文学为主体，较为著名的有陈启文的《南方冰雪报告》、徐剑的《冰冷血热》、吕辉的《08 雪灾纪事》、郝敬堂的《好汉歌》、罗盘的《中原鸣响集结号》、伊始等人的《冰点燃烧——2008 南方大冰灾纪事》、郝振省主编的《雪灾中闪烁的人性》、聂茂与厉雷的《回家——2008 年南方冰雪纪实》、吴达明与吴海榕的《大拯救——广东省乳源瑶族自治县 2008 年世纪冰灾救助滞留旅客纪实》、雷锋工作室的《2008：中国惊天大雪灾》、新华月报编的《齐心协力夺取抗冻救灾全面胜利》。除此之外，公安部宣传局、广州市公安局、博纳影业联合摄制了纪实电影《冰雪 11 天》，讲述了发生在广州火车站广场上的春运故事。数百万旅客滞留广州火车站，随时都有可能爆发群死群伤的大规模踩踏事件，最终在公安民警、解放军、武警官兵及民兵预备役人员、志愿者等齐心协力下，成功地化解了这一公共安全危机。著名导演龚应恬也以抗击 2008 年雨雪冰灾为背景，拍摄了主旋律电影《南方大冰雪》，以雄浑细腻的现实主义手法，生动地再现了当时的危急情境，展现了各部门齐心协力、奋力救灾的视觉场景，歌颂了人民子弟兵中流砥柱的英雄形象。

自然灾害与当代文学书写研究

　　作家陈启文毅然放弃了手头正在进行的写作，接受了湖南作协交给的冰雪灾害采访的艰巨任务。虽然是上级命题作文，但他自己有明确的价值取向和创作追求。他走的是底层路线，背着一副简单的行囊，以摇铎采风者的姿态一个人孤独地行走在都市和乡野的大道小路上，深入"京广铁路线""京珠高速路"等重灾发生地，穿越偏僻山岭，沿着高压输电线路行进，尽可能去寻访冰雪灾难的一切现场，俯下身子去倾听那些最底层的，第一现场的司机、电工、农民、警察、士兵等人的灾难经历，通过大量的原生态素材和那些独特而不可重复的具体细节去感受和复原灾难的情景，以一种深陷采访现场的姿态去寻找接近和理解冰雪灾害的机会，成功完成了长篇报告文学《南方冰雪报告》。这是一部记录2008年中国南方冰雪灾害的全景式长篇报告文学，以当时的重灾区湖南为叙事重点，同时向周边湖北、广东等省区辐射，写出了整个中国南方所承受的严重灾情。全书分为三个部分，在 A 部"地平线消失"中，作者描写了雨雪冰冻灾害的场景及灾难所带来的后果，千里冰封，漫天雪飘，地平线消失，车辆寸步难行，飞机无法降落，而此时又适逢春运，许多人只能拿命来换一条回家的路。B 部"生死时速"书写了抗击冰雪灾害的悲壮历程，塑造了抗击雨雪冰冻灾害的英雄群体，从国家总理到唐山农民，从湖南省委书记张春贤到普通的电力工人罗海文、罗长明、周景华，从解放军战士到劳累致死的小公务员王勇。作品描绘了千里大破冰、跨省大分流、广州火车站人群大疏散、郴州大拯救等惊心动魄的场景，彰显了救灾中以人为本的普世情怀，从国家领导人到普通士兵及基层工人群众，他们考虑的全是旅客的吃、住、行的

· 76 ·

问题，考虑的是冰冻灾害下的病人、孕妇、老人、儿童的问题。保障交通畅通、保障医院照明、保障物资供应充足与灾区生活有序，这些都与灾区群众和滞留旅客生命生活休戚相关。这是时代的进步，是国家与民族的进步，也是作家、作品的进步。尊重生命、以人为本、救人为主，是救灾中最为迫切、最为科学的理念。"中国人在这一年里所表现出来的对每一个生命的尊重、捍卫和在生死关头涌现出来的纯粹而高贵的人格，这其中的每一个细节，都应该铭刻在一座无形的人民英雄纪念碑上。" C 部 "涅槃与重生"书写了作者对灾难中的人性、人与自然、人与人等一系列问题的思考，告诫人们要尊重自然、敬畏自然。人类可以不必共同遵守同一部国家法典，但必须共同遵循一个信条，即尊重自然，做自然的朋友，和大自然和谐共生。"现代化固然重要，但千万不要以为现代化就可以掌控大自然，人类在大自然面前应该保持谦卑，必须主动地去与大自然沟通，学会怎样同大自然和谐相处，一句话——人类应该心平气和地信任着同时恪守着天意或宇宙中既定的秩序。"①《南方冰雪报告》用富有文学性的笔调生动形象地记录了 2008 南方冰雪灾难，刻画了一副副坚硬挺直的脊梁，呈现了一个民族面对灾难时的精神和信仰，诠释了中华民族生生不息、发展壮大的深层原因。

电力部门担负了这次抢险救灾的主要任务，涌现了一大批可歌可泣的感人事迹。为此，国家电网公司编辑出版了《冰雪战歌——国家电网抗冰救灾文集》，内容分为报告文学、通讯、话剧、散文、诗词等五个部分。诗词部分既有传统形式的古典诗词，也有不拘一

---

① 陈启文：《南方冰雪报告》，湖南文艺出版社 2009 年版，第 177 页。

格的现代诗词。如，王兴一的《七律·援赣》描写了冰冻成灾，电力工人奔赴灾区抢修线路的场景。

> 江南大雪降天庭，半壁河山一片冰。
>
> 冻雨凝结塔线累，精兵不负手足情。
>
> 霜凌肆虐断归路，陌地驰援遣重兵。
>
> 却道严寒春不远，神州处处鼓东风。①

宋玉萍的《瑞鹤仙·抗雪灾电网英雄赞》也写了雪灾给人民带来的不便，电力工人奔赴崇山峻岭与风刀雪剑抗争的画卷。

> 雪殃南国度。逞素玉飞琼，漫天寒遽。归鸿断来路。昨银弦巨塔，雨凝冰固，电流却步。更难堪、孤城日暮。失光明、水竭烟寒，不解此身何处。
>
> 赶赴！郴州告急，四面伸援，八方相助。天涯铁旅，一腔热血倾注。竟等闲、雪剑风刀倦骨，峻岭崇山无数。踏歌行、壮哉群英，大诚永驻。②

天涯的《风雪中的剪影》描写了普通的电网员工面对风刀霜剑的肆虐与淫威，为了万家灯火的期盼与誓言，不畏艰险与严寒，登上光滑的电线杆，用手工作业的方式清除冰冻。

> 冻雨 冰雪 寒流
>
> 一夜间改变大地的色彩

---

① 国家电网公司编：《冰雪战歌——国家电网抗冰救灾文集》，中国电力出版社2008年版，第337页。

② 同上书，第332页。

与电网对峙 力的较量

铁塔不堪风刀霜剑

在黎明前的黑暗里倒塌

雪尘呼啸而过

空留下寂寞的荒凉

横担 水泥杆 瓷瓶

包裹在重叠的冰层里

晶莹剔透的不是记忆中的童话

奔涌的电流突然被无情的手切断

疼痛弥漫 谁的眼泪在空中飞扬

蓝工装 绝缘鞋 安全帽

你是一名普通的电网员工

肩负如山的承诺 社会的责任

目光穿越过高山 丘陵 雪原

在那高高的电线杆上 放飞绚丽的梦想

雪灾冻灾 冰雪交加

你是勇敢的神鹰

迎接大自然挑衅的灾难

单薄的衣衫掩不住满腔的热血

敲开冰封的阻碍

你用青春的歌喉吹响激情的号角

一步又一步 攀登光滑的杆子

手执工具　你要把困难踩在脚下

刺骨的寒风考验意志的坚强

幻想中的温暖　向你抛着诱惑的媚眼

不　为了万家灯火

你愿意在这冰天雪地的世界

剪辑银色的锋芒　照亮希望的长路①

第二节　纪实与虚构：自然灾害的历史记忆

当代文学除了直面现实的自然灾害之外，还不时回望历史，打捞那些消失在历史深处的自然灾害记忆，用纪实与虚构的方式去还原当时的灾害影像。

一　《白雪乌鸦》与百年前的东北鼠疫

《白雪乌鸦》是迟子建 2010 年出版的一部长篇小说，一出版就轰动文坛，成为 "2010 年最具影响力的十部书之一"。作家依据 1910—1911 年间秋冬之际发生在哈尔滨的大鼠疫这一真实的历史事件，让我们在文本中重新回顾那段历史，"我用写作提供一个途径，让每个读者能从百年前不同的人物命运里看到今天的影子"②。作家

---

① 国家电网公司编：《冰雪战歌——国家电网抗冰救灾文集》，中国电力出版社 2008 年版，第 341—342 页。

② 《迟子建谈〈白雪乌鸦〉：我要用文字复原那个时代》，http：//cul. xj163. cn/2010 - 10/26/content_ 749913_ 3. htm。

通过沉郁但不绝望的叙述和对底层民众生活的关怀，撩开现实的残酷面纱，直逼灵魂的深处，让我们看到鼠疫中各色人群的生活态度，从灾难中发掘人性的闪光点，去感受美好人性的力量。虽然这是一部关于百年前鼠疫的历史小说，它的创作动机却源于 2003 年"非典"的现实刺激和内心的召唤，"这要追溯到非典那年（2003），当时政府采用了很多的防控措施，消毒啊、倡导市民戴口罩啊，哈尔滨的媒体报道说，这和一百年前发生鼠疫时清政府派去防治鼠疫的医官伍连德采取的措施几乎一样。看资料上说，1910 年鼠疫时两万多人的傅家甸竟然有五千人死于鼠疫！我开始留意这个震撼、惨烈的事件"①。

（一）用小说的方式讲述历史

许多当代作家都有著史的冲动，迟子建就是其中一个。她对历史一向怀有浓厚的兴趣，《伪满洲国》书写了东北地区在特殊年代的历史，《额尔古纳河右岸》书写了一个民族演变的历史。她喜欢从较大的时空范围入手，以宏观的视野来表现众多人物的生存状况，试图对某个时代的社会生活加以全景式的观照和描绘。有评论者认为："在今天仍坚持严肃文学创作的作家中，迟子建或许是'著史意识'最强烈，在写作中也体现得最鲜明的一位。"② 长篇小说《白雪乌鸦》延续了这种写法，用文学的方式对消失的东北大鼠疫的历史进行深刻的缅怀与永恒的追忆。"比起历史政治论述中的中国，小说所

① 《迟子建谈〈白雪乌鸦〉：我要用文字复原那个时代》，http：//cul. xj163. cn/2010 - 10/26/content_ 749913_ 3. htm。

② 石一枫：《文学的地方志——读迟子建的〈白雪乌鸦〉》，《当代·长篇小说选刊》2010 年第 5 期。

反映的中国或许更真切实在些。"① 《白雪乌鸦》超越了那些冰冷的统计数据及历史年份，以鲜活的、具体的生命个体存在来感知历史的脉动，让我们聆听那从历史深处传来的声音。

《白雪乌鸦》是一部讲述灾难的小说，也是一部重述历史的小说。作品描写了1910—1911年鼠疫大爆发期间哈尔滨老城傅家甸人的日常生活。傅家甸是日俄战争之后东北的一个小城区，中国人、日本人、俄罗斯人杂居在一起。小说从1910年晚秋的霜降开始讲起，一直到第二年春天的清明，通过车夫王春申、富商傅百川、开点心铺的周耀祖等几个家庭的故事，描绘了普通人群平凡而艰辛的生活。鼠疫首先从王春申的旅店开始，然后逐步蔓延到家家户户，傅家甸一时陷入了恐慌之中。随着鼠疫的蔓延，"人的命变得比煎饼都薄"，每天都有人因感染鼠疫而死亡，死亡变成了日常生活的一部分。对于普通百姓来说，既然鼠疫不可抗拒，不如泰然处之，将平凡的日子过得更有滋味，静观其变。于是，整个傅家甸又在悲情中活泛起来了。小说细微逼真地描绘了鼠疫之下人们的曲折心境，表现出死亡重压下的活力及动荡中的平和。

这部长篇小说建立在真实的历史史料的基础之上，据有关历史资料记载，当时中国人仅占哈尔滨人口总数的五分之一，这些人大多聚集在傅家甸一带，由于处于社会生活的底层，在1910年哈尔滨大鼠疫中死亡人数达五千余人。作品以王春申赶着马车回傅家甸的情景为开头，将我们引进那段历史。"这是1910年的晚秋，王春申赶着马车回到傅家甸时，这里已是一片漆黑，与他先前在埠头区见

---

① ［美］王德威：《想象中国的方法：历史·小说·叙事》，生活·读书·新知三联书店2003年版，第1—2页。

到的灯火撩人的情景大不一样。"小说结束时已是五月下旬的一个礼拜天，鼠疫已经过去，王春申依然在赶着他的马车。"他赶着马车，沿着谢尼科娃礼拜天常走的路线，从埠头区驶向新城区。"小说中的人物虽然大多都是虚构的，生活的场景却力求逼真，尽量符合一百年前哈尔滨的真实情形。为此，作家在准备写作《白雪乌鸦》时，把能搜集到的1910年哈尔滨大鼠疫的资料悉数收归囊中，做了满满一本笔记。黑龙江省图书馆所存的四维胶片的《远东报》，几乎被作家逐页翻过。那个时期的商品广告、马车价格、米市行情、自然灾害、街市布局、民风民俗，就这么一点点地进入作家的视野，悄然搭建起小说的舞台。因为历史上确有其事，作家便想要用文字复原那个时代。作品中写到了马车夫王春申，就会涉及当年马车的行情怎样，从哪儿到哪儿要多少卢布，一壶茶水要多少戈比，这些都是作家查阅当年《远东报》的胶片了解到的。书中的很多细节，小到人物的一句话，大到一个场景的设置，都要悉心揣摩，尽量达到每个细节的准确和到位。100多年来，哈尔滨的街巷已经几易其名，为此，作家特意画了一张老哈尔滨地图。"我绘制了那个年代的哈尔滨地图，或者说是我长篇小说的地图。因为为了叙述方便，个别街名，读者们在百年前那个现实的哈尔滨，也许是找不到的。这个地图大致由3个区域构成：埠头区，新城区和傅家甸。我在这几个区，把小说中涉及的主要场景，譬如带花园的小洋楼、各色教堂、粮栈、客栈、饭馆、妓院、点心铺子、烧锅、理发店、当铺、药房、鞋铺、糖果店等一一绘制到图上，然后再把相应的街巷名字标注上。地图上有了房屋和街巷，如同一个人有了器官、骨骼和经络，生命最重要的构成已经有了。最后我要做的是，给它输入新鲜的血液。而小说血液的获得，靠的是形形色色人物的塑造。只要人物一出场，老哈尔滨就活了。我闻到了炊烟中草木灰的气味，看到了雪地上飞舞的月光，听见了马蹄声中车夫的叹息。"①

历史是一种客观事实，文学作为一种虚构的形式如何"真实"地去反映这种事实？作家在动笔之前曾不止一次去哈尔滨的道外区，也就是过去的傅家甸，想把自己还原为那个年代的人。"在我眼里，虽然鼠疫已经过去一百年了，但一个地区的生活习俗，总如静水深流，会以某种微妙的方式沿袭下来。"作家在街巷中遇见了崩爆米花的、弹棉花的；遇见了穿着破背心当街洗衣的老妇人、光着屁股戏耍的孩子、赤膊蹬三轮车的黑脸汉子，以及坐在街头披着白单子剃头的人。在接近道外区的过程中，作家感觉傅家甸就像一艘古老的沉船，在惊雷中渐渐浮出水面。松花江畔漫步的感受更是深深地触动了作家，"江畔的垂钓者，并没有被水上工地的噪声所袭扰，他们如入无人之境，依然守着钓竿，有的轻哼小曲，有的喝着用大水杯沏的粗茶，有的慢条斯理地打着扇子，还有的用手摩挲着蜷伏在脚畔的爱犬。他们那样子，好像并不在意钓起鱼，而是在意能不能钓起浮在水面的那一层俗世的光影：风吹起的涟漪、藏在波痕里的阳光、鸟儿意外脱落的羽毛、岸边柳树的影子及云影。我被他们身上那无与伦比的安闲之气深深打动了！我仿佛嗅到了老哈尔滨的气息——动荡中的平和之气，那正是我这部写灾难的小说所需要的气息"②。作家就在那个瞬间，一脚踏上了浮起的沉船，开始了《白雪乌鸦》的航程。

---

① 迟子建：《珍珠》，《白雪乌鸦·后记》，人民文学出版社 2010 年版，第 260 页。
② 同上书，第 259—260 页。

正如米兰·昆德拉所言："如果一个作家认为某种历史情景是一种有关人类世界新鲜的和有揭示性的可能性，他就会想如其所是的进行描写。"① 文学创作一方面参与构建特定时代的历史大叙述，另一方面还要表达历史大叙述之外的日常生活经验。一百年前的哈尔滨大鼠疫留下了许多历史资料，但这些史料大多是一些冰冷的数据，至于鼠疫爆发时人们的日常生活状态却被历史叙述所忽略和遮蔽，而这正是文学想象的长处。《白雪乌鸦》用文学想象的方式去讲述哈尔滨大鼠疫的历史，描绘王春申、傅百川等傅家甸人在鼠疫下的日常生活，使历史呈现出远比冰冷的数据更为丰富的面貌。《白雪乌鸦》丰富了我们关于哈尔滨大鼠疫的历史想象，为更多历史事件的多样化叙述提供了一种可能。

（二）独特的民间立场与叙述结构

《白雪乌鸦》把目光聚焦在那些卑微的民间小人物身上，反映鼠疫之下小人物生存的傅家甸文化形态，说明正是这些小人物构成了民间的主体，代表了历史的主体力量。陈思和先生认为："民间文化形态在当代文学史具有特定的含义，它既包含了来自生活底层民间社会的劳苦大众自在状态的感情、理想和立场，也包含民间文化艺术的特有的审美功能。"② "民间"概念开启了文学创作领域中一个独特的文化审美空间与视界，莫言等一大批当代作家都在对民间文学的想象中笔耕不辍。迟子建立于民间去想象民间，用温婉的笔调带领我们走进历史与民间话语交错之中的傅家甸，重温白山黑水之

---

① ［法］米兰·昆德拉：《小说的艺术》，唐晓渡译，作家出版社1992年版，第98页。
② 陈思和：《来自民间的土地之歌》，《福建论坛》1999年第3期。

间的人世冷暖，在对历史遗忘的抵抗中获得生命的维度。

迟子建认为："日常生活中，最有光彩的不是大人物，而是那些小人物。在他们身上，更能体现出人性的光彩。"① 作家描写哈尔滨大鼠疫时既没有浓墨重彩地去刻画执政者载沣，也不着力塑造防治鼠疫的指挥官伍连德，而是以沉静清新的文字描绘了一大批栩栩如生的民间小人物，如王春申、翟役生、翟芳桂、傅百川、于晴秀、陈雪卿、纪永和、秦八碗等。王春申是一个老实本分的劳动人民形象，妻子吴芬不能生养，只好娶了傅家甸有名的丑女金兰为妾。由于两个女人相互争斗，他在自己开的三铺炕客栈找不到家庭的温暖与快乐，逐渐冷落她们，使得妻妾二人变本加厉，在家里明目张胆地搞起婚外情。王春申对此不闻不问，他暗恋高贵的俄国演员谢尼科娃，后来又上了姓吴的寡妇的圈套。他虽然生性懦弱，但鼠疫爆发后，他灵魂深处善良、宽容的民族气质被激活了，他冒着危险投入防疫一线，协助运送因鼠疫而病死的尸体，并且原谅了平日里伤害自己的人。吴芬的情人巴音死后，别人都认为他很高兴，但是他不但不高兴，还感到一丝悲伤。吴芬没去看巴音，王春申对吴芬的自私和无情很鄙视。吴芬生病了，王春申还让金兰多照顾她，后来吴芬死了，他记得的是吴芬对他的好。当金兰翻出吴芬自己打造的小金娃时，王春申更理解了吴芬作为女人不能生育所承受的痛苦。金兰和继宝染上鼠疫死亡，他也原谅了金兰，并且承担起并非自己亲生的女儿继英的抚养责任，还和害死自己老婆和儿子的情敌翟役生在傅家烧锅把酒言和。

---

① 桑克：《作家迟子建访谈：在厚厚的泥巴后面》，《世界上所有的夜晚》，花城出版社 2010 年版，第 93 页。

小人物翟役生的人性是阴暗的，他对这个世界充满了仇恨。为了享受荣华富贵，他进宫当了太监，在宫里饱受屈辱之后被赶了出来。他的父母因信奉基督教被义和团烧死了，唯一的妹妹被人强奸后逼婚，在丈夫死后又被小叔子剥夺了家产后赶出家门，后投靠亲戚却被卖到妓院。这些遭遇让他觉得这个世界太黑暗了，并开始痛恨这个世界。后来，他成了王春申的小妾金兰的情人，金兰给了他所需要的温暖，让他感觉到自己是个男人。鼠疫暴发时，他既不悲伤，也不害怕，反而很开心，"他不像从前那样走路时佝偻着腰，没筋没骨的样子。如今他昂首挺胸，神采飞扬，好像每天都在过节。……翟役生逢着呢，则会快步凑到跟前仔仔细细地打量，越看越舒心，好像一个大烟鬼吸足了烟泡，两眼放出陶醉的光辉。"他囤积棺材，准备发一笔国难财，没想到却把金兰害死了，流落教堂后又认为"想活下去就轻贱这个世界吧"①。他常站在教堂的屋顶上看着一辆辆的运尸车，心里没有悲凉与恐惧，有的只是快意，他认为只有在死亡面前才会人人平等，心里希望傅家甸的人全都死去。这种违背人性的想法实际是他长期处于不被尊重、压抑的状态下所造成的。虽然他对这个世界充满怨愤，但在想起"晚空"二字时，还是会颤抖着泛起暖意，催下他心底的泪水。对于情人金兰留下的黄猫和他的"命根"还是视若珍宝，在其刚硬如磐石的内心深处还藏着一处柔软的内核。这个刻意轻贱生命的人，也有自己的一段情和爱，具有顽强的生命力。

　　《白雪乌鸦》中的小人物除了王春申、翟役生之外，还有爱财如命的纪永和、豪放落寞的傅百川、有德有才的于晴秀、极尽孝道的

　　① 迟子建：《白雪乌鸦》，人民文学出版社2010年版，第234页。

秦八碗、有情有义的翟芳桂、深情孤傲的陈雪卿等，这些傅家甸的小人物以不同的个性和方式上演了一段不可重复的生命旅程，无论是"爱"与"恨"，还是"善"与"恶"，都严格忠实于自己的内心，在鼠疫重压之下活出自己的个性和光彩。这些倔强而鲜活的民间小人物在鼠疫面前展现了各自独特的生命姿态，彰显了在民间历史的大悲大苦中所积淀下来的坚韧厚重的生命哲学，无论是贫穷与饥馑，还是灾难与死亡，生命之根都会破土萌芽，枝繁叶茂，这就是迟子建所秉持的独特的民间立场与民间智慧。

与这种民间立场相对应的便是小说的叙述结构，为了全景式反映傅家甸人的民间社会生活，《白雪乌鸦》没有采用西方小说围绕主人公展开的叙事结构，而是从古典小说汲取叙事智慧，用一种类似《水浒传》人物传记连缀的方式来组织小说结构。人物是小说叙述的重心，但没有一个人物占据叙述的绝对中心。作家采用全知全能的视角，以不同的民间小人物为叙事基点，多头并进，层层展开。以王春申、翟役生、翟芳桂、纪永和、周耀祖、傅百川、秦八碗等人的人生经历，编织起了小说的故事经纬。这种叙事手法如同穿珍珠项链，每个人物就是一粒珍珠，鼠疫则是一条金线，将散落的珍珠一一穿起，连接成为一串完整的项链。在这个叙事的"项链"中，每颗珍珠的地位都是均等的，没有孰轻孰重之分，每个人物的叙述分量基本相当，即使像伍连德这样力挽狂澜的英雄也不例外。"个人一旦变小了，世界就大了。相反，一旦把个人看得过重，世界就小了。"① 因此，从作家的民间立场来看，日常生活中最有光彩的不是

---

① 《迟子建谈〈白雪乌鸦〉：我要用文字复原那个时代》，http：//cul. xj163. cn/2010 – 10/26/content_ 749913_ 3. htm。

大人物，小人物的身上更能体现出人性的光彩。作家正是通过王春申、翟役生、纪永和、傅百川、周耀祖等民间小人物的人生传记，刻画了鼠疫来临之后的人生百态，在不疾不徐的民间生活场景中显露出生命的柔弱与坚韧，从容细致地勾勒出了死亡阴影笼罩下的生机。

作家用了"出青""赎身""丑角""金娃""冷月""晚空""回春"等22个标题来结构全文，有点像古典小说章回体的叙述模式，但又不同于章回体。这些标题看起来像是把生活中一些散碎的东西拼凑在一起，其实源自作家的一种叙事策略，把民间生活中的一些习俗、称呼、事件加以概括总结而命名，在每一个小标题下都关联着小说里的一个人物或某一关键物象或某种意境，增添一种生活的现场感，可以让读者从现实生活感受出发，穿越到百年前的那场大鼠疫中去，和作品中的人物一起品尝生活中的酸甜苦辣，共同经历鼠疫与死亡，实现历史与现实的对接。

（三）死亡阴影下的温情与生机

迟子建的创作始终与自己的故乡及下层民众的生活紧密联系，书写他们的人生遭际，记录他们的喜怒哀乐，不回避人生的苦难，但又不放弃对小说的诗意追求，以温润诗意的笔调去书写苦难，《白雪乌鸦》也不例外。《白雪乌鸦》以百年前的大鼠疫为中心，在这场鼠疫中死了很多人，但作家却能用独特的眼光洞察死亡背后的真实，用温婉的笔调书写傅家甸底层民众烦琐的日常生活，发掘灾难中的人性，显露了死亡之下的生机与温情。

小说之所以取名《白雪乌鸦》，"因为那场鼠疫发生的阶段，正是哈尔滨飘雪的时节，而乌鸦在哈尔滨是很常见，有些专家还认为它是满族人的图腾。雪是白色，乌鸦是黑色，这两种色调，恰好应该是这部小说的基调"。随着鼠疫的蔓延，死亡降临到傅家甸的每个角落。一望无际的坟场上"摆着一长溜儿的棺材，足足有一两里地的样子，一个挨着一个，看上去像码在地上的多米诺骨牌"。有些尸体是用草席裹着的，"草席被狂风吹散了，死者的脸就暴露在天光下"。读着这样的文字，仿佛陷到无边的黑幕之中，让人倍感沉重和压抑。但随着小说情节的发展，读者就会慢慢感觉到有一束白色的亮光正在刺破这无边的黑幕，让我们看到了灾难中的温暖和大爱，显露出了绝望之下的生机与活力。

　　灾难可以见证人性的力量，召唤出人间大爱。商人傅百川从鼠疫暴发之日起就一直大力支持防疫工作，当其他商人哄抬物价大发国难财时，他却率先自行降价，遭受了许多人的白眼；他积极参与防疫工作，免费做口罩、请中医等；鼠疫过后，他的家业基本上败了，但是他看到翟役生很可怜，还是请他到傅家烧锅做事，导致傅家烧锅更加败落。都说商人利欲熏心，但我们在傅百川身上看到的却是义和善，以及无私的人间大爱。周济一家祖孙三代面对死亡时的从容与无畏的精神令人动容，足以穿透死亡的阴影而让爱和温暖弥散人间。鼠疫期间，周济一家担当了为防疫站做饭的工作。儿子周耀祖和孙子岁喜每天都会准时把饭送到防疫站，虽然这个工作很危险，但他们却很乐意去做这样的事。在祭灶神的日子来临之际，岁喜为了拿祭灶神的稻草冒险登上了防疫站的车厢。周耀祖担心岁喜感染鼠疫，传染给家人，就哄骗他和自己在伙房睡。第二天一早，周济发现他们两人已经病得不轻，为了

不让疫情再传染给媳妇和孙女，就将门反锁起来，祖孙三代一齐
去了另一个世界。他们平静地面对死亡，把生的希望留给了家人，
他们身上闪耀着人性的光芒。这就是迟子建书写死亡的独特方式，
以温情的叙述来消解死亡的恐惧，让人在死亡的背后看到生命的
力量与人性的光芒。

　　傅家甸人在经历灾难后没有怨天尤人，也没有把生存的希望寄
托在外界的救援上，依然保持着原有的生活习惯，依旧开开心心，
以前怎么生活的现在还那样生活，就当鼠疫没来过一样，该干吗干
吗，不用想那么多。巴音和吴芬死后，三铺客栈不再有顾客光临，
但依然被丑女金兰收拾得井井有条，"萝卜干、蘑菇、干辣椒一串串
地吊在柱子上，红的红，白的白，黄的黄，煞是好看；板壁上还挂
着闲置的锯、镐头、镰刀以及一把把花籽"①。春天时，金兰就搓了
花籽，沿着客栈的墙根随意撒下，到了夏天，客栈的四周或密或疏，
总会缭绕着紫白红黄的花朵，无形中为客栈镶上一道五彩的花边。
经过一段时间的死寂后，阴气沉沉的傅家甸又还阳了，开始有了一
点以前的生气。"卖烧饼卖糖葫芦的，又穿街走巷地吆喝起来了，尽
管那吆喝声不如从前的清亮；崩爆米花的，又守着一炉炭火，蹲伏
在榆树下了，虽然他的生意并不如炭火那般热火；开面馆的，也把
收回的招幌挂出来，虽然擀出的面，如同老女人干枯的白发，少有
人理。"② 一场可怕的大鼠疫就这样被迟子建笔下傅家甸人的生机活
力所覆盖，作家实现了自己的创作意图。"我想展现的，是鼠疫突袭
时，人们的日常生活状态。也就是说，我要拨开那累累的白骨，探

---

①　迟子建：《白雪乌鸦》，人民文学出版社 2010 年版，第 91—92 页。
②　同上书，第 94—95 页。

寻深处哪怕磷火般的微光，将那缕死亡阴影笼罩下的生机，勾勒出来。"①

二 《绝秦书》与民国十八年陕西大灾荒

民国十八年（1929 年），西北大旱，哀鸿遍野，饿殍满地。史料记载："据电通社西安电：在西安所能调查之限度内，饿死者之数，十七年十二月中为六万零八百一十四名，十八年一月中为六千九百六十四名、二月中为二万三百十七名、三月中为五万八千八百九十三名、四月中为十一万八千一百三十六名。从十七年十二月至十八年四月止计五个月间，饿死者合计二十三万余名之多，其未及调查者，当不在内。杂草、树皮、谷壳、昆虫等类，凡无毒质者莫不捕取充饥，而饿殍累累遍地皆是，甚至为维持自己生命杀人而食之强盗，白昼横行恬不为怪。比诸地狱，过无不及，可谓极人间之惨事了。"②

2013 年 7 月，张浩文先生的《绝秦书》在太白文艺出版社出版，对民国十八年陕西大灾荒作了全景式的描写与透视。作品视野开阔、气势恢宏，用诗性的语言和鲜明的人物形象再现了那一段苦难的历史，可以说是当代文学史上灾害文学书写的扛鼎之作。

作家在后记中提到创作这部小说的缘由，"20 世纪 50 年代出生的我，是在饥饿的恐惧中长大的，小时候稍不留神撒漏了粮食，老人就会声色俱厉地告诫我：搁在民国十八年，看不饿死你崽娃子！从那时候起我就记住了民国十八年。后来长大了，查了资料，得知

① 迟子建：《珍珠》，《白雪乌鸦·后记》，人民文学出版社 2010 年版，第 259 页。
② 中国历史第二档案馆：《民国以来历次重要灾害纪要（1917—1939 年）》，戴秀荣选编，《民国档案》1995 年第 1 期。

那是陕西近代史上最惨烈的大旱灾，当时陕西人口不到千万，饿死三百多万，逃亡三百多万，人口折损过半数，真正是'白骨露于野，千里无鸡鸣'！而这仅仅是陕西一地，其实那场灾难席卷整个西北，死亡总人口接近千万"①。2008 年暑假，作家执笔重修宗族族谱，赫然发现宗族的好多家庭在民国十八年绝户了。"灾难如此近距离地迫近我，让我喘不过气来。我心里涌出一股急切的冲动，不能再犹豫了，必须立即把自己的构想变成现实。"② 作家之所以给这部书起名为《绝秦书》，其原因可能就在于形容陕西大灾荒所造成的绝门绝户的惨烈程度。由于作家长期关注这场灾难，并收集了大量的相关资料，最终写出了这部早已埋藏在心底的史诗。

（一）惨绝人寰的灾荒图景

据陕西省扶风县志记载："民国十八年（1929 年），大旱，川塬地颗粒无收。全县灾民 95005 人，其中饿死 52170 人，外逃 12337 人。县东南南寨子、南邓村人烟绝。"鲁迅先生在《记念刘和珍君》中曾说过："真的猛士，敢于直面惨淡的人生，敢于正视淋漓的鲜血。"张浩文无疑就是这样的猛士，他敢于直面这场被历史学家称为20 世纪人类十大灾难之一的大饥荒。《绝秦书》毫不回避灾荒下的饥饿与死亡，展示人性的卑劣与荒凉，用具体鲜活的文学场景再现陕西大地的悲怆与苦难，让我们深切地领略那些隐藏在冰冷的历史数据之后的切肤之痛。

一开始，周家寨人还沉浸在大烟丰收的喜悦中，嘲笑周克文不

---

① 张浩文：《绝秦书·后记》，太白文艺出版社 2013 年版，第 342 页。
② 同上。

种大烟种粮食的瓜怂。周克文反问他们："要是遭了天灾咋办？地里打不下粮食你到哪里去买？"仿佛是为了印证周克文的预言，天灾在周克文的玩笑声中真的来了。久旱不雨，周克文带领周家寨人设坛祈雨，甚至买来童男童女进行"求中有逼，软中带硬"的献祭，最终也没能感动龙王。由于没有多少存粮，庄稼都歉收了，那些种大烟的手中有钱却买不到粮食，一些饿急的人开始到地里淘食，挖野菜、掏老鼠窝、拾雁粪、剥树皮，"绿色消失了，树叶被捋光了，野草野菜也被铲光了"。狗剩爹把家里的牛笼头拆了，放到锅里煮了吃，被儿媳妇误会在家偷吃好东西，一气之下就上吊了。饥荒之下，到处都是死人。毛娃和黑丑去镇上抬死尸，正捧着糠团子专心致志地吃着，门板上饿昏的"死尸"闻到香味又活过来了，从背后伸出手来向他们要点吃的，由于不想当饿死鬼，"死尸"的眼睛睁得大大的，被毛娃用手抚上又顽强地睁开，毛娃就把吃的塞进那人嘴里，那人连嚼都没嚼，咕叽一声就咽下去了，乖乖地闭上眼睛死了，眼角还渗出两行眼泪，滴在门板上砸出咣的响声来。发奎老汉去亲戚家借粮食，走到半路上眼前一黑，一头栽倒就死了。五寡妇到塬上去挖观音土，抡了一下镢头就没劲了，她刚躺在地上歇息一下，野狗呼啦一下就扑上来把她围住，她想拿镢头去打狗，可胳膊腿都被狗撕住了不能动弹，活活让狗撕碎了。女娃花花饿得走不动路，只好爬出去到偏僻一点的地方寻找大粪吃，可村里人饿得没劲了，谁也不会跑远去解手了，花花最终发现一颗拳头大的粪瓜，就挣扎着往前爬，可三四丈的距离她就是爬不到头，手都在地上抠出血来了，身子却软软的不能动弹，最终累死在粪瓜跟前，她的手离瓜只剩一拃远。周有成老汉为了让子女放心地去逃荒，让单眼把自己给活埋了。甚至连家底殷实的周拴成也活不下去了，他因为误信算命先生的话，在灾荒中买下了大量的土地，导致自己一贫如洗，儿子周宝根拿着自己偷藏下来的最后的家当——烟土去南山背粮，一去不回头。老婆周郭氏去塬上摘树叶，从崖上跌下来摔断了腰，又饥又累中睡着了，从此再也没有醒来。周拴成把老婆放到棺材里面，自己也躺到棺材里，陪老婆一道死去。

饥荒之下，死亡像山风一样从北山畔刮过来。"死亡起初是偶然的，阎王爷零敲碎打，谁碰上了谁倒霉。到后来他老人家不耐烦了，一棒子抡出去，砸死多少算多少。这时死人就海了，一家一户地死，一村一寨地死。开始时死了人还有人埋，到后来连埋人的人都死光了，只能任由尸体暴露着。太阳高悬，天气燥热，死人三两天就臭了，就烂了，只剩下白花花的骨头，黑森森的毛发。骨头很安生，就在原地待着，可毛发却没耐心，到处生事。风一吹，胡乱走，粘在地上，就像地上长出了黑莎草，刮到树木上，就给树木挂上了黑帘子。野狗成群结队地在村庄周围游荡，逮住尸体就地瓜分，一个个吃得滚瓜溜圆的，肚子都拖到地上了。大白天的，狼也不避人，更不避狗，还跟狗搭伙咥人呢。"①

《绝秦书》把民国历史上那段异常惨烈的历史就这样血淋淋地呈现在我们面前，让人读来惊心动魄，无法自已。

（二）直抵人心的灵魂拷问

自然灾害及其导致的灾荒在其他作品中大多是以故事背景的形式出现的，服从于作家整体艺术构思的需要而出场，得不到充分的

---

① 张浩文：《绝秦书》，太白文艺出版社 2013 年版，第 265 页。

展示和描写。《绝秦书》与众不同，它对民国十八年大饥荒展开了细致具体的描写。灾荒是推动故事情节发展的叙事动力，像一只隐形的巨手操控着每一个人物，塑造着他们的性格，决定着他们的生死命运。灾荒能够直逼人物灵魂的深处，拷问人性的高贵与卑劣。《绝情书》将灾难中人性的崇高和伟大，以及人性的扭曲与变异都展示得淋漓尽致，把灾害文学的人性书写推向了极致。

《绝秦书》里面对人性冷漠与荒凉的揭示让人触目惊心。灾荒之下，陕西人口买卖盛行。张恨水曾经描写武功人市上小孩低廉的价格，"树皮剥尽洞西东，吃也无时饿越凶；百里长安行十日，赤身倒在路当中！死聚生离怎两全？卖儿卖女岂徒然！武功人市便宜甚，十岁娃娃十块钱"[①]。当时西安、周志、武功、礼泉、眉县、蒲城等地的人市一时人贩云集，这些人贩大多是从附近的河南、山西等地赶过来的，远的如北平、天津、山东等地也有人贩来陕西贩运人口。一开始十余岁的女孩还能卖到七八元或五六元，后来则分文不要，任人领去。贩卖东去之妇女，每日平均在两百人以上，仅陕西一省出卖的妇女就达到二十多万。[②]《绝秦书》也描写了灾荒之下人口市场的盛行，人们像牲口一样被买卖，人贩子还趁机把手伸进女人的衣服里，以验明真假。为了一口袋粮食，毛娃将自己的媳妇租给了一个老光棍。兔娃妈为了生计只好自卖自身，可乖巧懂事的兔娃却成了累赘，于是兔娃妈就哄骗兔娃去摘井壁上的花朵，然后狠心地将其踢下枯井，枯井有二十多丈深，但兔娃命大竟然没有摔死，还在下面叫唤，他哀求妈妈把自己救上去，说自己都七岁了，能给家

---

① 张恨水：《燕归来》，安徽文艺出版社 1986 年版，第 1 页。
② 参见蒋杰《关中农村人口问题》，国立西北农林专科学校出版委员会 1938 年版，第 197 页。

里挑水，出来天天给妈妈捶背、暖被窝，不吃粮食光喝水。兔娃妈不但不为所动，还硬着心肠搬来一块块石头砸到井里，直到兔娃没了声音。

灾荒使人们的伦理道德一步步沦丧，不顾人伦亲情。周宝根为了满足烟瘾并度过荒年，带走了所有家当在外躲了起来，把父母遗弃在家，致使父母双亡。更为严峻的是为了活命，灾荒之下竟然出现了人食人的现象。一开始食人现象还只发生在陌生人之间，恪守着传统的"孝悌"原则，亲人之间还存在一种"血浓于水"的骨肉亲情。随着饥饿的一步步升级，骨肉亲情也弃之不顾了，父母、子女的肉也照样能够下咽。出嫁了的彩莲饿得不行了，就赶紧从刘家沟爬回周家寨，想临死前见上爹妈一面，最好再能找见啥吃的。她从早晨开始爬，一直到晚上后半夜才爬回娘家，却没有得到爹妈的一口粮食，连炕都爬不上去，饿死在地上，尸体还被爹娘给偷偷煮着吃了。更为令人惊悚的是，有人竟然把活人弄死了来吃，单眼父子就是这种人。饥荒一开始，单眼去割尸体上的肉吃，后来发展到与父亲一起杀死活人来吃。单眼觉得活人的肉新鲜、肉质好，比死人肉好吃。他甚至吃着吃着，最后把他爹也给杀死吃掉了。这一切看来不可思议，却又是那么合乎情理地发生了。他活埋周有成得到一袋粮食的报酬，私自藏起来独享，却被其父大头发觉，威逼他交出粮食，不然就告发他吃活人，让他挨枪子。在顶撞与争执之中，他用铁锨误伤了父亲，后来索性把他父亲给掐死了，在吃惯了人肉的单眼看来，父亲的肉是新鲜的，不吃就可惜了，于是就把他爹给吃了。

《绝秦书》不光描写了饥荒之下人性的灰暗，而且也发掘了饥荒之下人性的光辉。在活命逃荒中，猪娃的二爸和婶娘做出了艰难的选择，他们为了照顾哥哥的遗孤而撂下自己的孩子。因为四口人一起逃荒负担太重，只有撂掉一个娃娃才能活命，可该撂掉谁呢？二爸说猪娃是哥嫂的唯一香火，得给哥嫂留一条根，自己年轻还能再生，半夜里，夫妻俩拉上猪娃就跑，把只有五岁的狗娃丢下不管了，可第二天狗娃又跟着逃荒的队伍追上了他们，说自己以后当乖娃娃，再也不尿炕了。他在母亲的怀里把眼睛瞪得圆圆的，死活不愿意睡觉，怕睡着了再被丢下。为了不让狗娃再追上来，二爸只好哄骗狗娃到远处撒尿，用裤带把他硬生生地绑在一棵树上。后来为了养活猪娃和婶娘，二爸一直不吃东西，硬说讨饭时在外面吃过了，不久他就饿死了。婶娘为了养活和照顾猪娃，忍受非人的煎熬给周宝根当媳妇。他们真可谓是灾难之下的一对仁义夫妻。引娃为了救助周立功，以30块大洋的价格把自己卖给人家作为替身去偿命，她的慷慨赴死之举让人性之光熠熠生辉。

在周克文的身上更是表现出了人性的深度与复杂，写出了他在放赈救灾与发家致富之间的犹豫与挣扎。周克文是一个极其复杂的关中乡绅形象，作为一个晚清秀才，在科举废除之后只能回到乡间走耕读传家之路，建起四孔窑洞和一个大院子，把院子中央的大房子取名"明德堂"，寓指"大学之道在明明德，在亲民，在至于至善"。门楣上还贴了一副对联，"一等人忠臣孝子，两件事读书耕田"。明知大烟可以带来丰厚的利润，但看到大烟使许多人失去劳动能力，有的人甚至被害得倾家荡产，他就以身作则不种一棵大烟；当旱灾来临时，他率领周家寨人祈雨，甚至愿意献出自己的孙子来祭祀龙王，同时，他借祈雨来教化人心；为了防止乡亲偷自己的棉花，他假扮狼叫使人们夜里不敢出门，他不但不抓偷藏棉花的人，还送棉花给人家，让偷棉花的人感激涕零，不好意思再打他家棉花的主意。这些都为他赢得了美名，更为令人感佩的是他为民请命的精神。灾荒来临之际，县政府不但不救灾，还强征粮食做赋税，他带领一群饥民到县长那里请愿，逼政府停止征粮活动。

周克文手里囤积了大量的粮食，但并没有打算放赈救灾，他的内心很矛盾，"一方面，他知道灾难当前自己理应行善，当乡绅不光靠有钱有势，还得靠仁义道德。可另一方面，他又觉得天要罚人，你得顺应天意。况且荒年对他是可遇不可求的发家机会，他不能只顾别人误了自己"。所以，他做善事也就犹犹豫豫，该做的他还是做，但做得有限度。后来村里出现了人吃人的惨象，弟弟周拴成和弟媳妇活活饿死了，给他带来了撕心裂肺的切肤之痛，他觉得必须要为周家寨做点事情。他向孙县长请命未果，还被将了一军，"周老先生，富贵而仁义，才是真圣贤啊，您老回去赶紧开粥棚吧"。周克文气得猫在家里不出来，省得看见外面的灾情闹心。可灾情一天一天绷紧周克文的神经，逼着他做出选择，要不要赈灾救人。"救人，意味着他要放弃发家致富的好机会，放弃成为绛帐首富的好机会，这机会是老天爷赐给他的，百年难遇啊。问题还不止于此，更要紧的是他很可能因此倾家荡产，一贫如洗……再退一步说，就算他倾家荡产，能把这些人都救了，那也值当，怕就怕他被拖垮了，粮食散完了，旱灾还在闹，大家一齐都饿死，你说这冤不冤！"周克文决定不再为这事煎熬了，但门楣上"明德堂"三个字像针一样扎他的心，使他不得安宁。"救，还是不救？周克文心里剧烈地撕扯着，就像有两个人一左一右拽着他的两条胳膊，要把他撕裂一样。"就在他围着粮食如坐针毡之际，二儿子周立功的书信到了，要求卖粮开办纺织厂，无论于国于家都是用得其所，他决定卖粮替儿子办工厂。

天主教的施粥赈济改变了他的决定。周克文内心深处的文化道统被刺痛了，"这些欺师灭祖的夷狄，男女授受而亲的蛮邦，竟然乘人之危，来收买人心了"。他担心那些接受天主教赈济的灾民变成二毛子，"从此不拜圣贤，不敬先人，不分男女，没有纲常，乱了伦理，那脚下这地方还是周秦故地吗，还是轩辕故乡吗？炎黄文脉还能传下去吗？这太可怕了！……办不办工厂只关乎钱，收不收人心却关乎道统。钱可以少挣一些，可作为士绅，他不能看着孔孟之道在这里断了根啊，这是剜他的心头肉！道统散，天下也就散了，那还了得"。经过内心激烈的挣扎，他决定开粥棚赈济灾民。为了救灾搭进了两个儿子的命，但他还是毅然挑起救灾的重担，开粥棚赈济灾民。从周克文身上，我们可以感受到人性的崇高和伟大。在赈灾过程中，周克文还效仿天主教的方式，让灾民拜过圣人孔子后才能够接受赈济，挤走了赈灾的洋教士。小说结尾描写了成群结队的吃大户的饥民如洪流一样汹涌卷来："粥棚淹没了，圣人牌位踢翻了，绛帐镇挤破了，周家寨踏平了，这里的男女老少瞬息间被卷入漩涡中，他们呼喊着，哭泣着，挣扎着，被浩浩荡荡的洪流裹挟而去……"周克文和赈灾粥棚、圣人牌，以及村庄全被饥民踏平了，一个关中乡绅和他的时代就这样消逝了，但一座乡村文化英雄的丰碑却矗立起来了。《绝秦书》通过对周克文灵魂的煎熬与拷问，将人性之善书写到了极致，让人感受了人性的无限丰富和复杂。

（三）洞幽烛微的成因探寻

如果说仅仅停留在灾难惨相的呈现方面，新闻和纪实报道可能比文学更胜一筹。灾害文学不仅要呈现苦难，还要穿越苦难，追问与反思灾难背后的东西。张浩文对此有着明确的认识，"惨相不是为了吓唬人，而是要警示我们去思索灾难的根源"。他引用经济学家阿玛蒂亚·森（Amartya Sen）的观点，认为"自然灾害不一定导致大规模的饥馑，饥荒与其说是自然因素引发的，倒不如说是弊政催生的，它反映的是更为严重的社会政治经济痼疾……在专制制度下，信息的封锁让外界难以了解灾情，不受制约的政府和官员会利用手中掌握的资源大发灾难财，因而迅速把自然灾害扩大为社会灾难"①。《绝秦书》用了绝大部分篇幅来"究天人之际"，探讨天道和人事之间的关系，用一系列形象的画面雄辩地证明民国十八年的灾荒既是天灾，更是人祸。

小说一开始引用了一首陕西民歌《卖老婆》作为序曲，一下子就把人带入民国十八年灾荒情境中去了。但接下来小说却并没有直接进入主题，而是写了很多看似无关的题外话，许多读者对此表示不能理解。其实这正是作者的匠心所在，小说开头描写周家寨大烟丰收，端午节闹社火引来了土匪打劫，介绍了当时陕西农业生产情况。冯玉祥部将宋哲元主政陕西，为了自己的利益，怂恿百姓大规模种植罂粟。在周家寨，周克文坚持种粮还被村民讥为瓜怂，其他人甘冒被土匪抢劫的风险也要种获利丰厚的大烟。对此，资本家赵子昂在给周立功的书信中进行了严厉的批判："而民众之所以不种棉花，是因为陕西烟毒猖獗，罂粟获利比棉花丰厚，只有陕西禁毒，棉花才能成

---

① 张浩文：《绝秦书·后记》，太白文艺出版社 2013 年版，第 342—343 页。

为最佳的替代经济作物。在全国一片禁毒声中，陕西非但不割除陋习，反而暗中策纵，实在是逆历史潮流而动。而陕西之所以敢冒天下之大不韪，盖由于军阀拥兵自重，对民国政府阳奉阴违。"在讨论种植计划时，周克文算了一笔账：如果种植玉米、小麦，每亩地能有五块钱的收入，扣除田赋一块、各种杂捐摊派三块之外所剩无几，更要命的是种植粮食作物每亩地还要多交两块钱的"白地款"。所谓"白地款"，其实就是逼良为娼，强迫百姓去种大烟，"明明地里种了庄稼，只要不是大烟就算是白地"。所以一年的粮食只够填补这些窟窿，算起来基本上就是白干。后来，周立功在《申报》发表文章抨击陕西烟祸，惹恼了当局被逮捕，诬陷他是北洋军队的探子，如果不是周立德向宋哲元献上古董阳燧求情，他差点就没了性命。

阿马蒂亚·森对于灾荒形成的原因做过精辟的论述，他认为饥荒意味着饥饿，反之则不然。饥饿是指一些人未能得到足够的食物，而非现实世界中不存在足够的食物。"虽然饥荒总是包含着饥饿的严重蔓延，但是，我们却没有理由认为，它会影响到遭受饥荒国家中的所有阶层。事实上，至今还没有确凿的证据表明，在某一次饥荒中，一个国家的所有社会阶层都遭受了饥饿。这是因为，不同社会阶层对食物的控制能力是不同的，总量短缺只不过使各阶层对食物控制能力的差异明显地暴露出来而已。"[①] 这就说明灾荒现象的出现不仅仅是粮食供给不足，而是取决于不同阶层的人们对粮食的支配和控制能力，这种能力表现为社会中的权利关系，而权利关系又决定于法律、经济、政治等方面的社会特性。

---

① ［印度］阿马蒂亚·森：《贫困与饥荒——论权利与剥夺》，王宇、王文玉译，商务印书馆 2001 年版，第 58—59 页。

民国十八年陕西灾荒形成的原因是一个很复杂的问题，其中涉及政治不清、军阀混战、兵匪横行、囤积居奇等各个方面，也与救济过程中的漠视民命、赈灾不力、贪污腐化等因素有很大关系。

《绝秦书》对民国十八年的陕西大灾荒作了洞幽烛微的探析。"苛政猛于虎"，政府当局的横征暴敛、苛捐杂税繁重，导致大批农民破产。周立言掰着手指给周立功悉数各种苛捐杂税："有城工捐、河防捐、银行股捐、等级捐、省政捐、西北水利奖捐、富户捐、杂支捐、鞋袜捐、村捐、汽车捐、草捐、庙捐、房捐、门牌捐、路灯捐、牲口捐、印花税、剿匪公债费、登记费、保卫团费、开拔费、善后费、粮秣费、维护费、差费……"可谓是多如牛毛，更是莫名其妙，比如乡村哪有汽车、路灯？甚至连买卖人口也要抽取所谓的"人头税"。当时陕西省国民政府也曾发出通令，严禁贩卖人口，并追查缉拿人贩。但令人痛心的是，这些禁令仅仅是一纸空文，政府还趁机从中渔利，抽取人头税。1931年，于右任向南京政府报告灾情，他引用当时陕西旅平赈务会的报告说："两年之内由陕卖出之儿女，可稽者四十余万，除陕西省的收税外，山西每人五元，税收近200万。"①

灾荒发生后，当局非但不予以救济，反而强征田赋，在灾民口中夺食，加剧了灾荒的蔓延。周家寨人豁出命从南山背回粮食，数着颗粒往锅里煮，稀汤寡水熬日子，可这点可怜的救命粮也保不住了。县衙下达征粮令，每亩地需缴纳麦子五十斤，是平常年份的五倍。为了中原大战，陕西军政当局大灾之年不但没有减免赋税，反

---

① 郭琦、史念海、张岂之：《陕西通史（民国卷）》，陕西师范大学出版社1997年版，第169页。

而提前预征了五年的田赋，把民国二十三年的税粮都提前征收了，但灾民哪里还有粮食可缴，县府就派保安团下来搜，搜到一律充公，搜不到的就把人用绳捆住吊起来打，催逼百姓借粮、买粮纳税，一时间哭声震天。

孙县长下令保安队武装拉粮，把全县十五个义仓的粮食都抢到手中，加上以前向大户借来的粮食，完成赋税后还有结余。他把余粮悄悄转卖，落了一笔巨款装进自己的腰包。为了完成征粮任务，地方官吏无所不用其极，甚至兵匪一家。太白县县长潘云鹏为了完成上峰宋哲元下达的任务，竟然出主意让守备营化装成土匪去抢大户的粮食；周立德给太白县境内数十股土匪下了红帖，意思是共襄北伐盛举，辅助东征伟业，扫荡北洋妖孽，逼迫土匪捐款一万大洋；泰丰粮行的少东家白富成白白胖胖的，穿着时髦的西服，皮鞋锃亮，从饭馆里出来便被一群当兵的抓住，被污蔑成逃兵"王连胜"，逼迫他爹认捐，并且只要粮食不要钱。这一切都是因为省政府刚发布公告，紧急加征粮食支援讨蒋战争；周立言听从父命，拉着酒坊粮食回家赈济灾民，在城外遭到了守备营的武装拦截，中了枪弹而身亡。小说里面写宋哲元在军政会议上公开说，宁叫陕人死绝，不叫军队受饿。因此，他要求不惜一切代价保证前线供应，各地集结部队自行解决粮草问题，凡是有筹集粮草的机会概不放过。刘凤林奉命行事，到处抢粮，甚至是周克文这样有声望又有靠山的士绅都不放过。

所以，军阀割据、互相混战也是导致灾民遍地的一大原因。军阀割据致使政令不畅，救灾物资无法运输到灾区。对于民国十八年的西北大旱灾，斯诺曾写道："积大米的商人、放高利贷的人和地主，他们由武装警卫保护着，大发横财。令人吃惊的是，就在这些城市里，官员们还在和歌妓舞女跳舞打牌。成千上万吨小麦和小米无法运给灾民，因为西北的一些军阀扣留了他们的全部铁路车皮、不放一节往东驶去，而国民党的一些将领则不让车皮西去，因为他们担心车皮会被对方扣留。"①

《绝秦书》从多个层面探析了大灾荒背后的人祸因素，烟毒盛行、粮食储备不足、苛捐杂税繁重不堪、兵匪横行等，用小说的形式对这场大灾荒做出了深刻的思考，用感性的形象再现了丰富具体的历史场景。作者具有一种强烈的灾难意识，站在一个很高的层面展开一种开阔的描写与思考，"去描绘、还原、打量那个特定的时代，思考近代乡土中国所面临的诸多问题：农村经济的凋敝、社会组织的解体、士绅阶层的退化、传统价值观的溃败、暴力的循环……这一切从根基上啃啮着不断遭遇革命却转身艰难的农耕社会，使它病痛缠身却惯性依然，最终由于急病乱医和无药可救耗尽了自己的生命，千疮百孔的庞大躯体在更大规模的暴力革命中轰然倒地"②。《绝秦书》试图用文学的表现手法去探寻近代乡土中国的出路及其可能性，显示出一种高远的立意与阔达的情怀。

三　《温故一九四二》与1942—1943 年河南大灾荒

1942 年，中国的抗日战争进入了一个关键阶段，日寇加大了对国民党正面战场军事攻势，同时对共产党所在的根据地实施了疯狂

---

① ［美］洛易斯·惠勒·斯诺：《斯诺眼中的中国》，王恩光、乐山等译，中国学术出版社 1982 年版，第 39 页。

② 张浩文：《绝秦书·后记》，太白文艺出版社 2013 年版，第 343 页。

的"大扫荡",中国的抗战面临着极其严峻的考验。可"屋漏偏遭连夜雨",在1942—1943年两年里,中原大地祸不单行,连续遭受了旱、蝗、风、雹、水等各种灾害,发生了一场惨绝人寰的大褛奇荒,仅河南一省就有三千多万人沦为灾民,三百多万人成为饿殍。由于国民党的新闻封锁,这场旷世惨剧竟然不能承受历史之轻,逐渐消褪了颜色,淡出了历史的烟云,以至于当今的许多河南人竟然也闻所未闻,让人感叹不已!刘震云的小说《温故一九四二》用文学想象的方式重塑了那段历史,再现了灾荒之下河南灾民痛苦不堪的饥荒生活。但文学作品中的灾荒毕竟和历史中的灾荒有所出入,作家在作品中流露出的对日伪救助灾民的美化有违历史事实,一些分析论断有失偏颇。下面拟以小说中所提到的《大公报》《时代》周刊,以及一家小报《前锋报》三家媒体为中心分析其对河南灾荒的报道,结合《温故一九四二》小说文本去考察历史与文学对这次灾荒书写的异同,探究历史与文学想象之间的张力。

（一）1942—1943年河南灾荒及其原因

《温故一九四二》中写我询问"姥娘"有关1942年灾荒之事,"姥娘"已经将五十年前饿死人的大旱灾忘得一干二净。当"我"提起蝗虫这一特定的标志时,"勾起了姥娘并没忘却的蝗虫与死人的联系。"

> 这我知道了。原来是飞蚂蚱那一年。那一年死人不少。蚂蚱把地里的庄稼都吃光了。牛进宝他姑姑,在大油坊设香坛,我还到那里烧过香![1]

---

① 刘震云:《温故一九四二》,长江文艺出版社2012年版,第7页。

早在 1941 年夏河南的灾象已经显露，据《申报》载："豫省近半年来，战旱水雹霜蝗各灾，无所不有，灾情惨重，报灾县份，截至 6 月底止，已达百余县之多。受灾县份，计受战灾者有南阳唐河等二十三县，受霜灾者有灵宝等八县，受旱灾者有内乡等三十七县，受雹灾者有项城等二十四县，受水灾者有潢川等十一县，受蝗灾者有扶沟一县，请赈文电，连日如雪片飞来，省府及省赈济会已分电行政院及中央赈济委员会呼吁赈款，藉拯灾黎。"[1] 到了 1942 年，灾情进一步恶化，据《新华日报》载："豫省本年灾情惨重之成因，即由于水灾、旱灾、蝗虫灾、风灾、雹灾同时波及，在蝗虫灾区则地无绿色，枯枝遍野……其旱灾区之麦田，高不盈尺。"[2]《新华日报》引述了河南省主席李培基描述河南国统区灾情的话："豫省本年麦季，干旱为灾，以致二麦欠收。原冀秋收丰稔，以补麦收之不足，不意入秋以来，雨水失调，晚秋复告绝望，豫省安全区内之六十余县，几无县无灾，无灾不重。加以豫省环境特殊，交通困难，致使灾情更加严重。"[3] 日伪统治下的沦陷区的旱象也很严重，据 10 月 31 日《解放日报》的报道："据豫北敌占区来人谈，豫北敌占区今夏旱灾严重，赤地千里，大部土地均没有种上。玉米有的不曾出土，就已干死，豆子颗粒未收，谷子每亩最高收成量是三升多，坏的不过一升。某村一家富户，有一顷多谷地仅收九斗。从 10 月 5 日起小米每斗已涨到百三十元到百四十五元，玉米每斗九十八元到百零六元。米珠薪桂，已使一般中等人家无法过活，贫苦之家，则成千上万，流离失所，鬻儿卖女的事情，现亦不断在各地发现……现汲县、

---

① 《申报》，1941 年 7 月 24 日。
② 《新华日报》，1942 年 9 月 7 日。
③ 《新华日报》，1942 年 11 月 30 日。

浚县等地灾民，已大批逃入我太岳区根据地沁县、安泽、沁源一带开荒山做短工过活。"① 1942 年的大灾，"河南人几乎死得路断人稀。鲁山白果树村竟发现人吃人的惨剧。逍遥、许昌、襄县各地市场，任何物价都比人价贵，长成的少女，只要几个烧饼便可以换来。至于路旁的饿尸，街头的弃婴，更是数见不鲜。侥幸不死的儿童，也都饿得满脸尽是皱纹，两眼泛作灰色，使你不敢相信这是人间"②。寥寥数语便描绘出河南人民形同地狱般的悲惨生活，令人不忍卒读。

到了 1943 年，一场声势浩大、骇人听闻的蝗灾更是夹杂着水、旱灾害滚滚而来。5 月 18 日，黄河在"扶沟、西华间决口 16 处，豫东 10 余县几全部陆沉"③。8 月以后，又"大雨滂沱，经月未止，伊水、洛水、汝水、颍水和贾鲁、双洎（右为自）等河，水位陡涨至三公尺以上，各河流大堤坝到处被水侵蚀决溃，以致开封、郑州以南，潼关以东各低凹地，同时成灾"④。11 月 4 日《新华日报》报道："嵩县汝源区浩劫频仍，又遭十天大雨，8 月 10 日夜山洪一齐暴发，一时沿山居民，田庐人畜，都随着大水一齐漂流。汝河的水高到 20 多丈，两岸街市如黄庄、吕屯、沙沟岗、张槐、木植街等 9 处，都化为乌有，被冲去镇公所 1，保公所 3，中心学校 1，保国民学校 5，保长 2，教员 1，学生 20 名，男女民众 500 多口，山地平地计 13，000 余亩，绝门灭户的几十家，坍塌房屋，损失物品的不计其数……南召在 9 月 19 日下午 4 时，暴雨骤作，顷刻之间，冰雹大

---

① 《解放日报》，1942 年 10 月 31 日。
② 行总河南分署秘书室：《河南善救分署周报——两年业务纪念特刊》（第 100 期），1947 年 12 月 31 日版，第 13 页。
③ 《解放日报》，1944 年 1 月 24 日。
④ 《新华日报》，1943 年 10 月 20 日。

落，由县西南柴岗乡所属的枣庄、范庄、贾庵、上石凹等处，向东南流去，经过的地点，房屋树木，毁坏无算，秋禾稻豆，一卷而光。东西长几十里的地方，民众哭号震野。陕乡二麦歉收，不足四成，灾后的人民都将希望寄托在早晚二秋，谁知项城旱灾蝗灾后，又遭水灾，贫农忧愤自杀的颇多。水淹区的灾民，都架木为巢，或者站在坟头，饥饿终日，已经有了二十多天。"①

蝗灾的危害更为巨大，王锡朋的《1943 年—中原蝗灾录》详述了当时的情景："说起那年的飞蝗之灾，其来势之猛，可谓迅雷不及掩耳，刹那间，像一阵大风似的沙沙作响、嗡嗡有声的飞驰而来了。好似一片黄云，顿时使天空为之色变。大人、孩童纷纷伫立院中、村头、田野，仰望天空，惊诧着、议论着、叹嘘着。当蝗虫低空飞临时，像大风吹顶，呼呼有声，人们只要举起扫帚、竹竿向空中随意挥打一下，便能打掉十数只甚至几十只，其密度由此可想而知了。这股巨大的飞蝗群，也不知从何方而来。只听说从黄泛区飞越黄河，侵袭到豫北，至太行山麓的林县、安阳，又飞袭到黄河南的叶县、舞阳、郾城等地，纵横飞翔，动向莫测。凡飞蝗所经过的原野，禾苗尽被吃光，连树叶也没有幸免。更有甚者，麦场上放的草苫子、席子以及草帽，也都被咬烂了。且看那树上落满了的飞蝗，将树的枝丫也都压弯。村里村外遍地皆是，墙壁上、屋顶上、窗户上也都爬满了飞蝗，连灶房内锅台上也比比皆是，人们不敢掀起锅盖做饭，因一掀锅盖，蝗虫便会盲目的往锅里钻，使人发呕。更为奇怪的是，正在觅食的鸡子，竟也不啄食蝗虫了。"② 和当时的两则电报相印

---

① 《新华日报》，1943 年 11 月 4 日。
② 王锡朋：《1943 年——中原蝗灾录》，《民国春秋》1991 年第 1 期。

证，足可见这篇回忆文章并非过甚其词。一则是河南省政府主席李培基8月2日致中央赈委会电报："本省蝗灾迭经电报有案，蝗虫初瘼，现黄泛区域蔽日盈野，掠河西飞，已据呈报蔓延区域计有：巩县、偃师、洛阳……五十六县，黄谷高粱玉谷多被食损，不数日幼蝻即生，麇集啮食，为害尤巨。……禾之上，常聚数十啮食禾苗，顷刻立尽。"① 另一则是汤恩伯8月14日致中央赈委会孔祥熙委员长、许世英代委员长电报："查豫东各县上年荒旱，颗粒未收，蝗虫遗卵，今春孵化蔓延之速，势若燎原，以致鄢陵、扶沟、西华、太康、淮阳、鹿邑、杞县、冕陵、商水、项城、沈邱、太和、临泉等县先后呈报发现蔽薪盖野，禾稼被食殆尽。……迄今各该县秋收绝望，民命堪虞，数百万灾黎鹄待赈济。"②

《温故一九四二》中认为："后来事实证明，河南人没有全部被饿死，很多人还流传下来，繁衍生息，五十年后，俨然又是在人口上的中国第二大省。当时为什么没有死绝呢？是政府又采取什么措施了吗？不是。是蝗虫又自动飞走了吗？不是。那是什么？是日本人来了——一九四三年，日本人开进了河南灾区，这救了我的乡亲们的命。"③ 造成此次河南灾荒既有自然方面的因素，同时也有社会因素，可以说是天灾人祸、兵荒交乘。日本军国主义的对华侵略战争是最为根本的原因。首先，日本军队的狂轰滥炸、疯狂扫荡造成田园荒芜、大批民众流离失所，同时还伴以残酷的经济侵略与盘剥，致使物资匮乏、民生凋敝，从"一年红薯半年粮，自从来了日本鬼，

---

① 第二历史档案馆藏：《全宗号》116，《案卷号》438。转引自李文海等编《近代中国灾荒纪年续编》，湖南教育出版社1993年版，第574页。

② 同上。

③ 刘震云：《温故一九四二》，长江文艺出版社2012年版，第64—65页。

就连红薯难吃上"① 的歌谣中可见一斑。沦陷区物价飞涨，货币贬值，以致发生这样的故事："由于货币币值不断下跌，商品一天几次涨价，日本投降前夕，商民手中不敢存钱，钞票一到手就到市场抢购东西。县城有个京货商李俊臣第一天收入伪币一篮子准备去徐州购货，第二天只买了一件旧大衫。"② 其次，为了抵御日军侵略，作为战略要冲，抗战时期驻防河南的有蒋鼎文、汤恩伯的部队，还有孙桐萱、孙蔚如、何柱国、刘茂恩、高树勋、李家钰等六个集团军及其他许多部队，总数在 50 万—100 万人。③ 根据 1944 年河南战役日军投入兵力估计，此次灾荒期间，常驻河南的日军及伪军至少也有 10 万人。④ 这些部队的粮草供给成了河南人民的沉重负担，况且还要时常遭受他们残酷的劫掠，即使风调雨顺也难填饱肚皮，交完苛捐杂税后只能靠野菜杂粮度日，何谈余粮度荒。最后，早在 1938年为了阻止日本军队的进攻，蒋介石"以水代兵"命令炸开花园口，河南、安徽、江苏三省所属 44 县 5.4 万平方千米土地遭受黄水冲击，89 万人在黄水中丧生，形成了长达 400 多千米的黄泛区。自此一直到 1947 年黄河归豫鲁故道，黄水在泛区泛滥达 9 年之久。河南首当其冲，有"20 县受灾，675 万亩耕地被淹，117 万人逃往，32

---

① 《从日伪合作社看日寇对柘城的经济掠夺》，陈传海等编《日军祸豫资料选编》，河南人民出版社 1986 年版，第 219 页。

② 《日伪货币在夏邑县流通情况》，陈传海等编《日军祸豫资料选编》，河南人民出版社 1986 年版，第 254 页。

③ ［美］约瑟夫·W. 埃谢里克编著：《美国前驻华外交官约翰·S. 谢伟思第二次世界大战时期的报告——在中国失掉的机会》，罗清、赵仲强译，国际文化出版公司 1989 年版，第 12 页。而杨却俗在《关于河南浩劫的话》中认为在豫的中国驻军是 70 多万。参见宋致新编著《1942：河南大饥荒》，湖北人民出版社 2005 年版，第 169 页。

④ 中共河南省党史资料征集编纂委员会编：《河南抗战史略》，河南人民出版社 1985 年版，第 273 页。

万余人死亡"①。日本人也多次"以水代兵",让河南人民堕入万劫不复的深渊。如1938年8月4日,"日军在武陟五蛇、门口将沁河挖开,河水暴涨,沁阳西部尽成泽国"②。1940年8月8日,"豫北沁阳日军挖溃沁河,沁阳一带尽成泽国,所有秋禾尽被淹没"③。又如1944年8月16日,"驻周口日军在南寨小西门外扒开沙河大堤,向寨壕内灌水,淹没房屋一万七千多间,水顺流南下,方园数十里变成泽国"④。豫东万亩良田变成了沙滩河汊,一大批不愿做亡国奴的人民流入国统区,加重了原有的粮荒。撂荒的土地在大旱之后成为蝗蝻滋生的温床,造成河南人民大批死亡的1943年蝗灾,可以说是日本侵华战争带来的直接后果。刘震云却无视日本侵华战争在这次灾荒中所犯下的滔天罪行,把灾荒的因果倒置,在他的小说《温故一九四二》为日本侵略涂脂抹粉:"日本人在中国犯了滔天罪行,杀人如麻,血流成河,我们与他们不共戴天;但在一九四三年冬至一九四四年春的河南灾区,却是这些杀人如麻的侵略者,救了我不少乡亲们的命。他们给我们发放了不少军粮。我们吃了皇军的军粮,生命得以维持和壮大。"⑤ 这种文学想象完全歪曲了历史的本来面貌,容易混淆视听。在"三种政权、三种救灾模式"里对此谬论还要展开详细的分析。

当然,国民党对此次大灾也难辞其咎,蒋介石政府漠视民命、

---

① 河南省水利厅水旱灾害专著编辑委员会编:《河南水旱灾害》,黄河水利出版社1999年版,第50页。

② 陈传海等编:《日军祸豫大事记》,陈传海等编《日军祸豫资料选编》,河南人民出版社1986年版,第403页。

③ 同上书,第409页。

④ 同上书,第421页。

⑤ 刘震云:《温故一九四二》,长江文艺出版社2012年版,第65页。

封锁灾情不愿赈灾是导致民众死亡的直接原因，从《温故一九四二》讲述的《大公报》报道灾情而遭停刊三天的命运中可见端倪，蒋介石在接见外国记者白修德时还不肯承认有此灾荒。国民党形同土匪的军队，以及特务流氓横行霸道也是加重灾情的一大因素。国民党特务组织人员遍布城乡，组织有情报站、特工组、联络站、谍报站、锄奸股等，有特派员、情报员、谍报员、汇报秘书等五花八门的人员。"他们可私设刑庭，任意绑架，非法拷打。家境富裕，家有少女美妇者，均可罹祸。"① "特务流氓，结为一体，草菅人命，目无法纪，腰挎手枪，到处乱窜，黄河两岸尤为他们活动的集中场所。商人进货，如不向他们事先买路，轻则诬以通敌，货物没收，重则连人带货，都会失踪。不仅对于商人和一般人是予取予夺，莫可奈何，即对于文武官吏，稍不如意，亦下毒手。"② 时人谓曰"特务满街走，人命不如狗"。特别是汤恩伯被河南人民列为"水、旱、蝗、汤"四大害之一，足见老百姓对其部队侵民扰民行为的极大愤恨。戏剧《桐柏民变》就描写了其部队被民众缴械，是其危害人民引起众怒的必然后果。最后是国民党内部贪污腐败，在救灾过程中敷衍塞责、互相推诿扯皮，没能真正行动起来，即使仅有的一点救灾行动也落实不到实处，救灾款项被层层截留挪用，甚至被个别官员中饱私囊。

（二）三家媒体，三种命运

《温故一九四二》讲述了《大公报》被停刊三天，原因就是高

---

① 曹季彦：《抗战时期河南第九区的赋税》，《河南文史资料》（第16辑），1985年版，第73页。

② 张仲鲁：《1942年河南大灾的回忆》，《河南文史资料》1995年第1期。

峰报道了河南灾荒的真实情形。1943 年 2 月 1 日，重庆《大公报》
上一篇题为《豫灾实录》的文章掀开了被重重帘幕遮蔽的河南灾荒
的一角，作者署名高峰。《大公报》1902 年创刊于天津，以"忘我
之为大"的"大"字和"无私之为公"的"公"字作为报名，是中
国一家历史悠久的民营大报。抗战以后，迁往重庆。《大公报》秉承
"坚持宣传正义声音"的办刊宗旨，以立论中肯、报道翔实为特色，
在当时颇负盛名。

　　高峰原名张高峰，1942 年 12 月被《大公报》作为战地记者派
赴河南采访。他被眼前河南的灾情深深地震撼了，"今日的河南已有
成千上万的人正以树皮（树叶吃光了）与野草维持那可怜的生命"。
村里的小孩一个接一个地饿死，村民吃了带毒的野菜而麻痹浮肿，
"最近我更发现灾民每人的脸都浮肿起来，鼻孔与眼角发黑。起初我
以为是因饿而得的病症。后来才知是因为吃了一种名叫'霉花'的
野草中毒而肿起来。这种草没有一点水分，磨出来是绿色，我曾尝
试过，一股土腥味，据说猪吃了都要四肢麻痹，人怎能吃下去！他
们还说：'先生，就这还没有呢！我们的牙脸手脚都是吃得麻痛！'
现在叶县一带灾民真的没有'霉花'吃，他们正在吃一种干柴，一
种无法用杵臼捣碎的干柴，所好的是吃了不肿脸不麻手脚。一位老
夫说：'我做梦也没有想到吃柴火！真不如早死。'"大灾之下，人
口买卖盛行，人民铤而走险，"在河南已恢复了原始的物物交换时
代。卖子女无人要，自己的年轻老婆或十五六岁的女儿，都驮在驴
上到豫东驮河、周家口、界首那些贩人的市场卖为娼妓。卖一口人，
买不回四斗粮食。麦子一斗一百二十斤要九百元，高粱一斗六百四
十元，玉米七百元，小米十元一斤，蒸馍八元一斤，盐十五元一斤，

香油也十五元。没有彻底救济办法，粮价不会跌落的，灾民根本也没有吃粮食的念头，老弱妇孺终日等死，年轻力壮者不得不铤而走险。这样下去，河南就不需要救灾了，而需要清乡防匪，维持地方的治安"。即使在此饥荒下，政府当局还是照样征兵、征粮不误，不管百姓死活。"灾旱的河南，吃树皮的人民！直到今天还忙着纳粮。"作者在这篇报道的结尾怀着沉重的心情写道："严冬到了，雪花飘落，灾民无柴无米无衣无食，冻馁交迫。那薄命的雪花正象征着他们的命运。救灾刻不容缓了。"①

　　1943 年 1 月 17 日，当张高峰从河南前线发回了这篇题为《饥饿的河南》的报道时，总编王芸生也被深深地感染了，就改题为《豫灾实录》于 2 月 1 日发表在《大公报》上。第二天，王芸生本着"文人论政"的习惯写了社评《看重庆，念中原》，把政府逼粮行为与"石壕吏"相对比，"饿死的暴骨失肉，逃往的扶老携幼，妻离子散，挤人丛，挨棍打，未必能够得到赈济委员会的登记证。吃杂草的毒发而死，吃干树皮得忍着刺喉绞肠之苦。把妻女驮运到遥远的人肉市场，未必能够换得几斗食。这惨绝人寰的描写，实在令人不忍卒读。而尤其令人不解的，河南的灾情，中央早已注意，中央的查灾大员也早已公毕归来，我们也曾听到中央拨了相当数额的赈款，如此纷绘半载，而截至本报通讯员上月十七日发信时，尚未见发放赈款之事，千万灾民还在眼巴巴地盼望。这是何故？尤其令人不忍的，荒灾如此，粮课依然，县衙门捉人逼拶，饿着肚纳粮，卖了田纳粮。忆童时读杜甫所咏叹的《石壕吏》，辄为之掩卷叹息，乃不意竟依稀见之于今日的事实"。他有感于重庆豪门显贵的骄奢淫

---

　　①　高峰：《豫灾实录》，《大公报》1943 年 2 月 1 日。

逸，联想河南的灾情，提出征发权贵显宦资产的建议："一般摩登的食品店，卖空了架子还有人买，人们宁愿今天先撂下花花绿绿的钞票明天再来拿货。尽管贵，总有人买。这情形若叫河南灾民听见，不知作何感想？""河南的灾民卖田卖人甚至饿死，还照纳国课，为什么政府就不可以征发豪商巨富的资产并限制一般富有者'满不在乎'的购买力？看重庆，念中原，实在令人感慨万千！"① 结果，这篇社评戳到了国民党政府权贵的痛处，惹恼了蒋介石，竟然不顾公意，以国民政府军事委员会名义悍然下令将《大公报》停刊三天，以示惩戒。除此以外，蒋介石还对王芸生个人进行报复，取消了他的赴美之旅。小说《温故一九四二》写道："美国国务院战时情报局曾约定邀请王芸生访美。经政府同意，发了护照，买了外汇，蒋介石宋美龄还为王芸生钱了行。飞机行期已定，这时王读到张高峰的报道，写了《看重庆，念中原》这篇文章。距出发的前两天，王芸生接到国民党中央宣传部长张道藩的电话，说：'委员长叫我通知你，请你不要到美国去了。'"其实，王芸生访美的一个重要原因是《大公报》当时荣获美国密苏里新闻学院颁发的荣誉奖章，王芸生准备亲自去领奖。

以"不党、不卖、不私、不盲"为宗旨的《大公报》因披露灾荒而获罪，犹如芒刺一样刺激了外国记者的神经，他们想去河南一探究竟，《时代》周刊记者白修德便是其中一位。白修德（1915—1986），英文名 Theodore·H·White(西奥多·怀特·白修德)，出生于波士顿的一个犹太家庭，早年家境窘迫，凭着刻苦的韧劲考入哈佛大学，专攻中国历史政治，是费正清的高足。1939 年被《时代》

---

① 社评：《看重庆，念中原》，《大公报》1943 年 2 月 1 日。

周刊聘为特派记者，被派到重庆采访抗战新闻。于是，在《大公报》事件数天之后，白修德和伦敦《泰晤士报》记者哈里森·福尔曼一同前往河南。他们获准沿陇海线铁路经过宝鸡、西安到达潼关，在火车站周围看见到处都是拥挤不堪的农民，时刻准备爬上路过的火车，逃离河南，到其他地方就食，空气中弥漫着屎尿和尸体发出的恶臭。第二天他们坐手摇巡道车到达当时河南省会洛阳，而后，他们又换乘卡车，复又骑马，前去郑州。他们被眼前严峻的灾情惊呆了，村庄衰败，田地荒芜，逃荒的难民一群接一群，路边到处是倒毙的灾民、遗弃的婴儿，野狗吃死尸变得膘肥体壮。自己骑的马时刻都有被饥民撕食的危险，有时要向人群撒把花生、柿饼或抛洒一叠法币引诱他们去抢，以此换取通行的安全。更让白修德吃惊的是，地方政府和驻军明知灾情严重，还按照丰年的收成来勒索赋税，"征实"后竟然比田里实际出产的还要多。农民只能吃树皮、杂草度日，却要将仅有的谷种也上交。老百姓饿得走路都直打哆嗦，还要给部队提供马料，而那些马料其实比他们塞在自己嘴里的脏东西还要有营养。采访结束，他们搭坐邮车返回重庆。在途经洛阳时，白修德到电报局把自己匆忙赶写的河南灾荒的通讯直接发送给纽约《时代》周刊总部。3月22日，这篇报道河南灾荒的通讯在美国刊出，舆论为之哗然。"我的笔记在告诉我，我只是报道亲眼所见和经过验证的事实。然而，这些事实却连我自己都感到难以置信。狗在路旁啃着人的尸体，农民在夜幕的掩护中寻找死人身上的肉吃。无尽的废弃村庄，乞丐汇聚在每一个城门口，弃婴在每一条道路上号哭和死去。没有什么方式能描绘出河南大灾荒的恐怖。更具讽刺意味的是，被指望用以缓解饥荒的春麦，此时还在田地里泛着青色，要等到两个月后才能成熟。而最可怕的结论是，这场灾难本来是可以避免的。"[1] 这篇措辞尖锐的报道深深地刺痛了正在访美的宋美龄，她气急败坏地给《时代》的老板亨利·卢斯打电话，要求他解聘这个鲁莽的小记者，当然遭到严词拒绝。为此，《温故一九四二》揶揄道："她的这种中国式的要求，理所当然地被亨利·卢斯拒绝了。那里毕竟是个新闻自由的国度啊。别说宋美龄，就是揭了罗斯福的丑闻，罗斯福夫人要求解雇新闻记者的做法，也不一定会被《时代》周刊当回事。须知，罗当总统才几年？《时代》周刊发行了多少年了？当然，我想罗夫人也不会这么蠢，也不会产生这么动不动就用行政干涉的思路和念头。"[2]

白修德回到重庆后把自己在灾区的见闻通过军队情报系统报告给史迪威将军和美国驻华使馆，还接连拜会了时任国民政府军政部长的何应钦、立法院长孙科、四川省政府主席张群等。对于"任何一个愿意听他讲话的人"，他都要迫不及待地向他们倾诉中原的灾情。"只要河南的无政府状态不终止，我就要继续我的徒劳的呼喊，并且希望有可能动员起美国的新闻舆论。"就像他自己在回忆录中所说的那样："当我设法要见到蒋介石并告诉他河南发生的一切时，我完全无法控制心中的愤怒。我几乎像是发了神经病一般地吼叫着说：'人民正在死去！人民正在死去！'"[3] 最终，他通过宋庆龄的裙带关系走进了蒋介石黄山官邸的办公室。蒋介石用僵硬的握手表示礼节，然后就坐在他的高靠背椅上，脸上带着明显的厌烦神情听白修德描述河南的灾情，起初无动于衷，否认征收了农民的税，当白修德告

---

① 宋致新编著：《1942：河南大饥荒》，湖北人民出版社 2005 年版，第 18 页。
② 刘震云：《温故一九四二》，长江文艺出版社 2012 年版，第 47 页。
③ 宋致新编著：《1942：河南大饥荒》，湖北人民出版社 2005 年版，第 35 页。

以吃人的事情以期取得突破性的汇报成效时，蒋介石矢口否认说人吃人的事在中国绝不会发生。白修德说自己看见狗在路边吃人，蒋介石也说不可能。白修德就把一直等候在隔壁接待室的福尔曼叫进来，"他的照片清晰地显示了狗在扒出来的死尸旁馋涎欲滴的情景。这个最高统帅的脚踝开始轻轻地痉挛起来，是一种神经质的颤动。他问这幅照片是在何处拍摄的。我们告诉了他。他掏出他的小印戳，拿起毛笔，记下笔录。他询问官员们的名字，还想要更多的名字，要我们为他提供一份详尽报告，不要把人的名字遗漏了。就像他本人陈述一项声明似的，他只是无精打采地说他已告诉军队为人民节约粮食了。他还向我们道谢，并夸奖我说'比我派出去的任何一个调查员'都能干。从我领进去到被领出来只有 20 分钟的时间"①。《温故一九四二》分析了蒋介石对白修德厌恶之情背后的含义："白修德把这理解成蒋的不愿相信，这说明白修德与中国文人犯了同样的错误。他们没有站在同一层次上对话。他们把蒋理解得肤浅得多。蒋怎么会不相信呢？蒋肯定比白更早更详细地知道河南灾区的情况，无非，这并不是他手头的重要事情……好比一个大鹏，看蓬间雀在那里折腾，而且真把自己折腾进去，扯到一堆垛草和乱麻之中时的心情。他不知为什么这么多双不同形状、不同肤色的手，都要插到这狗屎堆里。这才是他脸上所露出的厌恶表情的真正含义。这含义是白修德所不理解的，一直误会了五十年。"② 在接见白修德之后，蒋介石也确实履行了诺言，开始从陕西调运粮食到河南进行赈灾。白修德东奔西走、上下游说总算没有白费力气，起码推动国民党政

---

① ［美］白修德：《中国抗战秘闻——白修德回忆录》，崔陈译，河南人民出版社1988 年版，第 145—146 页。

② 刘震云：《温故一九四二》，长江文艺出版社 2012 年版，第 48—49 页。

府开始正视灾情并展开了初步的救灾行动。

除了这两家有名的媒体报道了河南灾荒的消息引起轰动外，其实在当时报道河南灾荒的还有一些报纸，如洛阳的《阵中日报》和《河洛日报》《河南民报》等，其中一家不太知名的民营小报《前锋报》最为著名。《前锋报》1942年元旦创刊于南阳，社长李静之，总编辑孙良田，经理王示范等。"前锋"二字来源于孙中山先生的"咨尔多士，为民前锋"一语，报头题字是从岳飞的《请停止班师表奏》草帖上集下来的，以"仗义执言，为民前锋"为办报宗旨，素有"小公报""河南的《大公报》"之美誉。《前锋报》陆续刊发了李蕤（另一笔名"流萤"，原名赵悔深）关于河南灾荒的十多篇系列报道，并附发了七十多篇社评和时论对救灾献言献策。

1942年冬，李蕤因为有事外出去西安，旅途中耳闻目睹了大批灾民逃难到西安的惨剧，就情不自禁地写了一篇题为《无尽长的死亡线》的通讯投稿到《前锋报》，为灾民呼吁。《前锋报》于1943年2月19日和20日连续登载了这篇报道，拉开了报道河南灾荒的序幕。"陇海铁路，在灾民的心目中，好像是释迦牟尼的救生船。他们梦想着只要一登上火车，便会被这条神龙驮出灾荒的大口，到安乐的地带。从八月份起，我便看到这些破破烂烂的人群，在开车之前，冲锋似的爬到火车的顶盖上。头顶上炎炎烈日张着火伞，脚下是烙人皮肉的炙热的镔铁，人们肩挨肩地在一起堆砌着，四周乱七八糟地堆满他们所有的财产：土车、破筐、席片，以及皮包骨的孩子。"① 社长李静之非常欣赏李蕤的文学才华与热情，亲自写信委派他为《前锋报》的特派记者，希望他能沿着陇海线到灾情最严重的

---

① 李蕤：《无尽长的死亡线》，《前锋报》1943年2月19日。

地区采访，继续写些披露灾情的报道。李蕤不顾个人的安危，毅然接受了《前锋报》的聘任，一个人骑辆旧自行车就踏上了奔赴灾区的采访旅程。从 1943 年 3 月 25 日至 4 月 2 日，他赶赴灾情严重的偃师、巩县（今巩义市）、汜水、广武、郑州等地进行实地采访，连续写下了《喑哑的呼声》《走出灾民的"大聚口"》《风沙七十里》《从巩县到汜水》《惊人的"古董集"》《雨天绝粮记》《"死角"的弦上》《友情的巨手》《灾村风景线》等多篇灾区通讯，以"流萤"的笔名在《前锋报》上陆续发表。这些通讯以行云流水的笔触详述了他在灾区的所见所闻，对灾情进行了深入细腻的描摹，读之令人悚然心动。比如，在《雨天绝粮记》里记者怀着沉痛的心情写道："虽然已经到了暮春三月，但乡村的萧条冷落，却如同秋天。从这村到那村，几里地逢不到一个行人，一进村落，立即映上眼帘的是剥光皮的榆树。村里没有鸡啼、没有犬吠，广场上也再看不见一个牛羊牲畜。大门上，一家、两家、三家……家家挂着锁，有的用土坯封住，也有些敞开的，但大半连门也没有，因为里面没有一点怕人偷的东西，所以把门也劈劈当柴卖掉了。"① 1943 年 5 月，《前锋报》将流萤的这 9 篇通讯连同之前写的《无尽长的死亡线》结集成册以《豫灾剪影》的名字出版，由李静之作序。此书在当时引起了不小的反响，"有的学校教师，把其中的单篇选为国文教材，在课堂上为学生讲授；有的青年因受其影响走上新闻战线"。除此以外，李蕤还写了揭发国民党贪污腐败的《粮仓里的骨山——汝南灾情与大贪污案》，这是他 5 月初回汝南老家奔丧期间根据旅途见闻而写成的，连载于 5 月 15 日和 16 日的《前锋报》上。"这些麦，都是他们私自以

---

① 李蕤：《雨天绝粮记》，《前锋报》1943 年 4 月 16 日。

大斗大升剥来的，这，国家没有多得到一粒，人民却是额外负担。这五万九千斤粮食，谁也不敢保证，在新堤的土里躺着的没有它们的主人！"① 读来让人悲愤不已。

在国民党的新闻封锁下，河南几百万人民的生死存亡几乎成为新闻媒体的盲区。如果没有《大公报》《时代》周刊和《前锋报》的报道，河南三百万灾民的亡灵就将无声无息地消失在历史的缝隙里，根本无处打捞，三家媒体也为此引来了不同的命运遭际。

《大公报》遭到停刊三天的处罚，主编王芸生也被蒋介石取消赴美的行程。记者张高峰被国民党当局视为"危险分子"加以迫害，在其后的一年多时间里在河南就遭到四次逮捕，身心交瘁，但总算侥幸，屡屡得以脱险。其实《大公报》上《豫灾实录》的报道并没有夸大或虚报灾情，国民党政府也并不是不知道这一点。一些高级官员早在 1942 年就已知晓了灾情，如何应钦在致许世英的信中谈及此次旱灾："顷接洛阳曾总司令万钟午养（7 月 22 日）电称：窃维河南素称农产丰稔之区，乃今岁入春以还，雨水失调，春麦收成仅及二三成，人民已成灾黎之象。近复旱魃为虐，数月未雨，烈日炎炎，千里赤地，禾苗既悉枯槁，树木亦多凋残，行见秋收颗粒无望，灾情严重，系数年所未有，尤以豫西各县为最。人民生活不堪其苦，相率逃灾。"② 关键是主编三芸生的社评《看重庆，念中原！》的尖锐言辞刺痛了国民党政府，社论不留情面地指责重庆阔人奢华的生活，而河南三千万同胞深陷灾荒，时刻面临着饥馑死亡还要缴粮纳

---

① 李蕤：《粮仓里的骨山——汝南灾情与大贪污案》，《前锋报》1943 年 5 月 16 日。
② 第二历史档案馆藏：《全宗号》116，《案卷号》438，民国三十一年 7 月 29 日何应钦致许世英函。参见李文海等编《近代中国灾荒纪年续编》，湖南教育出版社 1993 年版，第 553 页。

税，《石壕吏》所写情景"竟依稀见之于今天的事实"。"看重庆，念中原，实在令人感慨万千！"其实重庆豪贵的骄奢淫逸比王芸生所说的有过之而无不及，有知情者回忆："凌勉三那时是重庆大同银行的经理，一日他从香港乘飞机回重庆，起飞前中央信托局托他带给孔祥熙一个洋铁桶，到重庆下机后，接洋铁桶的人才告他说，桶里装的是活螃蟹。"① 当《大公报》被停刊三日，王芸生向陈布雷询问究竟，陈私下对王说："委员长根本不相信河南有灾，说是省政府虚报灾情。李主席（培基，河南省政府主席）的报灾电，说什么'赤地千里'，'哀鸿遍地'，'嗷嗷待哺'等等，委员长就骂是谎报滥调，并且严令河南的征实不得缓免。"为此，刘震云在《温故一九四二》里写道："蒋绝不是不相信，而是他手头还有比这重大得多的国际国内政治问题。他不愿让三千万灾民这样一件小事去影响他的头脑。三千万灾民不会影响他的统治，而重大问题的任何一个细枝末节处理不当，他都可能地位不稳甚至下台；轻重缓急，他心中自由掂量，绝不是我们这些书生和草民所能理解的。"② 当时摆在蒋介石面前的这些重大问题是：第一，中国的同盟国地位问题；第二，对日战争问题；第三，国民党内部、国民政府内部各派系的斗争；第四，他与史迪威的战略分歧和个人矛盾。为此，小说总结了《大公报》事件的性质，"王、蒋之间，双方在不同层次、不同水平、不同想法之下，打了一场外人看来还很热闹、令人很义愤其实非常好笑和不得要领的交手仗"③。

蒋介石可以对国内的《大公报》打板子，却奈何不了美国的

---

① 张仲鲁：《1942 年河南大灾的回忆》，《河南文史资料》1995 年第 1 期。
② 刘震云：《温故一九四二》，长江文艺出版社 2012 年版，第 42 页。
③ 同上书，第 45 页。

《时代》周刊。《时代》周刊曾经大量报道蒋介石政府抗战的消息，被重庆政府视为"知己"，蒋介石在 1941 年 5 月还亲自举行盛宴招待《时代》的老板卢斯及其夫人。成也萧何，败也萧何，令蒋介石措手不及的恰恰是《时代》周刊登载了白修德披露河南灾情的消息，让蒋介石国民党政权颜面扫地，在国际舆论面前抬不起头来。其实在此之前，白修德于 1942 年 10 月 26 日便在《时代》周刊上发表过一篇关于河南大灾荒的新闻，名字叫《十万火急大逃亡》，可惜并未引起人们的注意。为什么另一篇写灾荒的《等待收成》却引起了迥然不同的反响？关键在于机遇，这篇文章发表于 1943 年 3 月 22 日，其时适逢宋美龄访美。蒋介石为了解决中美间的争端，争取美国政府对华更多的援助，希望借助宋美龄的才华与魅力去征服美国民众，开展了一次夫人外交。1942 年 11 月 26 日—1943 年 6 月 27 日，宋美龄以私人身份出访美国。宋美龄为了使命，来往奔波于美国各大城市进行巡回演讲，广泛宣传中国英勇抗战的情况，阐述中国抗战遇到的巨大困难，激起了美国朝野的巨大同情与关注。《时代》周刊曾将宋美龄选为封面人物，美国国会众议院外交委员会主席勃尔姆说："蒋夫人之演讲，不独感召美国当代人民，且感及后世。"[1] 众议院议员罗斯夫人也称赞说："蒋夫人态度颇为自重，虽明知中国有权要求美国援助，但不明言之。且对美国过去失道处，不明加指责，亦极为有礼。"[2] 当美国人倾倒于宋美龄仪态万方的演说时，白修德的负面报道无疑给了蒋介石政权一记耳光。这就难怪宋美龄大为恼火，在麦迪逊广场花园发表演讲否认中国发生饥荒，以致失态做出不体

---

① 高惠敏：《中国第一夫人》，台湾"档案丛刊编辑委员会"1974 年版，第 21 页。
② 张其昀：《先总统蒋公全集》，台北中国文化大学出版部 1984 年版，第 1835 页。

面的过分之举。《温故一九四二》里不无揶揄地写道:"当她看到这篇英文报道后,十分恼火;也是一时心急疏忽,竟在美国用起了中国的办法,要求《时代》周刊的发行人亨利·卢斯把白修德解职。当然,她的这种中国式的要求,理所当然地被亨利·卢斯拒绝了。那里毕竟是个新闻自由的国度啊。"① 蒋介石自然无权处置《时代》周刊,白修德虽然没有被解聘,但洛阳电报局人员的厄运却随之降临——人头落地,因为他无视规定,没有将白修德的稿子送到重庆检查后再发往国外,而是通过成都的商业电信系统直接发往了纽约。白修德猜想可能是电报员的良心驱使或是系统发生故障,河南饿死人的惨剧才得以在美国披露。但毕竟是在中国的土地上,白修德在采访中还是受到了限制,不可能尽享新闻采访的自由。比如,有一群灾民拿着一叠请愿书找到白修德,恳求他带到重庆去,要求政府体恤民情,停止征税,请愿书当即就被一个驻军司令官在旅店里给强行收缴了,不然的话白修德就会被扔到黑夜中的荒郊野外。当白修德到河南新郑采访灾情时,没过多久就被重庆中宣部长董显光派员截回,请他到"新赣南"采访。当时蒋经国在赣州做专员,办有《正气日报》,宣传蒋的"人人有饭吃""人人有房住""人人有工作""人人有书读"等口号,宣扬"爱""美""笑"等人生哲学,被誉为"新中国的雏形"②。其实际原因是宋美龄从美国打电报回来,让人设法阻止白修德继续在灾区采访。但白修德毕竟把蒙在河南灾荒上的这层纸给捅破了,并且迫使蒋介石做出了救灾的姿态。小说《温故一九四二》在对比《大公报》和《时代》周刊灾情报道

---

① 刘震云:《温故一九四二》,长江文艺出版社 2012 年版,第 45—46 页。
② 陈兆新:《见证白修德赴豫采访》,宋致新编著《1942:河南大饥荒》,湖北人民出版社 2005 年版,第 40 页。

时这样写道："我与我故乡的三千万灾民，并不对张高峰的报道与王芸生的社评与呼喊表示任何感谢。因为他们这种呼喊并不起任何作用；惹怒委员长，甚至还起反面作用。我们可以抛开他们，我们应该感谢的是洋人，是那个美国《时代》周刊记者白修德。他在一九四二、一九四三年代的大灾荒中，真给我们这些穷人帮了忙。"① 从新闻报道所引发的实际效果来看的确如此。

相比较而言，《前锋报》就要幸运得多，没有这么多波折与磨难。《前锋报》的报道言辞并不比《大公报》和《时代》要温和，甚至有时更尖锐，并且连续发表了七十余篇关于灾荒的社评，对河南灾情及其救济献言献策。1942 年 7 月，当灾象初呈时，《前锋报》就发出"灾象已成，迅谋救济"的示警信号，然后随着灾情的不断扩大，又及时地提出很多富有实效的建议，包括多种蔬菜、扶植土布、以工代赈、限制高利贷、救助难童。《前锋报》一开始对国民政府的救灾满怀期冀，随着现实的不断恶化，逐渐认清了政府当局不顾人民死活的反动本质，流露出越来越多的失望与愤懑。1943 年 5 月临近新麦登场的关键时刻，救灾刻不容缓，只要度过这一关口，许多老百姓就有存活下去的希望。《前锋报》提出了"放斗余，贷公粮"的呼请，要求各位县长不惧丢官，在没征得上级同意的情况下打开粮仓救济灾民。可惜"言者谆谆，听者藐藐"。《前锋报》能逃过国民党的新闻封锁与迫害，报道了那么多反映灾情并带有民主进步倾向的新闻也真算是个奇迹，其中缘由大概有以下几种：其一，民营小报再加上南阳偏处豫西南一隅，影响有限。《前锋报》当然不如《大公报》的名头响，很容易被当局所忽视。这一点从李蕤的另

---

① 刘震云：《温故一九四二》，长江文艺出版社 2012 年版，第 45—46 页。

一个笔名"流萤"的来源可以得到些印证，他说："在黑暗如漆的旧社会，我们文人手里的一支笔即使是为人民发言，它的力量是多么微弱啊！因此，我写这些报告的时候，署名是'流萤'——署这个名，一方面为了减少无谓的麻烦，另一方面也表示这些文章并无烛照黑暗现实的力量，只不过是划破黑暗夜空的一缕萤光而已。"① 作者对自己在《前锋报》上的报道也没抱过高的期望。其二，社长李静之具有一定的政治地位和丰富的办报经验。他利用自己曾担任过南阳专员公署秘书长和河南省建设厅主任秘书的有利条件广泛结交朋友，其中不乏国民党高层人物。时任国民党南阳驻军的最高首脑、第二集团军总司令孙连仲就是其中一位，他曾公开表示对《前锋报》的欣赏与支持。其三，地方开明势力的保护。"在相当长的一段时间内，由镇平彭禹廷、内乡别廷芳等创建的宛西自治政权有自己的组织和自己的武装，政治上与国民党政府貌合神离，有相对的独立性。在这个地区，相对地说，新闻自由的缝隙稍微大一点。"其四，中国共产党对报社的支持与帮助。在南阳的中共地下党员对《前锋报》的办报宗旨、策略等问题提供了很多有益的意见，重庆的《新华日报》以及新四军的《七七报》也都曾写信对《前锋报》进行鼓励与帮助。②

　　同样是名不见经传的洛阳《中原日报》《行都日报》，却因为披露了灾情被罚停刊三日，罪名是"过于渲染灾情之文字，并诋毁政府救灾不力，影响政府威信"。河南省政府机关报《河南民报》转载了《看重庆，念中原》，当天的报纸被勒令追回；《行都日报》违

---

　　①　李蕤：《〈豫灾剪影〉重印后记》，《河南文史资料》（内部资料），1985 年。
　　②　参见吴永平、宋致新《李蕤的文学道路》（一），《河南文史资料》（内部资料），1999 年，第 173—174 页。

抗命令，只是摘要转载了该文也被勒令停刊三天。各县市报纸中只要有披露灾荒和描写"人吃人"的消息，河南省党部训令各县市党部，令饬各地报社严予禁载，并切实按期审查。① 尽管《前锋报》的灾情报道也触怒了河南省的新闻检查处，同样被罚停刊三天，但报社拒未执行，结果也安然无恙。《前锋报》能在国民党无所不用其极的新闻封锁中把1942—1943年河南大灾荒的历史书写保留下来，真是一个奇迹与特例。李静之在1943年5月为流萤的《豫灾剪影》写的序言里赞扬了作者生动的文笔，"如果这本小册子尚有一看的价值，我不愿说是因为作者的文笔流利，写得生动，是因为写的是灾情，内容太充实，故事太动人了。当然我也知道，没有作者流利的文笔，决不会将故事写得这么动人。有了真实的内容，再出以流利生动的文笔，才能令人看了文字的记载，比实地看到那些故事更为感动"②。我想流萤的《豫灾剪影》的价值不仅仅在于其文学价值，其真正的价值是为我们后来人记录并保留了一份关于河南灾荒的珍贵历史，其史料价值远远大于其文学价值。作者自己也谦虚地说过："这些报告，文字粗糙，也许不配陈列在文学的殿堂里。我写的时候，也完全没有从这方面考虑过，只不过为这次灾荒留下一个粗略的剪影而已。"③ 正如李静之所说的那样，"从前在史书上、古人诗文中看到的形容灾荒惨状的记载，总以为是文人过甚其词，现在竟有事实把不能令人相信的记载壮述都一一为之证实。同时使我们知道河南这次灾情之惨，确是空前。对这惨重的灾情，我们不但呼吁

---

① 参见陈承狰《国民党统治时期河南的新闻检查工作》，《河南文史资料》（内部资料），1992年，第186—187页。

② 李静之：《豫灾剪影·序言》，前锋报社1943年版。

③ 李蕤：《豫灾剪影·后记》，《河南文史资料》（内部资料），1985年，第53页。

救济，而实地看看，据实择要记载，写成实录，使远方人，后代人借以明了河南灾情的实相，并替国家保留几片段史料，也是我们义不容辞的职责"①。的确，如果没有其他具体的历史材料作为佐证，我们今天面对《豫灾剪影》里那些具体形象的报道，也几乎不敢相信这是曾经发生过的历史事实，也还以为是文人的"过甚其词"，是作者的一种文学想象与虚构。虽然李蕤自谦每次在填写成果时往往对早期的《豫灾剪影》弃之不论，但《前锋报》强烈的社会责任感及为民请命的勇气就是在今天读来，也仍然让人肃然起敬。如果没有《前锋报》长期翔实而生动的跟踪报道，河南灾荒的真相就有可能被长期遮蔽，沉甸甸的河南人民血泪史在后人的书写中只能是轻描淡写、一笔带过。

（三）三种政权，三种救灾模式

刘震云的小说《温故一九四二》里提到在大灾荒中正是日本人救了河南人民的命，河南人民帮助日本人收缴了国民党部队的枪械。"日本为什么用六万军队，就可以一举歼灭三十万中国军队？在于他们发放军粮，依靠了民众。民众是广大而存在的。一九四三年至一九四四年春，我们就是帮助了日本侵略者。汉奸乎？人民乎？"② 事实并非如此，但也事出有因，国民党的失败确实与其对待河南灾民的态度有很大的关系。但如果说河南人民收缴国民党武器就是帮日本人，就是汉奸，就有点歪曲历史真相了，这一反抗国民党压迫的史实从戏剧《桐柏民变》中也能看出点因由。其实在灾荒中真正关

① 李静之：《豫灾剪影·序言》，前锋报社 1943 年版。
② 刘震云：《温故一九四二》，长江文艺出版社 2012 年版，第 66—67 页。

心民命体恤灾情的并不是日本人，而是共产党领导的边区政府，他们身体力行地去救灾，并取得了突出成效。面对巨大的灾荒，国民党政府、日伪政权、中国共产党领导下的抗日民主政权做出了不同的反应，分别采取了不同的救灾模式，形成了迥然不同的救灾效果。

1. 国统区国民党政权的救灾

以蒋介石为代表的国民党政府从上到下一开始就对灾情漠不关心，不愿听灾、救灾。早在 1941 年河南就已经呈现灾象，河南省政府主席李培基却好大喜功，不察民情。他不但隐瞒灾情，还拼命地征粮，按额完成了当年的征粮任务，受到嘉奖。河南各地方政府也曾向省政府报灾，而省府对此充耳不闻。当 1941 年灾荒刚发生时，遭灾的扶沟、许昌等县曾向省府报灾，省政当局以麦苗茁壮（实际秀而不实），"误认各县系避免多出军粮，故意谎报灾情，公文往返，拖延勘查，不肯据实转报中央"①，结果坐视灾情恶化。1942 年，二麦歉收之后，秋收又告绝望，李培基还是向中央报告说"河南的粮食收获还好"②。李培基等不但自己隐瞒灾情避不上报，还压服地方不让报以实情。"灾后，许昌县府行文上报该县饿死人数为五万余人，当时被认为是已经缩小的数字，但文到省府后，省府认为所报太多，予以驳斥，令再重报。"③ 由于河南省当局隐匿、虚报灾情，国民党中央政府按照上报数字给河南摊派军粮。为了征齐军粮，各县都派员催逼，可田里根本就没有那么多粮食，好多农民只能卖掉

---

① 《粮政近况——徐勘部长在参政会报告》，《大公报》1942 年 10 月 24 日。

② 杨却俗：《关于〈河南浩劫〉的话》，《河南文史资料》（内部资料），1993 年版，第 103 页。

③ 张仲鲁：《关于一九四二年河南大灾的见闻》，《开封文史资料》（第 5 辑），1987年，第 72 页。

一切能卖的东西来交粮，弄得倾家荡产，家破人亡。下面是许昌县征粮的具体情景："当时的许昌县长是河南省内乡县的王恒武，他预报当年许昌的农收为八成，不料旱、蝗连续成灾，不仅只许昌一县，从郑县沿平汉线到许昌附近的各县，麦的收成大都是一成许，秋收则还不到一成，拥有数百亩地的富农还能够有些可吃的东西，贫户人家就不免要饿肚子了。这还是灾况初形成时候的较好现象。王恒武为了做官，不敢实报灾况，只是狠着心按预报的八成数字催农人缴粮，缴不够的派地方自卫团的团勇挨户坐催。所说的坐催，就是住到欠缴实物的农民家里，吃着农民的，要着农民的，农民宁可自己没有吃饭也不能不先打发催粮的人走，于是乎卖衣物，卖牛马，卖耕具，卖掉一切可卖的东西来购粮缴粮。"① 这无疑是雪上加霜，在灾民口里夺食。蒋介石对灾情也是漠然视之。1942 年 8 月，河南省灾情调查委员会鉴于灾情日趋严重，公推了三个代表到重庆报灾请赈。蒋介石"不惟拒见他们，还进一步禁止他们在重庆公开活动，宣传灾情"②。蒋介石还对灾情实行严密的新闻封锁，从其对待《大公报》、白修德的态度可见一斑。2 月 4 日，国民党《中央日报》为了掩盖国民政府不恤民命、救灾不力的真相，刊登了一篇文章来反驳《大公报》，认为"河南人民所受之苦痛"是"天降大任之试验"，而"中国正是一个天将降大任的国家"，应该像孟子所说的那样，要"经受种种（天）之磨炼，增益其所不能"。③ 古代发生灾荒

---

① 杨却俗：《忆民国三十一年河南的一次浩劫》，《河南文史资料》（内部资料），1993 页，第 93 页。

② 张仲鲁：《关于一九四二年河南大灾的见闻》，《开封文史资料》（内部资料），1987 年，第 74 页。

③ 《赈灾能力的试验》，《中央日报》1943 年 2 月 4 日。

即所谓的"天象示警"之际，皇帝大臣还要反躬自省，而国民党政府却把自己的责任推得一干二净，真是千古奇文。"一夫独唱，万众齐暗，千百万个中原同胞在临近死亡之时，这呐喊几声的权利也被剥夺了。"①

随着灾情的恶化及媒体的曝光，在社会舆论压力下，国民党也不得不做出一些相应的救灾姿态。国民政府委派中央监察委员张继、党政工作考核委员会秘书长张厉生到河南勘查灾情，宣慰灾民。二张于 10 月 18 日晚抵达洛阳，河南人民一开始就把二张看成是重庆派来的救世主，蒋鼎文、李培基等军政大小官员及各界代表两千余人到车站欢迎，闻讯赶来的灾民也云集车站，夹道欢呼。二张抚慰了灾民代表，晚上还接见了绅士代表，并向他们详细询问了灾情，转达了中央对豫灾的关切及愧意。但 10 月 22 日，张厉生在洛阳会议上说："河南固然遇到了灾，但是军粮既不能减，更不能免，必须完成任务。虽有灾应救，但不能混为一谈；同时也不应对灾荒夸大其词，过分宣传，以免影响抗战士气。"② 他还表示，他受党和领袖的栽培及多次提拔才有今天，他一定实事求是，忠于党，忠于领袖。他的一席话让河南人民又陷入冰冷的深渊，原来二张勘灾是幌子，其真实的意图是来为中央催粮。在查灾的路上看见灾民在扒食树皮，张厉生却诬蔑说是地方上故意做样子给他们看的。所以张继眼中的河南灾情就平淡得多，"豫省虽亢旱成灾，但各地情形尚称良好，至灾区善后问题，中央及邻省均在办理中，本年豫省冬耕业已竣事，

---

① 李文海等：《中国近代十大灾荒》，上海人民出版社 1994 年版，第 270 页。

② 张仲鲁：《1942 年河南大旱灾片断》，参见文芳《天祸》，中国文史出版社 2004 年版，第 321 页。

耕地较去岁增加甚多，如雷雨及时，则豫省明夏丰收已可预卜"①。

　　国民党政府并不是没有能力赈灾，而是不愿意切实地去实行。国民党军政人员生活并不贫困，"孔祥熙以行政院长身份盛宴招待一个英国访华团，在宴席上，他夸耀着说，中国地大物博，抗战数年还是鸡鸭鱼肉．山珍海味，要吃什么，就有什么。不像英国那样，战时每人每周只能配给一个鸡蛋。孔祥熙哪里知道河南灾民在数千里外受的是怎样可怕的灾难？"② 郑州的军政要员设宴招待记者白修德，让他品尝富有河南风味的莲子羹、辣子鸡、豆腐煎鱼，还有炸春卷、热馒头、栗子炖牛肉，外加两道汤和洒满了白糖的馅儿饼，这是白修德"平生吃到的最漂亮、也最不忍吃的一席菜"。这顿饭让白修德越发认清了这次灾荒的原因，得出了灾荒是可以避免的结论。美国人格兰姆·贝克也曾得出相似的结论："这样一场大灾难可能不完全是人为的；但很明显，如果不是人为因素的话，可能不会死那么多人。"③ 更为滑稽的是，本国的灾荒都自救不暇，还要实行新闻封锁，宋美龄和一些国民党高层人物却成立了一个"印度饥荒救济委员会"去救济印度灾民，标榜虚伪的慈善。格兰姆·贝克对此有过辛辣的嘲讽："当时中国的河南省也处于饥荒之中，其程度和孟加拉邦同样严重。由于河南地处前线，没有什么外国贵宾前往，重庆国民党就不承认河南发生了饥荒，而且禁止报刊提到此事。当然也不可能有什么'河南饥荒救济委员会'。我并不怀疑在'印度饥荒救济委员会'中有一些正人君子，也相信这个委员会能把从重庆募

---

　　① 《宣慰豫灾——张继等抵西安》，《大公报》1942 年 11 月 5 日。
　　② 张仲鲁：《1942 年河南大灾的回忆》，《河南文史资料》1995 年第 1 期。
　　③ ［美］格兰姆·贝克：《一个美国人看旧中国》，朱启明等译，生活·读书·新知三联书店 1987 年版，第 352 页。

捐到的钱送到加尔各答，拯救不少印度饥民。但问题在于这个委员会是由国民党高级头面人物负责的。他们肯定了解中国的河南发生的事情。这些人做出一副姿态来关心一个外国所遭受的苦难，与此同时，却将本国人民所遭受的苦难的事实严格保密。实际上，正是这些人应该对本国人民所遭受的苦难负相当的责任。"①

如果说国民党救灾没有一点成效，那也是无视历史事实的故意歪曲。国民党设立了专门的救灾机构河南省救灾委员会，确定了救灾方针并制定了具体救灾办法。国民党将 1942 年度河南省征购数额由原来的五百万石减为三百八十万石，后又核减为二百八十万石，以此减轻灾民负担。中央三次拨发急振款，分别是四百万元、一千万元、两千万元；同时还数额不等地发放了多笔工赈贷款，扶持农民打井、凿渠，兴修水利，保护牲畜、筹措种粮，扶植农民进行生产。针对粮食匮乏，河南省实行了开仓贷谷、散放斗余、查放余粮、贷放借麦、办理平粜等举措；针对嗷嗷待哺的灾民，广泛设立粥厂、收容所安置灾民，并做了一些防疫预备工作；同时倡导节食救灾、裁员减政、禁止酿酒，还协助农民捕蝗，从多方面展开救灾工作。"国民政府举办的急赈、工赈、调粟、贷放仓谷斗余、节约、移民、收容、设粥厂、防疫、防洪、捕蝗及救灾善后等工作，正如上文所述，确实起到了积极的救灾作用，使一部分灾民得以生还或移民他乡就食，这是应当给予充分肯定的，也是当时其他任何一种力量所不能也不被允许越俎代庖的。"②

---

① ［美］格兰姆·贝克：《一个美国人看旧中国》，朱启明等译，生活·读书·新知三联书店 1987 年版，第 377 页。

② 王小静：《1942—1943 年河南灾荒研究》，硕士学位论文，山东师范大学，2006年，第 91 页。

但令人痛心的是国民党政府及官员在赈灾救济中贪污、克扣、盗用钱粮等腐败现象层出不穷，酿成了许多政治丑闻。重庆国民政府甚至利用饥荒来发财，侵吞海外捐款。德国人王安娜揭露了一个现象，"海外响应救济机构的号召，捐款救灾，这些钱在法定的金融市场上换成中国货币，但汇率只及黑市兑换价、亦即实际价值的十分之一。这就是说，政府的银行至少吞没了救济金的一半"①。后来国民政府拨给河南的救济款还没有政府银行通过不正当兑换而得的黑色收入多，而赈灾款往往又被下面官员侵吞挪用。1942年，重庆国民政府贷款一亿二千万元法币给河南，此款交由河南农工银行行长李汉珍与省政府秘书长马国琳经手，办理平粜救灾。李、马联手盗用一部分平粜款，从洛阳贩卖美金公债到重庆做投机生意。直到1943年河南灾情即将解除时，才从外省购来一批发霉的小麦，强以高价配售给各县。② 1943年3月，重庆中央政府曾拨给河南两亿元救济款（实际只有八千万元钱），但即使是这点钱也没发挥多少作用，"当地官员把这笔钱存入银行，让它生息增值；同时又为怎样最有效地使用这笔钱而争吵不休。在一些地区，救济款分配给闹饥荒的村庄，地方官员还要从中扣除农民所欠的税款，农民实际能得甚少"③。白修德发现这些赈灾款都是面值100元的大钞，需在银行兑成小票才能在市场流通，而"一张100元的大票只能兑换回83元的

---

① ［德］王安娜：《中国——我的第二故乡》，李良健、李布贤校译，生活·读书·新知三联书店1980年版，第377页。
② 参见梁鑫《河南农工银行与李汉珍》，《开封文史资料》（内部资料），1986年，第101页。
③ 《民国社会大观》，李文海等编《近代中国灾荒纪年续编》，湖南教育出版社1993年版，第555页。

小票——1 元的，5 元的和 10 元的"①。银行便从中侵吞了大量救济款。赈灾中，贪污盗用救济款和赈灾物资的现象比比皆是。河南省灾情调查委员会副主任委员王汝泮，贪污 200 万元救济款，回许昌老家买了 500 亩地。后来，国民党中央派梁实秋来鲁山追查此事，结果不了了之。② 汝南县十九店仓库主任付伯明，把平时积蓄有待荒年放赈的积谷一千五百余石小麦信手挥霍，盗用一空。汝南县田赋管理处科长李东光，私自将公仓小麦盗卖五万九千斤。"'人民馨其所有，贡献国家'，那是应该的。为了抗战建国大业的完成，他们什么话都没有说。但是，贪官却戴着国家的帽子，利用政府交给他的职权，在人民的沉重负担外更剔尽他们的骨缝，把千万人的脂膏都吞进他一二人的肚子，这是如何可怕的事！"③

《温故一九四二》较为客观地概括了国民党政权的救灾情形："这就是一九四三年在蒋介石先生领导下的救灾运动。如果用总结性的话说，这是一场闹剧，一场只起宣传作用或者只是做给世界看做给大家看做给洋人和洋人政府看的一出闹剧。委员长下令救灾，但并无救灾之心，他心里仍在考虑世界和国家大事，各种政治势力的平衡。这是出演闹剧的症结。闹剧中的角色林林总总，闹剧的承受者仍是我们灾民。"④

1942—1943 年灾荒中，国民党忽视民命、救灾不力埋下了其统治的潜在危机，其后果不久就显露出来。1944 年春夏之交，由于失

---

① ［美］白修德：《中国抗战秘闻——白修德回忆录》，崔陈译，河南人民出版社 1988 年版，第 141 页。

② 参见司殿选《200 万元赈济款之谜》，文芳《天祸》，中国文史出版社 2004 年版，第 341—344 页。

③ 流萤：《粮仓里的骨山——汝南的灾情和大贪污案》，《前锋报》1943 年 5 月 16 日。

④ 刘震云：《温故一九四二》，长江文艺出版社 2012 年版，第 60—61 页。

去民众的支持，国民党军队在中原会战中遭到了空前的惨败，日军以微弱的兵力就打垮了数倍于己的国民党军队，占领了豫中三十多个县城。尤其令他们意想不到的是，豫西的老百姓还到处截击溃败的士兵，缴获他们的枪械、大炮和电台，甚至枪杀部队官兵，给国民党军队造成重创。《温故一九四二》写道："连续几个月以来，他们在灾荒和军队残忍的敲诈和勒索之下，忍着痛苦的折磨。现在，他们不再忍受了。他们用猎枪、大刀和铁耙把自己武装起来。开始时他们只是缴单个士兵的武器，最后发展到整连整连地解除军队的武装。"①

1945年《大众报》刊登的现代十场京剧《桐柏民变》便反映了这段历史。《桐柏民变》讲述了中央军28师师长赵东威坐镇中原，不顾洪水造成的灾荒，在许多老百姓都饿死的情况下还逼粮催款，残酷杀害了要求减缓捐税的陈万年及家中无粮交款的刘有德等农民，但他一听说日本人来了，便吓昏过去，弃城而逃。逃跑的路途中，士兵周德胜抢夺难民的包袱，另一个士兵李登高打死难民张大娘，抢走其女儿小梅。农村士绅李伯年痛恨中央军不打鬼子却欺压百姓，就与另外的两个士绅魏德福、孙成双商量，决定联合起来拿起土枪大刀和中央军拼命。他们拿着这些原始的武器缴了中央军的械，号召用这些武器去打日本鬼子。赵东威得知其部队被缴枪异常愤怒，命令副官赵振平派兵血洗桐柏山。赵振平抓获了三千六百多名群众请师长赵东威处置。赵东威命令机枪手开枪扫射，有的士兵不愿枪杀老百姓，推说手指负伤无法开枪，结果被赵东威下令砍了头。其他机枪手便向群众开枪扫射，顿时血流成河。中央军的暴行激起了

---

① 刘震云：《温故一九四二》，长江文艺出版社2012年版，第66页。

老百姓极大的义愤，大家推举李伯年当头领与中央军进行斗争。李伯年因年纪较大，便让孙成双来领导。孙成双与附近几个村庄的群众联起手来，并决定一齐动手向中央军发难。他们包围了 28 师，收缴了中央军的枪械，用乱刀砍死了师长赵东威。孙成双消灭 28 师后扩大队伍，准备把日本鬼子赶出河南、赶出中国，得到了群众的热烈响应。①

据《河南抗战史略》记载："一九四四年河南战役爆发后，国民党军队畏敌如虎，一触即溃，逃至豫西伏牛山区，杀人放火，抢劫民财。豫西民众在求生不得的情况下，纷纷揭竿而起，围攻祸国殃民的国民党军队，收缴其枪支弹药……一向暴戾恣睢的屠夫汤恩伯唯恐被激怒的民众活捉，吓得化妆成伙夫只身潜逃……汤恩伯的嫡系第十三军，民愤最大，不管到哪里，民众认出来就打。后来十三军的官兵每到一地就诈称是第八十五军。民众一想，'八五一十三'（即八加五等十三），还是这帮坏蛋，仍旧围打不放。就这样，十三军残部被群众打得无处藏身。"② 为什么河南人民对汤恩伯的部队民愤那么大，这与其在河南灾荒期间的暴戾恣睢有关。汤恩伯的嫡系部队十三军形如土匪，纪律败坏，横行乡里，连"农民喂养的猪、羊、鸡、鸭亦无不尽量搜刮。尤其可恶的是捕人一只鸡，还要勒索二十个鸡蛋"③。其部队到处抓人当兵，"入伍时几十个人绑在一起，把新兵当作犯人看待。路上倒也没什么，但大小便必须同时，

---

① 参见《桐柏民变》，《大众报》，1945 年 12 月 18 日。

② 《河南民变》，中共河南省党史资料征集编纂委员会《河南抗战史略》，河南人民出版社 1985 年版，第 311 页。

③ 张仲鲁：《关于一九四二年河南大灾的见闻》，《开封文史资料》（内部资料），1987 年，第 65 页。

非常不便。夜晚宿营，才准解开。有逃跑的，抓回来就是枪毙，如果能给带兵的行些贿（三五十元不等），就暗中释放，沿途他们再抓人补上"[①]。这样强征来的兵又怎么会为其卖命，怎么不闻战而逃呢？

尤其是汤恩伯灾荒期间所做的几大"德政"真是害民不浅。第一件是在灾情极端严重时候，他在叶县兴办"边区学校"收容战区流亡学生。他把叶县的古迹寺庙拆除净尽，用其砖瓦建造校舍，木材由周边各县按照规定尺寸无偿捐送。各县木材奇缺，筹办不易，即使勉强凑足额数送到叶县，还要对接收人员送礼行贿，否则即使所选木材合乎规格也百般刁难不予验收，强迫再送好的木料来。这样三番两次来往换送，逼得老百姓人病畜亡，有冤无处申。就是这样一个耗工巨大的边区学院成立不久，汤恩伯在日本人攻来之际竟率众不战而逃，"边区学院"也寿终正寝。第二件是他为个人行车方便，强征民工翻修洛阳到叶县的公路。其实原有的石子路面虽有些破损，但汽车依然可以行驶，不过开快车时有点颠簸。当时通过这条路的客车每天对开也不过就三四辆，军车也不多，且不经常行驶，普通军运都靠牛车。汤恩伯由于经常通过此路，在灾情奇重、哀鸿遍野之时，竟大动干戈翻修这条公路，强迫民工义务劳动。沿线布满爪牙借监工之名，行敲诈之实。某一路段完工后如不对监工送礼行贿，就不给开竣工证明，民工只得长期驻守不敢撤离，沿路民工恨之入骨却敢怒而不敢言。第三件是"以工代赈"，大修黄河。1943 年春正是灾情发展到顶点人民大批死亡之际，汤恩伯害怕敌军渡河进犯，强征远近各县民工数万人大修黄河。（当时张仲鲁曾在鲁山问黄委

[①] 张洛蒂：《难忘的一九四三年》，《河南文史资料》（内部资料），1985 年，第 64 页。

会主任张含英这项工程的效用，他答效用不大）。人民在此生死存亡关头，救死已属不暇，哪有余力去修黄河。老百姓明明知道汤恩伯翻云覆雨，以工代赈只不过是骗人圈套，但是迫于他的淫威，谁也不敢违抗。民工被迫赶赴工地，很多倒毙在半途而无人过问。那些到达工地者也多因瘦弱无力、口粮不给，倒毙河沿每日都有多起。结果是工程并未做好，而死亡者不计其数。"这样的兴师动众而无功，在汤恩伯只是司空见惯，无足为奇，而在老百姓所受痛苦，则是千秋万载永世不忘！"[①]

除此四大劳民伤财的"德政"以外，汤恩伯还开办了孤儿院。小说《温故一九四二》里写道："当然，并不是所有的政府官员都这么黑心烂肺，看着人民死亡还在盘剥人民。也有良心发现，想为人民办些好事或者想为自己树碑立传的人。……仁慈心肠的汤恩伯将军就在这时站了出来，步洋人的后尘，学洋人的样子，开办了一个孤儿院，用来收留洋人收剩余的孤儿。这是好事。汤将军是好人。"[②] 但这是一个什么样的孤儿院呢？作者也感到疑惑，我们可以借助美国记者白修德的报道来了解一下，"在我的记忆中，中央政府汤恩伯将军办的孤儿院是一个臭气熏天的地方。连陪同我们参观的军官也受不了这种恶臭，只好抱歉地掏出手绢捂住鼻子，请原谅。孤儿院所收容的都是被丢弃的婴儿，四个一起放在摇篮里。放不进摇篮的干脆就放在稻草上。我记不得他们吃些什么了。但是他们身上散发着呕吐出来的污物和屎尿的臭气。孩子死了，就抬出去埋

---

① 张仲鲁：《关于一九四二年河南大灾的见闻》，《开封文史资料》（内部资料），第67页。

② 刘震云：《温故一九四二》，长江文艺出版社2012年版，第58—59页。

掉"①。这样的孤儿院的实际救助效果可想而知，说不清到底是救了孤儿还是害了孤儿。刘震云在其小说里议论道："就是这样，我们仍说汤将军好。因为汤将军已是许多政府官员和将军中最好的了。就是这样的孤儿院，也比没有孤儿院要好哇。"② 汤恩伯在河南一手遮天，别人如何敢说他的坏话。国民参政员郭仲隗在重庆开会时，弹劾了汤恩伯祸国殃民、不战溃逃的罪行，汤恩伯便派人对郭下毒手，"翌年春，仲隗从重庆回豫，途经汤部王仲廉驻防之陕南龙驹寨时，汤曾派人刺杀仲隗，幸被发现，未遭毒手"③。

　　戏剧《桐柏民变》是在真实的历史发生一年后就写出的，可以说是较为翔实地用文学的方式展现了那段历史，驳斥了河南人民反抗国民党军队残暴统治就是汉奸的不实之词。我们可以再拿史书里的记载来印证一下，即可明白什么叫官逼民反了。1942 年，国民党在桐柏山区设立"豫鄂边区游击总指挥部"，目的是防止共产党在那里建立抗日根据地，总指挥是何海章。他为了建造军房派民工到很远的地方去采伐木材，冬天又派民工到几百里外的地方去烧炭，运回指挥部取暖。他所征派的木材、木炭往往超过实际需要的很多倍，多余的就转化成了他私人的财产。副官何堃养了一百多只鸭子，每天都要老百姓无偿地送四五担粪蛆作为喂鸭子的饲料，少了就要被打骂。"当地的妇女也经常被征去指挥部缝军衣做布鞋，有人请求拿回家去做，或早去晚归，好照顾家务和小孩，也不得允许，一去就是十天半月，才得回家。其中稍有姿色的，遭奸污回家后，心怀羞

---

　　① 刘震云：《温故一九四二》，长江文艺出版社 2012 年版，第 59 页。
　　② 同上。
　　③ 郭海长：《郭仲隗弹劾汤恩伯》，宋致新《1942：河南大饥荒》，湖北人民出版社 2005 年版，第 172—173 页。

愤，甚至有自杀的。"① 1944 年 7 月 21 日，在小学教师王川的组织下，当地七千余农民进攻总指挥部，活捉了总指挥何章海，当场处决了作恶多端的何堃等十多名官兵。国民党第五战区司令长官部听信了逃脱的何章海的诬告，认为农民是受共产党鼓惑煽动聚众作乱，立即命令第六十九军第二十八师前往镇压。"第二十八师在桐柏山区大肆屠杀民众。天河口一带，凡在十岁以上的男女，均不能幸免，被杀害的民众达五千余人。被烧、被抢的人家不计其数。这是抗日战争时期，国民党军队制造的镇压民众的最大惨案。"② 随后，就如同戏剧《桐柏民变》写的那样，国民党军队的血腥屠杀并没有吓倒人民。他们开始了更大规模的反抗斗争，几万民众团结起来将国民党第二十八师全部缴械，并杀死该师师长。他们并没有把缴获的枪械拱手送给日本人，而是以"反对军队勒派壮丁，反对不抗日的军队"为号召，组织起了豫南农民救国军，活动于四望山、吴家大店、汪溪店、天河口、应家店一带，开展抗日救国、保境安民的斗争。

2. 沦陷区日伪政权的救灾

刘震云小说《温故一九四二》所津津乐道的就是日本人在灾荒中如何救了河南人的命。那么，让我们具体来看看日本人究竟是怎样救灾的。

1942 年入夏以来，沦陷区也遭遇了严重的旱灾，太康、陈留、开封、通许、鹿邑等沿黄各县由于长期干旱，又添蝗灾，庄稼禾苗尽被蝗蝻所噬。1943 年春，各地纷纷出现饥荒景象，到 6 月份，豫

---

① 金汉鼎：《1944 年天河口民变记实》，《文史资料选辑》第四十辑，文史资料出版社 1963 年版，第 237 页。
② 《河南民变》，中共河南省党史资料征集编纂委员会编《河南抗战史略》，河南人民出版社 1985 年版，第 312 页。

东、豫北各地又遭蝗灾，同时，黄水泛滥，太康、通许、杞县、柘城、中牟、开封、鹿邑、淮阳等县均遭水灾，黄水淹没了大量的土地村庄。旱灾、蝗灾、水灾接踵袭来，给农业生产带来了极大的破坏，沦陷区的粮食供应愈来愈紧张。据《解放日报》的报道："据豫北敌占区来人谈，豫北敌占区今夏旱灾严重，赤地千里，大部土地均没有种上。玉米有的不曾出土，就已干死，豆子颗粒未收，谷子每亩最高收成量是三升多，坏的不过一升。某村一家富户，有一顷多谷地仅收九斗。从 10 月 5 日（农历八月二十八日）起，小米每斗已涨到百三十元到百四十五元，玉米每斗九十八元到百零六元。米珠薪桂，已使一般中等人家，无法过活，贫苦之家，则成千上万，流离失所，鬻儿卖女的事情，现亦不断在各地发现。……现汲县、浚县等地灾民，已大批逃入我太岳区根据地沁县、安泽、沁源一带开荒山做短工过活。"[①] 在此情况下，日伪政权也不得不采取一系列救济措施。日伪当时在河南设立了伪河南省赈济委员会，后来设立了豫北道、豫东道急赈委员会，下属各县也都有相应的救灾委员会。

日伪的救济工作，早在 1942 年秋旱象初显时就开始了，主要是由省府带头祈雨，引得各地争相效仿，导演了一场轰动的，但却是自欺欺人的闹剧。1942 年 7 月 26 日至 28 日，河南省伪省长陈静斋发动了一场祈雨运动，要求每天早晨从 7 点到 10 点，佛、道、耶、回及其他各宗教团体在各自所在地建祈雨坛所，诵经祈祷；市公署令各屠宰场在祈雨期内禁屠三天，并布告商民；在祈雨期内每街要设置水缸，缸内插柳或在各家门上贴上"沛然下雨"的标语。[②] 陈

① 《解放日报》，1942 年 10 月 31 日。
② 参见《雨量缺少秋禾将槁，省长发起宗教团体祈雨运动》，《新河南日报》1942年 7 月 26 日。

· 143 ·

静斋除了率属虔诚祈雨外，"并派员前往邯郸，迎请祈雨铁牌"，结果歪打正着，真的下起了雨，于是《新河南日报》便大肆鼓吹认为是"至诚感召，各县及本市均降甘霖"①。1943 年 8 月 3 日，伪省长田文炳为了"效成汤桑林祷雨之迹，发起祈雨运动，以冀上下虔诚感格穹苍"，命令直属各机关所属职员从 8 月 3 日到 5 日在各自衙署祈祷求雨。田文炳于 8 月 3 日午前 10 时率省署全体职员在大礼堂前祈雨，全体人员排队肃立举行了虔诚的祈雨仪式。田文炳宣读祷词，其内容是河南久旱不雨酿成灾象，自己忝司省政，尤为失德，对天忏悔祈求上天保佑。全体人员屈膝低头，默祷十分钟，祈雨仪式便告礼成。② 说来也巧，8 月 3 日祈雨，8 月 4 日就开始下雨。于是，日伪媒体便大肆宣扬其救灾政绩，"田文炳省长，深为关怀民瘼，爰发起祈雨运动，于前日三日午前十时，率领全署职员，虔诚祈雨，果于昨日午后三时余，凉风四起，阴云密布，刹间即豪雨如注，炎热之气为之顿消，此真所谓上感苍穹，至诚格天也。尤其一般农民，在大旱如望云霓之下，骤获甘霖，秋禾不无润苏，故莫不欣喜雀跃，感念田氏不止云"③。在省府的倡导与示范下，各地方政府也群起效尤。据报纸文献统计，伪署所辖的济源、浚县、汤阴、临漳、商丘、夏邑、永城、滑县等都发起了规模大小不等的祈雨活动，形成了两个高潮，一个集中在 1943 年 4 月 25 日左右，另一个则在 8 月初。令人惊异的是，这两轮祈雨活动真有如神助，上天好像真是受了感动，

---

① 《沿河各县蝗蝻成灾，各长官昨出发视察，鼓励乡民扑灭妥筹补救办法》，《新河南日报》1942 年 7 月 28 日。

② 参见《田省长关怀民瘼，发起祈雨运动以冀感格穹苍，并饬令直属各机关虔诚祈祷》，《新河南日报》1943 年 8 月 4 日。

③ 《田省长虔诚祈雨，至诚格天昨降甘霖》，《新河南日报》1943 年 8 月 5 日。

于是普降甘霖。商丘慈佛社还特意为此演戏酬神，其间发生了"龙王"现身之事，更增加了求雨的奇异性。他们准备 9 月 18 日演戏，择定于 17 日迎神，还真迎来了"龙王"——一条金色的蛇。"于十七日清晨在社门之前，发现'金色蛇'一条，长约尺许，金碧辉煌，全身盘绕，翘首视人颇为自得，曹社长及一般民众，当即虔诚祈祷，如系神灵，即请移驾屋内，该蛇果然全身伸展，在众视之下徐徐入室，登供桌之上，仍盘旋如前状。一时传遍乡里，万民惊奇，均争先恐后，前往观看，途为之塞，盛况空前云。"① 从这些事例可以看出，日伪政府从上到下在大灾之下不谋救灾良策，反而把祈雨当作一项重要的救灾举措，充分证明日伪政权救灾无能，只能靠祈雨、酬神之类的迷信活动愚弄民众，达到安定民心维护其统治的险恶目的。虽然祈雨活动带来些降雨，但也只是误打误撞。8 月份本来就是雨季的多发期，下点雨本也正常，况且这点雨对缓解灾情并不能起多大的作用。

当然，伪河南省政府为了维护其统治对灾情也不可能束手不管，除了祈雨以外，也开展了急赈放款、设立粥厂、收容难民、防疫、捕蝗等救济活动，同时减免农民的征粮，限制打击高利贷，开展节约募捐等活动。比如，1942 年 9 月，伪省署曾购买一大批荞麦种子，以半价分给淮阳、宁陵、柘城、太康、鹿邑、睢县、开封、陈留、封丘、通许、开封市等地贫苦农户，10 月份又下令将这半价也免除，以减轻民众的负担。② 日伪为了解决灾区民食问题，通过合作社在华北地区广泛推行战时经济体制，即"配给制"。日伪在占领区内建立

---

① 《至诚感天普降甘霖，商丘慈佛社演戏酬神》，《新河南日报》1943 年 9 月 23 日。
② 参见《省方体恤被灾农户，麦种价格一律免纳》，《新河南日报》1942 年 10 月 3 日。

"公仓"及各级合作社，农民一年辛勤劳动所得全部都要送交公仓，而农民所有的生活用品、食粮等则通过合作社按日定量配给。比如，1943年3月20日，物资对策委员会就曾廉价配给开封市合作社高粱三百五十吨，小米一百吨，绿豆五十吨，高粱每斤一块两毛钱，小米每斤一块三毛钱，绿豆每斤一块二毛五，然后由各合作社分别通知各区保甲长转饬各农户来领取，每人以（高粱、小米、绿豆）合计两斤配给之。① 这种"配给制"的目的是最大限度地榨取沦陷区人民的物资，在此"配给制"下，人民的生活水准降低到极限，甚至连牛马都不如，"每日每人仅能领粮六两至十二两，三岁或六岁以下，五十岁或六十岁以上者，均不能得到粮食的配给"。"所有食粮除部分分配给人民以外，其余大批粮食，敌人就无代价地送往平津，或其他地方，供养其士兵或出卖。"② 食粮如此，至于衣着也好不到哪里。在"配给制"下，棉花已全部被日寇充作军用，人民只能用一种类似芦花的绒类及田豆梗纤维所造的假布来代替，这种布既不暖和，而且着身即破。"配给制"不仅具有榨取战略物资的经济功能，还具有打击游击队、控制沦陷区人民人身自由的政治功能。日伪政权成立后实行了保甲制度，到1940年开始发行良民证，"领不到良民证的人，想离家外出，很难办到"③。没有良民证也就无法得到粮食配给，更不可能得到救济。而日伪统治者居然还厚颜无耻地宣扬自己的恩惠，笼络民心。1943年5月20日，受日伪所控制的《申报》发表社论说，"这次救济华北灾民成效如何，实会有重大的

① 参见《开封市配给食粮》，《新民报》1943年3月21日。
② 彭德怀：《开展全面对敌经济斗争》，陕甘宁边区财政经济史编写组编《抗日战争时期陕甘宁边区财政经济史料摘编》，陕西人民出版社1981年版，第458页。
③ 邢汉三：《日伪统治河南见闻录》，河南大学出版社1986年版，第100页。

政治意义"，"这一区域灾民的向心，就在谁能拯救之于饥饿之中，谁就是他们所感戴的救星"。其实，日伪"配给制"不但不能救民于水火，反而是一种变相的虐杀。

3. 中国共产党领导下的抗日民主政权的救灾

真正能够正视灾情，勇于承担救灾重任并切实取得救灾成效的是中国共产党领导下的抗日民主政权。抗战期间，中国共产党在河南境内建立了晋冀鲁豫、豫皖苏、豫鄂和豫西四个抗日根据地。其中豫西根据地1944年后才建立，豫皖苏、豫鄂两个抗日根据地在河南所占版图很小，最大的就是晋冀鲁豫根据地，其下设四个行政区，分别是太行、太岳、冀南、冀鲁豫行政区。其中，太行行政区所包含的河南县份较多，比如，太行区下又分为六个专区，其中五专区的林北、安阳、磁武、涉县，六专区的武安等都属于豫北县份。边区政府所面临的救灾形势和困难要比国统区严峻得多，不仅要抗击天灾，还要时刻对付日伪的"大扫荡"，在一个封锁严密、几与外界隔绝的不利环境中展开了救灾工作。1941年冬到1942年秋，太行区雨雪很少，各地发生旱灾，春秋两季歉收，秋后麦子又未种上，更使灾期延长，灾荒更趋严重化。边区政府相继把工作重心转移到救灾上来，成立了各级救灾委员会统一领导救灾工作，分赴各地调查灾情，及时制定有效的救灾对策。政府首先拨粮拨款赈济灾民，并减免公粮，保证"不饿死一个人"，极大地稳定了民心。1942年秋季，太行区一次即减免五、六专区公粮四万五千石，随后两年中，又减免公粮十四万零五百石。1943年，全区的公粮负担总计比上年减少了近1/5，太岳区同期则减少了1/3，冀南区则减少了2/3。太行区总共下发了两千万元贷款用于救灾，赈贷的粮食达三十八万零六百石，如以全区三百万人口计算，平均每人可得一斗三升的粮食，而同期每人每年负担不超过三斗小米，换言之，即两年中人民的负担有 21% 都用于直接的赈济了。①

边区政府有条不紊地展开了一系列救灾举措。

（1）有计划地做好逃荒灾民的安置与移垦工作。在交通要道上设立了许多招待站，每三四十里就有一个，供应过往灾民的住宿、柴火、水，少数则补给一些饭食。确需逃荒的灾民由政府负责开好证明，到达非灾地区后再由当地政府审查登记，然后分配安置到各村，每个非灾县按当地居民数目的 3% 安插灾民。边区政府发动原有住户"准备欢迎会，物色住地，预备粮食"，"借给家具、耕具，以安灾民迁徙心理"，组织灾民参加各种生产。对落户的灾民，吸收他们参加村中政治、教育、娱乐活动，使其享有与当地村民一样的公民待遇与权利。三月份下了一场雪，太行区拨款三万元外加三百石小米作为资送路费，动员灾民回乡春耕。

（2）以工代赈，兴修水利，组织恢复生产，广泛开展灾民自救工作。根据地的经济收入有限，不可能长期维持单纯消极的救灾方式。为了从根本上救济灾民，边区政府鼓励并帮助灾民实行自救，把救灾与生产结合起来，改变了灾民坐等援助的依赖心理。边区政府以工代赈组织灾民修河筑堤，兴修水利积极预防干旱争取农业增产。太行区为此共发放贷款二百三十五万元，粮食二十万斤。涉县漳南大渠宽 5 至 7 尺，堰高 8 尺，北起温村、南到茨村岗上，全长 26 里零 40 丈，开凿此渠共用工 115005 个，开支款 280 万元，粮食 56000 斤，能浇地 3320 亩。1942 年因干旱麦种没

---

① 齐武：《一个革命根据地的成长》，人民出版社 1957 年版，第 168 页。

能下播，太行区组织农民提前春耕，可有些灾民早已将种子吃完，牲畜、农具也都卖掉了，饿得无法下地劳动。太行区提前发放春种贷款300万元分配灾区，贷给灾民购买种子、农具、牲畜、肥料。另拨救灾贷款10万元，专给一部分极贫困灾民。同时为了让群众吃上饭有力气耕作，又配合春耕发放赈济粮500石，三次贷粮5400石，帮助灾民恢复生产。边区政府党政军还直接参加生产，帮助群众春耕夏收。有的地方由于没有耕牛，部队战士还去帮群众拉犁，当起"光荣的耕牛"。为了粉碎敌人的"大扫荡"，各机关还停止一部分办公时间，连续一周到驻地附近去帮助老百姓送粪下种，师部还特从其他区调来两个团背着粮食前往帮助五、六专区春耕。在党政军民一齐努力奋斗之下，五、六专区的春耕下种工作本来预计七天完成，结果五天即完成，有的甚至三天就完成任务。等到敌人5月"大扫荡"之际，种子已经播种下去了，粉碎了敌人的阴谋破坏。1943年8月4日下了一场雨后，太行区就立刻组织群众对枯死的玉茭、谷子、南瓜等地进行突击改种或补种，要求在十天内突击完成晚熟庄稼及蔬菜的抢种、改种、补种任务，度过灾荒。为了完成这一任务，分局还特意指令党、政、军、民、学等机关团体尽量减少办公时间，将所余人力、畜力帮助群众突击补种。由于军民团结合作，全区的抢种在10天内胜利完成。据不完全统计，五专区磁武用荞麦种2135斤，补种了1433.3亩；用蔓菁籽5096斤又11两，补种了20384亩；用萝卜籽1044斤又12两，补种了1047亩。涉县共补种菜16803.2亩。全区共补7万多亩。六专区共补种荞麦10893亩，补种菜18972亩，萝卜3451.5亩。五专区全区共收秋菜一亿零一千九百万斤，全区灾民从 1943 年冬到 1944 年春，几乎家家都靠吃菜过活。①

（3）扶植灾区民众发展纺织、运输、榨油、造纸、煤窑等农村副业和手工业，打破敌人的救济封锁。其中运输和纺织两项成绩尤为突出。边区政府大力扶持太行历史上素有"东人吃西米"、粮价东贵西贱之说，太行分局组织灾民从西线抢购大量粮食运输到东线，从 1942 年 10 月到 1943 年 5 月底，灾民赚的运输费合小米 35000 余石，按脚夫每日 1 斤米计，可解决 53000 人 3 个月的食用。不但稳定了粮价，还解决了一部分灾民的粮食问题。太行区还贷花贷粮给农户，组织妇女开展纺织运动。每斤花纺成线发工资米 2 斤，线织成布发工资米 1 斤。从林北桑耳村灾民桑汉堂家境变化可以看到纺织生产给他家带来的巨大变化，他家共有 4 口人，在未组织纺织前讨饭吃；参加纺织后，每天工资的收入除了每人每天吃 6 两外，还剩半斤。从 1943 年 2 月到 5 月底，他家共纺花 120 斤，折合成粮食是 240 斤米，除去吃掉的还结余 60 斤米，能吃到 7 月底，一家的灾荒就这样度过了。到 1943 年 9 月，太行区仅五、六两专区就有 44567 个妇女从事纺织，共纺花织布 316505 斤，获得工资 500936 斤小米；到 1944 年 4 月底，全区有 20 多万妇女参加纺织，纺织收入共计 340 万斤小米。纺织生产不仅解决了数十万灾民的粮食危机，还打破了敌人对根据地的封锁，解决边区军民的穿衣问题。一大批农村妇女在劳动中获得了较高的收入，冲击了男尊女卑的传统观念，从而极大地提高了妇女在农村中的社会地位。

（4）厉行节约，开展社会互济、互助运动。自灾荒发生后，边

---

① 参见《太行区四二、四三两年的救灾总结》，河南省财政厅、河南省档案馆合编《晋冀鲁豫抗日根据地财经史料选编》（河南部分）（二），档案出版社 1985 年版，第 159—162 页。

区政府号召各界行动起来，节衣缩食以救济灾民，提出了每日节省小米二两、一两、五钱的捐救口号。所有党、政、军领导下的成员都自动地参加了这一运动，时间上少则两个月，多的则达八个月。节约方式很多，有冷食一日，省的柴火费救灾者，有食糠三日拿余米救灾者等。为了进一步节约口粮，边区部队机关还发起采野菜运动，大批采集野菜、树叶作为代食品。1943 年秋天，仅太行部队采集的野菜，就在一百万斤以上，太岳部队从 1943 年后半年到 1944 年春，节约救灾的小米共达十万零六千七百九十七斤。① 边区政府对群众也提出了社会节约的要求，反对大吃大喝，劝止迷信摆贡及祭礼，提倡婚丧节俭朴素，在灾荒严重时还下令取缔了大道两旁一些大村庄集镇肉铺和饭铺，禁止卖油条、肉包、羊汤、杂烩等。在节约粮食之外，还发动了捐款运动。如，抗大六分校的五毛钱运动，陆中的一角运动。在募捐方面，进行了广泛的社会动员。在灾区提倡"急公好义，仗义疏财，富济贫，有济无，亲戚相助，邻里互济"；在非灾区提出"一把米能救活一家人，一斗糠穷不了一家"的口号，开展"一把米""一升糠"及某些地区的"一个窝窝"的运动。据不完全的材料统计，三专区各县共募捐小米六百九十石，糠三十万斤。四专区各县"一把米运动"募捐小米三百石。一专区各县"一把米运动"捐米三百五十石，糠二十万斤。一般劝募，共粮食四百一十石，糠十一万四千八百八十斤。这些米和糠，在春季分别支援了五、六专区。

　　边区政府最终领导人民战胜了灾荒，粉碎了日伪的经济封锁，为夺取抗战胜利奠定了坚实的物质基础。中国共产党也在这次救灾

---

　　① 　参见齐武《一个革命根据地的成长》，人民出版社 1957 年版，第 189 页。

中赢得了民心，老百姓都把根据地看成是一个"新世界"。据报道，当时"逃向太岳区 20 万的，逃向太行区 5 万的外来灾民，都找到了他们的家"。这 25 万人相当于全边区所有灾民的 1/6。

1942—1943 年河南发生大灾荒后，河南境内的三种政权都采取了相应的救灾措施，但效果却截然不同。国民党一开始漠视民命，封锁灾情，随后的救灾又完全依赖政府赈济，弊端重生，起不到应有的作用。在沦陷区，日伪政权也采取了一定的救灾措施，实施战时的"配给制"，但不能从根本上救灾，所起作用也有限。而中国共产党领导的抗日民主政权由于有全面系统、有效得力的救灾方针和措施，把政府赈济与民众生产自救结合起来，取得了近代救荒工作的突破性飞跃。

所以，刘震云小说《温故一九四二》中日本人救了河南人的命的论点便不攻自破。相反，大灾之下倒是日伪统治的地区十室九空，人民争相逃亡。于是，我们眼前就有了这样的画面："灾荒愈发展，三个世界的对照愈清楚，从安阳到玉峡关的封锁线，虽然可以和敌人的封锁沟墙相比拟，但封锁不了饥饿发疯的灾民，沿着美丽的清漳河，褴褛的人群，夜以继日地向根据地内流着，涌着。"① 从这不断奔涌的灾民的流向中我们应该不难想象事实的真相。

所以，河南大灾荒就如同一块神奇的试金石，检验着三种政权的执政能力与民意所向。三种政权面对这份特殊的答卷给出了不同的答案，为中国的政治走向描画出了分明的轮廓。

---

① 《从灾荒中站起来》，《解放日报》1944 年 8 月 29 日。

第三节 自然灾害的寓言式写作

一 《风来水来》：灾害迭至的缩影

马玉琛的长篇小说《风来水来》是一部具有寓言意义的书写灾害的作品，带有高度的抽象性和象征性。它以渭河流域的喇嘛村为背景，描写了人们与蝗灾、旱灾、风灾、水灾等各种自然灾害顽强抗争的情景，展现了一幅幅不畏艰险求生图存的动人画面。

喇嘛村是一个封闭的充满原始神话色彩的村落，村里有两位长者，一个叫秦侍灵，善养各种珍禽异兽，有獬智、重明鸟和五色迦陵音乐鸟；另一个叫唐侍华，善养各种奇花异草，其中屈草是他的至尊宝贝。他们相互欣赏而又喜欢互比高低，每年麦收前他们都要约定在一起把酒论古、调侃斗智。侍灵的神鸟鸣奏天乐，侍华的屈草散发着异香，各有千秋，互有胜负。就在人们沉浸于大自然的美妙之时，一阵狂风挟着浊气突然扑面而来，四面八方的黑点汇合到一起，成群结队的蝗虫织成坚硬厚实的云幔，遮断了阳光，罩向麦田、村庄和人们的头顶。人们与蝗虫展开了生死搏斗，先是死命地敲着锅、盆、碗、碟、锣鼓、铙锤等各种物件，发出惊天动地的响声，阻止蝗虫落地，后又笼火沤烟想熏死蝗虫。侍灵打着呼哨指挥鸟群冲入蝗虫的阵营，重名鸟英勇战死。但喇嘛村最终没能躲过这场蝗灾，蝗虫残酷地蹂躏了渭河流域大块的土地，庄稼草木被吞食一空，田畴农舍一派荒凉。在诅咒和无奈的叹息声中，生活的希望又慢慢复苏，"在簌簌风响中唱着忧郁挽歌的半枯树枝生出了新芽。庄稼人扶犁挥镢，把黑蝴蝶和刚过去不久的岁月一点一滴埋葬在地下。种下的玉米已经长成拃半高的青苗。黑黄的土地上点缀着点点嫩绿"。侍华培育出能生两茎结四穗的旱谷，便选了一个黄道吉日以便栽种旱谷。村中男女老幼倾巢出动踏上河堤，观看乡长何九德和莽汉牛满河栽旱谷比赛。接着一道白光闪过，干旱和炎热袭来，旱魃现形为火球，一切仿佛都要被熔化。久旱无雨，人们便把希望寄托在为祭拜渭河而举行的天翟与兰兰的婚礼上。渭河是喇嘛村及沿岸人们心中永远的父母，每逢婚丧嫁娶或生儿育女都要成群结队地来到河堤上参拜渭河，感谢渭河的养育之恩。于是，"喇嘛村有史以来最雄壮最热闹也是最悲凉的娶亲队伍沿着那条铺满尘土的官道缓缓往河堤上行进"。忽然而至的龙卷风和冰雹破坏了这一喜庆场面，粉碎了人们的求雨梦想。紧接着是倾盆大雨，洪水决堤，何九德高喊"官不畏死"跳入激流以身堵堤，杨书明、续古等也喊着"民敢赴难"纵身入水，最终还是失败了，洪水淹没了白蟒塬，人们只得四散逃生。为了保存喇嘛村的血脉，人们让有孕在身的兰兰坐上漂浮的古钟逃生，其余人都葬身水底。兰兰乘坐一口古钟顺水漂流，两只鸽子也消逝在天际，透明的天空下，只余下波平如镜没有际涯的洪荒大水。

作者通过蝗灾、旱灾、风灾、冰雹、水灾等密集的、接踵而至的灾难告诉人们：人类的发展史是一部人类与自然灾害不断抗争的历史。喇嘛村人坦然面对一次又一次强大的自然灾害，不但没有丧失生存的勇气，而且是愈挫愈勇。"人不可坐以待毙！再万般无奈，也得寻觅生存的机会。顽强地活着是人的本性，也是人的任务。"无论经历多少失败，人们绝不放弃自己的追求，正是由于这种追求才激起无限的抗争精神，从而升华出人类不屈的生存精神。"只要有一个人在，我们就可以重建家园。""倘若有朝一日，人类遭受灭顶之灾，全体毁灭，精神也不会寂灭，人类在创造历史中蕴含的生存精神之精气，必然会凝集成新的星体，在茫茫宇宙中辉耀放光，亘古不熄。"无论经历多少苦难，遭遇多少次毁灭，人类求生图存的精神永远不会磨灭。

除了讴歌人类不屈不挠的生存精神，作品还借助各种自然灾害来探讨人与自然之间的关系，"人类除了面对自身而外，更要面对强大的自然"。作者既不赞同传统文化中"天地与我并生，万物与我为一"的"天人合一"思想，也不赞同西方文化中"人定胜天"的思想。在广袤的宇宙之中，人类其实非常渺小，人在自然面前显得那么软弱和无奈。当灾难袭来时，人们很难主动阻止或消弭这些灾难，更多的是被动地承受灾难的蹂躏，任其肆虐，直到灾害由强变弱，自行消逝，人们才得以渡过难关。作品启示我们，不能过于迷信现代科技，不能盲目相信人类对自然的驾驭能力，大自然迟早会对人类的野蛮与愚蠢进行报复的。1998 年的长江洪水，2003 年的非典，2008 年的南方冰冻灾害与汶川地震，2013 年的 H7N9 禽流感，这些灾难还不够我们警醒吗？《风来水来》召唤起了我们先辈水旱灾害的苦难记忆，告诫我们要对自然保持敬畏之心。

《风来水来》以奇特的想象、夸张的语言和虚拟的细节，构筑了一个富有审美意蕴的广阔空间。作品带有东方文化的神秘色彩，同时又有拉美现实主义的魔幻变形。作品从哲学和文化的双重角度观照人类的生存状况和生存苦难，以寓言的形式表达了对生存的哲学思考，传达了现代知识分子的精神体验和深沉思索。生命是神奇美好的，但同时又充满苦难与斗争，只有经历痛苦和绝望的磨砺，生命才不至于寂灭。人类的生存精神，就在于对一轮又一轮灾难的承受和超越。"所有的灾难正是一个大风洞。人走过风和日丽充满情谊恩爱的日月后，必然要经历无数劫难。人必须凭借自身的某种精神穿越风洞，穿越风洞本身就是锻造和锤炼。不管穿越风洞之后是荒凉的还是灿烂的情形，穿越本身是不可缺少的。"①

二 《饥饿百年》：百年饥馑的象征

罗伟章的长篇小说《饥饿百年》用极致化的叙事方式展现了乡村赤裸裸的饥饿与贫困，写出了乡村百年的饥饿与苦难历史。小说选择大巴山腹心地带清溪河流域的"李家沟""何家坡"作为故事背景，以李一五、何地（李地）、何大，以及"我"一家四代的悲惨遭遇为叙事主线，旁及何中宝、何团结、何远元、何建高、何建申、杨光武、胡棉、菜根等各色乡村人物，气象恢宏地描绘了底层民众的真实面貌与困苦境遇，在疼痛与悲欢中彰显人物不屈不挠的生存精神，呈现出苍凉悲悯的艺术情怀和崇高厚重的艺术感觉。

小说从1898年李一五与李高氏结合写起，书写了主人公何大的一生。何大的祖父为万源县罗文场李家沟的李一五，原本是个无家可归的流浪汉，在勾连川陕的米仓山道血汗斑斑的青石子路上当"背二哥"，在1898年的一个风雪之夜钻进万源大山一个寡妇的棚屋

---

① 马玉琛：《风来水来》，陕西旅游出版社1999年版，第184页。

里找到了自己的归宿，与寡妇勤俭持家，生下了两个儿子。1914年下了一场大冰雹，李一五为了保护几颗稻穗，佝偻着身子被冰雹砸死在田间，身底下还护着一窝没被冰雹打掉的谷穗。李高氏带着两个儿子踏上了逃荒之路，来到了清溪河下游永乐县东巴场老君山上的何家坡。何家坡上的何兴能与张氏夫妇膝下无子，便收留了母子三人，后来李高氏把二儿子李地留给了何家，自己带着大儿子李田回乡。她认为李地聪明能干，凡事自有主张，留在别人家里不会受欺负。李地被何兴能与张氏夫妇收养后改名为何地，何地在何家坡很有出息，被送去私塾读书，后娶了望鼓楼美艳漂亮的媳妇许莲，生下了何大、何二两个儿子。何地不幸被一条疯狗咬伤，他忍痛追了几座山岭把疯狗打死，最后自己也死掉了。他的媳妇许莲只好带着何大、何二嫁给李家沟的鳏夫杨光武，杨光武生性变态，吸食鸦片，天天毒打性虐许莲，何二也被其子豺狗子打死，许莲吞食鸦片自杀。杨光武又再婚娶了刘氏，生了个儿子杨才，夫妇二人变本加厉地虐待何大。何大找机会逃出了杨家，回到了何家坡，但到了何家坡，何家坡人合伙欺负他，想把他赶走。后来，何大在何家坡实在待不下去了，只好再次回到李家沟杨家，过了一段屈辱的时光，还是被杨光武赶出了家门。何大成了一个讨口子，到处流浪，给人帮工干活，渐渐积攒了一些钱财。经过长达二十年的流浪之后，何大终于回到何家坡定居，买了一些土地和柴山，并娶了斜对河关门岩村的陈月香为妻，生下了何开、何祭、何早、何本等一群儿女，经受了新中国成立以来一波又一波的革命浪潮的冲击，期间又遭遇了两场极大的旱灾和地震，贫穷和困顿就像流沙一样将他掩埋，但为了这片能生长庄稼和让他生儿育女的何家坡，为了人之为人的尊严，他始终卑微而坚韧地生存下来。一直坚持到了改革开放的新时代，他蓦然发现自己一生拼来的东西在下辈人心目中已经贬值，时代已经发生了令他无法理解的深刻变化。饥馑封闭的何家坡发现了更为广阔的世界，为了改变乡村贫困的历史命运，从何家坡出走的人越来越多，其壮观的场面不亚于数百年前人们扶老携幼从远道迁来何家坡的情景。

作者能够直面乡村的生存困境，把赤裸裸的饥饿和贫困推到叙事前台，饥饿成为一种强大的叙事动力，推动故事情节的向前发展。这种饥饿在直接伤害人的肉身的同时，也伤害了人高贵的灵魂，贬损了人的价值和意义。当整个乡村被饥饿所笼罩时，人的自由与尊严都变得毫无意义。"偷盗在饥馑刚刚逼上来的时候就开始了。"不管是哪家的东西，只要是能下肚的，稍不留心就神秘地失踪了。自家东西丢了便站到田埂上从早骂到黑，可骂过之后又想方设法地去偷别人家的东西。如果自留地里有没被干死的小菜，晚上就要通宵守着，否则那块地就可能被剃光头，连根都要被拔起。古朴的民风受到严重的戕害，风骚艳情的胡棉成了大众情人，为了生存所需的腊肉和谷子出卖色相。"坡上另有一些年老色衰的妇人，不甘心胡棉一人得了好处，也纷纷效尤，家里也好，坡上也好，长辈也好，晚辈也好，只要谁愿意给一口野粮，就愿意给谁脱裤子。"何家坡纯正的家族式民风由此遭到颠覆，清溪河流域很多地方的家族式民风也都被颠覆。在饥荒难耐的岁月，好几个村寨里的女人都生下了怪胎。饥饿与贫穷把乡村变成了人性荒芜之地，人们像动物一样本能地为了活着而活着，像饿狗一样去争抢一口口活命的粮食。《饥饿百年》将饥饿和苦难作为文学命题，描写了百年来的现实苦难，凸显了绝境中的何家坡人的生存意志，力图在那些卑微而坚韧地活着的小人物身上寻找人的尊严，表现了作家对人类自身的存在方式及其精神困境的积极探索。

三　《花冠病毒》：未来病毒的寓言

2003 年，非典疫情严重之际，毕淑敏受中国作家协会派遣，深入北京抗击非典的第一线进行采访。作者身穿特种隔离服，在焚化炉前驻留，与 SARS 病毒近距离接触，甚至觉得闻到了它的味道。作家多次在梦中看到病毒，那么真切，那么鲜艳，仿佛可以触摸到它们卷曲的边缘和瑰丽的颗粒。正是这些难忘的经历，时隔八年之后，作家写出了厚重的关于未来病毒的科幻小说《花冠病毒》。作者坦言："树不可长得太快。一年生当柴，三年五年生的当桌椅，十年百年的才有可能成栋梁。故要养神积厚，等待时间。"该书被称为国内首部心理能量小说，表现危难之中人性的悲悯和无奈，展示绝境中心灵的强大和坚韧，以此探索未来社会公共危机的应对之策。

20NN 年，一种极其罕见的嗜血病毒突然袭击中国燕市，其主要症状是发烧、咳嗽、血痰、腹泻，引起全身各系统崩溃。数千人感染了这种病毒，死亡病例累计已达数百，整个燕市顿时陷入一片危机之中。燕市首席病理解剖学家于增风教授亲临一线，以身试毒、不幸身亡，他给这种病毒起了一个温暖的名字——花冠病毒。就在全城戒严、人心惶惶之际，拥有心理学背景的女作家罗纬芝突然接到一个电话，推荐她参加抗毒一线特别采访团。经过一番激烈的心理斗争，在母亲的鼓励与支持下，她答应下来了。这时，一个名叫李元的神秘的年轻人来找她，让她帮忙采集一些毒株，并给了她一个蓝盖小瓶，叮嘱她万一感染病毒，在第一时间服下瓶内的白色粉末就可以解除危险。罗纬芝参加了特别采访团，到达燕市抗疫总指挥部，接触了疫情的真实情况，了解了人们面对恐慌和毁灭时的心理困境。为了探究于增风教授殉职后的遗言，她不顾危险打开了从抗疫总指挥袁再春手中拿到的于增风的遗物，令人匪夷所思的是遗物中居然藏有花冠病毒的病菌。罗纬芝不幸被感染了花冠病毒，命悬一线。家里的保姆在电话里转告李元的叮嘱，在服用其他药皆没效果的情况下，罗纬芝最后一搏，死马当活马医，服下了李元交给她的白色粉末。不可思议的是她真的获救了，成为感染花冠病毒的唯一幸存者。疫情的发展愈演愈烈，越来越多的人感染了花冠病毒而死亡，火化的机器根本忙不过来了。病人尸体的处理成了一个难题，为了防止病毒进一步扩散，在罗纬芝的建议下，政府下令将原来贮存葡萄酒的窖库改成了停尸库进行冰冻。为了支持李元研究出花冠病毒的抗体，罗纬芝冒着危险到停尸库去采集活的毒株。一方面是官方攻克病毒的急救药物迟迟研发不出来；另一方面是李元、凌念的研究小组研制出的对抗花冠病毒的药物却不能推广应用，虽然他们都是化学博士，却苦于没有医生资格，得不到体制的认可。迫不得已，凌念把带有花冠病毒的风筝放飞到市长陈宇雄家的花园里，让市长家里的人得病，希望借助成功治愈市长家人的病患范例让元素疗法光明正大地走到前台。风筝被市长陈宇雄的宝贝孙子陈天果捡到了，陈天果感染了病毒。李元毛遂自荐到市长家里给陈天果治疗，由于孩子的免疫机能差，服用元素没起多大效果，最后喊来罗纬芝输血才挽救了孩子的命。陈天果的妈妈苏雅也感染了病毒，市长下令强留罗纬芝，希望她继续输血来挽救苏雅。后来，李元在

给病人治疗时感染病毒去世。看到了元素疗法的功效，政府贴出
"人民榜"公开征集对抗病毒的治疗方法。这时，YY 国的 S 公司出
来漫天要价。这家跨国制药公司为了在这场疫情中牟取暴利，收买
了公务人员郝辙为其偷盗毒株。罗纬芝服了"白娘子"后康复产生
了抗体，郝辙就设计了一场车祸，在昏迷状态下从罗纬芝身上抽了
大量的血回去做实验。李元、凌念的导师詹婉英毅然站了出来，她
也是李元、凌念的母亲，他们是双胞胎，父亲就是于增风。李元并
没有死，死去的是凌念，李元与罗纬芝终成眷属。李元肩负起极为
繁重的科研任务，寻找到了更为安全有效的元素疗法。20NN 年 9 月
1 日，最后一名病人出院，燕市彻底平息了花冠病毒感染。

　　小说以科幻的手法讲述了燕市抗击花冠病毒的故事，但作者不
满足于仅仅编造一个科幻故事，而是在寻求更高层面的慈悲和怜悯。
毕淑敏在自序中写道，《花冠病毒》"包含着我对以往和将来世界的
回眸与眺望，包含着我对宇宙的好奇和幻念"。故事虽然带有科幻色
彩，但现实生活中却处处可以见到其身影。比如，女主人公罗纬芝
接到邀请她参加特别采访团的电话时的犹豫与担心，母亲的一席话
解除了她的担心与顾虑。现实生活中也正是如此，2003 年非典时，
毕淑敏的妈妈也对她说国家有难就应该挺身而出，既然已经被派遣
去采访，就不应该推辞，并劝女儿放宽心。再比如，小说开篇就写
"燕山市花冠病毒死亡人数超过 100 人，抗疫指挥部公开发布数字为
25 人"，越来越严重的疫情与越来越紧张的局势，与 2003 年 SARS
疫情何其相似，充满了现场的真实感和危机感，使读者一下子就进
入小说的阅读情境。如何处理成倍增长的死亡人数，抗疫指挥部最
后决定"技术性处理"数据，也就是瞒报。正如抗疫指挥部总指挥

袁再春所说："你以为我愿意说谎吗？当真实比谎言更有害的时候，我们只有选择说谎！"因为在有些战斗中，我们不是输给了敌人，而是输给了自己。基于这种所谓的"技术"考虑，才有了新闻发布的艺术。"注意节奏，我说的是死亡节奏。我觉得这个节奏应该是——说两条好消息，就要说一条坏消息。一条坏消息之后，再连续几条好消息。然后再连着坏消息……这样民众就会逐渐意识到抗疫是长期斗争，既不会掉以轻心急于求成，也不会麻痹大意放松轻敌。同时也能体会到医务人员正在进行艰苦卓绝的斗争。""我们现在这样讲假话，乃是面对生命本质的讲真话。这是灾难面前的智慧，是善意的欺骗，骨子里正是医生的大慈悲。关于死亡的真实数字，请你们忘掉。出了这间屋子，就完全忘掉。谁不忘掉，就是对那些逝去的生命之大不敬！"[1] 从中可以看出指挥者的尴尬与无奈，现实生活中一些领导者在特殊形势之下也会采取这些权宜之举。虽然是科幻小说，但它处处贴近日常生活。

毕淑敏的作品显露出一个医生的思维惯性，喜欢书写医者救死扶伤的情怀，用审美的方式为人们开出了一剂剂药方。当人们还没有寻找到对抗"花冠病毒"的特效药物时，只有依靠自身的意志和抵抗力。作者开出了两个药方：一个是"元素"，一个是心理能量。当元素都无能为力时，真正的希望唯有靠心理能量。"人类和病毒必有一战，必将多次交锋，谁胜谁负，尚在未知之数。当身体和心灵遭遇突变，最终能依靠的唯有心理能量。"作者通过对生死及人心的探问，直面未来世界里人类的心理灾难，积极探索心灵危机的应对之策。毕淑敏采访 SARS 一线病人时发现，当病人知道自己得病又没

---

① 毕淑敏：《花冠病毒》，湖南文艺出版社 2012 年版，第 26—27 页。

有什么特效药时，就变得悲观、消沉，十分害怕，死得也最快。作者通过《花冠病毒》传递这样一个理念——珍惜生命，不要放弃，满怀希望和信心。就是因为不放弃，才能在生命之绝境中坚持下来，直到救助出现，让生命的曙光再次照耀自身。因此，作者在自序中说："祈愿书中情形永不再现，但我坚信人类和病毒必有血战。谁胜谁负，尚是未知之数。读这本小说，有一个小小用处——倘如某一天你遭逢瘟疫，生死相搏，或许你有可能活下来。"

《花冠病毒》对人与自然进行了深刻的反思，特别是对病毒也给予了充分的尊重。地球不只是人类的，它也是很多其他生物的。病毒虽然是低等的生物，但它在地球上存在的时间远比人类更为古老。人类是最高等的生物，病毒是最低等的生物之一，但是它和人类博弈的过程远没有结束，谁胜谁负尚未有分晓，并不一定是人类取得最后的胜利。作家用自己的想象写了一个未曾发生过的故事，一个在将来有可能会发生的故事。地球经历了亿万年的演变，一些未知病毒被深埋于冰川、火山之中。随着环境的日益恶化，全球气候变暖，冰川融化，地震火山频发，极有可能激活大量病毒。如果我们不注重对环境的保护，没有危机感，这一天迟早会到来，人类与病毒之间终将爆发一场战争。从2003年非典，到2013年沸沸扬扬的H7N9，我们的教训还少吗？

第二章　当代自然灾害文学书写中的人与自然

　　面对突如其来的灾难，人们往往会表现出不同的反应与姿态。有的人会迎难而上，以积极的姿态与灾害顽强抗争，设法挽回或降低灾害所造成的损失；有的则以消极的姿态面对自然，臣服于自然的淫威，信仰偏移，迷信之风大行其道；还有些人在苦难与血泪中生出敬畏自然之心，努力地去顺应自然，学会与自然和谐共存。

第一节　迷信自然

　　在旱灾、洪水、蝗灾、冰雹、地震、瘟疫等自然灾害的打击下，一些人无法正确地理解这些自然现象，往往会感到惊恐不安，习以为常的社会秩序和心理规范受到巨大的冲击。一方面会产生大量的迷信思想；另一方面也容易滋生听天由命、意志消沉之类的灾民心理。

一　迷信自然

灾害发生后，许多人的信仰容易发生偏移，希求在频仍的灾害中寻找精神的慰藉，迷信巫术之风在中国民间非常盛行。胡适曾谈及中国人往往利用迷信来应对灾荒与疾病，"天旱了，只会求雨；河决了，只会拜金龙大王；风浪大了，只会祷告观音菩萨或天后娘娘；荒年了，只好逃荒去；瘟疫来了，只好闭门等死；病上身了，只好求神许愿"①。

人们遭遇最多的是水旱灾害，因此抬龙王祈雨求晴便成了民间最为盛行的一种迷信活动，这类荒诞不经的事情在当代文学作品中屡见不鲜。张浩文的《绝秦书》描写了民国十八年大旱之下，周克文率领周家寨人祈雨的具体情形。周克文让黑丑沿村敲锣宣示，十日内不准杀生、不准嬉闹、不准同房、不准吸大烟，违反规定者棒打出村，不得归籍。周家寨没有龙王，于是派没出阁的大姑娘到附近的刘家沟偷龙王，这也是一种民俗游戏，没人把它当作真正的盗窃。龙王偷回来，祈雨就正式开始了。先是设坛，选择一个良辰吉日，全村人聚集在娘娘庙前，头戴柳条圈，光着脚，跪倒在龙王脚下进行三叩九拜。周克文开始宣读祭文：

> 维中华民国十七年十月初二，陕西关中道周家寨弟子百人，谨具香烛酒馔之仪，上叩于龙宫龙庭：苗得雨露方见长，人食五谷乃得生。不意旱魃作祟，巫尪横行，自夏初至冬初，迢迢五月，全无雨泽。大造如炉，杲阳似火，八方赤焰腾腾，四海

---

① 胡适：《胡适论学近著》，商务印书馆1935年版，第638页。

烈风荡荡。众草皆枯，群芳尽槁，井中泉断，河内水竭，农夫
陇内泣绝，父老田中叫苦。伏恳龙王早降甘霖，以解倒悬之危，
广施雨露恩泽，方救涂炭之灾。三牲具备，是祝是酬，神其不
远，来格悠悠！尚飨！

设坛之后，接着进行迎水。两个精壮小伙抬着龙王在前开道，
护水童子怀抱圣瓶紧随其后。后面跟着一大群护驾的队伍，他们全
都赤脚光背，走了十几里山路，一边焚香烧纸，一边呼喊乞水诀：
"龙王爷——哟，降甘霖——啦！下大雨——哟，救万民——啦！"
声音高亢悲壮。队伍到青龙潭取回圣水，顺着原路返回。安置好龙
王和圣水，周克文带领村民进行了连续三天的祭拜。他认为天不下
雨是老天爷在责罚世人，因为人做了瞎事惹怒了老天爷。他让做了
瞎事的人给老天爷认罪，进行自我揭发与检讨，大力整饬风化。第
三天开始舞龙，意在让龙飞上天取水。人们用麦秆连夜扎起一个三
丈来长的龙，用大红枣做眼睛，玉米缨子做胡须。舞龙时人们点燃
柏树叶子并不断鸣放铳子，浓烟滚滚，火光耀眼，营造一种乌云滚
滚电闪雷鸣的氛围，结果还是让人失望。他们就采用献童男童女这
种"求中有逼，软中带硬"的方式来威逼龙王，把两个全身赤裸的
娃娃绑着吊在横杆上，然后在吊娃娃的麻绳上拴一截火绳，下面是
滚开的油锅。周克文开始宣读祭文，陈述旱情："吾辈诚心可鉴，特
贡献童男童女一对，望苍天体恤民苦，怜悯性命，立时三刻，普降
甘霖！"读罢祭文，司仪高声宣布"哭祭"，孙道士点燃火绳，周家
寨人开始放声哭吟："龙王爷哟下大雨啊——老天爷哟降甘霖啊——
可怜可怜啊咱受苦人哟。"火绳在哐哐燃烧，眼看就要烧到麻绳了，
童男童女哭哑了嗓子。这时从西北角涌起了一股浓重的乌云，但也

只是路过而已，气势汹汹地从人们头顶上冲过去了。最终，火绳烧到尽头，引燃了麻绳，嘎嘣一声脆响，麻绳断了，两个娃娃瞬间跌入油锅，成为人们迷信的牺牲品。

罗伟章的《饥饿百年》描写了久旱无雨之下拜龙王的情形。清溪河下游的肖家湾到很远的地方借了一个龙王来，安放在祠堂里，全村老少向龙王跪了几天几夜，还请道士做法念经，结果依然滴雨未下，饿死了近一半人。马家沟人集体去三十里外的龙王庙求雨，一路敲锣打鼓，在路上遇到一个外村的妇女抱着孩子打着遮阳伞骑牛路过，就拿着石头土块愤怒地追赶过去。在他们看来，打伞会引起更严重的天旱。妇人和孩子吓得从牛背上跌下来，孩子当场被一块尖削的石头戳死了，妇人被抬回家医治，两天后也不治而亡。求雨大军根本不管死人，继续虔诚地赶往龙王庙求雨，结果也没求来雨，马家沟比肖家湾饿死的人还要多。①

马玉琛的《风来水来》描写了喇嘛村人搭台祭祀，用灵龟求雨的情形。全村男女老幼听到钟声倾巢出动，操起自家锅、碗、瓢、勺、瓦罐，汇集到河堤之上。古代传说是乐把雨水洒向人间，所以祭祀时人们要敲击出音乐和声响。为了把德行不好的人排除在祭祀之外，祭祀前每个人都得从路边的歪脖柳树旁绕行，才可以到祭祀台前面去。如果山羊小青用那只残角顶谁，屈草朝谁折腰，谁就失去祭祀的资格。梁三老汉焚香叩拜渭河，"父老乡亲们，我们今天搭台祭祀天地渭河，用我们的良心和灵魂感激它们，求它们大发慈悲之心，降雨给我们，保我们亲手耕种的旱谷稼禾苗壮成长。大家伙要一心一意，只求喜雨，不求别的。谁要有私心杂念，天必株谁！"

---

① 参见罗伟章《饥饿百年》，重庆出版社 2007 年版，第 326 页。

乡长何九德主持祈雨仪式，祭祀完毕，把灵龟放到滚开的沸水之中进行占卜。人们在干旱时还用天翟和兰兰的婚礼来求雨，希求用喜庆的仪式驱除正在经受的灾难和煎熬。"喇嘛村有史以来最雄壮最热闹也是最悲凉的娶亲队伍沿着那条铺满尘土的官道缓缓往河堤上行进。队伍中喧腾起锅碗瓢勺木梆子铜锣皮鼓铁犁铧的混杂声响。"按照祖传的习惯，娶亲的队伍必须出村来到河堤上拜祭渭河，感谢渭河对沿岸人们祖祖辈辈的养育之恩，渭河是喇嘛村及沿岸人们心中永远的父母。侍华、侍灵带领队伍先向西走大约一里半地，又折向东走一里半地，娶亲的队伍在三里地的范围里打了九个来回。村长梁三老汉主持仪式，喊一声"敲"，锅盆齐鸣，锣鼓喧天；喊一声"唱"，人们齐声吼唱"新娘嫁新郎哎，渭河有指望"；喊一声"跪"，队伍齐刷刷地跪满河堤，喧声遂止，然后由侍华、侍灵代表众人祭拜祖先河神爷。可喇嘛村人不但没有求来雨，反倒求来了龙卷风。

柳建伟的《SARS危机》写了非典时期《南方周末》刊登的一个调查报告，披露了五月七日这一天，全国十四个省市同时发生了放鞭炮和喝绿豆汤的事件。引发这一事件的是两个版本的传言。一个版本说有个女人生下一个小男孩，出娘肚后没有哭，却突然说了一句话："治非典，放鞭炮，喝绿豆汤。"然后就死了。另一个版本是说一个七十多岁的天生的老哑巴，在五月七日这天突然开口说了一句话："要想不得非典，子时要放鞭炮，喝绿豆汤。"说罢就死了。这种迷信与谣言借助现代传媒迅疾扩散，给社会带来了极大的震荡。

存在决定社会意识，社会意识又反过来作用于社会存在。自然灾害下一系列积重难返的社会现状造成了迷信之风的盛行，而这种迷信之风又导致了人们不敢与灾害抗争的逃避心理，延误了救灾的大好时机，反过来加重了灾害的后果。

二　灾民意识

在自然灾害狂暴肆虐的打击下，许多人会产生一种不健康的心态。有些人意志消沉，不去积极地抗灾救灾，而是消极地等待救援，人生的价值取向出现扭曲，甚至失去生存的勇气与信心。王子平先生用"灾民意识"这一术语来概括这些灾民的心态，即灾害发生后灾区人民普遍存在的一种消极的社会心理。①

张浩文的《绝秦书》里面描写了周拴成和周有成灾荒之下自愿寻死的惨事。周拴成的老婆周郭氏采摘塬边的枸树叶，思念外出背粮的儿子，精神恍惚从崖上跌下来摔断了腰，在疼饿交加中死去了。周拴成流着泪给老婆穿好了寿衣，帮她梳理了头发，拼着力气把厢房里的两副棺材推到上房里并排躺着。他料理了家务后把门闩上，把老婆抱到棺材里轻轻安放好，盖上了棺材盖子，周拴成自己也穿上寿衣，躺进了棺材里面，手脚并用，把横在棺材顶上的盖子撑起来慢慢挪动，最后哐当一声合严了，平展展地睡在棺材里面，在柏木的香味弥漫中悄悄地离开了人世。周家寨的另一位老汉周有成不想活了，干脆找人帮忙把自己给活埋了。老汉六十多岁了，看到儿子和媳妇每隔一个月就去南山背一次粮，回来都跟害了一场大病一样。为了不拖累他们，让他们安心去逃荒，就拿儿子留下的十几斤粮食给单眼作为报酬，让他挖坑活埋了自己。周有成在塬上找了一

---

①　参见王子平等《地震社会学初探》，地震出版社 1989 年版，第159—161 页。

块风水好的地方，监督着单眼挖了一个墓坑，等到挖到一定的深度，就穿好寿衣，让单眼拿芦席把自己卷了，躺在墓坑里，让单眼往里面填土，一直埋到了头部才告诉藏粮食的地方。单眼跑回周有成家里掏出了装粮食的口袋，验明正身后又回到墓地继续填土，一口气就把周有成埋完了。

非典时期，就有许多人跳楼自杀。柳建伟的《SARS 危机》写了非典病人周海涛情绪一直不很稳定，他的妻子和儿子感染非典相继死去，他喜欢的女大学生郑丰圆也得了非典。在绝望中他企图跳楼自杀，幸亏一棵大树救了他，造成左小腿粉碎性骨折及出血性头部外伤，最终在医护人员的努力下康复出院。

唐山地震时也有类似情形。"常常，生命的消失不仅仅在于外在的灾难，而更在于虚弱的人类本身。10 年前，当我凝步于唐山的街头，大量的尸体堆中，曾有一类死难者的遗体引起过我的疑虑和深思。他们显然不是死于砸伤或挤压伤。完整的尸体上，留下的只是一道道指甲抠出的暗红色的血痕，那是疯狂地抓挠之后留下的绝望的印记。这就是精神崩溃——一位亲赴唐山的老医生对我说，是他们自己在极度恐惧中'扼杀'了自己。多少名死者就是这样死去的。"①

歌兑的《坼裂》通过一个看似快乐地唱山歌的小伙的自杀，揭示了人们"灾后心理创伤"。他曾和一个寡妇偷情，地震时就和那个寡妇待在一起，那女人当场被砸死了。他从人家的尸体上刨呀刨，爬了出来飞跑回家，高举两手抵住房椽，让老婆孩子从瓦砾中钻出来。他表面上看起来很快乐，嘴里还一直唱着山歌，却不料突然自

---

① 钱钢：《唐山大地震》，解放军文艺出版社 1986 年版，第 83 页。

杀，用一根电饭锅的电源线套住自己的脖子，吊在树上自杀了。其实那个树杈的高度让人觉得他一伸手，就能像引体向上那样松了绳套的。看来，这个小伙真的是安了心去死的。"这灾区的忙乱、这灾区的坚忍、这灾区的哭与笑，人人以为是爱心的红日当头照耀，可谁能参透其中真真正正的含义？也许，这只是心理灾难的刚刚开始罢了。卿爽心想，鬼眼睛小伙那过分的轻松，正预兆着心中创伤的开始……这可能是灾区的又一轮危机，它会像非典型肺炎那样，从一个人、传向一类人；从一类人、传向一群人；从受灾的人、传向所有人。它又不会像传染病那样，出现感冒、发烧等客观症状，但是完全可能让人们对生命的价值'感冒'了，对人与人的戒备'发烧'了，让微笑掺杂些许玩世不恭、让歌唱附着些许无可奈何，谁知道呢？你还以为生活就该是那个样儿呢。"①

这些情形都鲜明地反映了人们的灾民意识，在强大的自然灾害面前丧失斗志，不敢与之抗争，甚至连活下去的勇气都没有，屈服于自然的淫威，在自然面前俯首称臣。

第二节 抗争自然

面对天灾，并不是所有人都表现出听天由命、坐以待毙的消极姿态，也有很多人在逆境中顽强奋起，全身心地投入对洪水、干旱、蝗虫、瘟疫的抗争之中，希望凭借自己的努力与抗争来战胜

---

① 歌兑：《坼裂》，解放军文艺出版社 2011 年版，第 264 页。

天灾。

马玉琛的《风来水来》描绘了喇嘛村人与蝗虫大战的惨烈情形。当蝗虫铺天盖地接近白蟒塬顶端时，侍华号召村人回家操家伙敲打出声音，意图惊吓并阻止蝗虫落地。人们从河堤上跑回家拎着锅盆碗碟、锣、铙鼓、槌木梆子，有的人手里还提着新的、旧的、破的犁铧，另一只手里提着砖头、瓦块或石头。人们听从侍灵的指挥，散到田垅和小道上，拉开了架势敲响手中的家伙。人们脚手齐动，锅盆碗碟等各种声音惊天动地地响了起来。"在地面到蝗虫的黑幔间这段狭窄的空间，嘈杂的巨响化成一股巨浪，热的巨浪，不断膨胀着往上浮升。升不到几米，又开始下降。声音的巨浪如巨人无形的手臂，高擎着塌下来的黑暗的天空。"人们散布在河堤上、麦田里、官道上，踢踏着腿脚，摇摆着身子，舞动着手臂，疯狂地击打手中的家伙，让蝗虫织成的黑幔没有机会落下来，竭尽全力地驱逐这场罕见的灾难。几个时辰过后，人们个个累得大汗淋漓，手臂挥舞的动作变得缓慢无力，发出的声响和村里的古钟配合不起来，声浪已经不能紧密相连，出现了明显的断续。蝗虫织成的黑幔趁机压了下来，有一队落入麦田，随即张开利齿吃开了。

乡长何九德发布新的命令，让人们回家抱柴草或到河滩割芦苇和砍柳条，用笼火沤烟的方法薰赶蝗虫。乡长下令点着了河堤道路和田垅间的柴堆，渭河流域一时火光通明。侍灵叫喊着："不要明火！要沤烟！"人们蜂拥着用锅碗瓢勺去河边端水，把柴草浇湿，以便多散发出些烟雾。有些来不及端水的，就解开裤带不避男女便往柴草上撒尿。一时浓烟滚滚，汇成一团往天空飘浮，又被蝗虫织成的密不透风的墙壁挡了回来，呛得人们流鼻涕淌眼泪咳嗽不已，但蝗虫依旧没有要走的意思。侍华提醒大家回去拿辣椒扔到火堆里，人们便飞跑回村把房檐下的红辣椒串和灶台上的辣椒面拿来，毫不心疼地投进火堆。呛人的辣味立刻冲天而起，人们或躺或卧或趴在地上，使辣味随着浓烟滚上天空。不久，辣椒串烧完了，辣椒面也烧完了，只剩下零散的几根柴草，烟雾明显减少。蝗虫狂喜着飞舞，重新集结成群，从容不迫地包围和挤压下来。侍灵指挥自己的鸟群冲入蝗虫阵营，与蝗虫展开厮杀，重名鸟英勇战死。侍花抱着屈草踏着方步在麦田里不停地游走，屈草释放的特异的臭香味毒死了许多蝗虫。蝗虫大片大片地死在他周围，又大片大片地涌向他头顶。蝗虫越聚越浓厚，鹰鸶一样张牙舞爪地扑下来，麦田、树木、芦苇、动物、人群都成了蝗虫攻击的目标，所有的东西都随时可能被蝗虫吃掉，世界随时都可能在蝗虫的利齿下毁灭。王聋子看到蝗虫悉数落入麦田，便点燃一卷废纸飞跑进麦田，把火焰吹到麦秆和叶片上去，成熟的麦子开始燃烧起来。人们一下子醒过来，各处的麦田都点起火来，慢慢地连成一片，过了半个时辰，渭河流域就变成了一片火海。蝗虫在火光映红的空中穿梭飞行，空气中弥漫着麦粒和蝗虫被烧熟的香味。

1991年，江淮发生特大洪涝，多少人浴血奋战在江河湖畔，张希昆、严双军的《中国大洪灾》对此作了形象的报道。1991年6月中旬，淮河洪流气势汹汹地直扑安徽省霍邱县境内的姜家湖围堤，五万亩良田危在旦夕。姜家湖乡政府在广播里进行战时总动员，"抢险啦""保堤啊"之声不断回荡在姜家湖的上空。一声高过一声，每一声都是不断告急的险情警报。早已守候在大堤上的三千多名民工从睡梦中惊醒，一跃而起，头上兜着一块塑料布就冲入暴风雨中，这些人都是自愿报名参加抢险的队员。老县长徐化民下达了简短而有力的动员令，"人在堤在，人与大堤共存亡"，他自己也冲在最前面。人们手提肩扛背负着草袋，不断地加高围堤。洪水也在不断地逞凶，对人们的抗拒恼怒不堪，拼尽全力向围堤冲击。张台村五十多岁的共产党员驼子张安让拼命地挥动铁锹，忘记了自己是个身患腰椎结核病的残疾人，他的手磨出了血泡，惨白的皮肉和发黑的血浆沾满了铁锹把子，双手都撕不下来了。抬土时赤裸的双脚被铁钉和碎石扎破，每走一步，地上都留下一个血脚印。人们坚守四天四夜，没有离开大堤一步。饿了就啃几口冷馍，渴了就喝几口凉水，困了就头顶盖块塑料布往湿透的草袋上一歪，迷糊一个小盹，病了就往嘴里扔几粒药片。二十二千米的姜家湖围堤在四天四夜中飞速上长了一点五米，这是载入历史的堤高。但汹涌而来的洪峰携带着巨大的能量，把大堤冲开了几十个缺口。最激烈的战斗打响了，草袋、麻袋、布袋、编织袋，凡是能装土筑堤的袋子都用完了，人们就卸掉各家各户的门板、床板扛上大堤围堵巨浪；木桩、毛竹、石条、灰桩都用尽了，人们就伐尽自家房前屋后的大树、小树。抢险大队最后"弹尽粮绝"，只剩下一副副血肉之躯。老县长把脚一跺，跳入迎面袭来的洪水之中。青壮汉子跳下去了，老人、妇女、孩子们也跳下去了，临闸村七十八岁高龄的顾元修率领全家三代五口跳入洪水中搏击巨浪，两条胳膊紧紧地挽住十六岁、十四岁的两个孙子。纵然他们的胸膛、脊背、大腿被洪水掀起的大浪砸得麻木了，纵然他们鼻子、嘴里、耳朵灌满了泥沙与洪水，纵然他们紧紧挽在一起的手臂失去了知觉，但他们没有一个人退却。几千名姜家湖人在洪水中挺住了。面对这样一幅气壮山河的战洪图，洪水也为之却

步，天地为之动容，风平了，雨息了，浪静了，姜家湖围堤终于保
住了。

民以食为天，老百姓对粮食格外珍惜，而1991年夏天万里长
江大堤上却出现了"民以食堵洞"的壮举。7月16日，南京市江
宁县江宁镇临江的三角圩被洪水撕开了一个六十多米宽的大口子，
汹涌的洪水直向新洲村边六百米长的大堤冲了过来，不停地挤、
撞、冲、涮，大堤岌岌可危。江宁镇领导率领五百名壮汉冲上大
堤，仔仔细细地检查江堤有没有险情，他们深深懂得蝼蚁之穴可
决千里长堤的道理。"快！这里冒水啦！"一个人忽然惊呼起来。
大坝的底部有一片湿渍处，一个啤酒瓶口大小的漏洞正在向外冒
水，犹如一条毒蛇正在吐出蛇信子。"跳进江去，一寸寸地摸，也
得找出暗洞的口子！"正在巡逻的江宁镇工业公司经理王绪龙衣服
都没来得及脱第一个跳入江水之中，坝上四五十个壮汉紧接着也
跳进几米深的江水中。他们排开阵，撒成网，像摸鱼一样沿着江
堤一寸一寸地向前搜索。"在这儿！"他们终于找到了一个碗口大
的漏洞，万钧压力的江水正拼命往洞里挤压，摧残着江堤，威胁
着江宁人民的安全。如果不及时堵住漏洞，江水很快就会决堤。
村民们纷纷跑回家中，从床上掀起被褥，夹起来就往堤坝上跑。
四五十条被子被抛入水中，堵住了大坝底部的漏洞。可是必须要
用石块和土袋压住被子，才能防止被子被江水冲走。但这一切都
来不及了，村民张可胜转身就往家跑，扛起一袋大米就冲上大堤，
扑通一声投入水中，压住了被子。"对！扛粮食压！"靠近江坝附
近的村民纷纷跑回家中扛来筑堤的袋子，袋子里装的不是石块和
黄土，而是早已装好的大米、麦子、黄豆、油菜籽……八千多斤

的粮食堆在江堤的漏水之处，民以食为天，为了制止洪水，江宁人民把"天"都扛来了，险情最后被排除了。

2008 年，南方冰雪灾害中，电力工人为了人民群众的生活，为了社会稳定和经济发展，绝境反击，奋战在冰天雪地的千里战线之上，浴血重生，进行了艰苦卓绝的抢修与恢复供电工作。人们只能用最原始的、最笨拙的也是最艰难的方式进行电力作业，在山间的浓雾和冰雪之中，电力工人们用血肉之躯抬着千斤重的电线杆慢慢前行；人们拽着电缆线喊着号子拼命往一个方向拖曳；一个人站在高高的高压输电线路的铁塔之上用锤子敲打厚厚的凝冻。这些画面时常出现在有关冰冻灾害的报告文学之中，而诗人尚泽军的《站在高处的人》以诗歌的方式将其英勇的姿态定格下来。

> 是谁说
>
> 高处不胜寒
>
> 是谁说
>
> 站在高处可以看见风景
>
> 2008 年的春之初
>
> 在中国西部的贵州高原
>
> 有一群站在高处的人
>
> 不，他们
>
> 是一群雕塑，有灵魂有体温的雕塑
>
> 是飞翔在贵州高原的鹰群
>
> 他们站在高塔之上
>
> 他们脚下是几十米高的铁塔
>
> 铁塔之下是海拔一千多米的峰峦

他们的眼前

是紧固在高压线上的冰柱

他们的身后

是呼啸的风雪

是凝冻

是啊

他们在高原的铁塔上夜以继日

为滞留在车站的

等待早日归家的

那些在外务工的姐妹和弟兄

是啊

他们站在高处

站在贵州高原的高处

他们不是看风景的人

为了抢修这一条条倒塌的输电线路

他们在燃烧自己的生命

饿了

他们吃一口坚硬的干粮

渴了

他们喝用自己体温融化的雪水

他们很苦很累，他们

在高高的山上

他们

他们

是他们

这些高原的雄鹰

迎来了公路、铁路畅通

迎来了火车鸣笛声声

是他们

为断水断电的家庭

送来了温暖和光明……

啊，此刻

这些站在高处的人

看见了风景①

　　陈启文在《南方冰雪报告》中描绘了他们工作的艰辛与痛苦，非一般人所能理解与忍受。爬上一座四十多米的被厚厚的冰凌包裹的铁塔最少需要两三个小时，在铁塔上一干就是十几个小时。下来一次更不容易，有时候比上去的时间还要长，人也处于一种疲劳状态，铁塔也处于更加危险的状态。所以，只要他们上了铁塔，不把铁塔上的冰雪除掉，自己也舍不得下来。他们都准备十多副手套，因为个把小时就会磨烂，不及时更换手就会冻伤。饿了，他们就啃几口冻得比石头还坚硬的馒头，渴了，就在铁塔上撬块冰撮点雪含在嘴里，而冰雪并不止渴，越嚼越渴，特别是在那半天云里，内急时只能将屎尿撒在裤裆里。人到了这般境地，无疑已经降到了人之为人的底线。许多年轻力壮的汉子后来都留下了后遗症，他们在暴

---

　　① 尚泽军：《站在高处的人》，《冰雪战歌》，中国电力出版社 2008 年版，第 299—301 页。

风雪中的铁塔上没有垮下来，却在自己的女人面前垮了，不像个男人了。他们除了忍受着常人难以忍受的痛苦之外，还要时常面对死亡的威胁。2008 年 1 月，罗海文、罗长明、周景华、刘焕松、曹响林、肖建华等六名电力工人在抗击暴风雪时不幸殉职。许少君的诗歌《在暴风雪中飞翔》就是献给英雄的挽歌。

> 暴风雪在猝不及防中降临
>
> 中国南方在铺天盖地的风雪中
>
> 冻得直打寒战
>
> 暴风雪在那一刻
>
> 用冻雨和凝冻
>
> 封锁了我们回家的路
>
> 冰天雪地中
>
> 一群电网员工为着一个朴素的愿望
>
> 在覆着坚冰的铁塔上
>
> 用飞翔的姿势
>
> 诠释着一种使命
>
> 用生命
>
> 温暖着严寒中受冻的心
>
> 六个折翼的天使
>
> 就在那一片冰冷的雪域中
>
> 用生命的灯
>
> 照亮
>
> 风雪中的城市山乡

也照亮

中华大地上每一个在风雪中行走的人①

第三节　敬畏自然

我们面对自然灾害当然要进行积极的抗争，同时也要对自然心存敬畏，尊重自然的规律。如果不顾自然规律，一味地与自然抗争，那就是蛮干，必然会遭到自然的惩罚。在那种非常年代里就出现了很多违背自然规律的救灾与生产活动。比如，"大跃进"时陕西安康有一首民歌《我来了》，在全国广为传诵："天上没有玉皇，地上没有龙王，我就是玉皇！我就是龙王！喝令三山五岳开道，我来了！"诗人骄横地认为人类可以战胜自然，雄踞于自然之上为所欲为。通海大地震后，老百姓的日常生活还没有恢复，当地政府就号召军民围湖造田，出现了一系列的标语和口号："天塌不怕，地震不怕！""地震夺去的，我们叫地球加倍偿还！""家里丢了的，地里找回来！""你冒水，我浇地，你喷沙，我盖房；你把房子全震倒，我用房土做肥料！""贫下中农骨头硬，受灾也要大跃进！"② 这些口号表面上传达出的是一种人定胜天的气概，其实表现了人类在自然面前

---

① 许少君：《在暴风雪中飞翔》，《冰雪战歌》，中国电力出版社 2008 年版，第 320—321 页。

② 杨杨：《通海大地震——一个人的回忆与调查》，安徽文艺出版社 2010 年版，第 191 页。

的狂妄与无知。唐山地震之后也出现了很多类似的狂热标语，在诗集《震不倒的红旗》《志气歌》及报告文学集《人定胜天的赞歌》等中都有鲜明的体现。

李先钺的小说《我前面桃花开放》通过两个村庄在地震中的不同遭遇，对人与自然的关系进行了生动形象的阐释。东河村人注重自然生态的保护，村支书在村民会议上带头宣讲："靠山吃山，走发展森林蔬菜的路子，保护生态，啊，大家知道哈，这叫可持续发展。说具体点，我们要用树木修枝下来的枝条和杂灌木等粉碎后制作木耳、香菇袋料栽培，还要在林间空隙的空档处种上天麻、竹荪啥子的，啊，不是有一句啥子话吗？叫啥子？既要金山银山，又要青山绿水。"村委会与每户村民都签订了森林蔬菜种植合同，合同规定种植森林蔬菜由村委会提供技术指导和资金补贴，产品由村委会统一收购销售。村委会为村民定出保底收购价，即使市场价格波动，村民的利益也能得到最大保障。正是有了这种敬畏自然、爱护自然的意识，使得东河村呈现出别样的生机与魅力。"满眼的青山绿水，缕缕薄雾在半山中缠绕，星星点点的农家小院，木楼青瓦，别样景致，掩映其中，炊烟袅袅，如诗如画，不时有三两声狗叫，有三两声鸡鸣。镶嵌在青山绿水间的庄稼地，像巧手绘制的一幅幅色彩鲜艳的画。布谷鸟在林子间羞涩的鸣唱，一条如带的小溪在山谷间清澈地歌吟。重重叠叠的春山起来的时候，我们大队的农舍几乎完全淹没在春的绿色海洋中了，那份宁静让人生出像对神灵般的崇敬。即使是贪婪的猎人，也会放下手中举起的猎枪。报春的燕子来往穿梭，在低空中编织着它们的呢喃；新翻的土地，墒情般地散发着醉人的新香；柳树梳妆了她的枝条，像少女飘动的青春长发。要是秋天，东河大队更是景色迷人的季节。金黄的银杏叶浓墨重彩地描绘出醉人的画卷，秋风吹来，像千万金蝶从枝头纷纷飞落而下，给大地铺上了金黄的'地毯'；踏歌走过金色的'地毯'，不远处有一簇簇一团团燃烧的'火焰'，走近一看，原来是火红的枫林，漫山遍野，真是万山红遍，层林尽染。"①

山背后的南河村的做法截然相反，在经济利益的驱动下，从上到下都在拼命地向大自然索取。从山上的树木、石头到河里的沙土，无一放过。毁林砍树，致使南河村的树木所剩无几，甚至连树桩和小树根也不放过，被人们刨出来提炼树根油。一排排土灶上搭着高大的木桶，木桶里都装着剁成木块的树桩和树根，柴烟升腾，到处都是一派热火朝天的景象。只有一些院落农舍旁还稀稀拉拉残留着几株枫香、黄连之类的风景树，还有一些樱桃树的木材因为卖不成钱，逃过了乱砍滥伐的劫难。开山采石，办起了红心石材加工厂。轰隆隆的开山炮声腾起的阵阵浓烟，垮塌的岩石顺着岩槽滚下山脚的石场，石场上一派繁忙。为了建设样板新村，南河村人又在河里用机器采沙。老医生阳生云感叹现在南河村的人不如祖先了，祖先早知道人与大自然的亲密关系，懂得人类应该与大自然和谐相处，保护好自己赖以生存的自然环境。现在南河村的自然生态让人给糟蹋成一副啥模样了？"自然界是神奇的，哪里该生长多少棵树，该生长什么样树种的树，哪里该生长多少矿，该生长什么样的矿，都是有道理的。如果破坏了它，自然界就会报复的。"果不其然，后来发生了大地震。巨大的山体崩塌掩埋了山下的整个村庄，南河新村昔日的熙熙攘攘和公路上的人来车往被三千米长一千米宽的掩埋体抹

---

① 李先钺：《我前面桃花开放》，《青年作家》2010 年第 5 期。

去了，村庄上空乌黑浓重的尘烟悬在半空中，严严实实地遮盖了整个南河村。眨眼的工夫，几千条活生生的人命就没有了。"其实这人就像地上的虫虫蚂蚁一样，要是苍天大地一发怒，一滴汗水就把你淹死了，一根脚趾就把你踩死了，你再有多大的能耐也等于零，无法和大自然抗衡。我突然明白，南河村的人砍了树还挖了树根，开山采石材，淘沙挖黄金，为了几个狗卵子现钱，向自然界不知饱足地掠夺，难道说是终于在今天惹怒了老天爷和大地，是大自然对南河村的无情惩罚？"①

　　作家从5·12特大地震的灾难现场撤离出来，在过渡板房里对这场灾难进行一次深度书写和理性思考。作品不仅仅表现出慈悲、怜悯、良知等普世价值观，更重要的是表达对生命和自然保持一种敬畏，在这种敬畏中进行反思。"怎样把灾难和苦难的记忆变成一种对今后的警示，我认为这才是灾难小说书写的历史责任……我明白了这种书写，必须去思考和指向人类的生存与毁灭这个永恒的话题，要对人类的终极关怀进行大反思，力求达到对人类命运的思考。在书写技巧上，我努力去寻找虚构与非虚构之间的转述方法，去超越小说娱乐化、消费化的趋向，把生存环境的警示问题作为一种倾向具体描写，从灾难现场的情绪中挣脱出来，获得拉开灾难现场距离的思考。""地震小说思考地震与生物链，与动植物，与神秘文化，与历史的关系，是我在这次大地震前都已思考到了的问题。这之前，青川连续三年的特大洪灾，也是数百年难遇的。公路等基础设施毁了再建，建了再毁……人们已经在灾难中挣扎。我想问，有几个人记起过？自然灾害在不断地威胁着我们，曾几何时，我们是否也扮

---

① 　李先钺：《我前面桃花开放》，《青年作家》2010年第5期。

演过破坏自然生态的罪魁祸首？如果是，那灾害的根源还在我们人类自身。至少，面对自然灾害，我们也该痛改前非了！"①

　　自然灾害导致了生态环境进一步恶化，而生态环境的恶化引发并加剧了天灾，形成了一种恶性循环。"灾害除了对人类与人类社会产生危害性后果外，它对自然生态环境同样有很大影响，并通过自然生态环境功能结构的破坏反作用于人类与人类社会。"② 北方地区向来是我国生态环境比较脆弱的地区，一旦发生持续不断的干旱和饥荒，森林植被和野生动植物资源就会遭到巨大的浩劫。比如，陕北是我国三大生态环境脆弱带之一，土地沙漠化和水土流失严重，好多地方都是不毛之地，且遍地黄沙。1929 年西北大旱，引发了严重的大饥荒。张浩文的《绝秦书》对灾荒下的饥民惨象作了淋漓尽致的描绘，写尽了他们的苦难生活。灾民吃光了树皮、草根，猎杀了大批动物，而这些恰恰是万物得以生长的基础，生态链基本中断，严重地破坏了生态的平衡。就连地处中原腹地的河南也难逃一劫，史沫特莱在《中国的战歌》里就描写了这种自然灾害带来的生态恶果。1929 年，河南饥荒对生态环境造成了严重的影响，"饥饿所逼，森林砍光，树皮食尽，童山濯濯，土地荒芜。雨季一到，水土流失，河水暴涨；冬天来了，寒风刮起黄土，到处飞扬。有些城镇的沙丘高过城墙，很快沦为废墟"③。当然，我们不能站在今天的立场去苛责那些饥饿的难民，连树皮、草根也不让他们吃。夏明方先生道出了被人类同情所掩盖的一个残酷的现实："干旱引起饥饿，饥饿吞噬

　　① 李先钺：《我前面桃花开放·创作谈》，《青年作家》2010 年第 5 期。
　　② 曾维华、程声通：《环境灾害学引论》，中国环境科学出版社 2000 年版，第 21 页。
　　③ ［美］史沫特莱：《史沫特莱文集》（第一卷），袁文、梅念等译，新华出版社 1985 年版，第 48 页。

了植被，植被的丧失又招致更大的灾害，于是人类便在一轮又一轮因果循环的旱荒冲击波中加速了自然资源的覆灭，并有可能最终覆灭人类自身。"①

人类社会必须注意可持续发展，要学会尊重自然规律，不能毫无节制地掠取、支配自然，不能把人和自然截然地对立起来，否则只能破坏自然的生态平衡，遭到自然无情的"报复"。恩格斯在《自然辩证法》中的论述可谓切中肯綮："美索不达米亚、希腊、小亚细亚以及其他各地居民，为了得到耕地，毁灭了森林，但是他们做梦也想不到，这些地方今天竟因此而成为不毛之地，因为他们使这些地方失去了森林，也就失去了水分的积聚中心和贮藏库。"人类往往会为自己的幼稚行为付出沉重的代价，"我们不要过分陶醉于我们人类对自然界的胜利。对于每一次这样的胜利，自然界都对我们进行报复。每一次胜利，起初确实取得了我们预期的结果，但是往后和再往后却发生完全不同的出乎意料的影响，常常把最初的结果又消除了"②。

老鬼的长篇纪实小说《血色黄昏》讲述了"文革"时期下放的知青和复员军人不顾生态规律，大肆开垦锡林郭勒草原，造成了草原严重的沙化，导致了严重的生态灾难。"东面，大片大片新开垦的荒地长满了野蒿子，比人还高，马牛羊根本不吃。机务排日夜加班，五辆'七五'耗费上千吨油料所换来的——只是把河畔那块上等好草场退化成一片荒沙地！兵团的结局如此破败、凄然！好一片荒凉，荒凉得让人心寒，荒凉得不敢看，荒凉得想杀人！我们痛心，美丽

---

① 夏明方：《民国时期自然灾害与乡村社会》，中华书局 2000 年版，第 50 页。
② 《马克思恩格斯选集》第 4 卷，人民出版社 1995 年版，第 383 页。

如画的草原，绿草如茵的大平地，变成像狗啃的一样。"①

面对满目疮痍的草原，作者对当年那些无知、狂热的践踏自然的行为感到深深的悔恨。

> 空旷寂静的草原呵，你变得多么丑陋和荒凉！一片片牛皮癣般的黄沙侵蚀着你的光滑肌肤；一挂挂锋利的铁犁划开了你广阔的胸膛；无数个老鼠洞、灶火坑、车辙、电线杆、防火沟，在你秀丽的面容上留下许多麻点、疮疤……空旷寂静的草原呵，你古老的生命正被那遮天蔽日的黄沙一点一点吞噬！孤零零的茅草说明你毛发稀疏；举目皆是的盐碱地说明你伤口溃烂严重，裸露出白骨……可是你却一声不吭，默默忍受。只有当隆冬腊月，白毛风嘶吼的时候，才能隐约听见你粗嘎悲凉的歌声。锡林郭勒草原，请原谅我们的无知、狂热、残酷吧，我们往自己母亲身上撒了尿。②

杨志军的中篇小说《环湖崩溃》描写了人们大面积开垦青海湖周边的草原，造成了生态环境的恶化。宋学武的短篇小说《干草》讲述了人们大肆开垦草甸子，遭到了自然的惩罚和报复。"不知道是人们终于不满足草甸子那些微薄的馈赠呢，还是草甸子突然不满意人们对它的苛刻要求。那年秋天打完草，一支疲惫的队伍开到草甸子上，翻地造田，打埝挖渠，尽管草甸子的根须盘根错节，密密团团，紧紧地和土地扭结在一起，但还是被翻到外面。雨水一冲，白花花的，太阳一晒，灰秃秃的，整个草甸子呈现着狰狞、丑陋的面

---

① 老鬼：《血色黄昏》，中国工人出版社1989年版，第598页。
② 同上书，第635页。

孔。善良的人们原以为，这样一来，一甸子碧草会奇迹般地变成一畦畦稻田，结果由于缺乏水源，第二年不仅颗粒无收，连草也不长了，代之而来的是一丛丛马莲，一片片盐碱。这是人们对大自然的戏谑和摧残，也是大自然对人类的惩罚和报复。可是，有什么办法呢？那年月，庄稼人、草甸子，都不能自己主宰自己的命运。"①

在严重的生态危机之下，许多作家都创作出了呼吁保护环境、珍爱自然的生态文学作品。报告文学方面有徐刚的《伐木者醒来》《守望家园》《沉沦的国土》《江河并非万古流》及陈桂棣的《淮河的警告》、岳丘非的《只有一条长江》，都从不同视角揭露生态危机的现状，展示中国生态危机的严酷事实。胡发云的《老海失踪》、张抗抗的《沙暴》等小说反映了乱砍滥伐及大肆捕猎所带来的森林、草原的生态恶化。

人类在现代理性的驱赶下，一味地追求发展，丧失了对大自然的敬畏之心，造成生态环境的急剧恶化。王英琦感叹道："让我们怀着虔诚之心，向地球母亲深深忏悔吧！让我们恢复对神圣的太阳、月亮、星星的敬畏感吧——让我们挚爱每一棵树，每一根草，每一条河流，每一寸土地，每一个有情众生吧！愿'生态宗教'，成为全人类的共同宗教。"②

---

①　宋学武：《干草》，《1984 年全国优秀短篇小说评选获奖作品集》，作家出版社 1985 年版，第 13 页。

②　王英琦：《愿地球无恙》，高桦主编《碧蓝绿文丛·散文卷·愿地球无恙》，中国环境科学出版社 1997 年版，第 7 页。

第三章　当代自然灾害文学书写中的人与社会

　　面对巨大的自然灾害，我国一般都采用举国体制去高效应对，体现出全民动员的社会主义制度优越性。灾害不仅表现出自然属性，同时还具有其社会属性。在非常年代里，自然灾害的社会属性会加剧其危害程度，如通海地震、唐山大地震、三年自然灾害期间就有很多人祸的因素，致使灾害愈演愈烈。但正如老子所云："祸兮福之所倚，福兮祸之所伏。"从辩证法的角度来看，自然灾害带给人类的不尽是苦难，有时还会给人们极大的警醒与启示，促使人们重新审视当下社会生活，设法改进不合理的现状，从而获得精神意义上的解放和新生。

第一节　应对大灾的举国体制

　　面对 1998 大洪水、南方雨雪冰冻灾害、汶川大地震等巨大自然灾害时，中央政府往往会举全国之力，采取"举国体制"的工作机制来应对大灾大难，从顶层设计来安排防灾、抗灾、救灾及灾后重建等工作。学者谢永刚、高建国认为"举国体制"是指以国家利益为最高目标，动员和调配全国有关的力量，包括精神意志和物质资源，攻克某一项世界尖端领域或国家级特别重大项目的工作体系和运行机制。"举国体制"是我国抗击巨大灾害经常使用的可操作性强、反应灵敏、效率高的法宝，取得了显著的成效，充分体现和证明了社会主义制度"集中力量办大事""一方有难、八方支援"的优越性。①

当自然灾害发生时，社会主义制度下的全民动员效果非常显著，时常涌现出全民抗灾救灾的生动场景。冲在第一线的往往是我们英勇的人民子弟兵，报告文学《汪洋中的安徽》就描写了一群军校学生抗击洪水的英勇行为。1991 年 7 月 10 日，合肥市南淝河汛情告急。合肥炮兵学院毕业班的一百多名学员已经办完离校手续，但他们得知险情后二话没说，在学院干部带领下和其他学员一起开赴抢险前线。在风雨交加的寒夜里，他们忍冻挨饿，出色地完成了加固堤坝的任务。他们原定于 7 月 12 日举行毕业典礼，为了支援地方抢险，毕业典礼只能取消了，他们整天奋战在防洪抢险的第一线，以特殊的方式在洪水中完成了自己的毕业典礼。子弟兵们为了抗洪救灾做出了巨大的牺牲，忍受了难以想象的痛苦。他们日夜奋战，渴了就喝一口泥浆水，几天几夜不吃不睡觉也是常有的事。某舟桥团二营在向颍上县灾区开进途中，56 个小时没吃饭、没睡觉。驾驶员十分疲劳困乏，为了提起精神，就不停地抽自己耳光，或者咬上几

---

①　参见谢永刚、高建国《我国重大灾害救援与重建的举国体制及其评价》，《中国井冈山干部学院学报》2013 年第 3 期。

口辣椒，有的还用针扎自己的大腿，有的实在坚持不住就用火柴棒把眼皮撑起来。他们用自己的行动为抗洪抢险交上了一份令人满意的答卷。

1998年，一场涉及29个省区的洪涝灾害疯狂地向华夏大地席卷而来。这次洪灾水量之大、水位之高、涉及范围之广、持续时间之长都是史无前例的。全国受灾面积达3.18亿亩，成灾面积达1.96亿亩，受灾人口有2.23亿，倒塌房屋497万多间，直接经济损失达1666亿元。水运宪的报告文学《对水当歌——湖南'98抗洪抢险回眸》描写了湖南全省抗洪抢险的始末，生动地再现了人们用血肉之躯与暴涨的洪水搏斗的真实情境。

湖南洞庭湖脚下的团洲垸是全省的高产棉基地，有钱粮湖农场、华容县城、君山农场、建新农场等50多万亩耕地及100万人口。21千米的团洲垸防洪大堤为人们构筑起了第一道防线，但这道防线在1998年7月28日却险象环生。在24小时之前，洞庭湖洪峰在这里肆虐横行，水位超过历史最高水位1.01米。大堤一天之内出现23次险情，水位居高不降，险情不断涌现。28日子夜，团洲垸上空突然电光闪烁、惊雷滚滚，顷刻之间暴雨倾盆。湖面刮起6级以上的大风，掀起两米多高的巨浪，以雷霆万钧之势猛烈地撞击着大堤。高水危堤最怕的就是起大风，铺在堤坝上防风挡水的彩条布被大风卷向半空之中，洪水急不可耐地往堤身的裂缝里钻，团洲大堤发出一阵阵的颤抖。岳阳市防汛抗洪总指挥、市委书记张昌平率先冲上大堤，扛起一百多斤重的沙袋扑到堤边，压住那些被狂风掀起来的彩条布。他心里非常清楚，在这种紧急关头只有挡住风浪对堤身的冲刷，大堤才有可能保住。可风浪实在太大，堤坡又陡又滑，彩条布好不容易被沙袋压住，巨浪又把它鼓起来，眼看就要被大风掀走。有几段堤身已经下陷，大堤危如累卵，而此时狂风携带着暴雨越来越猛烈，大风把抢险的人群拼命往水里推。浪头越来越高，向人们猛扑过来时，仿佛张开血盆大口要将人们吞噬。并且洪水在吞噬人之前还要尽情玩弄一番，就像猫用利爪玩弄掌中的老鼠一般。团洲垸的人被凶猛的洪水给激怒了，决心与滔天洪水决一死战。千钧一发之际，乡干部毛绍同、团胜村支部书记毛爱民一下跳进洪水之中，紧接着一条条身影争先恐后地扑向洪水，冲天的怒气使他们来不及权衡得失。在风雨晦暗之中，人们把自己当成沙袋抛了出去。这些勤劳朴实的农民以一身热血和满腔正气赴汤蹈火，眼皮都不眨一下。对这些农民来说，他们的命是脚下的土地、是自己的家园，抛洒出去的只是血肉，夺回来的才是性命。在这样一个难忘的子夜，3000多名抢险队员跳进汹涌的洪水中，他们手拉手，肩靠肩，硬是用自己的身躯筑起一道防风挡浪的血肉长城。他们咬紧牙关，这道血肉长堤一直在风浪中屹立着，5个多小时过去了，狂风暴雨只得悻悻败退而去。

2003 年的非典阻击战更是一场全民投入的宏伟战役，柳建伟的《SARS 危机》对此作了充分的描绘，塑造了一群团结抗争的集体主义人物形象。既有大无畏的医护工作者形象，也有坚持独立思考的科学家形象；既有坚守职业操守的新闻记者形象，还有无私奉献的政府官员形象。在非典还未降临到平阳之前，医院里的医护人员没有太多的忧患意识，以致"非典"到来之后措手不及。医院的设施非常简陋，没有足够的能力去应对疫情。医务人员对于非典也没有全面的了解，当 SARS 降临到平阳时，他们同普通市民一样充满了对未知的恐惧。他们还不无讽刺地将警惕性很高的新闻记者们轰出医院，有的人还不相信 SARS 已经降临到这座城市了。朱全中医生的出现让他们确定 SARS 的降临，"值班室突然静极了，七、八双眼睛在那一刹那间溢出的都是恐惧"①。经历了一段时间的心理准备，一些护士被感染 SARS 之后，他们反而表现出乐观向上的态度。随着 SARS 疫情的逐渐扩大，一些医务工作者不满足于在一般岗位上的工作，要求奋战在一线上，希望成为真正的"白衣战士"。朱全中是其中一个典型，他一开始到北京去查看 SARS 的具体情况，回来之后就开始奋战在一线。他提出了很多务实性的建议，即使被院长否决也决不放弃，最终因公殉职。妻子尚红云听到丈夫因公殉职的噩耗后仍然坚持工作，表现了医务工作者的可敬、可爱。以张春山、蒋彦永为代表的科学家在这场战役中也起到了至关重要的作用。张春山是副市长张保国的父亲，是平阳一大的病毒学博导，凭借着职业的敏感性，他一开始就察觉到这次的 SARS 非同小可，一直留意着广东及北京的情况。"如果 SARS 的首发病例真在中国，它既然可以传播到美国和加拿大，它肯定就能传到 H 省，传到平阳市。想想有着十分完备的 CDC 系统的欧美各国都已经如此惊慌，张春山坐不住了，他决定不再上蹿下跳为控制中心找钱找房子了，先集中精力弄清 SARS 是怎么回事再说。"② 他与胡剑锋一直处在忧患之中，一直提醒着自己的儿子要留心这种疾病，还到省第一人民医院去查看设备。他一开始就主张要未雨绸缪，把压力压在儿子身上，希望通过儿子可以让 SARS 得到有效的控制。遗憾的是他的儿子也无能为力，疫情

---

① 柳建伟：《SARS 危机》，作家出版社 2003 年版，第 190 页。
② 同上书，第 28 页。

越来越严重了。解放军三一医院离休主任医生蒋彦永的采访发表之后，他为自己的无所作为感到羞愧和忏悔。一个外科医生都能意识到这次疫情的严重性，敢于讲真话，而自己作为一个病毒学专家却一直在观望。他写下了万言书，提出了自己的一些建议及解决方法，决定同儿子张保国一起不惜任何代价也要让疫情得到遏制。一些科学家或许早就了解到疫情刻不容缓，但是却畏惧权势一直在观望，他们不仅与病毒作斗争，同时还要反抗世俗权威，最后他们战胜了自己。

SARS 来临之时，不畏权势坚持自己职业操守的还有新闻记者丁美玲。丁美玲是副市长张保国的女朋友，在省会城市电视台做了四年电视节目的主持人，在平阳市可以说是家喻户晓。SARS 降临这座城市之前，凭借着自己的职业敏感性，她同助手吴东跑到省第一人民医院里去采访那些感冒发烧的病人，并在报纸上提出了自己的一些建议。这些建议导致市民恐慌，抢购板蓝根风潮让丁美玲受到了批评，采访工作也受到了阻碍。丁美玲并不因此而放弃，她随后陪同张春山去看望 SARS 病人，并记录下了 SARS 期间的一些事件，获得了珍贵的资料。她还利用人际关系适时了解外界 SARS 的情况，张春山的万言书也是在丁美玲提供的外界信息的刺激下而写出来的。她还冒着生命危险去采访记录 SARS 病人的情况，这是需要极大的勇气才能完成的。一开始她同其他人一样面对疫情的扩大束手无策，也没有采取什么措施去挽救这种局面。她担心一旦疫情的信息被自己传播出去，自己的前途也会变得十分堪忧，直到后来张春山因悔悟要写下万言书，她才决定冒着"生命危险"讲出实情，表现了一个记者在大灾大难面前的无私无畏与执着坚守。

小说浓墨重彩书写了为人民无私奉献的副市长张保国的形象。他是一个兢兢业业、脚踏实地的政府官员，在"非典"疫情防治上发挥着极其重要的作用。他起初同他的父亲一样畏惧权威，担心殃及自己的社会地位，随着疫情的逐渐告急，他认识到自己这种畏首畏尾的做法根本不能解决实际问题，于是就同父亲一起去上访，这需要很大的勇气。因为有一个病毒学专家的父亲，张保国对非典保持着高度警惕。他一方面要处理 SARS 疫情的危机，一方面还要处理市民的恐慌情绪。随着疫情的逐渐扩大，他意识到隐瞒疫情百害而无一利，就向提拔自己的上级王长河报告，希望能够采取一些措施。可惜王长河一味地发展经济，对疫情的严峻性认识不足，张保国吃了个闭门羹。朱全中的死亡、蒋言永的报告、疫情的泛滥使得张保国意识到自己必须做出实际的行动，他就同自己的父亲一起到省委书记张裕智和省长郭怀东那里递交了父亲的万言书，张书记的一句话正是作者所要强调的精神："张院士，是走向团结，还是走进孤独，SARS 让我们必须做出抉择。我们选择了团结，握手吧。"① 张保国从一开始的犹犹豫豫到后来的坚持，即使得罪自己的上司也一定要说真话，让平阳能够真正地健康起来，当然这种健康不仅是身体上的健康，还有心理上的健康。在张保国的努力下，政府官员走向了团结，即使是王长河面对自己的职务被免，最后还是选择了团结，帮助张保国安心指挥防治 SARS，自己则发挥着经济管理的强项，调整物价，稳定平阳经济。在他们的共同合作下，平阳市顺利地摘下了疫区的帽子，取得了抗击"非典"的胜利。

　　除了在虚构的文学作品中看到这样一群一心为民的政府官员，

---

　　① 柳建伟：《SARS 危机》，作家出版社 2003 年版，第 305 页。

在现实生活处处都能见到这样的身影。陈启文的《南方冰雪报告》高度赞扬了胡锦涛主席、温家宝总理在南方冰雪灾害发生后的担当与作为。胡锦涛主席亲自下到煤矿叮嘱拜托矿工，这是一桩多么细小但又关乎破冰抢险的具体细微的事情。"他说，现在灾区需要煤，电厂需要煤，我们心急如焚，寝食不安！"这是国家最高元首胡锦涛主席下到煤矿和矿工们所说的一句平实的话。"他来了。凌晨的长沙，已是冰雪中一个迷茫的轮廓。最清晰的是踩着冰雪的总理一步一步走近的脚步声。""今天面对你们，我无法用更多的言语来表示安慰，我给你们鞠个躬吧！"这是温家宝总理在虔诚地凭吊为除冰抢险而不幸殉职的三名电工。在国家主席与普通矿工亲切的交谈中，在国务院总理弯腰鞠躬的身影里，我们感受到了领导者深入民间、关注民生疾苦的高尚情怀。这是国家之幸，也是百姓之福。湖南省委书记张春贤上任之前为交通部部长，他做出了一个大胆的决策"京珠高速大分流"，引导数十万滞留在京珠高速公路上的车辆绕道衡枣高速，打通了经广西到广东的第二条南下通道。他和省长周强冒着凛冽的寒风走上京珠高速，耐心地开导劝说司机，为他们指引回家的道路，谱写了一个冰雪中广为流传的佳话："走衡枣，回家早！"此外还叙述了郴州市委书记葛洪元高瞻远瞩做出了"保路"的决策、郴州市市长戴道晋成功化解了"大爆炸危机"，株洲市市长王群经历了"冰闪"事件。这些国家公职人员都身先士卒为了抗冰保电而寝食难安，直至献出了自己的生命，如全椒县下堡派出所的廖国兴、桃源县西安镇副镇长鄢志刚、庐江泥河镇副镇长的徐翠萍等。从上至国家主席，下至基层公务员，无论是作为国家机器的主轴，还是微小的螺丝钉，他们都在为同一个理念而奋斗，那就是为人民服务。除了这些无私奉献心系群众的政府官员外，还有一大群小人物，其中有困守机舱还不忘抚慰乘客的乘务组长，有像信号灯一样的扳道工，还有知恩图报的唐山农民志愿者等，他们在政府官员的背后强有力地支撑起南方冰雪的晴朗天空。正是全民携手，同舟共济，我们才能化解一次次的自然灾难。

第二节　灾害下的人祸因素

灾害不仅仅具有自然属性，同时还有社会属性。灾害往往还夹杂着人祸的因素，有时人力借助自然之势，致使灾害愈演愈烈。在非常年代里，人祸的因素往往更为严重，如通海地震、唐山大地震、三年自然灾害期间就有很多令人不可理喻的事情发生。

通海地震发生时，许多人认为是爆发了核战争，造成了生命救助的延宕。1969 年，东北边陲发生了珍宝岛战役，使得整个中国都处于战争状态下，备战备荒的宣传运动深入人心。地震后绝大多数人都认为是发生了战争，是原子弹打到了村里。在他们的想象中只有战争才会有这么大的破坏力，才能造成那么多人的死亡。这些错误的认识，使许多农村干部和群众没有采取相应的急救措施，导致许多身处废墟之下的人失去了最佳的救援时机，被死神拉了过去。当时的高大公社革委会主任李祖德在一份材料中说："强烈地震发生后，我家里 10 口人全埋在倒塌的土墙底下。一个念头在我脑里闪现，是不是帝、修、反搞突然袭击，对我国发动了侵略战争？我是公社革委会主任，应立即召集民兵投入战斗。"① 高大乡一位民办教师举着火把去学校的废墟里抢救亲人，寻找妻子和儿子躺着的位置。当他找准方位并听见妻儿的响动时，外面来了一个人把火打熄，还气势汹汹地呵斥道："谁点的火？快打熄，不怕敌人来空袭吗?" 他只好又跑到外边重新点火，但外边的塘火也被打灭了。他急忙捡起一个红的柴头，跑到学校找来一些报纸点燃，趁着火光开始刨人，这时又来了一个人命令他把火熄灭。如是几次，报纸烧完了，火种也没了。天地一片黑暗，他再也找不到学校的位置。天色微亮时，他看到自己的房间全被余震震倒了，妻子、儿子被压在楼盘底下，上面全是墙土瓦片。他刨开一看，是两具一大一小的尸体。一位地震区的妇女也回忆说："那天晚上，不准我们点火，不准哭喊，不准救人，叫我们活着的人赶快逃到山里，躲起来。直到第二天，有人说是地震，不是战争，有人来支援我们了。我这才从山上返回。但我的两个亲人已被埋死了。"②

在通海地震的具体救灾行动中，人的生命还抵不过牲畜与"红宝书"。翻看当年的《抗震战报》及《抗震斗争英雄谱》，便会发现一些难以置信的宣传事迹：

> 李某某从土墙堆里、乱瓦底下挣扎出来，身体被严重压伤，胸脯肿痛，头昏眼花，站立不稳，跌跌撞撞地用手指从倒塌的房屋下刨出了红宝书。

> 强烈地震发生后，九街公社金山大队第二生产队 60 多岁的

---

① 杨杨：《通海大地震——一个人的回忆与调查》，安徽文艺出版社 2010 年版，第 197—198 页。

② 同上。

共产党员贫农老大妈吴元珍的房子被震倒了。她首先想到的是毛主席的光辉塑像、画像。她不顾生命危险，抢出了解放军赠送给她的两座毛主席的光辉塑像，反转身又冲进屋去，把红彤彤的《毛主席语录》抢了出来。这时，她又想起毛主席的画像还贴在墙上，必须取下来！她第三次冲进屋去，余震突然发生了，哗啦一声，震塌的门板砸伤了她的手臂，她忍住疼痛，飞快走到屋子中央，把墙上的毛主席画像取了下来。后来，有邻居关切地问她伤得怎么样？她说："毛主席是我们贫下中农的大救星，是我最亲的亲人，为了抢救出毛主席的光辉塑像，就是刀山火海我也要去闯！就是死了也心甘！"

九街公社九街大队第 5 生产队的饲养员杜映芬被震垮的屋梁土坯沉重地压在下边。地还在震，她隐隐听到外面有人来抢救的声音。在这生死关头，一心为公，一心为集体的饲养员杜映芬，脑子里想的不是自己。她想："农业要增产，离不开大牲畜。"她一心挂念着自己喂养着的生产队的那 3 头大牲畜的安危。人们赶来抢救她时，杜映芬在沉重的屋梁土坯底下焦急万分地说："你们赶紧去抢救队上的牛马，不要管我！不要让集体财产遭受损失！"贫下中农深受感动，不怕危险，迅速把她抢救出来。她脱险后，不顾家人还埋在土里，强忍着被压伤的疼痛，赤着脚，直奔畜厩。由于跑得太快，她的脚被椽子钉一下戳个对穿，血流不止。但她一步不停地赶到畜厩。她咬紧牙关，默念着："下定决心，不怕牺牲，排除万难，去争取胜利。"当她看到 3 头大牲畜还活着时，顿时感到无比高兴，迅速排除障碍，把牲口牵了出来。天亮后，人们发现在杜映芬走过的路上留下了斑斑血迹。①

唐山大地震中也出现了诸如此类的现象，比如，诗歌《贫农张大叔》就描写了贫农张大叔在地震中冒险跑回屋里抢救毛主席像的情形。

> 贫农张大叔，
> 刚被救出屋，
> 扭身又往屋里跑，
> 谁也拉不住。
>
> 急了一头汗，
> 滚了一身土，
> 怀里抱着毛主席像，
> 大步又跑出。
>
> 眼里泪花闪，
> 心里热乎乎：
> "敬爱的毛主席啊，
> 您是咱的主心骨！"②

杨杨在整理四十年前通海所谓的"先进事迹"时发现，即使是那些还活着的当事人对此也有恍若隔世之感，更不用说年青一代了。但在那个时代，这些先进事迹却是一种庄严神圣精神的写照，是强

---

① 杨杨：《通海大地震——一个人的回忆与调查》，安徽文艺出版社 2010 年版，第202—205 页。

② 刘维仲：《贫农张大叔》，《震不倒的红旗》，人民文学出版社 1977 年版，第27 页。

大的精神动力的真实注解，是那个时代合乎逻辑、合乎情理的政治生活和政治热情的体现，是需要宣传并使之成为众人行动的指南，无论是受苦受难的灾民还是抗灾英雄，都一起加入到集体的精神狂欢之中。

在通海灾民最需要食品、衣物等物质援助之际，毛泽东思想成了名副其实的最大的"精神支援"。通海大地震造成的经济损失高达 38 亿元，而通海县前后收到全国各地的捐款仅为 9673.9 元，而各地源源不断地送来的是数十万册红宝书、数十万枚毛主席像章、143514 封慰问信，也就是说人口只有 16 万人的通海几乎每个人都能得到一封这样的慰问信。在灾民最需要食品、衣物等物质援助之际，"一方有难，八方支援"成了名副其实的"精神支援"。究其原因，一方面是因为国家处于紧张的战备状态，加之"文革"时期社会混乱，生产锐减，物资奇缺，国民经济濒临崩溃的边缘，国家拿不出更多的物资和经费来帮助灾区；另一方面就是人为地压低震级、掩饰灾情，拒绝国际社会的人道援助。"国家当时对国际援助的态度是：我们感谢外电，但不要他们的物资，我们这么大的国家，内债、外债都没有，我们不向他们化缘。我们要自力更生，艰苦奋斗，发展生产，重建家园。"[1] 面对灾难，过分夸大灾民的自救能力，宣传"精神原子弹"的威力，认为什么都不可怕，什么都可以战胜，提出"三不要"（不要救济粮，不要救济款，不要救济物）和"三依靠"（依靠战无不胜的毛泽东思想，依靠自力更生、艰苦奋斗的革命精神，依靠集体的力量来发展生产，

---

① 杨杨：《通海大地震——一个人的回忆与调查》，安徽文艺出版社 2010 年版，第 210 页。

重建家园）。在此情形下，高大公社喊出了"一颗红心两只手，自力更生样样有"的口号。

于是，灾区人民一方面忙着抗震救灾，另一方面还要牢记阶级斗争。许多照片都反映了解放军与灾民一起学习《毛主席语录》及军民忙着备战的情形。云南省革委会主任、省军区司令员谈甫仁在通海地震灾区的群众大会上讲话时说："这一次我们通海地区遭受了严重的地震灾害，在这个抗震救灾的战斗中，我们看得很清楚，有一些叛徒、特务、死不改悔的走资派和没有改造好的地、富、反、坏、右，他们趁着我们遭受了一些损失，受到了一些灾难，就从中进行破坏活动，挑拨离间，他们要变天，企图要把我们夺得的政权再夺回去。因此，要求同志们提高警惕，严防反革命分子的破坏活动，对那种人，要实行无产阶级专政，只准他规规矩矩，不许他乱说乱讲，在必要的时候，派民兵把他们监视起来，加强对他们的专政。因为这些坏家伙，你不斗他，他要斗你，你不整他，他要整你。我们千万不要忘记阶级斗争，越困难的时候越要抓阶级斗争这条纲，狠狠打击反革命分子。"①

唐山大地震中这种一边救灾，一边不忘阶级斗争的情形也是屡见不鲜。比如，诗歌《照我识别走资派》就描写了人们地震中举办抗震夜校大批走资派的情形。

抗震夜校办起来，

马列主义刻胸怀，

点亮心头一盏灯，

---

① 杨杨：《通海大地震——一个人的回忆与调查》，安徽文艺出版社 2010 年版，第212—213 页。

照我识别走资派。①

在这种"精神支援"和貌似强大的"精神力量"背后却是残酷的事实：

饥饿、寒冷、冰雹、大风、雷电，许多人被冰雹和雷电击毙，狂风把简易的茅草房、油毡房连同木柱一起刮飞、吹倒。而且简易住房多用稻草、油毡铺顶，多家一幢，成排建房，屋内马灯、锅堂、床铺杂乱，容易失火，余家河坎村失火，烧29户；四街、观音村失火，各烧10余户；新街失火，延烧一大片等等，惨不忍睹，触目惊心。②

长期的战争环境导致了中国人一贯的战争思维方式，在地震救灾中也不例外。唐山大地震发生在1976年那个特殊的年代里，那时还处在一种"文革"思维模式之中。"抹满了某种强烈的政治色彩——政治的气候，政治的人，政治的思维方式和行动方式，被政治渗透了一切。"③ 比如，中国拒绝了来自友好阵营和敌对阵营的一切外援。地震发生后，许多国家都表示出友好的态度，准备对中国进行援助。可是我国没有向任何国家提出求援，中国外交部说中国人民正在毛泽东主席和中国共产党的领导下进行抗震救灾工作，中国人民决心以自力更生精神克服困难。《华盛顿邮报》评论道："看来，最坚决地献身中国革命的那批人，以一种西方人难以理解的方

① 王俊：《照我识别走资派》，《震不倒的红旗》，人民文学出版社1977年版，第57页。
② 杨杨：《通海大地震——一个人的回忆与调查》，安徽文艺出版社2010年版，第211页。
③ 钱钢：《唐山大地震》，解放军文艺出版社1986年版，第172页。

式，把这场革命看成了一场非常之长的战争。"中国政府的做法不仅令西方人无法理解，即使是那个时代过来的人再回头去看也觉得不可思议，那是我们的失策。当时参与救灾的北京军区副政委、后任国防部长的迟浩田说："多少年后才知道是干了大蠢事！自然灾害是全人类的灾害，我们每年不也都要向受灾国家提供那么多的援助么！"这其中的缘由耐人寻味，中国长期的战争环境导致了国人一贯的战争思维方式，这在陈思和先生的文章里有过精到的分析。面对强大的苏修和美帝国主义，中国共产党及其所领导的军队处于弱势地位，人们习惯拔高精神力量的重要性，加上长期盛行的"极左"观念，使得人们把抗震救灾工作也看作是一场战争，要在这场战争中显示出长期被压抑的自尊心，表现中国人民自力更生的坚强信心，在世界面前彰显中国的强大形象。

三年自然灾害时期造成了大面积的灾荒，饿死了几千万人，其中的人祸因素更为惨烈。刘庆邦的长篇小说《平原上的歌谣》为我们打捞起那段难忘的饥荒记忆，试图去解析灾荒的成因与真相。他在后记中说："我按捺不住自己的记忆和冲动，一直想写一部长一点的小说，来记述那段生活。我暗暗对自己说，你不写这部小说，就对不起那些饿死的人和那段历史，也对不起自己的良心，一辈子都白活了。二十四年之后，我终于写出了这部在我心底埋藏已久的《平原上的歌谣》。"小说以文凤楼的黄牤牛饿病了为开端，讲述了1959年前后发生在河南平原大地上的故事，写出了一个个在饥荒中挣扎的生命。"食堂的午饭就是用大铁锅熬的菜汤子，里面放点儿干红薯叶和白萝卜条，搅点儿红薯干面浑浑汤。"人们挖茅草根，在黑暗的掩饰下偷食死牛肉。"牛身体的各个部位都有人下家伙，可以说他们各显其能，把十八般兵器都用上了。他们不争执，不说话，重要的事情是在于行动。他们像是变成了哑巴，变成了一群争食的兽物。"只要能弄到吃的保住性命就行，人人想的都是如何活命，别的啥念头都没有。饥饿不但折磨人的肠胃，也消磨人的文明意识。饥饿消磨了男人的豪迈和尊严，也抹去了女人的温柔和贞洁。文钟祥饿死了，一大批村民也得了浮肿病。到处都是逃荒的人，到处都是死亡的阴影。为什么会发生这种严重的饥荒，饥荒的原因不是天灾而是人祸。"这地方如此缺粮食，缺吃的，有的人已经饿死，有的人眼看也要饿死，并不是这里遭遇了什么自然灾害。两三年来，这里没有旱灾，没有涝灾，也没有蝗灾。天该热就热，该冷就冷，该下雨就下雨，该刮风就刮风，称得上风调雨顺。"饥荒的原因完全是"放卫星""扫暮气""拔白旗"造成的。社会主义大跃进号召人们打破常规，与天斗，与地斗，与人斗。于是，世世代代只适宜种旱田的文凤楼改种水稻和莲藕。在绵绵秋雨中也要赶削红薯片，导致满地都是发霉发黑的红薯片，白白糟蹋了一百多亩的红薯。大跃进要求人们大干、苦干、拼命干，上级命令各村要在一夜之间将地里的红薯都出完，然后全部种上麦子。人们连夜拔起长势正好的红薯秧子，然后像犁地一样草草地翻出地下的红薯。由于天黑看不清，大部分红薯被丢弃掩埋在泥土里。由于害怕被"拔白旗"，人们明知这样的抢收抢种不但糟蹋红薯，麦苗也长不起来，但也只好硬着头皮去执行，造成了粮食的大量浪费和减产。大跃进之后，各地开始"放卫星"——一颗棉花结了九十九朵，一颗红薯重达一百多斤，一头猪长到一千斤。一个又一个的高产卫星使得农民的粮食几乎被征购一空，但没人敢站出来说上报的产量是虚假的，那样会被认为是否定大跃进，给社会主义抹黑，就要被"扫暮气"接受体罚。正是这么多人祸因素加剧了文凤楼村的饥荒，人们只能靠榆树皮、蛐蛐等东西来代替食物填饱肚皮。

杨显惠的《定西孤儿院》也将三年自然灾害的人祸因素一一作了揭示。"1958年大跃进，1959年持续更大的大跃进，吹牛皮吹得更大，征购粮任务比1958年还重，全县的征购任务没完成，从家家户户搜陈粮交征购呢。他们拿着矛子、斧头、铲子满墙扎，地上打，听音，房子、院子里想到哪儿就挖哪儿，挖了三天三夜。"大跃进之后开展的反瞒产运动，让本来就遭到高额征粮的农民的粮食储备量更加减少。农民想尽一切方法把仅剩下的口粮藏起来，但还是被村干部带人强行搜缴上去，公共食堂也由于缺粮而被迫解散。没有吃的，饥饿的农民只好外出逃荒，但逃荒的路又被堵死了。"公社有规定，社员不许外出逃荒，那给社会主义丢脸，给公社干部丢脸。"于是，大部分饥民只好在家里熬着，到处寻找树皮、草根、骆驼蓬等来充饥。人们被饥饿折磨得极度虚弱，甚至连活动的力气都没有。有的人的亲人死在炕上，活着的人根本无力把尸体搬下炕，只能任其腐烂变臭，自己也静静地躺在炕上等死。

除了极端年代下会有这样的人祸因素，在正常年代里也会出现或多或少的人为因素，加剧了灾害所造成的后果。柳建伟的《SARS危机》里的市长王长河对非典认识不足，只求经济效益，加速了非典疫情的扩散。王长河作为一市之长，在发展经济方面有很强的领导能力，为平阳的发展做出了重要贡献，但是在面对SARS时，他的表现却令人十分失望。为了吸引外国客商，他在媒体上宣称平阳市没有"非典"，而后又在《平阳新闻》上对市民及国外的媒体宣布中国是安全的，没有所谓的 SARS，有的只是急性春季呼吸道传染病。不顾防疫基础设施简陋的实情，他狂妄地表示即使 SARS 来到平阳也不可怕，平阳有足够的防治能力。他口中的所谓急性春季呼吸道传染病其实就是 SARS，为了吸引客商，刻意隐瞒非典的严重疫情，视人民生命为儿戏。他听不进别人的建议，也意识不到自己的错误，觉得目前最需要解决的不是疫情而是经济。他认为自己一心为这座城市，为了经济的快速发展，自己牺牲了很多。为了一点小小的疫情不顾自己多年给这座城市带来的效益，他是十分不服。直到女儿王敏得了 SARS，他的思想才有所转变，意识到自己对 SARS 的处置不力。

小说中另外一个在 SARS 期间犯有严重渎职行为的是第一人民医院院长钱东风。他一意孤行，经常利用职权打压下属。张春山院士巡查医院时就提醒他医院里的设备不齐全，要尽量改善设备，同时要多加注意最近出现的"非典"。他对此置若罔闻，没有提前做好预防 SARS 工作，医院各部门对待 SARS 都没有足够的心理准备。他一味相信媒体，完全没有防御意识。医院病房里无故多了那么多感冒发烧的病人，他仍没有丝毫的警惕，让病人们混住在一起，导致不少医护工作者和其他病人不幸被传染。SARS 发生之后，他相信以自己的力量可以解决，不听朱全中医生的建议，瞒报疫情，并自作主张地宣称只是急性春季呼吸道传染病。在 SARS 期间，他仍没有安排好病房及医疗器械及设施等问题，组织方案严重滞后。不尊重病人的知情权，病人没有足够的治疗经费竟被允许出院，不仅置病人的生命安危于不顾，而且危害他人的生命，导致疫情进一步扩大。钱东风为了自己的地位和面子，完全不顾别人的死活。医生朱全中不幸染上了 SARS，但钱东风仍不知疫情的严重性，仍相信自己的力量可以解决一切，不了解医院已经无法承受 SARS 带来的伤害了。正是这些人为的因素，致使非典愈演愈烈，一发而不可收了。

第三节　灾害下的社会变革

自然灾害有时带给人类的不仅仅是苦难，还会带来其他方面的警醒与启示。面对严重的自然灾害，人们的精神无疑会受到极大的震撼，勇敢地和灾害作斗争，积极地进行抗灾救灾，重新思考当下的生活，在精神上获得解放和新生。

李尔重的长篇小说《战洪水》描写了人们在自然灾害面前心灵的巨大变化。女大学生林丽平时不知道劳动是怎么回事，闲居在家，每天就是梳洗打扮，生活大都是由丈夫尹慧琛服侍。但在火热的救灾场景中她受到鼓舞，抱着冒险的心情走进疗养室服务受伤的救灾人员，受到了防汛战士的称赞。"三天来，林丽好象经历了新的十年。她好象第一次接触到这个世界。只有在这个世界上，才到处表现了人的力量，人和人之间才谈得到感情和正义。……劳动的人们创造了财富、创造了一切，那些享受这些财富的人却把工人、农民说成是粗野、无知。而今天，林丽第一次从和罗太婆、华二姑、陆凤兰等的接触中，体会到了相反的感情。过去的三十年岁月，象一团暗淡的乌云，被这阵狂风吹走了。"① 从此以后，林丽开始了新的

---

① 李尔重：《战洪水》，陕西人民出版社 1979 年版，第 273 页。

生活。同样两耳不闻窗外事的蕴珍先生作为慰问团成员来到了抢险大堤之上，"满堤上尽是舍生忘死、为国为民、急公好义的人，这些人不是用枪杆子逼着干的——反动派杀人也逼不出这样的场面；这些人也不是用金钱买着干的，他们不为虚荣，他们不争名誉，他们脚踏实地，扎扎实实，诚心诚意，为大家办事"①。面对数不清的工人、农民、解放军、学生、营业员，一个个都是那样的崇高和善良，蕴珍先生看到了以前没有看到过的景象，感觉自己踏入了一个崭新的境界。随着接触到越来越多的感人事迹，引起了他无限的感慨。"他现在才明白：自己确实第一次踏进了这样一个世界。这个世界是个充满劳动、战斗、团结、友爱的世界。这个世界的人，多少世代，多少人曾把他们污蔑为简单、野蛮、无知，而把离开这个世界越远的境地，叫做'高尚'；把与工农兵广大劳动人民相隔绝的人叫做'高尚'的人。"②蕴珍先生在现实面前终于改变了以往对那些工人、农民的粗野印象，感觉到这些人是最有感情的人，愿意高兴地与这些人结合在一起。

《战洪水》也涉及了农村合作化道路的问题，作品通过绰号"三鞭子"的上中农魏鸿运的转变说明合作化道路的优越性。魏鸿运在建立合作社的时候并不想入社，由于他的土地夹在其他入社的 21 户社员之间，土地的耕种与兴修水利都不太方便，区长动员他入社后如果觉得不合适还有退社的自由，他才勉强入社。现在大水来了，一切都乱了，他不相信合作社能够有办法救自己，于是甩开了合作社，投靠杂货店老板秦前，贩卖抢险工地所短缺的食品。为了凑够

---

① 李尔重：《战洪水》，陕西人民出版社 1979 年版，第 447 页。
② 同上书，第 461 页。

贩卖西瓜的本钱，除了连本带利的三百五十元都用上，还以老婆的手镯和家里的大树作为抵押。结果是竹篮打水一场空，他们从河南汴梁贩卖的西瓜还在路上，武汉市场已经摆满了汴梁的西瓜，结果合伙人砍走了他的那棵大树，还拉走了他的划子，所有家底都搭进去了，他气愤恼恨晕倒在街头，得了伤寒病被送进医院。合作社为了团结教育魏鸿运，借钱给他付了医药费。他决定回去之后马上报名入社，"过去抽三鞭子也不进社，现在抽三鞭子也不出社"！

非典灾害下中国人的卫生观念得到了一次较为全面的启蒙与普及，各地政府加大了对"禁止随地吐痰、乱扔垃圾"等行政法规贯彻执行的力度，分餐制度一度流行。由于 SARS，禁止捕食野生动物被提上了立法的议事日程，一些珍稀的飞禽走兽得以逃脱刀剐油烹的厄运，一定程度上维护了自然生态链条的平衡。SARS 危机证明了全球化进程中个人主义和消费主义的价值观有其极大的局限性，仅仅依靠个人的力量是无法克服疫情的，个人的力量根本不可能解决这种公共卫生安全，只有国家权威才能组织有效的抵抗，让人们重新认识国家的价值；而消费主义的虚幻陶醉在非典面前也异常脆弱，各种热闹非凡的宾馆、商城的门前也都人员冷落车马稀。非典让我们发现生命是如此的脆弱，你的安全要仰仗周围的人群，大家要互相守望、互相扶持。于是，人们开始回归家庭，回归社区，重新思考我们的生活。张尔客在长篇小说《非鸟》中就对此有所揭示。肖桦只有在隔离病房里才想到了妻子李春芽的贤惠与好处，为自己与赵米的幽会给妻子带来的伤害而生出一些愧意；黄浦也是在与女作家私通时被隔离，只能在电话里用谎言欺骗自己的老婆，在此情境下才意识到寻花问柳生活的荒唐无聊。非典促使人们对生命有了更为深刻的感悟与思考。《爱你两周半》中的电视台女主持人于珊珊到非典一线采访报道，隔离出来之后被提升到新闻部的一个时事栏目做编导。突如其来的非典将依傍大款的于珊珊的生活洞穿了一个出口，让她看到了生命的本相和生存的本质。"她也看到同行们在生死场上的拼搏、劳作。尤其那几个已经很出名的记者主持人的工作态度，她服。每个人都不是随随便便就成功的。她信。她现在信。他们都是以生命做抵押、为代价，以极端的敬业态度、超人的忙碌和辛苦，赢得荣誉、信任、和功绩。""生死场上的历练，让她成熟起来了。她的眼神更加澄静，笃定。一个追求成功、想要出人头地的外省女孩，终于结束了内心一段飘摇的历史，神情笃定的上路了。"① 房地产大鳄顾跃进在感冒发烧大病归来之后也对生命有了大彻大悟，给前线的医护人员捐款一千万元，认为财富生不带来死不带去，生前就要积极地散财、祈福。诗歌《人生感悟》表达了汶川地震之后的生活感悟，虚名浮利都无所谓，真正值得珍惜的是博爱与亲情。

> 面对死，怎做人；
>
> 灾难后，悟可深？
>
> 失去方觉生宝贵，
>
> 幸存当会懂知恩。
>
> 虚名浮利原无谓，
>
> 博爱亲情乃至珍。
>
> 应信平凡出伟大，

---

① 徐坤：《爱你两周半》，天津人民出版社 2010 年版，第 211 页。

从来烈火铸真金。

来时去也何牵累，

奉献无私自在身。①

汉川地震后以人为本的观念深入人心，生命至上的理念得到高度弘扬。为了表达全国各族人民对"5·12"汉川地震遇难同胞的深切哀悼，中华人民共和国国务院发布公告宣布 2008 年 5 月 19 日至 21 日为全国哀悼日，14 时 28 分起，全国人民默哀 3 分钟，所有的汽车、火车、舰船鸣笛，防空警报鸣响，这是中国历史上第一次为普通国民设立全国哀悼日。唐跃生的诗歌《感动中国》突出 3 分钟静默的细节，抒写生命的尊严与人性的光辉。

这是共和国从来没有过的决定，

用三分钟的静默解决伤悲！

在公元 2008 年 5 月，用三天的时间，

收下所有的泪水。

国旗徐徐降下，生命的尊严

冉冉升起。为黎民百姓，为罹难的兄弟和姐妹

升起来遮天蔽日的人性的光辉。

每一寸土地有知，

每一个生命都不再卑微。

整个中国在默哀，除了爱，

再没有别的。

---

① 马凯：《抗震组诗》之九，http://book.people.com.cn/GB/122803/7402633.html。

"中国加油""四川挺住""汶川雄起"，

"5·12""我要爱"，

整个大地都是滚烫的诗句。

质朴、鲜红、没有修饰，

全部发自内心，虽然

都带着挥之不去的疼痛和伤悲。

噢，这是多么安静的壮美，

举国同悲！

是胸前的白色花，

像太阳一样永恒，

月亮一样妩媚，在每个人的心底

绽开纯洁的玫瑰！①

　　在极度的悲伤与恐惧中，灾区的儿童心理亟待援救。以往我们通常会忽略孩子们的心理与承受能力，片面地强调"不哭""加油""挺住"等，不利于孩子的心灵恢复。孙云晓写下了诗歌《写给灾区孩子们的心理援助诗》，关爱灾区儿童，树立了正确的心理救援理念。

孩子，如果你想哭

就哭吧

让悲伤的泪水像滚滚的河流

带走你撕心裂肺的苦痛

---

① 唐跃生：《感动中国》，《国殇》，海天出版社2008年版，第172—173页。

孩子，如果你想喊

就喊吧

让哀哀的童音响彻云霄

呼唤在沉睡中远行的亲人

谁都知道

雏鸟还不能独自飞翔

孩子怎能离开父亲母亲

学生怎能离开老师和伙伴

可是

那个天崩地裂的时分

把一切不幸变成了真

孩子，这不是你的错啊

你不必有任何自责

当你身陷灾难的深渊

当你被恐惧和饥饿包围

即使你惊慌失措

也不会有人说你脆弱

因为你毕竟是个未成年的孩子

可你却坚持下来

在漫漫黑暗中迎来黎明

让人惊叹你生命的坚韧

孩子，你可知道

每个人都有两个母亲

一个生你养你

一个终身都在保护着你

如今生你养你的母亲去了

祖国母亲会把你抱得紧紧

孩子，你现在安全了

你的身边有十万大军

那一双双援助的手

就像一望无际的森林

那一颗颗火热的心

都是至亲至爱的天使

孩子，你会好起来的

一切都会好起来的

你喜欢的鸟儿会继续歌唱

你喜欢的花儿会照样绽开

你忠心耿耿的小狗还会跟你走

你的新家会更加牢固和舒适

你的新学校会更加宽敞和明亮

你的老师会更加爱你

你和伙伴都会倍加珍惜友谊

孩子，不要害怕

即使灾难的阴影还会侵扰你的心灵

即使你还会在夜里突然被噩梦惊醒

即使你会莫名地流泪或吼叫

那都是正常的也是暂时的事情

但是请你相信

你不会真的发疯

一切都会慢慢地过去

你会一天天长大

就像小树会长成大树

你或许会惊讶地发现

你的生命是如此顽强

你的人生是如此美丽①

　　汶川地震后，"志愿者"作为一个群体第一次出现在了灾难报告文学的作品中。"志愿者"们的行动在一个侧面折射出了一个民族的群体精神和公民意识。"地震的第二天下午医院出现了第一个抗震救灾志愿者，之后志愿者陆续来到医院，他们中有企业管理人员、工人、在校大学生、高中生、初中生，还有医务人员的亲属和退休人员。"志愿者们的行动和事迹令人感动，当中有志愿在灾区当交通协管员的沈阳张女士，有送药志愿小分队队长的浙江老板林云，有清理尸体的重庆志愿者，有驰援都江堰的的哥，有身着便装的国家救援队的编外人员陈岩，还有奋战一线的"中国首善"陈光标。甚至一些孩子也自觉地加入了志愿者的队伍，希望用稚嫩的翅膀为灾区撑起一小片晴空。"在高水社保定点医院，来了两位小朋友，一位是跃进路小学 11 岁的白宛茹，另一位是高水小学 12 岁的刘可心。地震后学校停了课，5 月 13 日即地震后第二天，他们便来到医院做起

---

　　① 孙云晓：《写给灾区孩子们的心理援助诗》，http：//blog. sina. com. cn/s/blog_475b166401009zop. html。

了志愿者。他们从每天早上7点一直干到晚上9点。别看他们年龄小，他们可不是来这里添乱的，看看他们娴熟的动作，活像一名小护士。倒尿盆、洗衣服、做饭喂饭样样都干。"①

自然灾害考验着政府部门的决策能力，也检验着政府部门的行政效率。陈桂棣的《不死的土地》写了不合理的行政区划掣肘防洪抢险工作，导致堤围决口，三河镇被淹，造成了巨大的损失。20世纪80年代中期，为了研究如何把三河镇的经济搞活，合肥市委曾派出一个由五人组成的联合调查组深入三河镇，进行了为期半月的调查，写出了一份调研报告。报告明确指出："地处该镇一侧约两华里长的邻圩属于庐江县辖区，于防汛抗洪极为不利，水灾对该镇威胁极大，这种状况亟待改变。"卓有远见地提出了关于三河镇行政区划的问题。这份报告的建议如果被采纳，行政区划的问题得到合理解决，三河镇或许将会是另一种命运。在破圩的前六天，庐江县新圩村就发生塌方。肥西县委书记杨振坦赶到现场，要求圩高确保达到十三米，力争达到十三米五。第二天市防汛抗灾指挥部副总指挥、合肥市副市长诸振国视察三河，约请肥西县县长周宗仁、庐江县黄道乡党委书记徐大春、武装部长阮宗明、新圩村支部书记罗世友等人参加会议，要求圩高不足十四米的地方一定要加高补足。庐江方面认为存在很多困难，其中一条就是田地都分到各家各户了，取土困难，明确表示无法承担十四米圩高的加高加固工作。经过反复交涉，加高险段的人力和物力均由三河镇负责，还要付三千元取土费。七日上午，三河镇镇长戴照银找来庐江县黄道乡武装部长阮宗明和

---

① 上海文艺出版社编：《生命的感动：四川汶川大地震抗震救灾纪实》，上海文艺出版社2008年版，第73页。

新圩村支部书记罗世友商谈，庐江方面坚持要求先付一千元方准动土。八日，戴照银从镇里借了一千元付给庐江方面。于是，镇供销社、药厂、缝纫机针厂、第一纺织厂等单位职工，以及合肥炮兵学院的官兵赶赴庐江县险段，开始加高堤围的工作，直到十一日上午仍在施工。当天下午四时十七分圩破。早在破圩前的三个小时，庐江县黄道乡新圩村的所有村民就已搬光撤尽。

痛定思痛，安徽省省长傅锡寿、副省长吴昌期开赴三河，召开安徽大水灾以来的首次现场办公会，出席会议的有省政府办公厅人员和方方面面的头头脑脑。省长傅锡寿要求打破常规，把三河镇这一安徽重灾区的"窗口"，快速建成安徽对外开放的"窗口"，向世界宣告中国人民是有信心也有能力克服困难重建家园的。同时，在现场办公会就做出决定，为了更好地组织协调防洪抢险工作，把庐江县黄道乡新圩村、岗头村在杨婆圩的土地和人口，正式划归肥西县三河镇管辖。"舞低杨柳三河月，歌罢桃花水乡风。"三河镇充分利用三河丽水、古镇桃花等自然资源，凸显古镇"小桥、流水、人家"的独特风貌，经过自然灾害洗礼的三河镇已经发展成为国家4A级旅游景区和中国历史文化名镇，处处显露"徽韵水镇"的独特魅力。

另外一个典型的例子是王家坝。王家坝位于安徽省阜阳市阜南县濛洼蓄洪区，是千里淮河第一闸。为了淮河下游的安全，几乎每到汛期王家坝都要开闸蓄水。王家坝已经成了一个代表灾区不屈向上的精神坐标，被誉为"王家坝精神"。王家坝精神是自然灾害磨砺下不断升华的中华民族伟大精神情怀的典型代表，阜南本土作家张守志曾经为此创作了长篇报告文学《中国王家坝》。从1953年春天建成濛洼蓄洪区到如今，淮河流域共有十二个洪涝灾害年份，王家坝蒙洼蓄洪区经历了十五次舍己蓄洪，淹掉长势正旺的庄稼，舍小家，为大家，有效地缓解了上游地区的汛情，也有效地减轻了中下游抗洪压力。虽然饱受水患之苦，王家坝人并没有怨天尤人，没有躺在政府怀抱里等米下锅，而是用自己的智慧和努力寻求化解洪水灾害的出路。"种淹不死的，养水上漂的，捞水中有的。"王家坝人与水科学共处，发展柳编、板鸭、黄沙等产业。特别是杞柳，生性喜水，蓄洪区洼地里随处可见，成了蓄洪区群众的摇钱树。他们利用丰富的杞柳资源，发掘、传承已有五百多年历史的阜南柳编传统工艺，家家从事柳编。柳编工艺品已发展到数十个系列，数万个品种，应用于日常生活、产品包装、艺术观赏等方面，远销北美、西欧、东亚、东南亚等六十余个国家和地区，年营业收入超过十亿元。王家坝防洪手段科技含量不断提高，国家投资修建了淮河水情自动监测系统，淮河流域建起五千多个监测站，采集信息已经完全由短波自动监测完成，形成了卫星、雷达监测网络，全天候监测雨层分布和强度。依托国家防汛抗旱指挥系统，安徽省建立了远程监控和会商系统，可以足不出户监测各重要闸坝情况，组织异地防汛会商。这些科技手段的运用，可以精准地确定开闸蓄洪的时机和拦蓄洪水的数量。2010 年 7 月，温家宝总理第五次来到王家坝，对王家坝精神作了概括："你们在长期的抗洪斗争中形成了王家坝精神。这就是舍小家、为大家的顾全大局精神，就是不畏艰险、不怕困难的自强不息精神，就是军民团结、干群同心的同舟共济精神，就是尊重规律、综合防治的科学治水精神。"

自然灾害在给人类带来灾难的同时，也能提升人们的精神境界。

当今社会出现了许多难以置信的现象，如，儿童落水竟无人相救、老人摔倒也无人相助、暴徒在公共场所行凶、人们也视而不见。"精神滑坡""道德崩溃"等字眼经常出现在一些媒体上，国人当下的精神状况堪忧。在险情发生时，那些洪水中、地震废墟下奋不顾身的英雄壮举，无数英雄人物的行为对我们难道不是一种有力的警醒？他们让我们看到了希望，他们一方面是抢险救灾，把险情和危害降低到最低限度；另一方面也肩负起人们精神的拯救，起到鼓舞士气、凝聚人心的作用。

自然灾害也在促进社会的不断进步，特别是在危机应急机制及灾情的信息公开方面尤为明显。《通海大地震》为三十多年前的大地震献上了一份迟到的祭奠，同时也提醒我们要避免类似的情况再次发生，不能再隐匿那样重大的真实。人民应该享有最基本的知闻权利，媒体应该有最基本的规范，舆论也应该有最基本的人文关怀。《通海大地震》是一束亮光，照亮了社会前进的道路。不再隐瞒真相是社会的进步，这一点已成为各级政府机关的共识，中国政府在信息公开的道路上不断前行。比如，我国政府过去一直将自然灾害的死亡人数视为国家机密，2005 年民政部、国家保密局发布《关于因自然灾害导致的死亡人员总数及相关资料解密的通知》废除了这一规定。关仁山的报告文学《感天动地——从唐山到汶川》运用对比的写作方法，将汶川地震和三十二年前唐山地震的异同穿插起来进行描述。从两次地震中信息获取与公开的速度、救灾队伍组成速度的快与慢、救灾方式的异同等具体对比中，可以感受到党和政府应对突发事件的能力在不断增强，感受到文化科技的发展以及社会的不断进步，显示了中华民族的凝聚力和综合实力的日益强大。"32

年了，从唐山到汶川，中国已经不再把自然灾害伤亡视为国家机密了，汶川发生地震后国家每天都发布信息，让世人看到灾民的痛苦，看到了中华民族在灾难面前人性的光辉，看到了政府果断处理灾害的能力，看到了中国大地上真正的人权，看到了中国特色的危机应急机制已经走向成熟，看到了以人为本的救援机制的高效与完善。"① 就在笔者写作这一部分内容时，2013 年 4 月 20 日 8 时 2 分在四川省雅安市芦山县发生 7.0 级地震。各大网络媒体几乎同步报道了雅安地震的伤亡及有关救援情况，中国新闻网发布消息称截至 4 月 21 日 0 时 40 分，四川省雅安市芦山县 7.0 级地震共计造成 179 人死亡，仅雅安市就有 6700 人受伤，四川全省 150 余万人受灾。对比 30 多年前的 7.8 级通海大地震的消息封锁，我们可以感到社会的巨大进步。

---

① 相金科：《用大爱书写感动》，《河北日报》2008 年 9 月 20 日。

第四章　当代自然灾害文学书写中的人性

灾难之中见真情，灾难最能考验人性的真面目。灾难能够敞亮人性的光辉，在困难来临之际，大家能够扶危济困、相互关怀，共度时艰，体现出人与人之间的亲情和友爱。灾难也往往会造成人类基本伦理规范失衡，导致人性发生畸变。为了活命，有的人可以无所不用其极，以致发生一些难以想象的违背人伦的惨剧。

第一节　人性光辉的一面

灾害来临之际，中华民族扶危济困的传统美德得到大力弘扬，几乎到处都是一片互济互助的感人场景。灾害能够烛照出人性的光芒，使得隐匿在日常生活中的人性浮出地表。

2008 年，南方出现冰冻灾害，河北唐山农民宋志永带领十二位农民兄弟，自费赶往湖南郴州，加入了抗冰抢险保障供电的战斗之中。潘飞、段捷智的诗歌《敬礼,我们的农民兄弟》高度赞扬了这群农民兄弟。

是你　我们的农民兄弟
开启尘封在岁月里关于唐山的记忆
父辈们震不垮的脊梁
托起了你生命的晨曦
一方有难八方支援的理念
从小流淌在你的血脉里

是你　大地震的幸存者
当我们南方遭遇 50 年罕见的冰雪袭击
你捧着一颗唐山人感恩的心
与你的 12 位兄弟拧成一股绳
滚爬在救灾一线的风雪里

你说　咱农民扛电缆背钢架是好劳力
跋山涉水翻山越岭有的是力气
用爱心谱写生命进行曲
冰天雪地里过春节
为你的人生烙上了闪光的印记

是你　在冰雪中傲然屹立
比铁塔更高的是你的身躯
与风雪赛跑　与冰冻较力
从唐山到南方

你用脚印丈量从平凡到崇高的距离

是你　把理想铸进对共和国的忠诚

傲雪当歌　用滚烫的注视和参与

延伸电网员工追求卓越的战绩

你和你的兄弟们

把唐山农民的阳光种植于南方的大地

融入国家电网巍巍铁塔粼粼银线里

电与光的撞击　冰与雪的洗礼

生命在抗冰雪中闪闪发光

心灵在讲奉献中艳艳绚丽

面对你　语言和文字都是苍白的

我们以光明的名义

向你　向农民兄弟　敬礼

我们的敬礼永无礼毕①

　　郭传火的报告文学《汪洋中的安徽》描写了行洪区人民舍小家为大家的高尚情怀。魏台子农民魏敬奎家中虽然缸里只有一点发芽的麦子，但当被问及魏台子要被列入行洪区蓄水，会造成很大的损失时，他毅然决然地说到应该行洪。"俺村对岸就是淮南孔集煤矿和电厂。要是电厂一进水，连上海、江苏都要缺电哩。俺村一行洪，保电厂的大堤就安全了。小局服从大局，就是这么个理。"凤台县有十几个像魏台子这样"未入册"的行洪区，为了顾

---

　　① 潘飞、段捷智：《敬礼，我们的农民兄弟》，《冰雪战歌》，中国电力出版社 2008 年版，第 302—303 页。

全大局，他们决定响应上级号召掘堤分洪，义无反顾地将灭顶之灾"扣"到自己头上。安徽淮河中游两岸有一百多万这样"揽灾受、找苦吃"的灾民，正是他们的默默牺牲，为淮河洪水的顺利下泄开辟了一条宽阔走廊。

汶川地震期间，民警蒋小娟将六个月的儿子送到乡下婆婆家照顾，自己则每天在灾区执勤。在灾民帐篷区，她看到几名婴儿只能吃一些稀饭和水，一名婴儿由于母亲还在医院抢救已经三天没有吃奶了。她就撩起衣衫露出乳房，轻轻地将乳头塞进婴儿的嘴里。两天之内，蒋小娟就用自己的乳汁救助了八个娃娃。高丹宇的诗歌《警察妈妈》对这位普通民警温暖的人性与宽厚的母爱献上了热情的赞歌。

> 震后的江油县地震灾民庇护所
>
> 飘散阵阵乳香
>
> 一位叫蒋小娟的普通女民警
>
> 用母爱的磁场
>
> 吸附嗷嗷待哺的嘹亮
>
> 温润的胸膛
>
> 融化孤独的坚冰
>
> 熨帖孤儿母亲天堂的牵挂
>
> 揪心的面庞
>
> 你是上苍派来的天使
>
> 不然
>
> 何以听懂孤儿饥渴的心跳

你是普度众生的观音

要不

怎么熟知初为人母的愁肠

"031526"

让巴蜀大地记住了你的警号

6 位数的阿拉伯组合

是一脉春水一池碧波

裹挟 "5·12" 三位数的惨痛

渐次消解为和风细雨

涤荡出一种无畏

拔节成一种坚强

吮吸你母性十足的名字

沐浴金色盾牌的铿锵

从废墟上破土的生命

镀上了金属的光泽和锋芒

警察奶妈

引发中国情感大地震

震中在四川江油

余震持久强烈且漫长

波及每一位善良人的心房

蒋小娟的美丽

就是抗震救灾的形象

蒋小娟的雍容

就是泱泱大国的气量①

刘功业的诗歌《母爱无疆——致蒋小娟》也赞扬了蒋小娟对灾区婴儿圣洁的母爱，让人联想起沂蒙山红嫂的美丽情怀。

我不能拒绝。有一片海，就汹涌在视野

如满弦之月。如白浪踏歌。这片圣洁的佛光

这升腾天际的伟大的母爱，让我感动不已

我不能否认。有一颗太阳，就是你青春的面庞

扑面而来的，是你温馨的笑容，是丰满的前胸

是那一片白光中绽放出的东方之美

令人惊诧，一下子吸引了全世界的目光

你，就是那个叫蒋小娟的女警察

你，就是那个用乳汁救助震灾孤儿的川妹子

世界记住你，是因为你那比蒙娜丽莎更永恒的微笑

我记住你，是因为你那和沂蒙山红嫂一样美丽的乳房

你，一个普普通通的柔情女子

如果不是因为地震，如果不是因为汶川

在这举国大殇的时刻，你根本没想到

会用这种女人最骄傲的方式，让世界记住了你

让中国记住了你，让我记住了你

你，只是一个六个月孩子的年轻妈妈

---

① 高丹宇:《警察妈妈》，http://www.poemlife.com/thread-8847-1-1.html。

乳汁一样汹涌的爱意，充盈着你骄傲的乳房

你丰满的胸脯，袒露在这西南大山 5 月悲情的阳光里

袒露得那么多，那么自然，让幸福自然地战胜了悲怆

你的怀抱，那么宽广，让这绝情断义的苍天厚土

一下子失去了分量。却让这些失去了父母的婴儿

依然能够尽情地吮吸，吮吸着一个母亲传达的爱与幸福

吮吸着可以滋养一生、弥漫永远的乳汁琼浆

5 月 12 日的汶川大地震，让刚刚过去一天的母亲节

一个歌咏母亲、纪念母亲的幸福日与受难日

伴随着天下母亲的痛苦和悲伤，从此更加刻骨铭心

我的母爱深厚的沂蒙山，我的亲娘一样的红嫂

你的母爱深厚的丰乳，你的天地长久的汶川

就让这一滴滴乳汁，让这千年万年的柔情

注入一个民族生生不息的文明气象。在世界的面前

丰满着，挺拔着，美丽成两只最美的乳房①

在 1991 年抗洪抢险的现实生活中，也涌现出了当代红嫂的感人事迹。战士刘广利、贾庭图泅水拖着橡皮舟奋力向堤埂游去，舟上装满了村民和粮食。突然，这两个战士的手臂被毒蜈蚣咬伤。他俩顿时感到全身麻木，手臂肿得像个馒头，疼得在船上直打滚。村民们见状感到非常心痛，一个五十多岁的计划生育干部说："要是有奶水就好了。"按照当地的土方，用乳汁清洗被蜈蚣咬过的伤

---

① 刘功业：《母爱无疆——致蒋小娟》，http://culture.people.com.cn/GB/40564/7392181.html。

处，能很快地止痛消肿。这时坐在船尾的二十五岁农妇薛文姐走了过来，放下手中刚满九个月的婴儿，二话没说就撩开衣襟，把自己的乳汁挤到战士的伤口上。所有在场的官兵和群众无不为之动容，支队政委陈求激动地给薛文姐敬了一个标准的军礼，以军礼向这位当代"红嫂"致敬。后来，中国人民武装警察部队政委徐寿增中将听到薛文姐用乳汁救伤员的感人事迹时，也为这位当代红嫂流下了感动的热泪。

像蒋小娟、薛文姐这样的普通人物还有很多，他们都能在灾难中发出耀眼的人性的光芒。特别是在汶川大地震中，许多人不顾自己个人和家庭的安危，把生的希望留给了别人。四川省绵竹市西南镇镇长付兴和在大地震发生时，忙于指挥全镇抗震救灾工作，顾不上被埋在学校废墟之下的儿子，由于一心扑在抢险救灾上面，疏忽了被抢救出来的儿子的伤情，儿子最终因砸伤导致呼吸系统障碍在医院中死去。诗歌《父亲的愧疚》写出了父亲对儿子的愧疚，更赞扬了一个父亲在地震中的担当。

> 高大健硕的身躯
>
> 能担当安危冷暖的职守
>
> 却不能为深埋废墟的儿子
>
> 遮风挡雨
>
> 宽厚有力的双肩
>
> 能挽扶摇摇欲坠的家园
>
> 却顾不上自家震后零乱的四壁
>
> 救援抢险的官兵还没有赶到

在儿子的废墟旁盘桓片刻

心急火燎的你

便扔下亲情甩手离去

全镇父老乡亲的生命财产

装在你心里

所幸被救出的儿子并无大碍

踝骨以下需截肢

你和儿子互相打气

小事，没问题！

等救灾结束安个假肢

照样帅气

挺男人的儿子

读高中的儿子

太了解你的心思

大难临头

不让镇长的父亲

惦记自己

群众倒塌的房屋急需清理

救灾物资的发放

要挨门逐户严格程序

困难群众的麦子和油菜

还晒在地里

镇区疫情的防范

重伤人员的救治和转移

一件件一桩桩

千头万绪 萦绕心际

进到村 入到户 落实到人

安排具体 不能大意

镇上的事牵扯你太多精力

儿子的伤情却引发呼吸不畅

终因你不在身边

失去最佳治疗时机

而长睡不醒永远安息

儿子临终 表情安详

面带微笑 静静离去

他为自己有这样一个大爱的父亲

心存自豪满怀敬意

儿子走了

镇上的干部群众

见你比以前工作更卖力

隐忍的你

是用加倍的挥汗如雨

而忘掉悲伤

而掩饰痛失爱子的重重一击

在抗震救灾现场

在恢复生产一线

你平静得仿佛什么都没有发生

在夜阑更深之时

在无人注意之际

你悲情汹涌滂沱泪雨

为撂荒的父爱

为疏忽的体恤

无情未必真豪杰

怜子如何不丈夫

镇长 父亲 丈夫

的多重身份

令你做出感天动地的舍取

大家与小家 个人与集体

在人民公仆的心里

分得清轻重缓急

面对妻子的埋怨

和一个母亲的悲戚

愧疚的你

悄悄拾起被震碎在地的全家福

紧紧抱起你的女人相拥而泣

终于道出了那句

久藏心头的话语

儿子

爸爸对不住你①

由于汶川大地震发生时正是上课的时间，学校的灾情特别严峻。一些教师迸发出闪亮的人性之光，坚守在普通的讲台上，出现了谭千秋、王周明、向倩、袁文婷、周汝兰等一批英雄人物，用自己的生命与大爱谱写了一曲曲高尚的园丁之歌。谭千秋老师在地震中张开双臂趴在课桌上死死护住学生，孩子得以存活，而自己却献出了宝贵的生命。

> 张开双臂
>
> 竖起大爱的悬梯
>
> 躬身为巢
>
> 守护惊恐的羽翼
>
> 让生命攀援生命
>
> 让果敢抵挡不期
>
> 四个生命复活了
>
> 你却长眠于废墟
>
> 不死的背影
>
> 灼痛共和国的记忆②

四川省什邡市红白中心小学教师王周明在地震发生时，他一个箭步冲上前去把女生推出教室，自己则被粗大的水泥横梁击碎了头盖骨。

> 你的头骨

---

① 高丹宇：《父亲的愧疚》，http：//www. poemlife. com/forum. php？mod＝viewthread&tid＝210552。

② 高丹宇：《谭千秋》，http：//www. poemlife. com/thread－8847－1－1. html。

本应成为储存知识

启迪智慧的堡垒

同三尺讲坛一起

在阳光和鸟语下

涂染每一幅簇新的图画

拔节每一株嫩绿的梦想

孰料却连同身躯

在灾难临头之时

一同交付给天空和大地

高扬的师魂

在人们的心头

傲然挺立①

四川省什邡市龙居小学英语教师向倩在地震来临时，她一手搂住一个学生朝教室门外冲，教学楼突然坍塌，她和几名学生被埋在废墟中，身体断成两截。

如歌的青春

如花的年龄

在突如其来的灾难中

轰然断裂

和你一同踏上天国的路

你遇难的学生

便不再孤单

_____

① 高丹宇：《王周明》，http：//www. poemlife. com/thread - 8847 - 1 - 1. html。

你用拼死的义举

　　向人们诠释

　　何谓休戚与共

　　何谓生死不离①

　　四川省什邡市师古镇中心小学教师袁文婷平时喜欢旅游，在地震发生时，一次次地冲进险境，用柔弱的双手把学生从三楼抢救下来，当最后一次冲上三楼时，楼房完全垮塌了。

　　美丽瘦弱的你

　　让人顿生怜爱之心

　　震灾降临时

　　何来撼天的勇气和毅力

　　一次次冲进险境

　　让幼小的生命

　　在你的废墟上

　　开出灿烂的花朵

　　这样你可以开怀地去

　　云游四方

　　探访足迹尚未抵达

　　用心灵去丈量的每一寸

　　祖国的土地②

　　彭州市红岩小学幼儿园老师周汝兰，地震发生时四次冲进教

---

① 高丹宇：《向倩》，http：//www. poemlife. com/thread – 8847 – 1 – 1. html。

② 同上。

室，推搡拉扯孩子逃离险境，眼看教室就要倒塌，她把最后一个孩子揽入怀中冲出了教室，一下子扑倒在地上，班上五十二名幼儿全部获救。

> 四次冲刺
>
> 与时间赛跑
>
> 为生命接力
>
> 52 羽美丽的凤凰
>
> 在你坚韧的推搡拉扯下
>
> 击退死神
>
> 浴火重生
>
> 你的身躯是梧桐
>
> 栖息道义、责任和真理
>
> 大爱无边
>
> 一个敢于将生死置之度外的师者
>
> 我们有理由做这样的预期
>
> 桃李不言
>
> 下自成蹊①

　　尽管灾难丛生，但灾难中仍然有人性的闪光，这是中华民族能够走过灾难、生生不息的原因。在莫言的小说《丰乳肥臀》之中，上官鲁氏为了养活襁褓中的鹦鹉韩和没有生活能力的上官金童，将偷吃的食物呕吐出来，再重新洗净来喂养他们。在余华的小说《许

---

　　①　《废墟中，他们用生命熔铸师魂》，http：//www.poemlife.com/thread－8847－1－1.html。

三观卖血记》中，虽然家里每天只能喝很稀的玉米粥，但在许三观生日那天，妻子许玉兰特意将玉米粥煮稠了些，并加了一点过年才会吃的糖。许三观为了让三个儿子多吃点，宁愿自己饿着，用嘴给许玉兰和三个儿子炒了一道道菜。为了家人的生命，许三观冒着生命危险去卖血，还把许玉兰和别人生的孩子一乐也带去吃了碗阳春面。在智量的小说《饥饿的山村》中，李家沟人为了保住村里唯一的新生命，自发将食物送给怀有身孕的盼水。李秀姑甚至还担下吃人肉的恶名，竭尽全力地去保住盼水肚中的新生命。在黄国荣的小说《乡谣》中，跃进和盈盈每日省下一勺粥、一勺饭，接济比自己更需要粮食的叔叔。正是这种患难与共和不离不弃的精神支撑他们顽强地活下来，在求生的本能中彰显出生命的能量与意义，这是我们中华民族能够度过苦难的精神动力。在灾害频仍的苦难中，人性的爱与善是照亮生命的心灵能量，可以给绝望中的人们以生存的信心和勇气。

第二节　人性变异的一面

灾害一方面能照亮人性的光辉，另一方面也能彰显人性的卑劣。

李尔重的长篇小说《战洪水》中的魏鸿运在别人都为抢险忙得热火朝天之际，他却脱离合作社去贩运短缺的蔬菜、豆芽、小干鱼高价卖到抢险大堤上。为了发家致富，他内心并不希望洪水退却，这样他就可以多赚几百块钱。他的合伙人杂货店老板秦前幸灾乐祸地说："要给财神爷多上供呀！这雨下得多好，水涨得多来劲，小张公堤不行啦，丹水池要垮啦，汉黄公路断了线啦，这都是财神爷对咱们的照顾。"① 迟子建的《白雪乌鸦》描写了处于鼠疫阴影之下的人们生活状态，处在非生即死的极端状态，人们很难戴着面具去生活。鼠疫就像一面照妖镜，能照出人性中的丑恶鬼脸。巴音是傅家甸第一位感染鼠疫而暴尸街头的人，不但没有得到别人的同情，反而被围观者扒去了身上所有值钱的东西："鞋子、罩衣、坎肩、棉裤，跟进了当铺似的，眨眼间不属于他了。而那些没有得到东西的人，心有不甘，他们眼疾手快地，将手伸向已在别人手上的巴音的坎肩兜里翻出了一卷钱，一哄分了；又有人在两个裤兜里掏出几把瓜子，也一哄分了。"② 小市民的自私贪婪与冷漠被迟子建赤裸裸地勾勒出来了。

钱钢的《唐山大地震》写到地震时期曾经发生令人震惊的抢劫风潮，这片废墟被一种无理性的喧嚣声浪所淹没，被民兵抓捕的"犯罪分子"共计1800 余人。从1976 年7 月29 日到8 月3 日一周之内，唐山民兵共查获被哄抢的物资计有：粮食670400 余斤，衣服67695 件，布匹145915 尺，手表1149 块，干贝5180 斤，现金16600元……③

人们不愿相信唐山曾有过这样骚动的一周，不愿面对这些触目惊心的数字，因为和那些数不胜数的无私援助、克己奉公、友爱无私相比，这些数字无疑代表着一种玷污。可是人们却又无法忘掉它，这是真实的赤裸裸的历史事实！作品细腻地展示和分析了人们心理

---

① 李尔重：《战洪水》，陕西人民出版社1979 年版，第387 页。
② 迟子建：《白雪乌鸦》，人民文学出版社2010 年版，第28 页。
③ 参见钱钢《唐山大地震》，解放军文艺出版社1986 年版，第149 页。

变化过程。一开始，唐山人首先面对的是死亡和伤痛，紧接着面临的便是饥渴和寒冷。商店倒塌时抛洒出一些零星的罐头、衣物，那些赤身裸体、肠胃痉挛的人们意识到废墟之下有维持生命急需的物品，他们开始犹疑不决地走向那些埋着糕点、衣服、被褥的废墟，对于大多数人来说事情就是这样开始的。"于是，一切就从这演变了。起初只是为了生存，为了救急。可是当人们的手向着本不属于自己的财产伸去的时候，当废墟上响起一片混乱的'嗡嗡'之声的时候，有一些人心中潜埋着的某种欲望开始释放。他们把一包包的食品、衣物拿下废墟，不一会儿，又开始了第二趟，第三趟。他们的手开始伸向救急物品以外的商品。"① 这种情绪和行动具有传染性，越来越多的人在瓦砾上奔跑、争抢着，在争先，都唯恐错过了什么。每个人手中越来越大的包裹，对另一些人似乎都是极大的刺激。他们呼哧呼哧喘着粗气，瞪大眼睛四下搜寻，推开试图劝阻的工作人员，把已经扛不动的大包从地上拖过去。

刘晓滨的《废墟狼嚎》也写了唐山地震中潘多拉盒子打开之后的情形，"一位步履蹒跚的老太太正在摘取遇难者腕上的手表，她那两条枯瘦的胳膊上已经套满了各式各样的手表，连胳膊肘都不能打弯了，但她仍旧在锲而不舍地努力着希图再在上面套上一层。两个手持棍棒的青年如入无人之境地冲进了商店，'叮叮当当'一阵胡敲乱砸。躲过了地震灾难的玻璃柜台架子歪了玻璃碎了，里面的物品被他们一件一件堂而皇之地捡进了网兜。……一辆毛驴车蹄声'嘚嘚'地从郊外驶来，归去时，车上载满着五颜六色搬来的扛来的喜

---

① 钱钢：《唐山大地震》，解放军文艺出版社1986年版，第151页。

悦"①。他们脚下或许正有遇难者凄楚的呻吟和急切的呼救声，他们身旁某个看不见的地方或许正有一只濒临绝境的手颤颤地伸了出来，但他们没看见，也没空看见，他们眼里能看见的只是与自身利益和生存相关联的物品！

陈桂棣的报告文学《不死的土地》描写了洪水面前截然不同的几种行为：有的人挺身而出，有的人患得患失，有的人见危不救，有的人还"趁水打劫"。当四面八方的车辆开上405国道，前往三河镇参加灾民营救工作。三河镇本镇汽车队队长、党支部书记王维忠竟然命令将车队所有的客车开离三河，拒不抢险救人，其行为激起群众的强烈不满，后来被肥西县纪委开除党籍。当洪水溃坝涌进镇里的时候，一些想借洪水趁火打劫的人十分活跃，明火执仗地出没于街巷。在公安干警荷枪实弹日夜巡逻之下，那些猖狂的"别动队"才闻风丧胆，终于销声匿迹。

一场场洪水掀起了多少人性的沉渣，留下了多少遗憾，让我们思索人性到底是什么？岳恒寿的报告文学《洪流》里面提到了一个不愉快的故事。广州军区某集团军日夜兼程，从桂林赶赴沙市参加抗洪抢险，行军三十多个小时只吃了一顿饭。两个士兵上街买菜，卖菜的妇女三个冬瓜竟然向他们要了一百五十元。如果是平时，他们不会去买这三个冬瓜，可现在是非常时期，大家都饿着肚子，所以他们也顾不上讲价付了钱就走了。女干事熊燕在簰洲湾乘坐冲锋舟去救人，看见远处一座楼房的阳台上有一个妇女搂着两个小孩在向他们招手。熊燕从阳台上将两个小孩抱到船上，呼唤妇女赶快上船，谁知那个妇女却慢条斯理地收拾起自己的家

---

①　刘晓滨：《废墟狼嚎》，百花文艺出版社2002年版，第244—245页。

当来，大包小包捆了好几个直往船上扔。熊燕一下子就冒了火，说：“我们是来救人，不是给你搬家。只把人上去，东西一点也不能带！”那妇女就和熊燕吵起来：“人走了，家里这么多东西丢了怎么办？”熊燕说：“许多人还在洪水里挣扎，一条舟只能坐十二个人，放了东西就少救了姐妹，你懂不懂？”就将甩到船上的大包扔回阳台上。可熊燕扔上去，那个妇女就又扔下来，扔来掇去了几个来回。熊燕高声说：“时间就是生命。你走不走？不走开船啦！”那个妇女气得叉开双腿，一只脚踏在冲锋舟上，另一只脚踩在阳台上喊：“我看你敢开船！”直到允许她带着两个小包后她才答应让开船。又过了两天，舟桥旅部队官兵在驻地为两位牺牲的战士举行追悼大会时，突然接到紧急命令，说有三个被解救出来的乡民为了回家看看财产有没有丢，不听干部的劝阻偷偷借船划回去，在途中翻船落水，命如累卵，请求部队立即救援。两位烈士的追悼会不得不中断，仅仅就为了那几个人的家产！

在极端的困境之下，更能见出人性的残酷与黑暗。比如，在三年自然灾害时期，人们处于极度的饥饿情境下，人性中的恶也随之升腾而起。联合国粮食和农业组织执行委员会主席卡斯特罗在《饥饿地理》中曾谈及饥饿对人类品格的破坏，“没有别的灾难能像饥饿那样地伤害和破坏人类的品格”，“人类在完全饥饿的情况之下，所有的兴趣和希望都变为平淡甚至消失”，“他的全副精神在积极地集中于攫取食物以充饥，不择任何手段，不顾一切危险”，人们“对于环境的一切刺激所应有的正常反应完全丧失消灭。所有其他形成人类优良品行的力量完全被撇开不管。人类的自尊心和理智的约束逐渐消失，最后一切顾忌和道德的制裁完全不留痕迹"，人们所做的一切越轨犯禁行为，"或多或少都是饥饿对于人类品格的平衡和完整所起的瓦解作用的直接后果"①。

　　灾荒之年女性往往只能靠出卖自己的肉体去谋生，莫言的《丰乳肥臀》就书写了饥饿对女性尊严的摧残。1960年灾荒来临后，"蛟龙河农场右派队里的右派们，都变成了具有反刍习性的食草动物"。每人每天一两半粮食，中间还要受到场部要员们的层层克扣，到了右派嘴边只剩下了能照清面孔的稀粥。人们只能靠野菜和杂草填饱肚皮，像牲口一样把胃里的草反刍上来细嚼，嘴里流着绿色的汁液。"当女人们饿得乳房紧贴在肋条上，连例假都消失了的时候，自尊心和贞操观便不存在了。"高傲的医学院高才生乔其莎就像狗一样被食堂掌勺的张麻子用一个馒头诱奸了。"那个炊事员张麻子，用一根细铁丝挑着一个白生生的馒头，在柳林中绕来绕去。张麻子倒退着行走，并且把那馒头摇晃着，像诱饵一样。其实就是诱饵。在他的前边三五步外，跟随着医学院校花乔其莎。她的双眼，贪婪地盯着那个馒头。夕阳照着她水肿的脸，像抹了一层狗血。她步履艰难，喘气粗重。好几次她的手指就要够着那馒头了，但张麻子一缩胳膊就让她扑了空。张麻子油滑地笑着。她像被骗的小狗一样委屈地哼哼着。有几次她甚至做出要转身离去的样子，但终究抵挡不住馒头的诱惑又转回身来如醉如痴地追随。"在极度的饥饿中，女性也只能靠自己最宝贵的贞操去换取最需要的粮食，灵魂仿佛离开了身体，徒留一具有着女人身体的躯壳。"她像偷食的狗一样，即便屁股上受到沉重的打击也要强忍着痛苦把食物吞下去，并尽量地多吞几

---

　　①　［巴西］约绪·德·卡斯特罗：《饥饿地理》，黄秉铺译，上海三联书店1959年版，第63—64页。

口。何况，也许，那痛苦与吞食馒头的愉悦相比显得那么微不足道。所以任凭着张麻子发疯一样地冲撞着她的臀部，她的前身也不由地随着抖动，但她吞咽馒头的行为一直在最紧张地进行着。她的眼睛里盈着泪水，是被馒头噎出的生理性泪水，不带任何的情感色彩。"饥饿让女人像牲畜一样活着，没有尊严，没有屈辱，没有反抗。不仅乔其莎如此，出身名门贵族、留学俄罗斯的霍丽娜也同样为了一勺菜汤委身给猥琐不堪的张麻子。黄国荣的长篇小说《乡谣》中也有类似的故事。杀猪的许茂法凭借手里的肉去诱惑饥饿的女人周菜花与其发生关系，周菜花觉得"好像那身子根本就不是她的，许茂法弄的也不是她，弄还是不弄，怎么个弄法，一切都与她毫不相干；或许她把这只当是一种交换，他给她牛骨头啃，她让他弄那东西，谁也不占便宜，谁也不吃亏"。

饥饿不仅将女人的尊严毁灭得一干二净，还将人的原形暴露无遗，把人变成为赤裸裸的生物性的人。饥饿让人们过得连禽兽都不如，又滋长了人性中的兽性。它在折磨人的肉体时，也耗尽了人性中的美好品质。《乡谣》中写过年分米粉时，有的全家都来了，丈夫和妻子分着过，儿女和父母分着过，媳妇不再赡养公婆，各自单独分开，生怕被家里人占了便宜。汪四贵抛弃了老婆周菜花和儿子跃进，一个人跑到江西谋生，教书的大吉不管家里老小的死活，在学校躲着偷食他每天六两的供应粮。被灾荒席卷的小镇已经没有了人情味，"夫妻不再是夫妻，父母也不再像父母，儿女也不再像儿女，兄弟也不再像兄弟。连男女之间都没了那件事，没有男婚女嫁，没有生儿育女。活着的人一天到晚只有一个念头，渴望有一口稀粥喝，不敢奢望米饭、馒头和饼子"。当饥饿成为活着最大的威胁时，人为了活着而变成了纯粹的生物性的人，为了吃，为了粮食，除此之外别无他物。

灾荒使得人性幽暗卑劣的一面得以极其彰显，给人类社会造成极大的精神戕害并带来极为严峻的后果。在灾荒逼迫下，许多人的人性发生严重的扭曲与畸变，人们可以抛弃妻子儿女去求生，甚至发生人食人的惨剧。马斯洛的层次需求理论表明，在正常的社会环境下，人们往往会有多种需求，可分为不同的层次和结构。如果遇到外力的冲击就会导致需求层次的降低，引起心理活动的失调或重整。饥荒使人们丧失了最基本的生存条件，在食品极度匮乏的时候，人们的需求结构必然降低到最原始、最低级的生存需要的层次上，发生人食人的现象也就难以避免了，饥饿瓦解了人们日常形成的道德准则和美好品格。智量的《饥饿的山村》写到了饥荒之下人食人的情形，杨显惠的《定西孤儿院纪事》则写了一个母亲煮吃亲生孩子的惨剧。

第三节 人性的思考

人性是什么，人性是善还是恶？这些都是千百年来东西方哲人们一直探讨不休的话题。有的人主张人性本善，代表人物有孟子、卢梭；有的人坚持人性本恶，代表人物有荀子、叔本华；有的人主张无善无恶，代表人物有告子、洛克；还有的主张善恶并存，代表人物有王充、柏拉图。综观整个当代文学，可以清晰地看到灾害下人性的精神影像。苦难既能彰显人性中残忍自私的一面，也能凸显人性光芒的一面。善与恶，就像一枚硬币的两面。人性是由一个人的原始本性和其生活的社会环境共同作用而决定的，没有绝对的善与绝对的恶。

刘晓宾的长篇小说《废墟狼嚎》描写了唐山地震中令人遗憾的一幕："或许，正是有了这些私欲的膨胀和丑恶的反衬，大地震的废墟上上演的一幕幕舍生忘死、相濡以沫的故事，才会如此悲壮，如此的轰轰烈烈、有血有肉吧！毕竟，生存是艰难而又壮烈的，而洗心革面的方式毕竟也是多种多样，是以某种前提为前提的啊！"① 关仁山的小说《重生》生动地描写了警察与逃犯的故事，写出了犯人的人性复苏。由于惦记自己的孩子，正在狱中服刑的犯人棍子不顾违法行为，趁地震混乱之际逃出监狱。女警察汪敏在追捕棍子的途中不顾自己的安危掩护犯人棍子，她的大爱感动了棍子。棍子在见到自己的孩子之后，又满含泪水返回监狱重新改造做人。钱钢的《唐山大地震》描写了唐山地震时期发生的令人震惊的抢劫风潮，抓捕了一千八百多名犯罪分子。相反，那些因各种原因被抓起来关在看守所里的罪犯，由于受灾较轻，听着周围凄惨悲切的呼救声主动要求出去救人。"几把刺刀其实是管不住分散在废墟上的这一群囚犯的，可是囚犯们没有忘记有一道无形的警戒圈"，抢险救人之后他们又都能够主动回到看守所，成为抗震救灾的英雄，许多人因此立功而释放或减刑。罪犯和英雄就是这样发生着急剧的逆转，有的人在突发的自然灾害下因一念之差沦为阶下囚，而那些在押的犯人并没有因牢狱的囚禁而掩盖了人性的光辉。

钱钢的《唐山大地震》还记叙了一则富有意蕴的"方舟轶事"。在那常见的防震棚里，为了生存，六个家庭二十一口人走到了一起，

---

① 刘晓滨：《废墟狼嚎》，百花文艺出版社 2002 年版，第 244—245 页。

组成了一个集体"大户"，不分男女老幼，大家在一起共享一点点仅能糊口的食物。后来，随着各自家庭挖掘出来的粮食财产的悬殊，无情地挑破他们感情维系的纽带，一些人开始藏匿自己得到的东西，不再打算与其他人分享，这个大家庭又重新被划割出一个个独立的个体。灾难中的人群为了生存而聚合，为了私有财产而分散，就如同人类发展进程的一次戏剧性演示。生存的现实考虑不可抗拒地决定着人们的意识和灵魂，让人们不由自主地依恋"大锅饭"的温暖，但是一旦环境好转带来了财富的不均，人性的天平便开始失去平衡，人们的内心便发生了微妙的变化。

陈启文的《南方冰雪报告》深刻挖掘了人们在灾难降临时的复杂人性，呈现出人们在物欲与精神之间的矛盾挣扎。作者能够直面灾难，既书写灾难深处的卑微、懦弱与耻辱，也发掘由灾难而唤醒的责任、良知、怜悯，直逼人心，拷问人性的力量。在冰雪灾害中，"一个饥饿的母亲，竟然夺走自己孩子的食物，然而，她很快意识到她做了什么，她把食物又重新塞进了孩子的嘴里"。而在晚点的火车站台上，一个年轻母亲双手抱着婴儿等了三天四夜，"她好像怕他冷，过一会儿，就俯下身，用舌头舔他，一遍遍地舔，用一个母亲最后的一丝余温"。一个三十出头的曾在川藏公路上跑过十几年车的退伍士官，由于背负着养家糊口的重担，趁着冰冻灾害狠狠地出车宰客，数钱数到手都发麻了。他认为自己是在赌命，用自己的性命挣钱心安理得。在一个风雪之夜，他在行车途中看见一个人站在路当中冲他大挥手臂，他心中暗喜，认为大赚一把的机会又来了。他慢慢地开近然后一脚急刹，因为他看到那个人背后的道路已经裂开了一大块，在冰雪的重压下蠕动着、瓦解着下沉。他惊出了一身冷汗，危机解除，那个人仍然站在路上继续给其他司机警示危险。经过这样一个偶然的小插曲之后，这个退伍的士官第二天又换上了那套好久没有穿过的军服，在自己的车上挂了一块"免费运送急难旅客"的牌子，成为韶山开出的第一辆免费义务运送急难旅客的车辆。像这样的冰雪灾害下人性复苏的例子还有很多。由于人性的贪婪，许多人在冰冻灾害时昧着良心大发灾难财。一个山村小学的代课老师平时工资微薄，在灾害中自然地加入了哄抬物价的队伍当中，显露出人性贪婪的一面。可是当他看到王娭毑在寒风中向小商贩们行乞，为小外孙讨要两口水喝时，他的不忍之心、悲悯之情被激活了，他犹豫了好一阵子，把一篮子的矿泉水、方便面都免费分给困在车上的乘客，然后"逃也似的走了"。这些行为温暖了严寒中的人们，也温暖了人世和人心，在这些平凡的人物身上焕发出了耀眼的人性光彩。也正是这些人物真实感人的犹豫与矛盾，让我们看到了人性的丰富与复杂。

马斯洛的层次需求理论表明，人们在正常的社会环境下往往会有多种的需求，分为不同的层次和结构，外力的冲击会导致需求层次的降低，引起心理活动的失调或重整。严酷的灾害使人们丧失了最基本的生存条件，人们的需求结构必然降低到最原始、最低级的生存需要的层次上，以至有时发生哄抢食物及人食人的现象。所以，卡斯特罗在其《饥饿地理》中一再强调饥饿对于人类品格的伤害和破坏远远高于其他灾难。这样就需要通过法律和道德规范去调节人们的行为，把人类原始本性约束规范在合理的范围之内。同时，人又是有精神追求的，有别于其他动物的仅仅满足于生理本能与需求。在一定的社会环境下，当其精神性的需求战胜原始本性时，便会显示人性的光芒，照亮幽暗的人性。

第五章　当代文学对自然灾害的多样性书写

　　新中国成立之后自然灾害频仍，给中华民族带来了沉重的苦难。当代作家没有漠视人民所遭受的苦难，与人民息息相通，对自然灾害题材格外关注，水、旱、蝗、疫、风等灾害纷纷进入他们的文学视野。当代文学生动地反映了这些自然灾害的灾象与特征，描写了自然灾害给人民带来的痛苦生活，对人民所遭受的苦难抱有深切的同情与关怀，体现了文学关怀社会人生的现实主义精神。灾害文学作品主题内容丰富，反映了广阔的社会生活内容，既有描写人民的苦难与饥馑的，也有反思政治与文化的，还有关注生态与环境的。文学作品体裁形式多样，既有小说、戏剧、散文、诗歌等体裁，也有民谣、旧体诗词等传统文学形式，还有新媒体语境下的手机文学、网络文学等。作品风格呈现出多姿多彩的色调，有的激越豪迈，在灾难中表现出乐观向上的情调；有的平静舒缓，表现出从容节制的艺术风度。不同类型作家的写作姿态有明显的差异，报告文学作家凸显了灾难反抗与社会批判的锋芒，而小说家则在有意味的故事中寄寓着对人与自然关系的思考。

第一节　灾害作品体裁形式多样

自然灾害在当代小说、诗歌、戏剧、散文等各类文体中都有所体现。小说由于其反映的社会容量较大，能够从容地展开对生活的叙述，在描写灾害的作品中占有很大的比重，在各类体裁中显得较为突出。不但有莫言、刘震云、阎连科、迟子建、方方、严歌苓、虹影、毕淑敏、谈歌、张一弓、李尔重、胡发云、关仁山、张抗抗、柳建伟、刘庆邦、黄国荣等一大批名家写过有关灾害的小说，同时也有罗伟章、智量、倪厚玉、刘晓滨、张尔客、刘宏伟、胡绍祥、向本贵、李绵星、赵凝等不太知名的作家写出过很好地反映灾害的小说，在艺术上取得了很高的成就。比如，罗伟章的长篇小说《饥饿百年》就曾因为描写中国百年饥饿的历史，得到雷达、白烨等许多批评家的赞赏，一度成为茅盾文学奖入围备选作品。

关仁山是当年唐山大地震废墟下的幸存者，大地震给他留下了难以磨灭的印记。他长期关注地震灾害，在地震文学创作上投入了很多的精力，有着相当出色的表现，体现了唐山作家地震后肩负的责任与担当。他与王家惠合作写出了长篇小说《唐山绝恋》，后被改编成为同名电视剧，得到许多观众的赞赏。《唐山绝恋》描写了国家地震局的周海光赶赴唐山出任市地震台台长，与市长向国华女儿向文燕、向文秀之间缠绵决绝的爱情故事。周海光到了唐山之后，唐山一带出现了很多异常的地质现象。防空洞气温升高，里面成群的老鼠不停地乱窜，洞内墙壁不断裂开，还不时喷出伴有硫黄气味的黄白色气体，水位升高、鱼类死亡、老鼠迁徙，特别是煤矿井下地热喷涌，这一系列现象说明大地震即将爆发。周海光果断地向市政府汇报，同时向全市发出了地震临震警报。然而唐山并没有发生地震，而是河北大城地区发生了4.2级的地震。这次误报把周海光置于一种极其尴尬的处境，他为了搞清真相证明唐山还存在地震的危险，就顶着压力继续监测。周海光在一次野外监测中搭救了被群蛇惊吓而落下悬崖的向文燕，由此互生好感产生了爱情。向文秀与钢厂工人何刚恋爱，其母亲明月却极力反对，原因在于何刚的父亲是右派。后来何刚的弟弟黑子在与人斗殴中误伤了文秀，明月利用权势责令公安局抓了黑子，并开除了何刚的工职。何刚为了搭救黑子，只好违心地答应文秀的母亲，远离文秀躲避到了乡间。1976年7月28日3点48分，唐山发生了7.8级大地震，整个唐山转瞬间沦为废墟。党中央国务院迅速调集力量进行援救，数十万解放军和各个医疗队纷纷开赴唐山展开一场生死大营救。向国华市长从废墟中站起来指挥抗震救灾，周海光积极投入水库保卫战中，带领解放军战士打开水库闸门，避免水库决堤的危险。向国华因伤势严重牺牲在指挥救灾的第一线，临死之前把文秀托付给周海光，因为何刚、文燕都在地震中去世了。周海光从医生处获悉文秀的脊椎在地震中受伤，不能再摔倒，否则脊椎断裂会有生命危险。周海光为了兑现自己答应文秀的父亲的承诺，提出与文秀结婚的要求，以便能更好地照顾文秀。可周海光总忘不了文燕，文秀也忘不了何刚，婚期一拖再拖。在唐山地震一周年前夕，周海光与文秀举行了结婚仪式。这时文燕出现了，原来她并没有在地震中牺牲，而是被解放军送到外地医治。周海光处在两难之中，心里虽然一直爱着文燕，但又要履行自己的承诺。文秀决定退出，偷偷地办了离婚证准备去上海治病。临行前在儿童村汇报演出中跳独舞，脑海中浮现出与何刚在一起的情景，回想着一年来的沧桑巨变，把整个身心都投入舞蹈之中，在热烈的掌声中摔倒流血去世，用生命的舞蹈演绎了一场生死之恋。文燕担任了唐山市儿童村村长，庄严宣誓：为了人类崇高的情感远离爱情，为了救助孤独的灵魂坚守孤独，用至高无上的母爱在心灵的废墟上浇灌幸福的花朵。唐山在全国人民的支持下，拂去地震的创伤，重新站了起来，开始建设新唐山。

汶川地震后，他创作出了长篇报告文学《感天动地——从唐山到汶川》。经过长期的酝酿，他以唐山大地震、汶川地震、玉树地震为背景，创作出了长篇小说《重生》，描写了汶川地震救灾与重建的过程，展现了中华民族一方有难、八方支援的光荣传统，谱写了一曲灾难之中的人性之歌。小说讲述了一个废墟上的爱情故事，山东籍解放军战士童刚从汶川地震的废墟中救起羌族姑娘宁晓岩，宁晓岩也随后加入了救援的队伍，在救援中两人萌生了爱意。后来童刚在玉树抢险中不幸瘫痪，为了不连累宁晓岩，开始有意躲避宁晓岩，故意制造出已经牺牲的假象。宁晓岩的母亲也劝说宁晓岩改弦易张，嫁给一个对她痴情的大款，但宁晓岩始终不为金钱所动，顶住母亲的压力，对童刚一往情深。最后宁晓岩的勇敢和坚贞不屈终于打动了童刚，有情人终成眷属。小说不仅歌颂了羌族姑娘宁晓岩与救灾英雄童刚之间冰清玉洁的爱情，也叙写了其他超越男女之情的大爱。童刚的爱不仅仅倾注在宁晓岩身上，他对震区的灾民也是无限热爱，竭尽全力去收养孤儿小龙，给予小龙亲人般的温情与呵护。石本贵作为唐山大地震的幸存者，带着唐山志愿者在地震发生后的第一时间赶赴抗震救灾现场，不畏艰难困苦，救出了很多伤者，给予灾区群众温情的援助和无私的支持。

诗歌由于短小精练，能够及时反映现实生活，因此反映灾害的诗歌层出不穷，表达了对灾民的深切关注，抒发了诗人的同情与悲悯之情。灾难发生之后，人们内心深处有许多浓烈的感情和深沉的思索需要表达，诗歌的特长就在于抒情，加之其平仄押韵，读起来朗朗上口，便于记忆与传诵，因此成了灾后最适合的表达情感的载体。在新中国历次自然灾害中都能见到诗歌的身影，特别是汶川地震时期出现了诗歌创作的井喷状态，诗歌体式众多，堪称完备。汶川地震诗歌中既有新诗，也有旧体诗词，还有歌词（像王平久的《生死不离》）。其中当然以新诗居多，既有长诗（如海田的《血脉》，全诗共有二千六百行），也有短诗，还有微型诗（如车前子的《2008 年 5 月 12 日》，全诗仅有六行三十六字）。新诗中以短诗居多，大多为单篇作品，如常建世的《汶川，诗歌疼痛的中心》、凹凸的《那一天》与黄礼孩的《汉字》等；也有组诗和外一首、外二首、外三首甚至外四首等。组诗有西库的《废墟上的守望》、苏浅的《请你来爱我——汶川祭》与张红果的《招魂》等；外一首有王家新的《哀歌》、凌越的《毕竟还可以哭泣》与韦白的《躺在废墟中的孩子们》等；外二首由徐敬亚的《第一次，我失去愤怒》、白雪的《震在我心中》与灯灯的《今天我抑不住自己的悲伤》等；外三首有王小妮的《2 点 28 分的鸣响》与黄礼孩的《爱是死亡惟一害怕的眼睛》；外四首有典裘沽酒的《民族与灾难》。

巨大的灾难也促使旧体诗词古调新弹，焕发了新的活力，一大批诗人开始运用传统诗歌形式为时而著，为事而作，表达自己对灾区受难同胞的深情厚谊。其中既有陈建功、刘征、武正国等著名作家与诗人，也有高级官员，如全国人大常委会原副委员长布赫、国务委员马凯等，还有著名学者周汝昌、霍松林、郑伯农等，此外还有一大批无名作者。这些旧体诗词既有律诗，也有绝句，还有词及古诗等样式。黄建琴的《汶川地震》运用七律形式去反映地震的严重灾情及政府迅捷的救援。

> 地动山摇楼宇倾，汶川一瞬万民惊。
> 家园顿失无居所，亲友难寻有泣声。
> 总理亲临人振奋，官兵飞降志成城。
> 天灾纵恶人情暖，亿万心牵一县城。①

刘满衡的《念奴娇——悲歌天府，国难兴邦》用念奴娇的词牌形式书写汶川地震的惨状，展现血浓于水的同胞之情。

> 天崩地裂，山河碎，汶川家园尽毁。残垣断壁废墟里，埋我八万无辜。痛皆父老，哀花雨季，黯陨魂飞去。西望川南，天府悲歌当哭。
>
> 众志危难时刻，雄兵十万，铁血铸忠诚，天使柔情抚伤死，

---

① 黄建琴：《汶川地震》，《惊天地 泣鬼神：汶川大地震诗钞》，华东师范大学出版社 2008 年版，第 248 页。

同胞血浓于水。八方施援，海内海外，大爱无疆。千古国难，催唤华夏兴邦。①

丈夫惦念远在汶川出游的妻子，眼见七十二小时的黄金救援时间已过，妻子仍然生死未卜，连发百余条短信均无回音。诗人古兰有感于此，写了一首《虞美人·今生来世》，寄寓了患难夫妻死后也要再续前缘的悲怆情怀。

　　黄金援救三天过

　　针秒穿肠破

　　京畿短信发千回

　　不唤巴山蜀水燕归来

　　锦衾空叠妆台在

　　瓦砾朱颜改

　　平生对酌少交杯

　　来世夫妻重做鬼为媒

周汝昌的《蜀中地震 夜不能寐 作诗述感》运用七律的形式来为汶川祈福。

　　鼋愁坤陷路沉浮，

　　川涸山崩撼九州。

　　天地不仁人自救，

　　军民倾力众分忧。

---

　　①　刘满衡：《念奴娇——悲歌天府，国难兴邦》，《国殇》，海天出版社 2008 年版，第 219 页。

国家应急争分秒，

领导飞临指策谋。

大愿更生甦万困，

微怀深祷念无休。①

　　国务委员马凯的《抗震组诗》由十首诗组成，多侧面、多角度地书写了汶川地震及抗震救灾的整个进程，既有"十万大军强挺进，飞石箭雨若等闲"的场面，也有降旗致哀的悲痛场景，还有疏导堰塞湖化险为夷及重建家园等内容。

其一　天塌地陷

大地抖，腥风虐；

川改道，山崩裂。

泥流石瀑从天泻，

广厦顿失烟灰灭。

千镇万村呼无应，

断桥残路飞难越。

疮痍满目家何处？

唯听废墟声声咽。

父老乡亲你在哪？

十三亿人心滴血。

其二　集结号响

震惊天，令急颁；

---

　　① 周汝昌：《蜀中地震 夜不能寐 作诗述感》，《不屈的国魂：汶川大地震诗歌精选》，四川人民出版社 2008 年版，第 176 页。

鹰展翅，箭离弦。

风驰电掣犹嫌慢，

恨不分身瓦砾边。

雨倾山摇全不顾，

排兵布阵陋棚间。

八方四面群英汇，

万马千军抢入川。

国难当头齐呐喊，

五星旗下肩并肩。

其三 生死搏斗

请挺住，别远走；

祖国在，坚相守。

派天兵堵鬼门口，

争秒分与死神斗。

顶断梁开希望路，

冒余震救亲骨肉。

残垣但见光一缕，

钻撬刨搬不撒手。

地狱劫生六千还，

人间奇迹新谱就。

其四 铁军无前

绝壁悬，激流湍；

灾情迫，火速前。

十万大军强挺进，

飞石箭雨若等闲。

拼夺孤岛盲区降，

抢掘废墟望眼穿。

生命走廊肩托起，

亲人过后泪满衫。

降洪伏雪英雄手，

蜀道难拦补裂天。

其五　国旗半垂

国旗垂，山河泪；

长风咽，人心碎。

八万同胞一瞬殁，

天何糊涂天之罪。

雏鸽无恙鹰折翅，

乳子安然娘长睡。

永恒雕像心中矗，

天堂路上可宽慰？

笛声回荡向谁鸣，

生命至尊民为贵。

其六　悬湖化险

落石堵，奔流阻；

河塞堰，湖悬谷。

水涨怕逢倾盆雨，

堤决狂泻猛于虎。

千钧一发箭在弦，

除险撤离紧部署。
倾巷空村急转移，
开渠导泄分秒数。
手牵洪魔驯从流，
浩浩安澜过巴蜀。

其七 爱心奉献

川内外，寰宇中；
地虽裂，心相通。
南北东西齐援手，
炎黄一脉本根同。
甘甜母乳孤儿醒，
荡气遗书语惊空。
献血长龙人堵路，
解囊绵薄土积峰。
真情不语天流泪，
大爱无私地动容。

其八 重新出发

洗去血，抚平伤；
含热泪，再起航。
天塌地陷腰未弯，
浴火重生头更昂。
瓦砾丛中兴广厦，
残垣断处抢种粮。
飞桥又架通天路，

信手共织锦绣乡。

篷帐学堂灯一盏，

凤凰涅槃铸辉煌。

其十　华夏再赞

惊天地，泣鬼神；

五洲叹，四海钦。

多难兴邦缘何在，

临危万众共一心。

山崩地裂脊梁挺，

蹈火赴汤涌千军。

开放坦诚新形象，

自强仁爱民族魂。

顶天立地何为本？

日月同辉大写人。①

武正国还出版了抗震救灾旧体诗集《抗震救灾群英颂》，有《英雄少年篇》《人民教师篇》《基层干部篇》《解放军、武警、公安干警篇》《白衣战士、记者、志愿者篇》等六个部分，歌颂了抗震救灾中涌现出来的各类英雄人物。

汶川地震期间旧体诗词一度繁盛，一些作者不约而同地写起了旧体诗词，在诗词格律的吟哦中抒发悲痛和忧伤，在互相慰藉中减轻灾难造成的苦痛。巨大创痛激发出的生命体验和忧患意识，在作家的笔端开拓上升为对民族精神伟力的歌颂。传统文化无形中被赋

---

① 马凯：《抗震组诗》，http://book.people.com.cn/GB/122803/7402633.html.

予了民族象征的意义，具有强烈的文化抚慰功能。我们由此可以看到传统文化巨大的包容性，看到新的时代环境下对传统文化的多元利用。

自然灾害给报告文学带来了一个长足发展的机会，报告文学作为文学的轻骑兵总是冲在灾害的最前沿，率先捕捉灾害的身影。报告文学始终以强烈的现实主义精神拥抱当下社会生活，因此在各类自然灾难的书写中都少不了报告文学。描写 1976 年唐山大地震的有《人定胜天的赞歌》、钱钢的《唐山大地震》、张庆洲的《唐山警世录》、刘晓滨的《唐山，唐山!》、李润平的《四天四夜——唐山大地震之九死一生》、王立新的《地震与人——唐山震后心态录》、冯骥才等编著的《唐山大地震亲历记》、郭安宁的《中国唐山大地震》等；描写 1991 年洪水灾害的报告文学有杨黎光的《生死一线》、陈桂棣的《不死的土地：安徽三河镇营救灾民纪实》、江深等人的《人民子弟：南京军区部队、民兵抗洪救灾纪实》、涂路的《洪水沉思录》、刘醒龙的《洪水，八个生命的瞬间》、郭传火的《汪洋中的安徽》、张希昆、严双军的《中国大洪灾：1991 年中国特大洪涝灾害纪实》、蒋德群等人的《1991——向洪水宣战——南京军区部队抗洪救灾纪实》等；描写 1998 年洪水灾害的报告文学有王敬东的《荆江安澜》、傅建文的《荆江倒计时》、岳恒寿的《洪流》等；描写 2003 年"非典"的报告文学有杨黎光的《瘟疫，人类的影子——"非典"溯源》、舒云的《纸船明烛照天烧——中国抗击非典全纪录》等；描写 2008 年南方冰雪灾害的报告文学有陈启文的《南方冰雪报告》、徐剑的《冰冷血热》、吕辉的《08 雪灾纪事》、郝敬堂的《好汉歌》、罗盘的《中原鸣响集结号》、伊始等人的《冰点燃烧——2008 南方大冰灾纪事》、郝振省主编的《雪灾中闪烁的人性》、聂茂与厉雷的《回家——2008 年南方冰雪纪实》、吴达明与吴海榕的《大拯救——广东省乳源瑶族自治县 2008 年世纪冰灾救助滞留旅客纪实》、雷铎工作室的《2008：中国惊天大雪灾》等；描写汶川大地震的报告文学有李明生的《震中在人心》、徐剑的《遍地英雄：第二炮兵部队抗震救灾实录》、赵瑜和李杜的《晋人援蜀记》、张蜀梅的《生死一线：汶川大地震九天纪实》、陈歆耕的《废墟上的觉醒：关于汶川大地震志愿者的问卷调查》、关仁山的《感天动地：从唐山到汶川》等。报告文学工作者深入各类抗灾抢险第一线，记录下中国军民抗灾抢险的感人事迹，写出了一大批较为出色的报告文学。

此外，还有不少描写灾害的散文、戏剧、广播、电影、电视剧本等。散文有张丽钧的《车票》、李永文的《吊兰飞翠》、长正的《经霜焦竹声更高》、李志强和张庆洲的《地震往事》等；戏剧有反映 1998 抗洪的话剧《洗礼》与《抗天歌》、反映 2003 年抗击"非典"的小品《情系小汤山》，以及反映 2008 南方冰雪灾害的话剧《冰雪丹心》等；电视剧本有关仁山等人的《唐山大地震》、冯思德的《方舟》、刘晓滨等人的《唐山故事》、抗击非典电影剧本《以南丁格尔的名义》等；广播剧本有刘三伶的唐山地震生活"三部曲"：《三个人的月亮》《唐山孤儿的故事》《天堂之梦》等。

"上山下山问渔樵，要知民意听民谣。"民谣是农业社会的精神遗产，书写了底层民众的日常生活和精神记忆，是我们走进底层民众精神世界的一种途径与方式。在历史的叙述中，底层民众往往处于一种失语的状态，他们的生活和精神风貌往往模糊不清，长期淹没于喧嚣的精英话语之中。民谣对灾害的描述可以丰富我们对历史的理解，因为民谣所反映的大多是底层民众无意间记录下来的生活，里面没有过度的雕饰和润色，从中可以勾勒出民众眼中的灾害图景。当代民谣反映了当前社会流行的社会舆论，代表着普通民众的社会情绪。"非典"时期出现了很多民谣，反映了瘟疫之下广阔的社会生活内容，在诙谐的形式中寄寓了严肃的政治思考。比如，下面的民谣就反映了"非典"时期社会生活的巨大变化。"个人隐私被尊重了——大家没事不来往了；道德水平'提升'了——嫖客不浪了，小姐不逛了；主动让座的人多了——上车咳一声周围立马没人了；男人厨艺提高了——闲着没事常下厨房了；野生动物得到保护了——没人敢拿它们去宴请了；读书风气回来了——麻将赌博没人敢参加了；社会治安改善了——待在家里的人多了；计划生育吃紧了——床上活动增加了。"另外一首民谣也反映了"非典"疫情的社会舆情："广东流行'非典'了，北京也被感染了。政府不再隐瞒了，媒体也敢呐喊了。患者已经不少了，医院也都住满了。医护人员辛苦了，前线冲锋冒险了。群众有些没胆了，戴着口罩捂脸了。三副中药熬好了，身体必须锻炼了。国际组织监管了，控制日子不远了。"一些民谣透露出民众乐观与豁达的情绪，映射出中华民族坚韧不屈的性格。"沙斯病起，粤港传疾；处置失当，全国危及；主席揪心，总理着急；危难之时，授命吴仪；号令九州，集资百亿；全国齐心，全民协力；有疑就隔，确诊就医；人人行动，奋战五一；吴仪吴仪，无疫无疫；有了吴仪，定能无疫；吴仪吴仪，无疫无疫；无疫无疑，无疑无疫。"这首民谣充分运用汉语的谐音特点，把吴仪、无疑、五一、无疫几个词语巧妙地组合在一起，显示了人们对吴仪就任卫生部长的无比信任与战胜疫情的坚定信念。

新媒体是建立在新的电子技术、通信技术、网络技术等基础上的新型媒体，有别于以报纸期刊为主的传统传播方式。比如，通过网络、电视、智能手机、Iphone、Ipad、Twitter、电子书等传播信息，极大地改变了文学生产、传播和接受的形式，导致了文学形态的巨大变化。在灾害文学书写方面，新媒体也显示了强劲的势头。2003 年"非典"时期，手机短信就作为一种重要的文化力量参与当下的社会生活，传递着友爱、达观、希望、信任与关怀之情，显示了别样的人文内涵。"月色浓浓如酒，春色轻轻吹柳，桃花开了许久，不知见到没有，病毒世间少有，切忌四处乱走，没事消毒洗手。"读来温情脉脉。有一则短信考证"非典"的最早历史记载："据考证，中国最早记载'非典'的文献是《三国志》：曹操遭东吴偷袭，幸有典韦舍命护卫，操脱险后哭道：非典，吾命休矣！"这样的读书会意让人莞尔。有的短信则含有搞笑捉弄人之意："据查，非典型肺炎主要传播途径是流通的货币，为了您和家人的健康，请您整理好全部现金用塑料袋密封，我将上门回收，并收取少量费用。"还有些短信具有黑色幽默的味道："朋友，想度假吗？请速拨打 120 免费电话，赢得医院 7 日包食宿超值游！现在拨打还赠口罩、时尚消毒套服、救护车接送等，前十名更可享受免费隔离待遇！"在南方冰雪灾害、汶川地震及雅安地震中，人们借助新媒体，冲破距离的阻隔，传递心中的那一片彩虹，在互联网、手机、电视等各种媒体上写下了难以计算的灾害文学作品，显示了新媒体文化的强大生命力。

杨义先生呼吁建立一种大文学观，认为古代文学就是一种杂文学，铭文、墓志等都属于广义的文学的范畴，文史不分家，经史子集皆可视作文学。我们现在所谓的纯文学观是近代西方科学思潮引进后的产物，特指诗歌、小说、戏剧、散文等文体。他极力建构一种大文学观，建议把少数民族文学、旧体诗词、通俗文艺、现代戏曲等都纳入文学史的考察视野。他的大文学观既具有纯文学观学科知识的严密性和科学性，又同时兼顾了传统杂文学观的博学深知和融会贯通，沟通了文学生命和文化情态，分合相参，内外互证。受杨义先生大文学观的启发，本书涉及的灾害文学作品不仅有所谓的纯文学作品，也有一些是从大文学观着眼的更为宽泛的文学作品，如旧体诗词、民谣、日记、通俗文艺、新闻与通讯、调查报告、手机短信、博客、微博、微信等，它们共同参与了对当代灾害的反应与书写。世界上不存在什么纯文学，过度强调纯文学，就是对文学与整个人类的生存状态的一种阉割。的确，如果没有唐山地震时期的通讯集《人定胜天的赞歌》，以及杨杨的调查报告《通海大地震真相：一个人的回忆与调查》，我们很难想象当时灾情的严重及灾民生活的不幸，无法了解政府和民众在特殊时期的精神影像。这些都是湮没在当代文学史经典话语下的真实文学生态的一部分，当代文学史上如果没有这些广义的大文学的存在，那么我们中华民族的生存状态和历史记忆将是多么的贫乏和苍白，整个当代文学史也将变得残缺而不完整。

在对汶川地震时期的旧体诗词考察时发现，传统文化的流风余韵在私下的空间里依然保持了葱茏的活力，古典诗词拥有一大批高水准的作者群，令人刮目相看。这种现象令人感慨万千，同时也加剧了我们对文学史的困惑和不安。这些人文风景如果没有大地震的契机，一般很难浮出文学史的地平线，只是满足于私底下的吟唱酬和。面对当代文学旧体诗词创作的大量史实，我们恐怕再也无法漠视旧体诗词在当代文学史中的地位。从 1988 年陈思和、王晓明在《上海文论》主持"重写文学史"专栏开始，"重写文学史"就成为中国现当代文学研究界一个时髦的口号，并日益形成一股巨大的潮流。每位重写文学史的人都希望自己的文学史叙述能够不断接近历史的本然，表达自己对文学、历史、现实的态度和判断。但迄今为止，还没有几部被公认为写得较好的文学史。"今天，我们注重原始材料的价值，追求研究主体'返回历史现场'的亲临感，意味着对历史的偶然性和事件的'日常'性的关注。历史的真实，往往就体现在这些平淡的历史现象中。"①笔者之所以不厌其烦地详细介绍各种灾害文学作品，梳理其历史脉络，部分想法和意义或许也正与此暗合，那就是通过对灾害文学作品等原始材料的细密发掘与考辨，返回历史的现场，为将来的文学史叙事夯实坚实的地基。正如范伯群所言："要真正写出一部'多元共生'的文学史，恐怕还要经一、二代研究者的努力。好在我们有许多博士和硕士研究生，他们为做学位论文到处在找寻前人未曾涉足的空白区，他们的'经营空白'，有助于进行地毯式的普查，这是很有意义的科研工作。"②

---

① 杨联芬等编：《20 世纪中国文学期刊与思潮：1897—1949·绪论》，百花洲文艺出版社 2006 年版，第 2 页。

② 范伯群：《每一代人都理应用自己的观点编写一部文学史——评严家炎主编的〈二十世纪中国文学史〉》，《中国现代文学研究丛刊》2011 年第 9 期。

第二节 灾害作品主题内容复杂多样

一 苦难与饥馑主题

中华民族一直在与自然灾害不断地斗争，但由于科技生产力及国民经济方面的原因，人们一时还无法抗拒强大的自然灾害，大多数情形下还要默默地承受自然的风吹雨打，因此苦难与饥馑便成了中华民族文化记忆深处的隐痛。当代文学承载着这种苦难与饥馑，对各种自然灾害都做了具体形象的反映，真实地展现了灾害打击下人民的艰辛生活。一些作品能够正视阴暗的人性与淋漓的鲜血，表现了作家直面苦难的勇气和良知。

刘震云的小说《温故一九四二》描写了 1942 年河南大灾荒之下人民的苦难生活，生命是如此的脆弱，三百多万人活活饿死。作品引用了《豫灾实录》里面的报道："今日的河南已有成千成万的人正以树皮（树叶吃光了）与野草维持着那可怜的生命。""现在树叶吃光了，村口的杵臼，每天有人在那里捣花生皮与榆树皮（只有榆树皮能吃），然后蒸着吃。"一位老者说："我做梦也没有想到吃柴火！真不如早死。"在这样严重的饥荒之下，人们已经无法选择具体的食物对象了，只要能填充肚皮活命就行。在生存面前，人的荣辱、尊严与名誉都可以弃之不顾，只为维持那可怜的生命。灾荒期间，许多贫苦人家只能忍痛卖儿鬻女以求生存。人也被当成一种商品在市场上自由买卖，一些灾区出现了专门买卖人口的场所——人市，人口买卖一时畸形繁荣。"卖子女无人要，自己的年轻老婆或十五六岁的女儿，都驮到驴上到豫东驮河、周家口、界首那些贩人的市场卖为娼妓。卖一口人，买不回四斗粮食。"年轻的生命如此轻贱，老弱妇孺只有终日等死，年轻力壮者不得不铤而走险，河南灾区人民的生命薄如雪花。不甘等死的人群开始逃荒，他们带上家中最值钱的东西，一些妇女还穿着旧了的嫁衣。他们离开了自己的故土，把生的希望寄托在另一片没有灾难的土地上，但大多灾民踏上的是一条无尽长的死亡线。"陇海铁路，在灾民的心目中，好像是释迦牟尼的救生船。他们梦想着只要一登上火车，便会被这条神龙驮出灾荒的大口，到安乐的地带。从八月份起，我便看到这些破破烂烂的人群，在开车之前，冲锋似的爬到火车的顶盖上。头顶上炎炎烈日张着火伞，脚下是烙人皮肉的炙热的镔铁，人们肩挨肩地在一起堆砌着，四周乱七八糟地堆满他们所有的财产：土车、破筐、席片，以及皮包骨的孩子。"① 许多人在扒火车时摔下来身亡，也有扒上火车却由于饥饿寒冷难耐夜间从车顶掉下去死了。一些人则用另一种坚韧的行走方式去逃荒，一直熬到走不动倒下去为止。到处都是死尸，到处都有狗吃人的现象。当白修德把此事上报蒋介石时，蒋委员长还不大相信自己治下的河南会出现这种情形，直到白修德把狗吃人的照片摆出来，蒋委员长才哑口无言，准备救灾。除了狗吃人之外，《温故一九四二》还写了人吃人的事实，"活人吃活人，亲人吃亲人。……还有易子而食的，易妻而食的"。

　　20 世纪五六十年代是一个如此切近而又遥不可及的年代，众多

---

① 李蕤：《无尽长的死亡线》，《前锋报》1943 年 2 月 19 日。

历史叙述都在竭力回避这段历史，幸而还有文学用它特有的方式为我们讲述了那段独特的苦难岁月。虹影的《饥饿的女儿》、刘庆邦的《平原上的歌谣》、智量的《饥饿的山村》、杨显惠的《夹边沟记事》《定西孤儿院纪事》、尤凤伟的《中国一九五七》、方方的《乌泥湖年谱》、和凤鸣的《经历——我的 1957 年》、胡平的《残简——中国 1958 年》等众多作品把笔墨集中伸向那段历史，为我们描绘了一幅幅惨不忍睹的大饥荒图景，展示了隐匿于我们民族历史深处的集体记忆。

虹影根据自己的亲身经历撰写了长篇小说《饥饿的女儿》，反映了 20 世纪 60 年代重庆底层贫民大众饥饿与苦难的生存困境。"六六"出生在 1962 年，幸运地躲开了三年大饥荒，但是"六六"隔着母亲的肚皮在娘胎里就尝到了饥饿的滋味。饥饿成了她的胎教，深深地烙在了她的脑海之中。母亲靠出卖体力谋生，天天吼着号子像男人一样挑沙投砖。虽然怀有身孕，但一看到嗷嗷待哺的五个儿女，母亲怎么也不忍心去多吃一口本身就少得可怜的食物。为了不让孩子们挨饿，母亲与一个关心自己的年轻人私通，生下了"我"这个不该出生的孩子。由于"我"的出生，家中粮食更为匮乏。父亲勒紧裤腰带限制着自己每天的饭量，为了哄骗饿得直叫唤的肚子，不断地往快要蒸好的米饭中加水。母亲每天外出做临时工、干体力活养活这个家，大姐带着弟妹出去挖野菜和草根充饥。饥饿时刻焦灼着每一个家庭成员的心灵，为了填饱肚子，人们无法维护最起码的人格与尊严，做出许多违背良心、人格的事情。小说不仅写出了六六物质的饥饿，还顺带写出了由物质饥饿引发出来的内心深处的情感饥饿和性的饥饿。六六作为一个私生子出生的不合时宜，与家中几个孩子争抢粮食份额。父母亲对她持一种特别的态度，从不打骂也不指责，既不宠爱也不放纵，管束得极紧却又特别关照，如同别人家的孩子来自家串门，所以不能出了差错。哥哥姐姐平时极少搭理她，要么就是一顿辱骂和毒打。六六从小就少言寡语却又固执坚忍，认为自己是个多余的人，没有朋友，也没有男同学对她感兴趣，还经常被同学欺侮，也不感到屈辱。通过对六六人生命运轨迹的梳理，小说为我们揭示了造成主人公命运的深层根源其实就是饥饿，以此来映射大饥荒年代人们的辛酸生活。

杨显惠的《定西孤儿院纪事》通过"定西孤儿院"这个底层受苦儿童的"绝境之地"，描绘了一大群定西孤儿的生命悲歌，反映了大饥饿时代人民的苦难生活，用纪事的形式再现了三年大饥荒的历史。《定西孤儿院纪事》由二十二个相对独立的故事组成，通过这些故事描绘了数百遗孤挣扎于饥饿和死亡的情景，读来让人撕心裂肺。

食堂一散伙，人们抢着剥榆树皮，大的厚的榆树皮剥光了！二爸走了以后，我跟着娘去剥榆树皮，只能在人家剥过的树枝子上剥些薄皮皮。树皮剥来后切成小丁丁，炒干，磨碎，煮汤喝。再就是挖草根根——草胡子根根，妈妈草根根辣辣根根，还有骆驼蓬。这些东西拿回来洗净，切碎，炒熟，也磨成面面煮汤喝。除了草根根骆驼蓬，再就是吃谷衣炒面，吃荞皮炒面。荞皮硬得很，那你知道嘛！磨子磨不碎，要炒焦，或是点上火烧，烧黑烧酥了，再磨成炒面。谷衣草呀草根呀磨下的炒面扎嗓子，但最难吃的是荞皮，扎嗓子不说还苦得很，还身上长癣，就像牛皮癣，脸上胳膊上身上到处长得一片一片的，痒得很，不停地抠呀抠呀，抠破了流黄水。①

　　作者用丰富具体的细节告诉我们当时定西人民如何解决吃的问题，吃的是什么，如何把这些本来不能吃的东西吃下去？人已经蜕化为食草动物，甚至在吃那些连牛马都不吃的东西。"时间已经是十一月上旬，每天吃两碗豆面糊糊的日子持续一个月了，原来身体衰弱的人走向衰竭，原来'健康'的迅速衰弱，原来爬不动的人大批倒毙。"在饥饿的摧残下，人们的生命像蝼蚁一样死灭。每个孤儿的背后都是一大家子人的死亡，甚至有不计其数的家庭灭门绝户。

　　　　我奶奶很惨。奶奶去世的时候，她的几个儿子都没有了。我大大是死在引洮工地的，挖土方的时候崖塌下来砸死的。二大是右派送到酒泉的一个农场劳改去了，农场来通知说已经死掉了。我大娘外出讨饭，听人说饿死在义岗川北边的路上了，叫人刮着吃了肉了。我大是奶奶去世前一个月从引洮工地回家来的，是挣出病以后马车捎回来的，到家时摇摇晃晃连路都走不稳了，一进家门就躺下了，几天就过世了。我大临死的那天不闭眼睛，跟我娘说，巧儿她娘，我走了，我的巧儿还没成人，我放心不下。咱家就这一个独苗苗了。

　　　　我大为啥说这样的话哩？我哥比我大死的还早。我哥是五九年春上，从靖远大炼钢铁后回到家的。八九月谷子快熟的时候，他钻进地里捋谷穗吃。叫队长看见了，拿棒子打了一顿。打得头像南瓜那么大，耳朵里往外流脓流血，在炕上躺了十几天就死掉了。我哥那年整十八岁。还没成家。

---

　　① 杨显惠：《定西孤儿院纪事》，花城出版社2007年版，第21页。

　　那天，我娘对我大说，娃她大，你就放心，只要我得活，巧儿就得活。①

　　于是，巧儿娘为了保存家里唯一的独苗，让巧儿有资格进孤儿院，就把自己活活勒死了。此时政府已经开始发放少量救济粮，一个母亲在有望活命的时候为了女儿毅然放弃了生的希望。而同样作为母亲，扣儿娘为了自己活命，把自己亲生的孩子给煮着吃了。《老大难》写了饥荒之下另一个母亲的艰难选择，"狠心"地抛下儿子，带着女儿改嫁他人，后来母亲再见到儿子时感到羞辱难堪但又爱意绵绵。作者不厌其烦地讲述了一个又一个孤儿的悲惨身世，叙述他们的亲人一个一个被饥饿夺去生命。《顶针》讲述了莲莲的母亲带着子女逃荒要饭，自己却被饿死在一个山旮旯里；《俞金有》讲述了俞金有贪吃咸菜，夜里找水喝掉到井里淹死了。有的孤儿因天冷钻进炕洞被煤烟活活呛死，大批大批的孤儿因患痢疾而死去，人的生命如蝼蚁一样轻贱。

　　那些"夹边沟"右派们在大饥荒年代所遭受的痛苦丝毫不亚于这些定西孤儿，这群大学生、医生、中学教师、基层干部也时刻处在饥饿的威胁下，为了生存而苦苦挣扎。饥饿吞噬了他们的健康，也毁掉了他们的善良和尊严，只遗存下原始的动物本能。《饱食一顿》讲述了高吉义在一次捡洋芋的路中尽情吃洋芋，以至于"吃得洋芋顶到嗓子眼了……一弯腰嗓子里的洋芋疙瘩就冒出来"。而饱读私塾的老先生牛天德殷勤伺候因吃太饱而呕吐的高吉义，为的是把高吐出的秽物收拾起来做自己的粮食。考虑自己知识分子的脸面，

---

　　① 杨显惠：《黑石头》，《定西孤儿院纪事》，花城出版社 2007 年版。

还冒着危险爬上屋顶去偷偷吃那些呕吐与排泄物中未消化的洋芋疙瘩，有力地写出了饥饿对人身心的折磨与摧残。王鹤鸣出身于书香门第，为了生存只得想办法去偷食军马口粮。情急之下，还有人偷吃死人肉和心脏，董建义死后屁股蛋子上的肉就被人剜去吃了。《贼骨头》中的俞兆远只要看到食物就偷心顿起，成了远近闻名的贼骨头，甚至后来离开夹边沟回到家之后，这一毛病还改不掉。"一天到晚心里想着吃的，还特别想吃生粮食。做熟了的饭菜不管吃多少，心里总是空荡荡的"，还要正儿八经地去偷吃家里的粮食，逼老婆和他离婚，写出了一个普通知识分子的人性扭曲乃至分裂。在那苦难的岁月里，饥饿和死亡就这样一点点榨尽人的生命能量，撕碎人的尊严，令人扼腕叹息。

智量教授在花甲之年以自己的亲身体验创作出了长篇小说《饥饿的山村》，把 20 世纪 60 年代乡村的苦难历史呈现给我们。小说以右派知识分子王良为叙述视点，通过他被发配到偏僻荒凉的李家沟"接受贫下中农再教育"的所见所闻，展现了大饥荒中那些挣扎在饥饿死亡线上的男女老少的悲惨生活。李家沟是一个在抗日战争时候救过伤员为革命做过贡献的地方，现在却遭遇了前所未有的饥荒，成了那个饥荒年代下苦难农村的一个缩影。在苦菜没有下来之前，村里已经饿死了一百多个人，小孩接二连三地死去，这个作为李广将军后代的李姓家族面临着绝后的危险。"新生婴儿？你说啥？谁家能有倒好了，绝不了后了。可是年轻妇女哪能怀上胎呦！怀上也难活。现今全李家沟只有一个孕妇，大家都望她能平安生下来……再不生出个娃娃来，我们姓李的真要绝后啦！"为了生存下去，一幕幕令人刻骨铭心的悲惨现实在这片贫瘠的黄土世界中上演了。为了得到一个馍，美丽的女人李秀秀竟一次次献出青春的肉体；村民们蜂拥争抢火车里丢出的果皮残渣，偶尔捉到的蚂蚱顾不得摘掉翅膀和头便一口吞下。人们饥肠辘辘，不得不沦落到去与驴子争草吃；为了沾点荤腥气，二狗子竟舔吃女人月经带子上的凝血；为了给李家沟唯一的孕妇盼水补身子，李七姑偷偷割下刚埋葬的死婴尸体上的肉。因为缺少食物，李家沟许多村民腿脚肿得透明，无力走路，只好坐等死亡。二狗子在给别人送馍时禁不住馍香的诱惑，竟把二十多个白馍全部吃掉，被活活撑死了。在饥饿的威逼下，知识分子王良面对一笼屉胡麻籽窝窝面也不能自持，忍不住把手伸过去偷了一个吃下去。

钱钢的《唐山大地震》形象地描写了唐山所遭受的重创，唐山第一次失去了它的黎明。"它被漫天迷雾笼罩。石灰、黄土、煤屑、烟尘以及一座城市毁灭时所产生的死亡物质，混合成了灰色的雾。浓极了的雾气弥漫着，飘拂着，一片片，一缕缕，一絮絮地升起，像缓缓地悬浮于空中的帷幔，无声地笼罩着这片废墟，笼罩着这座空寂无声的末日之城。""唐山人伫立着。在那些被浓雾裹着的废墟上，在那些被浓雾裹着的大路边，他们呆呆地伫立着。许多人还在噩梦之中：是原子弹爆炸？是煤矿失事？他们不知道擦去脸上流动着的血，不知该怎么抢救地狱中的亲人，连自己站在什么地方都忘了。有人不知为什么，手里攥着一只死鹅，怎么也不撒手；有人眼盯着放在脚盆里的死孩子，半天一动不动。许多人赤身裸体，那些只戴一个胸罩的姑娘，甚至忘了找件衣服遮身……这些默默喘息着的尚存的生灵，就像那一座痛苦地拦腰扭转过去的门柱，已经没有力气，也没丝毫欲望去呼喊了。沉默。黯淡的目光、僵硬的四肢、凝冻的血液。这就是濒死的一切。"① 作品引述了陆实的回忆录，从穿着方面把地震中幸存者们的苦难揭示得淋漓尽致。"因为大都是光着身子从废墟里爬出来的，所以用什么遮体的都有。有相当一部分人（不分男女）都穿着宽袍大袖、长及脚面的外国睡衣，我知道这是从服装厂弄出来的出口服装；几个小伙子身穿灰制服，头戴新四军帽，有两个居然戴着日本战斗帽，还有一个光着膀子穿着日本马裤，这一定是京剧团的戏装，因为这都是《沙家浜》里的东西。有个拐棍子的白胡子老头，光着干瘦的身子，下边却围了一条姑娘穿的花布裙。"②

二　政治与文化反思主题

新时期以来，随着思想解放运动的兴起，许多文学作品借底层的苦难来探索人性，思考灾难之下的天灾与人祸，反思新中国成立以来那段特殊时期的政治与文化。茹志鹃的小说《剪辑错了的故事》采用意识流的手法把解放战争年代与"大跃进"两个时间段落衔接起来，让主人公老甘、老寿穿行于其间，反映不同时期干群的关系。战争年代，农民老寿倾其所有无私支援老甘干革命，不惜砍掉长势正旺的枣树。老甘紧紧捏着老寿的膀子激动地流下了眼泪说："将来我们点灯不用油，耕地不用牛，当然也有各种各样的果园。不过现在，你还是留两棵给孩子们解解馋吧！"新中国成立以后，到了1958年"大跃进"，各地大放卫星，虚报粮食产量。甘书记也就是原来的老甘允诺给老寿的幸福生活并没有降临，还逼迫老寿和社员们饿着

---

① 钱钢：《唐山大地震》，解放军文艺出版社1986年版，第34—35页。
② 同上书，第35页。

肚皮上缴公粮，强调"现在的形势是一天等于二十年，要跑步进入共产主义的时候"，命令社员砍伐即将成熟的梨树。老寿对此非常不理解，站出来抵制这些做法，却被当成革命的绊脚石打成右派分子。这个故事根本症结在于老甘与老寿之间的历史约定难以实现，战争年代老甘走底层路线，赢得了人民群众的支持，他们不顾身家性命支持革命，最终建立了新的革命政权。老甘在掌握了革命政权之后，首先考虑的是群众的政治生活，要跑步进入共产主义，要紧跟革命的大好形势，没有尊重人民对物质生活的需求，做出了一些违背底层民意的举措。在老寿看来，老甘没有兑现当初的承诺，现在还要让他们继续牺牲，于是老寿就不愿意再牺牲了，以致跟不上形势，做了一个绊脚石。《剪辑错了的故事》以老甘和老寿之间的兄弟之谊隐喻政党与民众之间的政治伦理关系，借此反思新中国成立之后的极左政治给人民带来的伤害。他们曾经出生入死，患难与共。革命成功后，老甘变为甘书记，异化为一个政治符号，他与老寿的关系变成了官民、上下级的关系。他只能根据自己的政治伦理来调整兄弟之情，搞大干快上式的"大跃进"，无视可能给老寿带来的伤害。如何让兄弟之情重续前缘，作者对此忧心忡忡。"我们的党，我们的国家，再遭到一场战争，农民会不会像过去那样支援战争，和我们努力奋斗？"

张一弓、刘庆邦、杨显惠、虹影、方方、尤凤伟等许多作家都把视角投向三年灾荒时期，以此反思极左政治给人民带来的痛苦与磨难。张一弓的《犯人李铜钟的故事》以"河南信阳事件"为背景，描写李家寨在带头书记杨文秀的不断跟风与肆意折腾下，遭遇了严重的春荒，全村断粮七日，许多人都得了浮肿躺在床上等死。

为了挽救乡亲们的性命，大队支书李铜钟以个人名义向粮站借粮，最后变成了抢劫国家粮库的首犯，被公安局抓走，但他无怨无悔，临走前还叮嘱村民要备下足够的种子。"我要的不是粮食，那是党疼爱人民的心胸，是党跟咱鱼水难分的深情，是党老老实实，不吹不骗的传统。"小说借李铜钟的话来批判公社党委书记杨文秀的欺上瞒下，把生产当成演戏，希望博得上级的赏识，以此展开对极左政治的反思与批判。作家站在人道主义的立场上，描写社会政治权力对农民生存需求的挤压，展现了底层民众面对极左政治的困惑与无奈。可惜作品过多聚焦于农村基层干部的道德品质的好坏，没能在政治体制层面上进行过多的探讨。作品在李铜钟的"平反昭雪"中止步不前，乐观地传达了"善"必将战胜"恶"的历史信念，迎合了当时"拨乱反正"的国家意识形态需求。

刘庆邦的《平原上的歌谣》通过魏月明的形象关注饥荒年代下普通民众的生存状态，揭示饥荒对普通人性的损伤，寻求中华民族自强不息的民族精神。作品描写人们为了生存吃野菜、挖草根、偷食埋掉的死牛，写出了普通民众在饥荒之下的苦苦挣扎。一些人被饿死了，许多人得了浮肿病，到处都是逃荒的人。为什么会出现这么严重的饥荒，作品对此进行了反思，认为饥荒的原因不是天灾而是人祸。作品叙述了"放卫星""扫暮气""拔白旗"等一系列运动，描写了许多不切实际的做法，把旱田改种水稻和莲藕，在雨中加工红薯片，一夜之间挖出地里的红薯然后全部种上麦子。如果不去执行，就会被认为是否定"大跃进"，给社会主义抹黑，就要接受"扫暮气"等体罚。作品借这些荒唐的行为反思"大跃进"时期的大干、苦干、拼命干的极"左"思潮。杨显惠的《定西孤儿院纪事》也在那些孤儿悲惨的身世中反思了当时政策的失误。由于持续放卫星，征购粮任务一年比一年重，村干部只得带人挨家挨户到处搜缴粮食来完成任务。后来公共食堂也解散了，农民只好外出逃荒。但这条路也被堵死，公社规定不许社员外出逃荒，认为逃荒是给社会主义丢脸，给公社干部丢脸。因此大部分饥民只能四处寻找树皮、草根充饥，在家里苦苦地熬着，最后连动的力气都没有，只好静静地躺在炕上等死。

虹影的《饥饿的女儿》以饥饿的苦难岁月为背景，通过少女"六六"非同寻常的成长经历，描绘底层贫民大众的苦难生活，表现了饥饿对人性的巨大影响。每个人的命运都与历史紧密相连，六六的成长从大饥荒开始，经历了"大跃进"与"文化大革命"。"1961年的冬天，是三年大饥荒最后一个暗淡的冬天。仅仅我们这个四川省——中国农产品最富裕的一个省，美称'天府之国'的四川，就饿死了七百万人，全国饿死四人中就有一个是四川人，大部分人饿死在 1959 年、1960 年、1961 年的冬天的冰雪中，以及 1962 年青黄不接的春天""母亲在前两年中一直忍着饥饿，省下粮食给五个子女。当时这个城市定量成人二十六斤，主动节省给中央二斤，节省给本省二斤，节省给本市二斤，其落到每个人身上只有十八斤。其中有六斤大米，其余是杂粮——玉米、大豆、粗麦粉之类的东西。这是一个成人每月的口粮，而这个家庭当时有六个子女。"小说以严肃的态度表现历史，在对历史的回溯中思考着民族的过去和未来。饥饿不纯粹是生理现象，它还承载着复杂的历史文化内涵。饥饿是中国人历史性的梦魇，已经成为我们民族内心深处的一种文化创伤和文化记忆。为了生存，饥饿煎熬之中的人们难免做出种种违背人性的事情，让人们在物质饥饿和精神饥饿的双重困境中苦苦地挣扎。母亲为了尚在腹中的"我"残酷地将三姨夫拒之门外，导致贫病交加的三姨夫死在肮脏的公厕中；表哥的母亲被活活饿死，"这个孝子回校以后，一字不提乡下饥饿的惨状，还写了入党申请书，赞颂党的领导下形势一片大好。他急切要求进步，想毕业后不回到农村。家里人饿死，再埋怨也救不活。只有顺着这政权的阶梯往上爬，才可有出头之日。这几乎形成了一种恶性循环：干部说谎导致饥荒，饥荒年代依然要说谎，才能当干部"。饥饿不仅造成身体上的营养不良，更导致了人们心灵的扭曲和变异。作家写出了饥饿时代带给人们的苦难，在苦难中反思这场历史灾难发生的原因。这场大饥荒既有天灾原因，更有人祸因素。作品以自传体的形式将个人与社会、历史连接起来，让"六六"个人的成长经历与体验成为那个苦难时代的见证。作品在对主人公"六六"个体的理解与同情中反思历史，以图恢复那段苦涩岁月的真实面貌，警醒我们要抗拒对历史的遗忘，不断地躬身自省，以免悲剧重新上演。"我说的'饥饿'，不仅是生理意义上的，也是我们心灵深处的饥饿，整个民族的饥饿。书中所写的'饥饿'，是我个人的生存饥饿、精神饥饿、甚至性饥饿，也是一种民族记忆的饥饿。苦难意识之所以变成饥饿，是由于丧失记忆。作为一个民族，我觉得我们失去了记忆。在这个意义上，《饥饿的女儿》这本书不只是写给六十年代的，实际上，我们欠七十年代、八十年代、甚至九十年代，下一代，我们以后的年代一笔债：应该补上这一课，恢复被迫失去的记忆。"①

饥饿在《夹边沟记事》《乌泥湖年谱》《中国一九五七》中又变

---

① 谢有顺、虹影：《应该恢复被迫失去的记忆》，《南方都市报》2001 年 4 月 12 日。

成了一种规训与惩罚的工具和手段，让知识分子失去其独立精神。这些作品描绘了知识分子饥荒之下的复杂人性，展现了知识分子在强权之下精神的委顿与人格的异化，表达了对强权政治的否定与批判，同时把反思与批判的矛头指向知识分子自身。在饥饿与强权的威逼下，知识分子主动沦为施虐同伴的帮凶与工具，既是受害者，又是施暴者。饥饿的肉体胁迫知识分子放弃高贵的灵魂，把知识分子人性深处的弱点暴露无遗。这些作品以知识分子的视角观照大历史中的个人命运，反思饥荒年代的政治与人性，以期能够重建中国知识分子的批判精神与责任担当。

钱钢的报告文学《唐山大地震》和杨杨的调查报告《通海大地震》对那段畸形年代的政治进行了深刻的反思。20 世纪 80 年代是个令人振奋的思想解放的时代，钱钢的报告文学《唐山大地震》引起了强烈的反响，在对"文化大革命"思维模式的政治批判中富有思想启蒙的叙事意味。1976 年抹满了强烈的政治色彩——政治的气候，政治的人，政治的思维方式和行动方式，被政治渗透了一切。作者在"政治的 1976"一节中写了两个方面的内容：一是"中国拒绝外援"；二是"一次地震就是一次共产主义教育"。地震发生后，我国没有向任何国家提出求援，尽管国外新闻媒体表示"这是一种宜于进行超越政治的国际合作的情况，希望他们将不感拘束地加以接受"，但中国还是拒绝了来自友好阵营和敌对阵营的一切外援，自力更生克服困难。这让西方人很难理解，《华盛顿邮报》就对此评论道："看来，最坚决地献身中国革命的那批人，以一种西方人难以理解的方式，把这场革命看成了一场非常之长的战争。"即便是那个时代过来的人如迟浩田等再回头看时也感觉到了"那是我们的失策啊"，"干了大蠢事！"作者对这种情形进行了反思，"中国人的许多特有的思维方式和行为方式，它的产生原因，是由于中国长期处于战争环境，中国共产党和它所领导的军队长期处于弱小地位，所以人们习惯地把政治热情和精神力量看得那么重要"①。在极"左"观念的长期影响下，我们国家和人民还处于僵化、封闭的状态之中，把向我们提出人道援助的美国、英国、法国、日本等资本主义国家当作"阶级敌人"，不大可能接受"敌人"的援助，所以领导人在灾区慰问时说"用不着别人来插手"，许多人听了激动地流泪，鼓掌，一起呐喊。

在"一次地震就是一次共产主义教育"中，作者记录了一些不可思议的事情，处处充满了政治热情和精神力量。比如下面的几则笔记摘录：

八月十二日，在唐山、丰南一带的断壁残墙上，看到许多用炭水刷的大标语，如"它震它的，咱干咱的！""活下来的拼命干，建设更美好的新唐山！""他来一次地震，咱来一次革命！""人民自有回天力，泰山压顶腰不弯！""别看唐山遭了灾，大庆红花照样开！"

各级干部向新闻记者介绍情况，通常使用的语言有："一次地震就是一次共产主义教育！""我们以大批判开路，狠批'阶级斗争熄灭论'、'唯生产力论'、'物质基础论'，促进了抗震救灾……"，"感谢毛主席，感谢解放军，让咱们唐山人民吃上了'友谊米'，喝上了'感情水'，穿上了'风格衣'……"

---

① 钱钢：《唐山大地震》，解放军文艺出版社1986年版，第176页。

　　×××从废墟中钻出，不救家人，首先抢救生产队的牲口。

　　××老大娘被救出时，捧出了她保护着的毛主席石膏像，她问旁人："毛主席在北京被砸着没有？"听说没有，激动得欲跪下磕头。①

　　有的村在废墟上召开学习小靳庄赛诗会，有的村在震后三天政治夜校就开始恢复开课。红小兵们表示要提高警惕，防止阶级敌人破坏，帮助解放军叔叔站好岗。作者摘录了《解放军报》刊登的《一分不差——北京部队某部一排清理唐山新华中路银行金库纪事》的通讯，描写了战士们为了寻找最后两分钱而历尽千辛万苦。这些真实的人和事令人难以置信，所有被强化了的情感、热情、理想在大难后的唐山达到了顶峰。面对亲人的遗体，唐山人没有哭声，只有沉默。作者用平实的文字记录下了那个时代的真实历史，在于无声处听惊雷，表达了对极左政治的反思与批判，提醒我们正视那个荒唐年代的荒唐故事，以免重蹈历史覆辙。

　　这样的荒唐故事在杨杨的《通海大地震——一个人的回忆与调查》中表现得更为突出。1969 年的珍宝岛战役让整个中国都笼罩在战争阴影之下，全国都在备战备荒。1970 年通海大地震发生时，许多人都没有意识到是地震，而是认为爆发了核战争，是原子弹打到村里了，立即准备投入战斗，致使埋在废墟下的人们失去了最佳救援时机，造成了生命救助的延宕。

　　通海县城一个姓张的幸存者说，地震那天晚上，他家像往常一样，什么异样的感觉也没有。他是长子，带着两个弟弟住

---

① 钱钢：《唐山大地震》，解放军文艺出版社 1986 年版，第 176—177 页。

在耳房里，奶奶住在大楼上，父母则带着妹妹住在小楼里。全家人像以往一样，甜甜地进入了梦乡。不知什么时候，他被一阵巨响惊醒了，身子被什么东西压住，不能动弹。他首先想到的是战争爆发了，苏联的原子弹打过来了。于是，他大声叮咛两个弟弟，快用被子捂住头脸。他当时根本没注意两个弟弟是否有回应，只顾自己躲在被子里不敢出声。他还想呼唤楼上的父母、妹妹和老祖母，也叫他们用这种方法避难，但转念一想，父母比自己更有经验，说不定他们早已用被子把自己捂得严严密密的了。此时与他们说话，他们根本听不清。他一个人静静地躺在床上，此后所有的余震他都感受到了，但他的确不知道这是地震。而他家的房屋其实已完全倒塌，他被土块瓦砾埋了整整一夜一天，直到 1 月 6 日下午 5 时才被解放军抢救出来，被及时送到医疗队救治。7 日上午，他挣扎着从医疗队出来，回到自己家门口，看到 6 具尸体已赫然摆在那里，用白布裹着，露出头脸。那正是他的父母、奶奶、妹妹和两个弟弟，他们的头脸已血肉模糊，不成样子，特别是其中一个弟弟和奶奶的额头已被压成了畸形。15 岁的他，坐在 6 个亲人面前，目光呆滞，哭不出声。

小街乡的李永生，地震时是小街公社的文书。他说，那天凌晨 1 点，我正在收听中央人民广播电台的节目，突然一声巨响，紧接着房倒屋塌。毛主席"要准备打仗"和"特别要反对以原子弹为武器的侵略战争"的教导，使我想到是美帝、苏修对我们发动了突然袭击，连忙跑到宿舍拿枪，刚跑到宿舍门口，有人大喊：专宣队（玉溪专区毛泽东思想宣传队）的老滕被埋了，赶快来救人！我想，老滕是专宣队的中队长，现在战争爆发了，没有指挥员可不行，我们冒着房屋还在不断倒塌的危险，冲到老滕的住处，砸烂门窗，从土块中把他抢救出来，可他已经昏迷不醒，我们立即背起他向卫生所跑去。半路上，我们得知卫生所已全部倒塌，通往县城的路也中断了。我们又把老滕背回公社，这时县革委会副主任孙××已到公社召集脱险的干部开会，他当时也认为是战争爆发了，随即决定让我和3个同志分头去找县革委。我们仅用30多分钟就跑了6公里路，来到峨山车站，找到了县革委会的领导，这才知道是发生了大地震。下午，我返回小街公社开会，有人告诉我，我妻子和4个孩子都在地震中遇难了。

五街村的皮绍汉说，由于认为是战争爆发，怕敌机来轰炸，所以夜间不准点火，到处漆黑一团，我们怎么救人？当时，我们村有315人埋在土堆瓦砾下，大家摸黑救出了121人，许多人却被埋死了。如果允许点火的话，我们村至少还可以救出60多人。①

即使后来知道是地震了，人们仍用战争的眼光来打量它，用战争的方式来抵抗它。翻看当年的《抗震战报》及《抗震斗争英雄谱》便会发现生命的低贱，抵不过牲畜与"红宝书"，这在当时的宣传事迹中比比皆是，读来令人难以置信。

——四街公社龚杨大队第一生产队15岁的龚永春，从震倒

---

① 杨杨：《通海大地震——一个人的回忆与调查》，安徽文艺出版社2010年版，第198—200页。

了的房子里冲出来，忙不得照管还没有跑出来的父母弟妹，就冒着生命危险，把集体的耕牛从快要倒塌的厩里牵出来。贫农黄增林全家只抢出来一床被子，当天晚上天气很冷，北风呼呼，寒气刺骨，他怕生产队的牛冻坏了，就赶紧把被子拿去盖在牛身上。他说："我们要搞大跃进，要夺得 1970 年大丰收，就得很好保护耕牛。"第五生产队革委会主任郑文谦同志，家里的房屋全被强烈的地震震垮了，全家人都被埋在里边。他用尽平生力气从土块底下挣扎出来，顾不得抢救老婆和孩子，就向快要倒塌的马厩冲去。他刚把马拉出来，哗啦一声，马厩就倒塌下来，将他的双腿打伤了。

——强烈的地震把一幢幢房屋震塌了，高大公社普丛大队革委会主任曾继发同志被土墙和木料掩埋了，他全身不能动弹，昏迷过去。村民龚正先把他从土里刨了出来。他刚一苏醒，首先想到的是《毛泽东选集》还埋在土里。他挣扎起来，想冲进屋去。这时腰部一阵剧痛，站立不稳。房上的土块和木料还在哗哗地往下落，他毅然冲进屋去，把一至四卷《毛泽东选集》抢救出来。该大队革委会副主任龚有万同志也被倒塌的房屋埋住了，腿部受了伤。地还在猛烈的震动，房屋不断的倒塌，但他没有立即离开，他扒开了塌下的墙土，找到了两本《毛主席语录》。刚要走时，他又想起还有一张毛主席像在里面。他又很快把木料和土坏扒开，找到了那张毛主席像。

——通海县里山公社芭蕉大队 17 岁的女民兵班长李秀珍，经常爱听革命样板戏《红灯记》，常常用李铁梅的形象来鼓舞自己。1 月 5 日地震时，她被一阵墙倒屋塌的响声惊醒了，拿起枕边的电筒一照，看见墙壁已经倒塌。"是不是阶级敌人在捣鬼？"她脑里闪过这个念头。她想到了民兵的职责，翻身下床就往门外冲去，她准备把民兵立即组织起来和阶级敌人进行斗争。冲到门外，地又震动了几下，这时她才明白过来，是发生了地震。她转身往后一看，她家的房子已经歪斜，在余震中房上的瓦片不断往下落，整间屋子在摇晃。她习惯地往衣袋里一摸，发觉《毛主席语录》还在屋里。她一回头，闯进摇晃着的房子，从枕边捧起红宝书就往门外冲出。

——纳古大队饲养员马春华一心为集体，毫不顾及个人安危。地震时，他被压在屋子里，他儿子前来救他，他却大声对儿子说："别管我，先把生产队的牛、马放出来！"他的儿子立即调头去开厩门，救出了队里的牲畜，保护了集体财产。

——黄龙大队基干民兵刘春福，地震发生时，正在守卫仓库。他听到本院楼上有个孩子在哭，他立即去把那个孩子抢救出来。这时他突然想起仓房里还有毛主席的光辉塑像和红宝书。"即使把我砸死，也不能让毛主席他老人家的光辉形象受损。"他这样想着，又返身冲进还在摇摇晃晃的房屋，抢救出了毛主席塑像和 15 本红宝书。

——馆驿公社革委会主任金桂仙，在地震发生时，她首先把家里的毛主席塑像抢救出来，细心擦掉上面的尘土，然后把它放在人们经常过路的地方。她说："这个时候见到毛主席，就像他老人家亲自指挥我们战斗一样。"这次地震夺去了她家 4 口人的生命，但她非常坚强，为了抗震救灾，数次从家门走过而不入。她说："有毛主席领导，我们什么也不怕，我们应该擦干眼泪，挺起胸膛，继续前进。"

——张某某，50多岁了。地震夺去了他妻子和四个孩子的生命，他化悲痛为力量，积极参加抢救国家财产。他牢记毛主席"勤俭建国"的教导，几次冒着危险爬上倾斜的屋顶去取螺丝钉。同志们劝他："不要爬了，几颗螺丝钉不值几文钱。"他说"一颗螺丝钉虽小，也是国家财产，也要尽力抢救"①。

不用说年青一代不大相信这些故事，就连那些还活着的当事人对此也恍若隔世。这就是那个时代的精神写照，是当时政治生活和政治热情的体现。人们无限夸大了精神的力量，自力更生，不需要什么食品、衣物等物质援助。通海县前后收到全国各地的捐款9673.9元，而大地震造成的经济损失高达38亿元。"一方有难，八方支援"成了名副其实的"精神支援"，各地源源不断送来的是红宝书、毛主席像章，毛泽东思想成了灾区群众最大的"精神支援"。"在抗震救灾的岁月里，像我们这样大的小孩子，最大的快乐就是等着各地的慰问团或慰问队光临。那时的慰问团队来得很多，这里的刚走，那里的又来了，接二连三的，非常热闹。他们都带着大量的'精神食粮'，主要包括《毛泽东选集》《毛主席语录》《毛主席诗词》，还有大量的毛主席像章和各种红红紫紫的慰问信。对于我们这些小孩子来说，最不喜欢的是领导们长篇大论的讲话和分发一捆一捆的'红宝书'，我们最喜欢的是排着长队，代表自己所在的家庭去领毛主席像章。那时的毛主席像章种类特别多，各式各样都有，塑料的，铝制的，石膏的，应有尽有，特别是还有彩色的和夜光的，

---

① 杨杨：《通海大地震——一个人的回忆与调查》，安徽文艺出版社2010年版，第203—205页。

那正是我们所盼望领到的稀罕之物，是我们的快乐所在。如果有幸领到的是夜光的，那么我们拿着那个散发着荧光的像章，就会快乐几天几夜，反复观赏，爱不释手，夜间也要把它放在自己枕边，伴随我们入梦。另外，我们还盼望着，在哪一天能领到一个最大的毛主席像章，有碗口或瓷盘那么大，把它挂在自己胸前，到街上一走，就会引来许多同龄人羡慕不已的目光。"①

通海大地震拒绝国际社会的人道援助，过分夸大精神的力量，提出了"三不要"（不要救济粮，不要救济款，不要救济物）和"三依靠"（依靠战无不胜的毛泽东思想，依靠自力更生、艰苦奋斗的革命精神，依靠集体的力量来发展生产，重建家园）的口号。

> 国家对国际援助的态度是：我们感谢外电，但不要他们的物资，我们这么大的国家，内债、外债都没有，我们不向他们化缘。我们要自力更生，艰苦奋斗，发展生产，重建家园。
>
> 拒绝外援，各灾区纷纷退款、退粮、退物——
>
> 云南省抗震救灾办公室当即退回各地捐款 11.5 万元；
>
> 通海县的黄龙大队只收下红宝书、毛主席像章和慰问信，别的物资，全部退还。②

灾区人民一方面忙着抗震救灾，另一方面还要抓阶级斗争。通海农民作家杨应昌对我讲了他所在的村子情形，既要忙着抗震救灾，又要忙着去抓阶级敌人。"当时，村里的民兵们把全村所有的地主富农集中起来，让他们住在村头的大草棚里，目的是防他们趁地震之

---

① 杨杨：《通海大地震——一个人的回忆与调查》，安徽文艺出版社 2010 年版，第 208—209 页。

② 同上书，第 210 页。

机搞破坏活动。每天晚上，民兵都要进入草棚检查。有一户人家，带来了一个黑色旧木箱，里面装着一些旧衣服。民兵营长杨维雄在检查这只木箱时，翻得很仔细，最后从箱底的一个绸布包里，查出了一对翡翠手镯。民兵们纷纷责问，这一定是'土改'时偷偷隐藏起来的，现在没处藏了吧？这样的东西要没收上交，人还要挨批斗。这家人被吓得瑟瑟发抖，连连求饶。"① 其实震后的灾区秩序井然，没有发生一起哄抢与破坏事件，但为了证明阶级斗争的存在，就把一些老账簿和不知从哪弄来的坏枪支摆在五类分子面前，作为他们妄图变天的证据，让群众接受一次活生生的阶级教育。

杨杨以亲历者和调查者的双重身份对通海大地震做了详细的调查和口述，全景式地展示了大地震发生前后的社会背景、地质变化、巨大震灾和救援情况，反思了特殊历史时期的怪异心理和荒唐行为，在社会学、灾害学、新闻学等方面进行了深层的思考，显现了历史的多元性，让我们看到了关于通海大地震的更多侧面、更为复杂纷繁的内涵。通海大地震如同一面镜子，映射了一段艰难的历史进程，给我们留下了诸多的启示。

灾害文学作品还从更多层面对中国的政治与文化进行了多层次的透视。水运宪《对水当歌——湖南 '98 抗洪抢险回眸》里面对抗洪抢险中的权力集中及其作用有过一番议论，"从相对意义上说，在一方主战场上，省、市领导的集中便是权力的最高集中。关键时刻惟有权力才能指挥一切，调动一切。别的不说，南汉垸抢险过程中的物资调用便是例证。据初步统计，这次抢险共调运砂卵石 3000

---

① 杨杨：《通海大地震——一个人的回忆与调查》，安徽文艺出版社 2010 年版，第 213—214 页。

吨，编织袋 20 万条，彩条布、油布 1 万多平方米，草袋、麻袋各 2 万条，大米 500 吨，木材 40 立方米。总共近万吨的各类物资，在一天多时间内全部调集到位，如果不下死命令是绝对办不到的。而权力如果没有高度地集中，很多命令是下不死的。这便是胡彪（省委副书记）、李江（益阳市委书记）他们死扎在现场不动的意义所在。也是南汉垸创造了湖南 1998 年抗洪抢险—大奇迹的关键所在"①。南汉垸的抢险成功是他们坚持"防重于抢"方针的必然结果，拉网式查险在湖区随处可见。根据过去的经验教训，交接班不清楚往往容易出现事故。为了切实分清责任，人们用了一个最可靠、最简易的让人提心吊胆的办法——盖手指印。接班的人必须确认上一班的查险结果，否则一旦盖下那血红色的手指印，天大的责任就落在了头上，有手指印在，谁也跑不掉。在责任制层层落实之后，领导者既查洪水又查人，任何懈怠都将受到严厉的查处。干部们忙里偷闲凑了副对联"保堤保垸保乌纱，能保则保；防洪防险防李江，防不胜防"。一方面是对领导的赞许，但苦中作乐的幽默中更显现了对权力的敬畏。

倪厚玉的长篇小说《非典时期的爱情》借主人公紫野对"非典"进行了政治和文化上的反思，"SARS 病毒为什么会在中国广东最先爆发，而不是在世界上其他国家或者内地的其他地方。他想这是一个综合命题，包括政治、经济、文化等诸多因素。它暴露了中国社会在走向现代化进程中所潜在的各种深层次的矛盾与危机。还有落后的饮食文化，不文明的卫生习惯，远没有建立起来的社会应

---

① 水运宪：《对水当歌——湖南 '98 抗洪抢险回眸》，《人民文学》1998 年第 12 期。

急保障体系。这都是 SARS 疫情爆发并蔓延的一个原因"①。

陈启文的《南方冰雪报告》中提到了春运之中惨死的打工妹李红霞。她怀揣着回家孝敬奶奶、外婆的一点点人民币，在拥挤的广州火车站被踩踏而死，她嘴唇紧闭，牙齿死死地咬着回家的车票。过年回家已经成为一种疾病，"每个人都疯了般地想回家"，有人被踩死，有人跳火车被电死，有人坠落而亡，这都与我们社会的某些病灶有着深刻的联系。作者对这种特殊的现象进行了分析，反思了城乡二元对立的体制结构及经济文化差异。"大量进城务工的农民仍然保持其农民身份，似乎成了一种顽固的精神胎记，同他们对城里人的友善相比，城里人对他们则抱有一种天生的警惕、多疑甚至是歧视……他们用尽全身力气，敲打着这一扇扇无形而厚重的城门，也试图敲开生命与生存的一线缝隙。然而，那些徒具象征性的城门钥匙，却从未授予过一个农民。"每当春节来临之际，打工者的不安全感、漂泊感便会像病毒一般定时发作，"他们下意识地感觉自己是个乡下人，也就有一种更强烈地要回家的渴望，而每当春节这一特定的时刻，这种潜意识和巨大的集体无意识就像地震一样以极大的能量释放，爆发"，南方冰雪灾害使这种体制、经济、文化等多种因素造成的隐形苦难一下子凸显出来。作者认为外来务工人员潜在的需求期望或许不仅仅是一本城市户口簿，更需要真正的尊重、理解和同情。作家敏锐地捕捉到了南方冰雪灾害下的非自然苦难，从区域、制度、经济、文化因素等方面进行了宏观思考，揭示苦难背后的真相，寻求解决春运问题之道。"对于这些外来人口，这不仅是身份的改变，而是精神

---

① 倪厚玉：《非典时期的爱情》，花山文艺出版社 2003 年版，第 58—59 页。

的般若，涅槃，唯有这样，这种人口流动才会转化为极具中国特色的精神变革。"

三　环境与生态主题

人类现代化进程加剧了人与自然的矛盾，人们在享受现代化带来的物质成果的同时，也品尝了破坏环境所带来的苦果。自然灾害频仍，人们发现科技理性并不是万能的。一些作家开始在灾害文学创作中质疑并反思人类中心主义，关注环境与生态的恶化。

"5·12"大地震过去一年之后，四川作家李先钺从那些撕心裂肺又感天动地的灾难现场撤离出来，在搭建的过渡板房里展开了人与自然的理性思考与深度书写，创作出了长篇小说《我前面桃花开放》。作家放弃了那种反映抗震救灾现场的纪实性书写，借小说这种文体开始了文学的想象与虚构。作家认为自己的创作不仅仅要表现出慈悲、怜悯、良知等普世价值观，更重要的是不受意识形态的局限让生命重获洗礼，对生命和自然保持一种敬畏，在这种敬畏中进行反思，把灾难和苦难的记忆变成一种对今后的警示，这才是灾难小说书写的历史责任。

小说记叙主人公"我"（骟匠殷生雨）和老中医阳生云行走在乡间，为乡民骟牲畜和治病，受到乡人的尊敬与爱戴。他们秉承了祖先对自然与生命的敬畏，与万物生灵为伴，呵护着家乡的山山水水。老中医曾经给"我"讲了一个关于人与自然的神话。远古时期天发洪水，淹没了一切，最后只剩下一个叫从忍利恩的人。这个人历尽艰苦感动了上帝，上帝让他娶了两个仙女为妻。第一个仙女生了一个儿子，就是人类赖以生存的大自然的精灵"署"；第二个仙女也生了一个儿子，就是我们的祖先。人类和自然是同父异母的兄弟，长大后便分了家。人类分得田地和牲畜，署分得山、川、林、兽，两兄弟和睦相处。再后来，人类欲望膨胀，不断侵占"署"，也就是大自然的领地，开山劈石、砍伐树木、捕杀野兽、污染水源等，于是"署"被惹怒了，便把一些灾难降给人类。作者通过这个神话故事告诫我们不要对自然过度索取，否则自然会给人类带来灾难。小说里的南河村人正是这样，砍伐森林，开山采石，下河挖沙，对自然进行肆意的掠夺。老中医预言南河村早晚会遭到报应，果不其然，南河村在一场地震中化为废墟。"从山头往下看，昔日的南河村空荡荡的，啥子都没有了，巨大的山体崩塌掩埋了山下的整个村庄，南河新村昔日的熙熙攘攘和公路上的人来车往被三公里长一公里宽的掩埋体抹去了，村庄上空乌黑浓重的尘烟悬在半空中，严严实实地遮盖了整个南河村。我心里一片烦乱，妈呀，老天呀，大地呀，你咋个说发疯就发疯了呢？那是几千条活生生的人命啊，你咋个就舍得一下子灭掉他们呢？那些活蹦乱跳在大人面前撒娇的孩子，那些还没有走进洞房的新郎新娘，那些正在路上奔波还未见到亲人的游子，那些正享受着天伦之乐的老人……眨眼的工夫，他们就去了另一个世界，与活着的人阴阳两隔了。"①

作品借主人公"我"对人与自然的关系做了形象的思考，"我心里在想，其实这人就像地上的虫虫蚂蚁一样，要是苍天大地一发怒，一滴汗水就把你淹死了，一根脚趾就把你踩死了，你再有多大的能耐也等于零，无法和大自然抗衡"。

作品用对比的手法描写了两个村庄截然不同的情景，东河村人

---

① 李先钺：《我前面桃花开放》，《青年作家》2010 年第 5 期。

注重生态与环境保护，靠山吃山，走发展森林蔬菜的路子，既要金山银山，又要青山绿水，使得东河村不但免遭灭顶之灾，还呈现出别样的生机与魅力。"我们的东河依然山清水秀，炊烟袅袅，一派生机。世代朴实勤劳的村民，在灾难中仍然没有观望，没有停下手脚，青山绿水间的菜籽地里，翻打菜籽的连枷挥舞不停。一片一片的小麦开始泛起金黄，黄鹂依然婉转地鸣唱，牛羊撒欢，儿童们采摘着甜蜜的桑葚……叮咚流淌的泉水，依旧清澈甘甜，掬几捧喝下，心里的爽快无法言说。"① 东河村人说起南河村的消失都悲痛万分，感叹大自然的不可抗拒和生命的藐小与脆弱，认为南河村的教训惨痛，人不能太贪婪，不能无克制地向大自然掠夺式地索取。满山的树木毁了，遍野的石头毁了，河床上那么多的金子挖走了，换来的是啥子？是灭顶之灾啊！"我们东河村的人，知道与大自然和谐相处，知道人类的生存必须要依托大自然。东河村的人懂得感恩大自然，不做冤冤相报的蠢事，大自然就给了东河人平静的生存环境，我们得以在这样大的灭顶之灾中幸存下来。"

李先钺的书写指向的是人类的生存与毁灭这个永恒的话题，对人类的终极关怀进行反思，把生存环境的警示问题作为一种具体倾向来描写，在人类的灾难中去挖掘人们应该顾及而难以顾及的东西，力求达到对人类命运的思考。"自然灾害在不断地威胁着我们，曾几何时，我们是否也扮演过破坏自然生态的罪魁祸首？如果是，那灾害的根源还在我们人类自身。至少，面对自然灾害，我们也该痛改前非了！"②

---

① 李先钺：《我前面桃花开放》，《青年作家》2010 年第 5 期。
② 李先钺：《我前面桃花开放·创作谈》，《青年作家》2010 年第 5 期。

罗伟章的《饥饿百年》描写了那个非常年代对森林的毁坏，最后遭到自然的报复，地震时整个山坡都没了。何家坡人响应上级号召，深挖洞，广积粮，开荒置田。砍伐鞍子寺上头松林弯的茂密森林，种上苞谷或大豆，后来嫌砍的速度太慢，达不到上级要求。为了迎接工作组的检查，干脆放火烧山。"不论过去多少年，生活在那个时代的何家坡的孩子，生命里都有一个鲜明的印象：熊熊大火，烧红了整个天空，离松林弯很远的石头土块被烧裂了……大火烧了几天几夜，一片郁郁葱葱生龙活虎的山冈，变成了黑灰覆盖的丑陋的荒凉。"①

　　陈启文的《南方冰雪报告》也对生态环境问题进行了深度的思考。作者在第三部分"涅槃与重生"中开宗明义，从"阿喀琉斯之踵"的神话故事写起。海神之子阿喀琉斯虽然刀枪不入，但却有一个致命的脆弱之处——脚踵。在特洛伊战争中，阿喀琉斯杀死了特洛伊王子赫克托耳，惹怒了赫克托耳的保护神阿波罗，于是太阳神用箭射中了阿喀琉斯的脚后跟，杀死了这位勇士。这个神话故事的寓意很明显，那就是任何一个强者都会有自己的致命伤，没有不死的战神。由此，作者对人类的现代化和工具理性进行了反思。作者感慨雪灾中出现的"人定胜天"之类口号的粗野和无知，认为人类永远也不可能战胜自然，应该正视自身的渺小和局限，在大自然面前保持谦卑和敬畏。人是万物之灵，但不是万物的尺度；人不能为自然界立法，但可以为自身立法，人在自然界中没有什么优势。这次拉尼娜现象所表现出来的疯狂，从表面上看是以极端冰冷的方式表达出来的，其实它也正是地球变暖的另一种方式，而地球的变暖

_____

　　①　罗伟章：《饥饿百年》，重庆出版社 2007 年版，第 215 页。

主要原因是空气污染，破坏了大气臭氧层。天灾的背后其实是和人祸紧密相连的。地球其实是一个十分脆弱的星球，在脆弱地承受着我们正在进行的现代化、工业化。"我隐约感觉到灾难中深蕴着世界轮回的秘密。大灾后的每一次重建，都意味着人类又一次从头开始学会同大自然沟通的方式，重新调整人与自然的关系。"作者提到了郴州在非常年代滥砍滥伐参天古树，那些光头山由于失去森林的屏障致使水土流失，完全变成了石头山。我们今天虽然不再干这样的蠢事，但还在继续做出其他类似的举动。郴州是中国的有色金属之乡，大量的贵重金属不但破坏了郴州的政治生态，更惨烈的是对郴州自然生态的破坏。每座山上、每条河里都有成千上万的开采大军在开动着机器疯狂地开采。作者不断提醒我们要敬畏自然、莫违天道。"我深信，如果人类继续存在，一定有许多东西与他们同在，一定是一种和谐共生状态。人类可以继续扮演他们万物之灵的角色，但永远不应该扮演主角，在大自然中，不应该有主角，每一个物种都是平等的。"人类可以不必共同遵守同一部国家法典，但必须共同遵循一个信条，即尊重自然，做自然的朋友，和大自然和谐共生。作家以报告文学的方式形象地诠释了这一理念，表现了自己的良知和责任。

岳恒寿的报告文学《洪流》通过专家之口解读长江洪水灾难的缘由，主要是长期以来人为的滥砍滥伐、围湖造田与乱建工程的破坏，对洪水起到了推波助澜的作用。"我们把保护、滋养母亲的'绿被'剥掉，使她变得衣不蔽体，大量的泥沙又涌入江中，抬高了她的身躯。我们把她赖以蓄洪、调节的湖泊一块一块地切割，变成种粮的陆地，把她生存和活动的空间大量占用，使她越来越狭小。我们把高楼、厂房和开发区建在她的过道，处处设置障碍，挡住了她的去路。忍无可忍的母亲，总要伸伸腿、翻个身吧！"① 江水缓缓退去，每个人都有万千感慨，但作者深深痛叹的却是树。作者讲了十年前在报纸上看到的一个故事：莫斯科市街旁一棵大树被人砍掉了，列宁看见之后很生气，问为什么要砍掉？结果把城建部长给撤了。当初觉得列宁过于严厉，想想不就是一棵树嘛！当自己从抗洪前线采访回来，看法改变了，觉得列宁的处罚并不算过分。因为作者在抗洪抢险中看到了树的巨大功绩，嘉鱼县簰洲湾溃口遇险，能够生还的官兵和百姓几乎百分之百都是被树救了下来。凶猛的洪水可以把汽车掀翻，更遑论渺小的人。人像可怜的猴子吊挂在树上，脚泡在水里，等待营救的冲锋舟。树成了他们的命根子，树就是他们的生命。如果没有树，他们将是什么样子？如果有很多的树，又会少死多少人？我们的党和政府早就提出"植树造林，绿化祖国"的号召，经费每年都在递增，还规定 3 月 12 日为全民植树节，但长江流域的水土流失面积却增加了 56.6%。云南省一个县境内有长江上游唯一的一块原始森林，为了保住这仅剩的一块原始森林，戒掉当地百姓"吃山"的习惯，国务院每年特地拨款 300 万元，云南省也每年拨款 800 万元。但是这些人拿了钱，山照吃，树照砍，直到吃得一棵树都不剩。只有到了生死关头，人们才能体会到树的珍贵。也许只有面临灭顶之灾时，人们才本能地求救于树。可惜我们栽的树实在太少了，洪水就把一个个血肉之躯变成了树的角色。一个战士就是一棵树，每个战士身上都攀着几个求生的百姓。可这些军人毕竟不是树，他们和百姓一样是吃五谷杂粮的平常之人，他们终于倒

① 岳恒寿：《洪流》，《人民文学》1998 年第 11 期。

下了。几天之后，当冲锋舟打捞起他们的尸体时，人们看到有一棵"树"的身上，还有两个小孩的手臂紧紧攀绕着。为了避免灾害的再次发生，作者呼吁筑起我们的绿色长城。"栽一棵树吧！它是和平的象征，生命的希望。造一片绿吧！不仅仅是为了长江，而是为我们自己。在这场罕见而特大的洪水面前，我们用血肉筑起一道新的长城，创造了惊神泣鬼的奇迹而永载史册。但我们希望这是最后一次、再不要有第二次，第三次。我们应该万众一心，像抗洪那样的气势和决心，去筑起一道绿色长城。命运在我们手里。希望在今天一代。"①

高丹宇的诗歌《北川印象》也直指人类掠夺式的开采与无限制的索取，导致隐忍的大山联手地壳的愤怒导演了一幕人间惨剧，希望这惨烈的毁灭能够灼痛一个民族的警惕，去反省人与自然这个永恒的话题。

> 青山对峙
>
> 碧水中流
>
> 烟雨蒙蒙之中
>
> 大禹的子民
>
> 用双手垒砌的文明
>
> 在狭长的谷底
>
> 错落川北明珠的旖旎
>
> 山体塌落
>
> 楼宇倾覆

---

① 岳恒寿：《洪流》，《人民文学》1998 年第 11 期。

万户萧疏之间

地震的淫威

用丧心病狂的肆虐

在废墟的土壤

种植千年古邑的叹息

一切仅仅是瞬间

繁华美丽不再

喧嚣熙攘不再

车流人潮不再

过往尽成追忆

羌族人的山歌

流淌成苦涩的泪滴

静静的栀子花

摇曳血色黄昏的死寂

治水的先祖能驯服滔天巨浪

神禹的后裔却挡不住来自地底

哪怕一丝的暗流袭击

掠夺式的开采

无限制的索取

隐忍的大山联手地壳的愤怒

导演了这幕人间惨剧

坐在龙门山断裂带上的北川

早已将地质学家的预言

置若罔闻

尘封忧虑

多少亿可改迁重建一个县城

多少亿能唤醒前赴后继的麻痹

废墟下的北川

躺在瓦砾上的北川

紧攥人自然永恒的话题

以惨烈的毁灭

灼痛一个民族的警惕①

第三节　灾害作品风格多姿多彩

许多作品描写的灾害内容虽然相似，但由于作家主体姿态的不同，其风格便也呈现出斑驳的色调。主体姿态是指作家在创作过程中所体现出来的主动行为，是一种直观化、感性化的"现象"，具有浓厚的个人色彩，常常体现在作品的主体视角、语言运用等方面。作家在表现灾害时投射了自己鲜明的主体印记，使得描写同一类型灾害题材的文学作品呈现出繁复多样的风格。

① 高丹宇：《北川印象》，http://www.poemlife.com/thread - 8847 - 1 - 1.html。

描写 2008 年南方冰雪灾害方面，同样是报告文学，徐剑《冰冷血热》、聂茂与厉雷的《回家——2008 南方冰雪纪实》、陈启文的《南方冰雪报告》表现出各不相同的风格特色。徐剑的长篇报告文学《冰冷血热》描写了国家电网系统下属十几个单位和第二炮兵某部官兵抗击冰雪的事迹，具有很强的文学感染力。作者深入前沿采访了许多真实的对象，真切地感受到了冰雪灾害现场的环境和气氛，发掘了许多在电视和报刊新闻中看不到的消息，并能够用文学的视野和笔调书写出来。比如，我们都熟知为抗击冰雪灾害而牺牲了的罗海文、周景华和罗长明三位烈士，但作者却告诉我们烈士生活的另外的一面。周景华家庭困难，和妻子结婚十年还没有张结婚照，本打算春节来补照一张婚照，可却再也没有这样的机会了；罗长明的妻子是一个聋哑人，罗海文的大儿子是一个脑瘫患儿等，但这些烈士在冰雪弥漫的时候，毅然放下急需照顾的亲人，牺牲在了抗击冰冻灾害的第一线；抚州张家四兄弟放下年迈的母亲，全部赶赴抗冻救灾现场；山西郑玉忠、郑文单父子，丢下患病的亲人，等到归来时亲人却已去世，清明时节，他们不忍也不愿回到那个凄冷的旧家。徐剑把笔墨更多地伸向事件中的人物行动、情感和精神，写出了一个个现实中的人物的真实性格，让他们活灵活现地站了起来。作品的结构也很有特色，作者借自己女儿归家受阻，把自己与女儿之间的相互联系和惦记穿插在整个报告之中，既增加了报告的现场感与感染力，又串起了那些零乱重复的采访对象与事件，使得作品具有内在的统一性和整体感。

　　聂茂与厉雷的《回家——2008 南方冰雪纪实》则不同于徐剑的《冰冷血热》，作品借鉴了小说的叙事手法，以主人公耿晓宁和陈思回家的艰辛历程为情节线索，展现了冰冻灾害下普通小人物的生存状况。作品从他们准备回家开始，写到两人终于回家而结束。"两个人，一把钥匙，开启了那个冰雪世界沉重的大门。""走过冰雪是每个人的胜利，每个人的胜利恰恰也是整体的胜利。"在 2008 年南方冰雪灾害中，他们和其他旅客一样滞留在湖南京珠高速公路上。高速公路由于其高速流通、机动便捷从而在现代交通体系中占据了重要的位置，南方冰雪灾害对高速公路的影响最为重大，其受灾情况也最为严重。高速公路上滞留人员最多，灾情持续时间最长，形势也最为严峻。所以作者选择发生在高速公路上的故事，因为能够集中地反映民情与民意。高速公路的安危时刻考验着政府的决策与执政能力，作品写了湖南省委书记张春贤经过实地考察，决定实施跨省大分流的决策，打通回家的生命线。于来山、陈明宪和吴亚中等领导亲自到分流现场劝说司机取道衡枣高速公路，给滞留司机吃定心丸，保证了分流的有效进行。作品描写为了"安民""保路"，无数人废寝忘食坚守在抗灾第一线，凸显英雄人物伟岸的精神与丰富的性格。作品以回家途中小人物的生存状况为切入点，把目光聚焦到湖南高速公路的抗冰救灾上面，真实再现了那场惊心动魄的抗冰战斗，显示了灾难之下的人性光辉与家国大爱。同时，作品又通过这些冰雪事件中普通人物的切身感受与情绪变化，真实、典型地反映了冰冻灾难下整个救援过程的阴晴圆缺。作家巧妙地选取滞留旅客车厢这一个点来管窥整个雪灾，用一种有意味的形式把灾难中个体的生命脉动与国家的权威意志有机地统一在一起。

陈启文的《南方冰雪报告》以一种深入采访现场的方式来创作，在行走中打量、思考这场冰雪灾害，继承并发挥了中外散文的伟大传统，把散文、报告文学两种文体的叙述糅合到一起，将叙事、议论、抒情融为一体，形成了自己特有的抒情式的报告文学叙述文体。比如，在记叙湖北打工姑娘李红霞被碾碎的十七岁的生命时，抓住了她临死前的姿势，突出了她的"娘哎，好挤啊"的最后的声音。几个月过去后，她的老家湖北监利县白螺镇薛桥村一切都没有改变，所有的事物仍然停留在原地，早已没有了自己想象中的那种怀念。李家人除了她的身份证和几张存在她姑父手机中的照片，没有多少能勾起他们怀念的凭证。那张网络上广泛流传的一个十七岁打工妹微笑的侧脸，像梦一样遥远。作家在记叙中展开了议论与抒情，"遗忘对于人类是必要的，而对于一件过于悲惨的事情，知道的人越少越好。直至如今，这附近很多人甚至还都没听说过这件事情。一切好似往常一般，一切都停留在原地。但我还是看见了不远处的那座新坟。有黄昏的残阳照亮了坟头上的新土。阳光使坟墓美丽。去坟地的那条泥路上，我看到了一个脚印。一只坡跟鞋扎出了一个深坑，很像她走到生命尽头时穿的那双。坟冢上已长出了些嫩绿的草棵，开着些花骨朵，很小，但鲜红。春暮了，有花瓣坠落在地上，那奇特的梦一般在风中飘过的宁静的坠落，如最轻的叹息。我听见了自己的叹息。或许，只有在一个生命变得像死一样简单之后，才会引起我们一声落花坠红般的叹息吧"[1]。再比如描写电力工人如何爬上输电铁塔，如何经受长时间冻饿及他们艰难排泄的情形，读来令人非常震惊和感慨。作品的语言准确、简练，富有表现力。作家善于在细微之处落笔，渲染和发挥其丰富的意蕴，以小见大，抵达事物的本质，显示出深刻的思想和情感精神高度。作家没有被日常的主

---

① 陈启文：《南方冰雪报告》，湖南文艺出版社 2009 年版，第 41 页。

流话语裹挟，始终以自己独立的文化姿态去阐释和描写时代精神。针对一些愤世嫉俗的朋友发出的铁塔是豆腐渣工程、除冰应该用更科学的方法之类的议论。"我觉得我不该沉默，我必须说出我看到的真相，我亲眼看见不仅只有在暴风雪中倒塌的铁塔，还有很多生长了千年的参天大树。它们自在地长了一千年，该经历过多少风霜雨雪电闪雷劈，但没倒下，这次却倒下了……我越来越觉得，许多我熟悉的或不熟悉的人在表现他们的愤世嫉俗时已经开始失去最起码的正义理性，变成了非理性的恶劣情绪的宣泄。他们和现实存在的感觉如此隔膜，他们不能这样拿着纳税人的钱成天泡在茶楼酒肆里，他们应该走得离我们的生活现场和底层人民更近一些，睁大了眼去看看……"① 这样不落俗套又能彰显主流价值的议论比比皆是，有力地助推当下理想精神家园的重建。

在表现汶川地震的报告文学中，李春雷的短篇报告文学《夜宿棚花村》别具一格，是一篇较为精美的灾害文学作品。曾几何时，我们在汶川大地震中的报道中看到的多是激昂悲壮的痛哭与呐喊，习惯的是那种轰轰烈烈的宏大叙事，李春雷却用舒缓平静的叙述给我们讲述了夜宿棚花村的所见所闻，在看似波澜不惊的文字下面暗藏着生命血流的奔突与人性光辉的闪电，给我们带来的是另外一种心灵的震颤与体验。李春雷描写了自己到棚花村看到的一个普通的劳作场景，"在村头一片刚刚收割的油菜田里，铺着一张帆布，上面堆满了蓬蓬松松的油菜棵子。一个年轻的村妇赤着双脚，两臂猛力地挥舞着连枷，上下翻飞，噼噼啪啪，虽是在捶打脱粒，却更像在冲着地球撒气。一串串油菜荚带着金属般的响声爆裂开来，黑黝黝

---

① 陈启文：《南方冰雪报告》，湖南文艺出版社 2009 年版，第 116 页。

的籽粒纷纷滚落——这就是几千年来为川人提供了生命能量的油料"。一个年轻的村妇在挥动连枷捶打油菜棵子，在"两臂猛力地挥舞着连枷""冲着地球撒气""金属般的响声爆裂开来"等话语的背后，我们感受到的是一个普通村妇内心涌动的情绪，既有对老天不公的诘责，更有忙着抢收抗争天灾的不屈意志。这种坚忍顽强的意志丝毫不逊色于那些吸引眼球的慷慨激情，它代表的是汶川人民在特大地震面前英勇不屈的形象。

汶川大地震给四川人民带来了深重的灾难，但人们如何面对废墟与死亡，如何擦干眼泪重建家园，在苦难的煎熬中继续生存下去，这才是生命的尊严与人性的灵光所在。《夜宿棚花村》里描绘了这样一幅图景："天渐渐暗下来了，在滚滚黄尘中奔波了一天的太阳已经困倦了，西侧的蔡家山、鹿堂山、跑马岭像一个个巨大的枕头，静静地横卧在那里。此外，四外的帐篷里，渐次亮起了蜡烛，烛光幢幢中，妇人们在准备着各自的晚餐。男人们呢？坐在帐篷外，抽着烟，似乎又恢复了原来的本性，开始吹嘘各自的传奇和历险。稠稠的暮色中，不时有笑声弥散开来。一簇簇炉火燃起来了，一缕缕炊烟飘起来了，小村的黄昏在慢慢地浑厚和丰富起来。"这些暖意融融的乡居图景带给我们一份感动，在农人的笑声里看到了灾难中的生机与欢乐，这就是对抗苦难的人性光辉与力量。作者利用夜宿棚花村的机遇，把自己彻底融入棚花村的人们中间，用自己的身心去感受和触摸这个刚从惊恐中安静下来的乡村的灵魂与脉搏，聆听村路上留下的一串清脆的脚步声，看着棚花村人背着竹篓、扛着连枷、拎着镰刀的忙碌身影，发现了棚花村人灾难重压下的人性光辉和对美好生活的向往。"他们牵着手，正在一步步地走出灾难，走向阳光，由无序到有序，由慌乱到镇静……"结尾写了自己在棚花村"忙忙的五月"中，"酣酣地睡着了，连梦里也开满了黄灿灿香喷喷的油菜花"。这些从容舒缓的诗性语句传达出了对灾区人民平静生活的深深祈祷与祝福，从而拉开了与其他报告文学的距离。

在描写汶川地震的文学作品中，歌兑的长篇小说《坼裂》风格鲜明，无疑是一篇标新立异的上乘之作。地震题材的小说大多以地震为背景表现人间大爱，以温情打动人心，表现人在灾难面前的勇敢无畏与坚强，比如《唐山绝恋》《劫难》《废墟狼嚎》等。《坼裂》寻求的却是另一种审美力量的书写，直面现实的客观真实，在客观真实中塑造了另类的救灾英雄。军人、军队医院、抗震救灾，这些平时对我们来说非常神圣的人和事，在作家笔下却祛除了神秘化和其外在崇高。军人网恋，搞婚外情；军队医院里有"灰色收入"；抗震救灾现场，人们忙着利用救灾宣传自己，成就自己，各种"救人秀"不断上演。撤开镜头带给我们的神秘面纱，随着作者的笔尖，我们终于触到了事实的真相，军人并不像我们想象的那么高大，他们也是世俗的人；军队医院也并不如我们认为的那么纯洁，他们的医生也会走穴；救灾也并不是我们从电视中看到的那么崇高，那些救灾人员也是怀着各自的目的来到灾区，他们对救灾的忠贞仅仅持续三天、七十二小时，时间一过，每个人都开始为自己考虑，正如小说中所说"人性光辉？先是光了，后是灰了"①。这种毫不掩饰地对人和事的批判在小说中到处有迹可循。

关注现实和直面现实并不是一件容易的事，尤其是在军事题材创作中，常常会碰到一些"禁区"，跨越"禁区"是件非常不容易

---

① 歌兑：《坼裂》，解放军文艺出版社 2011 年版，第 247 页。

的事。《坼裂》选择了一个特殊的背景——大地震，这个特殊的背景，使得小说的"禁区"一下子成为拉开帷幕的舞台：精彩、立体、生动，令人眼花缭乱，充满激情和人性。一切回避现实的记录都是空洞的，一切回避现实的制度都形同虚设，而一切回避现实的文学艺术则是虚伪和虚假，因而也不可能生动，更不可能成为经典与不朽。《坼裂》的成功与当下许多不成功的文学作品皆出于此因，在真实中将现实中的人移到纸上，对其进行剖析和诠释，可以说很好地达到了周作人先生所提出的"以真为主，以美即在其中"的要求，显示出地震题材文学的另类美。

小说中的主人公林絮与我们传统思想中所认识的"英雄"大相径庭，我们传统观念中的"英雄"是"高、大、全"的形象，往往被描述为"大义灭亲"的典型，心中装着人民和战友，唯独没有自己和亲人。而《坼裂》中的林絮从一开始就不是典型式的英雄，地震发生时他正在德阳"走穴"，闻知灾情后未经组织安排自己走上抗震救灾前线。他身上少了神性，多了人性，模糊了英雄与普通人的界限。这样去除"英雄化"色彩的英雄才能更好地为我们所接受，因为他首先是和大家一样的普通人，然后才本着良知成为英雄。小说中还写了为救新郎而流产死去的新娘，为救孩子而自断手臂的贫穷妈妈，为救腹中胎儿而剖腹生子的闵老师，他们都是这个社会中最最普通的一员，可以说他们在这个社会上没有什么地位，然而正是他们身上所闪现的人性光辉，使得地震灾区充斥阴霾的天空有了光亮。这种不考虑地位、出身的英雄形象塑造，向我们展示了另一类英雄的伟大。人们心目中的现代英雄形象已经发生变化，人们更愿意接受有明显或重大弱点、缺点的英雄，体现了对平等观念、生命意识的自觉诉求。所以像《坼裂》中所歌颂的英雄人物林絮、卿爽等也因重返人性的地基而变得更加的感人肺腑。

同样是描写唐山大地震，钱钢的报告文学《唐山大地震》与张庆洲的《唐山警世录》便显示出不同的风格。即使是同一个作家，由于体裁的差异，作品风格也显露出不同的特征，张庆洲的报告文学《唐山警世录》与描写唐山地震后截瘫灾民生活的长篇小说《红轮椅》便不尽相同，报告文学更多显露出作家的峻急与批判，小说则显露出柔情与绵长的抒情。张翎的小说《余震》同样是对唐山大地震后灾民生活的反映，与张桃洲的《红轮椅》又有很大的不同，写出了一种痛彻心扉的心灵余震。由于表现媒介的不同，小说《余震》与冯小刚改编的电影《唐山大地震》的差异也很大，表现出了各不相同的风格特色。

电影《唐山大地震》把加籍华人女作家张翎的小说《余震》推进人们的视野。很多人在关注《唐山大地震》之余，开始仔细阅读小说《余震》。一个是小说，一个是主流文化语境中的电影，在侧重点和表现力上出现诸多的不同之处。虽说两者都是在描述同样的一个故事，但是，两者给人的感觉却截然不同。小说《余震》整体是冷色调，着重强调的是一种痛，一种痛彻心扉的痛，而电影《唐山大地震》则要温暖许多，更多的时候是一种温暖人心的心灵抚慰，暖色调。不过，不论是冷也好，暖也罢，两者的目的是相同的，那就是对人性的张扬。小说用发生在主人公小灯身上的各种丑陋现实堆砌出一层层挥之不去的阴影，压抑到极致，终于爆发出对人性的控诉，而电影在通过对一件件丑陋事情的改编后，为观众呈现出一种希冀，至少在那浓浓的阴影下，还有阳光射进来，如此，一切便是有希望的，而观众也终于获得了片刻的喘息，不再被压抑得透不过气。可以说，张翎用压抑到扭曲的冷酷，呼吁着人们对震后心灵拯救的关注，而电影运用温暖人心的抚慰告诉观众心灵拯救的重大意义。所以，即使手法不同，两者都达到了精神拯救的现实意义。

首先，不论是小说《余震》，还是电影《唐山大地震》，两者所采用的是同样的故事框架：1976 年那场突如其来的唐山大地震，造成了数以万计的人流离失所，而龙凤胎小灯和小达在营救时被发现压在同一块水泥板的两头，在面临只能救出一个的时候，母亲李元妮选择了救儿子，放弃女儿。没想到女儿竟然活了下来，并且被王德清夫妇收养，而李元妮则带着儿子万小达独自生活。地震时的选择及地震后长时间的分离，导致小灯对母亲产生极大的恨意和隔膜，直至三十年后才冰释。在这样一个相同的故事框架下，张翎和冯小刚增添了不同的内容，为我们呈现出不同的艺术效果。

小说《余震》表现的是一种痛彻心扉的控诉。小说采取的是回忆中穿插现实的写作手法，而且以片段的方式呈现，使得情感表达更加迂回含蓄。小说的叙述重点主要集中在加拿大的一家诊所，而且是以女主人公王小灯的叙述口吻，在她的回忆中引出完整的故事。这样的开篇出乎意料，但是却巧妙地把过去和未来联系了起来。故事的开篇是一个有着严重心理疾病的华人女作家雪梨（小灯）到一家心理诊所就诊，打开她的病例，病史触目惊心：没有原因的失眠焦虑，接二连三的自杀……而更让沃尔佛医生奇怪的是，她不会哭。后来在治疗中沃尔佛了解到，这一切源自她的心结：她潜意识里有一扇又一扇的窗，而最后那扇窗，是她无论如何也推不开的。这样一种奇怪的现象和她严重的心理疾病贯穿了整个故事，成了故事发展的主线。作者张翎选择把主人公小灯塑造成这样一种近乎神经质的形象，不仅仅是为了开启全文，更多的是为了彰显全文的情感主题，以这样一种残酷的后果控诉了灾难对身心的伤害，从而达到呼吁心灵救赎和人性救赎的情感目的。

接下来，时间回到1976年，地点随之更换到唐山市平南县。地震来临之前的万家是一个幸福之家，或者说，是一个幸福得与其他街坊邻居格格不入的家庭。母亲的美丽、父亲的能干，让万小登和万小达姐弟俩生活无忧，尤其是姐姐小登，在爸爸的宠爱和弟弟的谦让下，养成了任性倔强的性格。而这样一个小说中为数不多的短暂温馨的场景，与即将到来的那场灭顶之灾形成了强大的反差，这个反差和小登性格中的任性和倔强为她日后的偏激冷漠奠定了基础。地震突然来袭，把一切美好的东西撕扯得支离破碎，同时也令小登陷入了万劫不复的深渊，包括身体与心灵。母亲潜意识中重男轻女的思想使她自觉不自觉地把生还的机会留给了儿子，而小登则作为尸体被抬走。当小登在大雨中醒来时，她没有为自己的意外生还兴奋，取而代之的是懵懂意识到的人性的丑恶。她"摇摇晃晃地撕扯着身上的书包带。书包带很结实，女孩撕不开。女孩弯下腰来咬。女孩的牙齿尖利如小兽，经纬交织的布片在女孩的牙齿之间发出凄凉的呻吟。布带断了，女孩将书包团在手里，像扔皮球一样狠命地扔了出去。书包在空中飞了几个不太漂亮的弧旋，最后挂在了那棵半倒的槐树上。"① 书包是过往幸福生活的写照，而她这样撕毁书包意欲展现出她要与过去一切美好事物决裂的决心。这里，作者用了

---

① 张翎：《余震》，北京十月文艺出版社2010年版，第19页。

"撕扯""尖利如小兽""凄凉的呻吟""狠命""半倒"等一系列动词、形容词，目的只有一个，那就是营造出极其阴冷的画面。试想：在惊天动地的地震之后，大雨滂沱，一个本被当作死人的女孩意外生还，从冷冰冰的死人堆里走出，面对虽然是活人但同样是冷冰冰的眼神时，那种茫然和绝望。这是怎样的一种触目惊心的画面。而这种绝望加上失去意识之前母亲那句话，最终使小登选择仇恨和遗忘。

后来，她被没有孩子的王德清夫妇收养，成了"不会说话，没有过去"的王小灯。本以为她的生活会就此改变，脱离片刻的噩梦，但是，厄运并没有离开小灯。十三岁那年，养母去世，这个敏感而孤独的孩子又一次感觉到被抛弃，葬礼之后，养父终于把邪恶之手伸向了她，人性的丑恶再次暴露无遗，性侵犯让小登加速成熟……一系列的残酷事实，让本就敏感古怪的小灯又一次过早地见识了人生的丑陋，心中的那道伤疤刚刚结痂又再次被撕扯开，她变得尖锐而暴戾。此后，小灯的感情世界再也无法完整，她的人生再也逃脱不了童年的阴影，她的情绪永远是处于两极，亦如她的"生存状态：疼和不疼。"

她幸运地遇到了杨阳，这是一个才华出众、善解人意、愿意疼她、爱她为她付出真情的大男孩，他是小灯经历地震以后除了养母之外愿意敞开心扉的第二个人。他们在校园里纯洁美好的爱情及后来组建的幸福家庭，本来是有希望把她从童年的阴霾里解救出来的，但随着小灯留学定居加拿大，丈夫和孩子赶来陪读，小灯性格中的阴暗面还是渐渐暴露出来，再加上长期被噩梦折磨，使得她变得更加冷漠、阴鸷，疑神疑鬼，甚至神经质。缺乏安全感令她不自觉地开始严加管束丈夫和女儿，因为她害怕这唯一的幸福再次失去，可是事与愿违，她的钳制最终导致丈夫和女儿的纷纷离去。女儿不断离家出走，丈夫选择婚外情，直至离婚，家庭破裂，小灯自杀。这样一个结局，是不幸中的不幸。作者连一个喘息的机会都没有给小灯，也没有给读者。她将冷色调发挥到极致，一连串的打击、噩耗，让本来就已不寒而栗的人们变得更加的冰冷僵硬，冷酷麻木，也使得作品的控诉声嘶力竭，如同一个冷冰冰硬邦邦的铁棍一下下杵着人的心窝。

面对小灯近乎扭曲而又伤痕累累的心灵，沃尔佛医生让小灯放下逃避，直面人生。因为一个人逃得再远，也逃不过自己的影子，那些在觉醒状态下所不复记忆的儿时经验可以重现于梦境中。[①] 小灯不会流泪，他就鼓励她流泪，小灯推不开最后那扇窗，他就鼓励她找到这扇窗的源头。在医生的治疗下，小灯终于有机会有胆量认真而细致地对自己的过往进行了一次梳理，她的爱恨，她的敏感，她的阴郁暴戾，她的焦灼不安，全部在医生面前展露无遗。在医生问及她为什么《神州梦》中的女主人公不愿意回到自己出生地时，小灯坦承了自己的逃避。她告诉医生，无论她怎么努力想在现实中忘却那些陋像，噩梦还是会一次又一次地提醒她，让她逃脱不了。30 年来，小灯的内心在一次次历史和记忆的交战中，早已心力交瘁。小灯在医生的药物治疗和心理治疗下，终于慢慢"苏醒"，在博士毕业前夕她退了学，选择与丈夫离婚，离开女儿，放他们离开，也放自己自由。她踏上了回乡的路。熟悉的老宅家门，弟弟一双儿女相似的玩闹情形，母亲一句

---

① ［奥］弗洛伊德：《梦的解析》，丹宁译，国际文化出版公司 1998 年第 2 版，第 90 页。

慈祥的问候："闺女，你找谁？"让 30 年干涸的泪水终于从小灯的眼里喷涌而出。是宽容，理解，让小灯推开了心里最后那扇艰涩的人性之窗。

张翎把最初有着严重的心理疾病的小灯和后来经过沃尔佛医生治疗后获得重生希望的小灯拿来对比，目的就是告诉世人，现实的地震虽然停止了，但是心灵的地震还远没有结束，心灵的救治要比身体的救治更加重要，也更加困难。这也契合了她创作这篇小说的初衷：讲述那些被历史遗忘了的世界。而这个初衷源自她查阅地震资料时候的感受：对于那些从地震中走出来的孩子们，历史的记载只笼统地归纳为"……成为企业的技术骨干"，"……考上了理想的大学"，面对这光鲜的表面，张翎带着深深的失望甚至愤怒，她说："我偏偏不肯接受这样肤浅的安慰，我固执地认为一定还有一些东西，一些关于地震之后的'后来'，在岁月和人们善良的愿望中被过滤了。"① 所以，她创作了这样一部痛彻心扉的中国人的心灵史诗，因为"小说唯一存在的理由是说出唯有小说才能说出东西"②，以此来呼吁我们关注心灵的创伤和精神的拯救。

根据小说《余震》改编的电影《唐山大地震》表现的则是一种温暖人心的抚慰。2008 年汶川大地震，让很多被遗忘的东西再次被拉到我们面前。冯小刚的电影《唐山大地震》，没有延续小说的"冷"的风格，而是选择了暖色调。在接受采访时，冯小刚认为那些经历过灾难的人，很可能把伤痛一直带到坟墓中也弥合不起来，但他希望一部表现主流价值观的电影，可以唤醒人对善、对爱的渴望，

① 张翎：《地震，孤儿，以及一些没有提及的后果》，《北京文学·中篇小说月报》2007 年第 2 期。

② ［法］米兰·昆德拉：《小说的艺术》，上海译文出版社 2004 年版，第 46 页。

表现出人性中最温暖、最柔软的东西。① 于是，在小说中很多让人不堪入目的丑陋现实被温暖的画面所取代。同样是从死人堆里爬出来的小登，不再遭受其他人的冷落，而是在逃荒的过程中，被一个解放军叔叔救助，进而有机会进入部队中，被后来的养父母收养，而养父母也是一对军人夫妇。电影将小登与养父母的关系做了一个彻底的改变，她不再是与养父母格格不入的女儿，而是融洽相处。电影中养父王德清的形象发生了彻底的改变，他从工厂的一个财务人员变成了一名军人，小说中女儿成年后父亲对女儿的性骚扰这一丑陋点被去除，取而代之的是养父对女儿无微不至、无私奉献的爱。父女俩虽然没有血缘关系，但是养父给予女儿的爱比亲生父母给予的还要宽广博大。电影中小登虽然没有能和杨阳组成幸福的家庭，甚至还在怀孕的时候被抛弃，但是她却在异国他乡，通过自己的努力，不仅获得了事业上的成功，同时还遇到了一个懂她爱她的丈夫，以及乖巧听话的女儿。这些都与小说中战火弥漫的家庭生活形成了强烈的反差，让人在同情中终于获得了一丝欣慰，而小登或许是在养父母无微不至的关怀下，或许是在多年平和安宁的家庭生活中获得了心灵的解放。所以，电影中的小登只是不愿回忆那段不堪回首的经历，没有小说中的偏执、乖戾，少了一分神经质，多了一分坚强。2008 年汶川大地震后，分隔多年的姐弟俩分别赶赴抗震第一线，弟弟这才知道姐姐还活着，于是引出了姐姐回家的剧情。而姐姐在近乎重演的历史面前，才真正触摸到当年的疼痛，理解了母亲曾经的决定。② 从而选择了原谅，获得了心灵上的真正解放。

---

① 参见罗屿《唐山大地震：32 年后的影像余震》，《小康》2010 年 8 月号。
② 同上书，第 41 页。

另外，电影中还有几处让人觉得倍感温暖的画面：一个是满街都在烧纸告慰亡灵，这样一个很普通的画面却在不经意间温暖了人心，人虽然不在了，但我们的心还是紧紧联系在一起的；第二个画面是两处西红柿的特写，地震前母亲对小登许下明天买西红柿的诺言，一直延续三十年，这已然成了一种习惯，但是这个习惯中却包含了母亲多少年的内疚和痛苦，以及对女儿深沉的爱，而一切的内疚、痛苦、爱，都在相认时母亲给女儿跪下磕头这个动作中被宣泄出来；第三个画面是小登看到自己的墓被撬开时，里面整齐地放着从小学到中学的教科书，瞬间忍不住号啕大哭，终于发自内心地喊出了"妈妈"和"对不起"。这三个画面都是小说中不曾出现的情节，烘托出了一种温暖的气氛。

现实中的地震虽然停止，但是心灵的地震远没有终止，余震依然存在每一个经历过地震的人的心里。小说《余震》在封面上写下了一句话："人们倒下去的方式，都是大同小异的。可是天灾过去之后，每个人站起来的方式，却是千姿百态的。"① 在 2008 年汶川地震发生以后，人们在救助伤者，帮助他们重建物质家园的同时，不约而同地把目光集中到了心灵救治上。对此，张翎感慨地说："又一群地震孤儿被推到了聚光灯下，庆幸的是，这一次'心理辅导'的话题被许多人提了出来。"正视灾难进而接受灾难，才能从灾难的阴影中踏出解脱的第一步。不论是小说的冰冷还是电影的温暖，它们所要表达的理念与目标是一致的：在灾难记忆中剖析深层伤害，感受温暖人性，达到心灵拯救。

---

① 张翎：《余震》，北京十月文艺出版社 2010 年版，封面。

第六章　当代自然灾害文学
书写的困境与出路

与现代文学的自然灾害书写相比较，当代自然灾害文学书写在延续其现代性传统的同时，也出现了一些新的特质，表现出较为不同的新气象与新格局，取得了很大的突破。与此同时，当代自然灾害文学书写也还存在一些不足，陷入了模式化的创作困境。如何走出这种困境，借鉴西方的文化创伤理论，建构灾害的文化记忆是摆在作家与研究者面前一个严峻的任务。

第一节　当代文学自然灾害书写的新变

当代自然灾害文学书写在延续现代文学传统的同时，面对新的历史情境也随之发生了很大的变异。首先是作家参与的广泛性，长篇叙事作品大量涌现。当代作家对灾害的关注程度远远高于现代作家，每一次巨大的自然灾害事件都会出现相对应的大量的文学作品，弦歌不断，名家辈出，涌现了很多鸿篇巨制，这是现代文学所无法比拟的。现代文学鲜有反映自然灾害的长篇叙事作品，绝大多数是诗歌，小说也多是一些中短篇，还有一些旧体诗词、民谣俚曲、通讯报道等。而当代文学则收获颇丰，一批文坛新锐加盟到灾害文学的书写队伍之中来，出现了冲击茅盾文学奖、老舍文学奖的灾害文学作品，如，刘庆邦的《平原上的歌谣》、黄国荣的《乡谣》、歌兑的《坼裂》等都取得了骄人的成绩。一大批文坛中坚也都写出了很好的灾害文学作品，如，张抗抗的《流行病》、池莉的《霍乱之乱》。还有一些作品更接近于纪实文学，为我们揭开了一些鲜为人知的历史真相。杨显惠的《定西孤儿院纪事》、智量的《饥饿的山村》对三年自然灾害所造成的"人为饥荒"作了逼真的还原；杨杨的《通海大地震真相》再现了1970年的云南通海大地震，震级是7.8级，是新中国成立以来首次死亡人数超过万人的大地震，但在那个极端年代却被当作绝密的事件，对外严格封锁消息，以致尘封了三十多年才为外界所知。

　　除了这些直面现实灾害事件的文学写作之外，也有一批作家把眼光投向历史的深处，透过重重帷幕努力去探寻更为久远的民族灾难。比如，迟子建查阅了大量有关东北鼠疫的资料，从中了解一百年多年前的风俗人情，写出了长篇小说《白雪乌鸦》，用她那沉静而饱满的叙述带我们走进灾难笼罩下的傅家甸，展现了鼠疫重压下人们的爱怨情仇和人性爆发，生动地呈现出一百年前的哈尔滨生活。张浩文的长篇小说《绝秦书》真实再现了民国十八年西北惨绝人寰的旱灾与饥馑，全书视野恢宏，人物形象鲜明，对近代中国乡土社会进行了具体深入的透视。作品关于灾荒的描写令人动容，在歌舞升平的世界里让我们记住那消逝在历史缝隙之中的亡魂，拒绝遗忘，反思历史，避免社会灾难重演。刘震云跑了三个省查阅了当年的《中央日报》《大公报》《文汇报》《河南民国日报》等，搜集了大量的历史史料，写出了再现河南 1942 年大饥荒的小说《温故一九四二》，为那三百多万饿死的亡灵招魂。老作家李凖以黄河花园口决堤造成千里黄泛区为背景，写出了获得第一届茅盾文学奖的长篇小说《黄河东流去》，反映了灾区人民饥肠辘辘、流离失所的悲惨情形及他们可歌可泣的斗争。

作家参与的广泛性还体现在新传媒时代下一大批业余作家的涌现，网络、博客、手机、黑板、墙壁等都可以变成灾害文学的重要传媒。比如汶川地震期间，出现了一大批业余诗人，既有学生、教师、农民，也有战士、公务员等。面对巨大的灾难，许多人都激情喷发，有的用传统的书写工具，如钢笔、毛笔、粉笔，也有人运用手机或电脑，写出了大量感人肺腑的诗篇，引发了一场声势浩大的地震诗潮。这些诗歌的传播方式多种多样，既有运用专业的诗歌刊物引领示范，也有一些用现场朗诵、舞台朗诵等即兴方式进行传播，还有利用新兴的传媒如短信、MP3、博客、播客进行传播。灾害文学作家群数量庞大，出现了全民写作的壮观图景。王干把这次地震诗潮称为 20 世纪中国文学史上的"第四次全民诗歌运动"。"由 2008 年汶川特大地震引发的中国诗歌大潮，是继'五四'新诗、抗战诗潮、天安门诗歌运动之后的第四次全民诗歌运动，出现的作品数量之多、感人作品之多，是近二十年来少有的景象。"① 当代自然

① 王干：《在废墟上矗立的诗歌纪念碑——论"5·12"地震诗潮》，《当代文坛》2008 年第 4 期。

灾害文学的写作参与度达到了历史的最高点。

　　其次，当代灾害文学创作也出现了一些新质。比如对人的生命的尊重与礼赞，高扬人道主义精神，体现了人类的普世情怀。在一些极端的年代里，几百万的生命可以悄无声息地隐没在历史的黑洞里。随着历史的不断进步与信息的公开透明，人的生命意识逐渐觉醒，人的生命权被赋予了至高无上的地位。"永不言弃"是对人的生命价值的高度尊敬，因为人的个体生命具有唯一性与不可逆性。国家设立国难日降旗哀悼死难同胞，一方面表现了国家对自己国民的尊重，另一方面也折射出敬畏个体生命的理念。刘虹的《生命第一——为汶川地震"国家哀悼日"而作》赞扬肯定了生命至上的观念，揭示个人的困苦伤痛与整个民族的伤痛紧密相连。

　　　　我们拥有许多关于第一的美谈

　　　　悠久历史，众多人口，四大发明

　　　　最长的丝绸之路，最小的圆周率

　　　　长江长城，黄山黄河

　　　　黄皮肤下文明的古国那颗

　　　　艰难向往文明的心

　　　　我们津津乐道过另一些第一

　　　　比如菜系，我们食不厌精

　　　　比如刑具，莫言替我们如数家珍

　　　　比如跪得最久的膝盖

　　　　喊得最响的万岁，

生命掷于负数，老子天下第一

现在，我们终于可以谈到生命
谈到具体而神圣的、个人的生存
在五千年第一次为民众举行的
哀悼日里，细细地抚慰细细地谈
谈一个人的困苦伤痛，怎样牵动全体的痛
谈一个公民遇难，国旗也会沉重地
降落一半

是的，尊重生命善待生命，永远是国家民族
这些大词的出发点，也是归宿
哀悼日，地震废墟上第一缕希望之光
华夏文明前进的里程碑。有了这个第一
将一生二，二生三，生生不息！[①]

　　和过去的灾害文学作品相对比，当代一些灾害文学作品在抒发民族豪情、歌颂抗灾英雄的同时，更多地关注个体生命，表现了一个作者所秉持的高远的人文关怀。王家新的诗歌《人民》对过去的那个大写的"人民"进行了去蔽式的书写，不再将那些死难者视作由一个个冰冷的数字相加而得出的抽象名词，祛除"人民"身上那些虚幻的光环，把"人民"还原为一个个有血有肉的鲜活生命，对每个逝去的生命致以深挚的哀悼。

---

　　① 刘虹：《生命第一——为汶川地震"国家哀悼日"而作》，《国殇》，海天出版社2008 年版，第 194—195 页。

山崩地裂之后

"人民"就不再是抽象的了

人民就是那些被压在最下面的人

就是那些在地狱的边缘上惊慌逃难的人

人民，就是那个听到求救声

却怎么挖也挖不出来的人

就是那些不会演讲，只会喊老天爷的人

就是那些连喊也没有喊出口

就和他们的牲口一起

被活活埋在泥石流中的人……

人民，人民就是那些从来不会写诗

但却一直在杜甫的诗中吞声哭的人！①

俞强的《废墟上的书包》也体现了对生命个体的尊重，痛惜那些陨灭于废墟之下的小学生，体现了作者对生命的尊重，对逝者的尊重。

面对一排排整齐叠放的书包，我的泪流下来了！

在废墟前，五颜六色，像一簇开得触目惊心的花苞

仿佛刚刚各自与家人告别，配合着顽皮的蹦跳

被翻过的书页里还夹着童音与小手的热气

铅笔盒传来轻微的声息，收藏了父母的叮咛，老师有些沙哑的声音

现在，它们炫目地被放在这里

---

① 王家新：《人民》，http://www.zgyspp.com/Article/y2/y11/200805/11192.html。

　　软绵绵的体积里

　　仿佛还保留着童真的形象与体温，一个人生之初

　　的梦。①

　　一些灾害文学作品艺术追求达到了一定的深度，无论是痛惜人的生命的陨灭，还是颂扬人的生命价值，所体现出来的是一种更为深广的人类情怀，已不再仅仅局限于一个民族和一己的悲痛。袁跃兴认为："这些在泪水中，在悲痛中，在坚强中，在生命中凝成的诗句，让我们读到了生命的眼泪、死亡的狰狞、动荡的自然、废墟中的呐喊、民族的伟大、大爱的播撒、人性的光辉、逝者的悲壮、生者的斗争、灵魂的升华、生命的荣誉、悲悯的情怀、人类的情操、心灵不可毁灭的品质、祝福和祈祷……这种艺术，使我们在不知不觉中和人类的命运相联系，它把我们从宁静安乐的环境中拉出来，携我们同行，让我们在诗人所记叙的一切困厄横逆之中甘苦与共，更让我们认识到了我们平素的狭隘自私，让我们日常生活的庸俗和鄙陋一扫而光……还有什么艺术比诗更为可贵呢？"②

　　再比如，沈浩波在《川北残篇》中写出了灾难中自我与他人的关联，有力地诠释了海明威《丧钟为谁而鸣》题记中所引英国诗人约翰·唐恩的话："谁都不是一座孤岛，任何人的死亡都使我受到损失，因为我包孕在人类之中。所以，别去打听丧钟为谁而鸣，它为你敲响。"

　　我当然热爱这个国度

---

　　①　俞强：《废墟上的书包》，http：//www. poemlife. com/showart - 47660 - 1831. htm。

　　②　袁跃兴：《文学在"灾难"中重生》，《河北日报》2008 年 6 月 27 日。

因为这里有我的同胞

他们使我不孤单

每天都能和同类在一起

像他们一样美好和污秽

当同胞的血

涂抹在我心上

我惟有蘸血写诗①

　　还有一些作家在巨大的灾难面前对自己的写作也进行了严峻的审视，灵魂煎熬于"写"还是"不写"的伦理拷问之下。比如，朵鱼的《今夜，写诗是轻浮的》就写出了诗人深深的疼痛和无力之感。

今夜，大地轻摇，石头

离开了山坡，莽原敞开了伤口……

半个亚洲眩晕，半个亚洲

找不到悲哀的理由

想想，太轻浮了，这一切

在一张西部地图前，上海

是轻浮的，在伟大的废墟旁

论功行赏的将军

是轻浮的，还有哽咽的县长

机械是轻浮的，面对那自坟墓中

伸出的小手，水泥，水泥是轻浮的

---

① 沈浩波：《川北残篇》，http://blog.sina.com.cn/s/blog_48b6ff2b01009ks4.html。

赤裸的水泥，掩盖了她美丽的脸

啊，轻浮……请不要在他的头上

动土，不要在她的骨头上钉钉子

不要用他的书包盛碎片！不要

把她美丽的脚踝截下！！

请将他的断臂还给他，将他的父母

还给他，请将她的孩子还给她，还有

她的羞涩……请掏空她耳中的雨水

让她安静地离去……

丢弃的器官是轻浮的，还有那大地上的

苍蝇，墓边的哭泣是轻浮的，包括

因悲伤而激发的善意，想想

当房间变成了安静的墓场，哭声

是多么的轻贱！

电视上的抒情是轻浮的，当一具尸体

一万具尸体，在屏幕前

我的眼泪是轻浮的，你的罪过是轻浮的

主持人是轻浮的，宣传部是轻浮的

将坏事变成好事的官员

是轻浮的！啊，轻浮，轻浮的医院

轻浮的祖母，轻浮的

正在分娩的孕妇，轻浮的

护士小姐手中的花

三十层的高楼，轻浮如薄云

悲伤的好人，轻浮如杜甫

今夜，我必定也是

轻浮的，当我写下

悲伤、眼泪、尸体、血，却写不出

巨石、大地、团结和暴怒！

当我写下语言，却写不出深深的沉默。

今夜，人类的沉痛里

有轻浮的泪，悲哀中有轻浮的甜

今夜，天下写诗的人是轻浮的

轻浮如刽子手，

轻浮如刀笔吏。①

　　诗人谢宜兴也对灾难中的写作持怀疑态度，他认为地震之后面对废墟的抒情是多余的无病呻吟，当自己写下分行的诗歌时就变成了一个"可耻的人"。

当汶川如破碎的古瓷诗歌能修复什么

当死神在暗自窃笑诗歌能阻止什么

当震区成为孤岛诗歌能打通什么

当"叔叔，救我"从废墟中传来诗歌能救助什么

整整两个星期，我写不出一个字

震区的画面在我心底是残酷的凌迟

当你面对扭曲的路桥和开花的山体

---

　　① 朵鱼：《今夜，写诗是轻浮的》，苏历铭、杨锦选编《汶川诗抄》，群众出版社2008 年版，第 177—179 页。

当你面对废墟上那个孩子握笔的小手

当你面对那些失去亲人的茫然与啜泣

你难道不觉得记录这场灾难诗歌多么乏力

当你面对废墟下那些凝固的张开的双臂

当你面对"让我再救一个"的哭喊

当你面对"我们都是汶川人"的心语

你难道不觉得最美的诗歌已经写在那里

汶川地震之后,写诗是多余的

诗歌有了从来没有的轻和无辜的愧疚

面对废墟的抒情是可耻的

哪怕挽歌或颂辞都显得浅薄和轻浮

这一刻,当我写下这些分行的文字

我知道,今夜又多了一个可耻的人

但是上帝啊,我心中也感到山崩地裂的痛

请你原谅一个心痛者的无病呻吟

这场地震还在我们每个人心中留下一个

堰塞湖,诗歌只是个人的导流渠①

诗人赵恺《我的诗歌骨折了》在反思地震灾害书写伦理时希冀诗歌能改变自己的无力状态,重新积聚能量去抚慰受伤的心灵。

我的诗歌骨折了,

掩埋于汶川废墟。

---

① 谢宜兴:《今夜,又多了一个可耻的人》,http://blog.sina.com.cn/s/blog_484c787d0100adhg.html。

已死的截去，

尚存的刨起。

生死之间愈合两个诗行

一行是"热爱苦难"，

一行是"重温珍惜"。

文学之热血，

是 O 型的。①

这在以往的现代文学灾害写作中是不可能的。那时的诗人更多负有启蒙、引导大众的职责，根本无暇顾及自身的启蒙及文学的启蒙。

第二节　当代文学自然灾害书写的困境

尽管当代灾害文学书写已经取得了不小的成就，但也还存在种种不足，灾害文学创作陷入了某种困境。首先是灾害文学的模式化倾向严重。很多作品的话语表述、情感体验和主旨意蕴都如出一辙，给人千人一面的感觉。比如在 2008 年汶川地震诗潮中，许多诗歌都缺乏一种抒情主体的介入，没有胡风所提倡的"主观战斗精神"。"对于对象的体现过程或克服过程，在作为主体的作家这一面同时也就是不断的自我扩张过程，不断的自我斗争过程。在体现过程或克

---

①　赵恺：《我的诗歌骨折了》，祁人主编《汶川大地震诗歌经典》，四川文艺出版社2009 年版，第 113 页。

服过程里面，对象底生命被作家精神世界所拥入，使作家扩张了自己；但在这'拥入'的当中，作家底主观一定要主动地表现出或迎合或选择或抵抗的作用，而对象也要主动地用它底真实性来促成、修改、甚至推翻作家底或迎合或选择或抵抗的作用，这就引起了深刻的自我斗争。经过了这样的思想斗争，作家才能够在历史要求的真实性上得到自我扩张，这是艺术创造的源泉。"①

> 我们的心朝向汶川，
>
> 我们的双手朝向汶川，
>
> 我们阳光般的心朝向汶川，
>
> 我们旗帜般的双手朝向汶川，
>
> 我们十三亿双手向汶川去!②

像邹静之《我们的心——献给汶川的血肉同胞》中的这类诗句在汶川地震诗潮中比比皆是。叶浪的《我有一个强大的祖国》写受难的人们头脑中时刻不忘强大的祖国。

> 那是一张熟悉的脸
>
> 是我痛失亲人后看到的最真切的笑脸
>
> 眼里闪着泪花
>
> 话里充满着力量
>
> 那一刻
>
> 我感到自己有一个强大的祖国

---

① 胡风：《置身在为民主的斗争里面》，《胡风评论集》（下册），人民文学出版社1985年版，第20页。

② 邹静之：《我们的心——献给汶川的血肉同胞》，人民文学出版社编选《有爱相伴：致2008·汶川》，人民文学出版社2008年版，第169页。

那是一张陌生的脸

是我埋在瓦砾下看见的最勇敢的脸

撬开了残垣

搬走了巨石

那一刻

我感到自己有一个强大的祖国

那是一张美丽的脸

是我躺在病床上看见的天使的脸

包扎我的创伤

驱走我的恐惧

那一刻，

我感到自己有一个强大的祖国①

更有山东作协王兆山的《江城子——废墟下的自述》，丧失了诗歌的基本良心。"天灾难避死何诉，主席唤，总理呼，党疼国爱，声声入废墟。十三亿人共一哭，纵做鬼，也幸福。银鹰战车救雏犊，左军叔，右警姑，民族大爱，亲历死也足。只盼坟前有屏幕，看奥运，同欢呼。"诗歌竟然以地震遇难者的口吻抒发死后的幸福，盼望着在坟前屏幕上看奥运，一同发出欢呼声。这确实是"盛世雄文，旷代奇葩"，其中的矫情令人恶心与生厌。这首诗歌是中国诗人的一种耻辱，也极大地侮辱了诗歌，败坏了诗歌的形象与声誉。

在对灾害的"拥入"当中作家没有自己的选择、抵抗，个人话语淹没在集体的喧嚷之中。每个人都从一个独立的"个体"变成了

_____

① 叶浪：《我有一个强大的祖国》，《惊天地 泣鬼神：汶川大地震诗钞》，华东师范大学出版社 2008 年版，第 61 页。

复数的"汶川人""四川人""中国人",诗歌的抒情主体让渡给了"祖国""人民""历史"等抽象的名词,出现了大量滥俗抒情的诗句,从而引发了一些对诗歌抱有敬意与良知的诗人的思考,灾害中诗歌写作的伦理性何在,面对灾难是写还是不写?

其次是灾害文学书写表现出来的浅表性特征。最为明显的是地震诗潮中表现出来的创作的即时性和表达的急切性。面对突如其来的灾难,耳闻目睹那么多悲壮惨痛的灾区情景,心中郁积的感情急于寻找一个突破口,很多人迫不及待地争相拿出自己的诗作,在一种哀伤悲愤中把中国诗歌带入了一种井喷状态。各个出版社也以最快的速度编辑出版了各种诗歌选集,如,人民文学出版社的《有爱相伴:致 2008 汶川》、岳麓书社的《五月的殇咏》、上海文艺出版社的《天使在泪光中远去》、珠海出版社的《瓦砾上的诗——5·12 汶川大地震祭》。从中央级的人民文学出版社到地方级的珠海出版社,从专业性的作家出版社到华东师范大学出版社这样的高校出版社,都纷纷加盟到这一出版热潮中来。其中既有各种地震诗歌的选集,也有像尚泽军的《诗记汶川》这样的个人诗集。以上这些诗集全都是 2008 年地震发生当年出版的,以后陆陆续续还出版了很多诸如此类的诗集。虽然不能单纯地以创作的时间和速度来评价作品高低,但这种一哄而上的情形肯定不利于诗歌的精致书写。鲁迅在《记念刘和珍君》中曾说过:"长歌当哭,是必须在痛定之后的。"灾难必须要经过作家心灵的观照与审视,只有经过一段时间的沉潜,才能做出冷静的判断。正如评论家谢有顺所说的那样:"苦难是表层的经验,创伤则是一种心灵的内伤,而文学所要面对的,应是一种被心灵所咀嚼和消化过的苦难。只有这样，作家对苦难的书写才不会把苦难符号化、数字化，才能俯下身来体察一个人、一个人的具体创痛。"① 不客气地说，有些诗集的出版已经背离了文学出版的初衷，带有明显的炒作意图和商业目的。有些出版社没能顾及诗集的实际内容，一味追求印制的精美与装帧的豪华，在市场利益的驱动下，紧盯着书籍的发行量与码洋。鲁迅认为感情正烈的时候反而不宜作诗，"否则锋芒太露，能把诗美杀掉"。灾害文学书写表达的急切性必然带来灾害文学作品的浅表性，使得许多作品内涵直白浅露，缺乏令人沉思的意蕴。

同时，这种浅表性还表现为对灾害事件的叙述方式和灾害意蕴的传达上有所欠缺。许多作品只是一味地展览灾害中的苦难，歌颂各路救援英雄，书写多难兴邦的民族——国家形象，这与古代的大禹治水、女娲补天等神话所形成的英雄救灾模式没有什么本质的区别。灾害文学除了书写悲天悯人的情怀、英雄主义的颂歌及国族的认同之外，好像就没有什么可以去思考和表达的了。"意义空间的局促与空乏已经成为灾难写作进一步深化的最大制约因素。"② 灾害文学书写如果不能穿越表层迷障，不能透过灾害表层进入更深层次意蕴的开掘，那就永远只能在浅表层次徘徊不前。灾害文学书写尽管都与灾害相关，但其目的并不是为了单纯地记录各种灾难和渲染灾难，如果是这样的话，新闻影像可以比文学做得更好。展现灾难的真实情景，剖析灾害背后的人祸因素只是文学描写的第一重境界。作家还要透过灾难展现命运重压之下人们的抗争，彰显生命的尊严

---

① 谢有顺：《苦难的书写如何才能不失重？——我看汶川大地震后的诗歌写作热潮》，《南方文坛》2008 年第 5 期。

② 支宇：《灾难写作的危机与灾难文学意义空间的拓展》，《中华文化论坛》2009 年第 1 期。

与高扬人生的理想，这是灾害文学应该去追求的更高一层的境界。而能够像加缪那样通过鼠疫探索人类生存的普遍意义，进行一种寓言式的写作就更为难得了。作家囿于当代文学所形成的规范，受制于深层的文化心理结构，很难突破对灾害的表象书写，即使发生了诸如 2003 年"非典"、汶川地震等那么多大灾大难，却无法产生与之匹配的文学作品。

第三节　当代文学自然灾害书写的出路

面对严重的灾害，文学何为？文学写作如何才能不失重？谢有顺认为："灾难记忆只有转化成一种创伤记忆时，它才开始具有文学的书写意义。""灾难记忆是一种事实记忆，它面对的是一个一个具体的事实，这种事实之间的叠加，可以强化情感的强度，但难以触及灾难背后的心灵深度；创伤记忆是一种价值记忆，是存在论意义上的伦理反思，它意味着事实书写具有价值转换的可能，写作一旦有了这种创伤感，物就不再是物，而是人事，自然也不仅是自然，而是伦常。"①

"文化创伤"是西方反思集体性创伤记忆的一种理论，耶鲁大学社会学系教授杰弗里·C. 亚历山大（Jeffrey C. Alexander）认为："当个人和群体觉得他们经历了可怕的事件，在群体意识上留下难以

---

① 谢有顺：《苦难的书写如何才能不失重？——我看汶川大地震后的诗歌写作热潮》，《南方文坛》2008 年第 5 期。

磨灭的痕迹，成为永久的记忆，根本且无可逆转地改变了他们的未来，文化创伤（cultural trauma）就发生了。"① 文学是人类文化记忆的一种载体，不能只对突如其来的灾害做出一般性的情感上的应激反应，还要承担抵抗遗忘的责任，保留人类灾难的文化记忆。因为灾害中那些热切的激情随着时间的推移会慢慢减弱，直至烟消云散。试看汶川地震才过去几年，关于汶川的灾难记忆还保存几许？那些遇难的同胞、那些失去亲人的痛苦、那些涕泪滂沱的场面，早已被灾后重建的礼炮轰得一干二净，现如今除了他们的亲人之外，还有几个旁观者能忆及？这就是灾害文学的职责所在，既要抚慰灾时伤痛，更要抵抗对灾难的遗忘，积极地建构灾害的文化创伤，这是文学的良知所在。陈启文写作《南方冰雪报告》就是对逝去的冰雪灾难做一个忠实的记录，希望自己写下的每一个汉字都能够成为灾难的铭文，给后代人留下鲜活的记忆，引发人们的思考。

　　这都是对我莫大的鼓励。而我清醒地知道，这既是对我作品的关注，更是对一场巨大灾难的关注。作为一个写作者，我仅仅只是记录下了这场灾难，哪怕记录，我也根本没有能力叙述整个事件的真实全貌。实诚说，在完成这样一部作品后，我更加感觉到了个体生命的渺小，人类自身的局限。我能够做到的，就是以自己的人格去坚守一个写作者必要的诚实。正如易先生所说："《南方冰雪报告》不仅对当今具有重要意义，对后代留下记忆和反思亦非同凡响，因为它还具有档案价值。"这也正是我的初衷之一，对于一场罕见的巨大的灾难，我们真的需

---

① ［美］杰弗里·C. 亚历山大：《迈向文化创伤理论》，王志弘译，陶东风等主编《文化研究》第 11 辑，社会科学文献出版社 2011 年版，第 11 页。

要一种诚实的记录，我甚至希望，我写下的每一个汉字都能够成为灾难的铭文，甚至成为一部关于灾难的形象史。

这是我无可逃避的责任。①

同时，作为一种自觉的文化建构，灾害文学还要能够指向一种社会责任与政治行动，"借由建构文化创伤，各种社会群体、国族社会，有时候甚至是整个文明，不仅在认知上辨认出人类苦难的存在和根源，还会就此担负起一些重责大任。一旦辨认出创伤的缘由，并因此担负了这种道德责任，集体的成员便界定了他们的团结关系，而这种方式原则上让他们得以分担他人的苦难"②。灾害文学书写让我们明白 2003 年"非典"、2008 年汶川地震等大灾大难不仅仅是一国之殇，也是每一个鲜活的受难者的个体之殇，他们的伤痛与我们紧密相连。

毕淑敏在一篇随笔中曾对瘟疫做了自己的思考，启示我们要在灾难中学会坚强与明达。"假如我得了'非典'，我不会怨天尤人。人是一种动物，病毒也是一种生物。根据科学家考证，这一古老种系在地球上至少已经滋生了二十亿年，而人类满打满算也只有区区百万年史。如果病毒国度有一位新闻发言人，我猜它会理直气壮地说，世界原本就是我们的辖地，人类不过是刚刚诞生的小弟。你们侵占了我们的地盘，比如热带雨林；你们围剿了我们的伙伴，比如天花和麻疹。想想看，大哥岂能束手待毙？你们大规模地改变了地球的生态，我们当然要反扑。你们破坏了物种之链，我们当然要报

---

① 陈启文：《这是我无可逃避的责任》，《芙蓉》2009 年第 2 期。

② ［美］杰弗里·C. 亚历山大：《迈向文化创伤理论》，王志弘译，陶东风等主编《文化研究》第 11 辑，社会科学文献出版社 2011 年版，第 11 页。

复。这次的'非典'和以前的艾滋病毒,都还只是我们派出的先头部队的牛刀小试。等着吧,战斗未有穷期……人类和病毒的博弈,永无止息。如果我在这厮杀中被击中,那不是个人的过失,而是人类面临大困境的小证据。"[1] 确实,人类与自然灾害的较量还远未结束。自然灾害为我们敲响了警钟,我们不能总是关注人与社会的发展,还要把目光移向自然,注意人与自然的和谐共存。

地震、洪水、瘟疫等不仅仅是自然灾难,也是一种人类生存与发展必须承担的永恒的苦难。通过灾害文学的写作,记录、反思人类所遭受的各种自然灾害,积极建构灾害的创伤记忆,让我们能够明辨出这些苦难的存在和根源,分担他人的痛苦,维护灾害期间所形成的以人文本、尊重人的生命与尊严之类的价值观念,促进人与人及人与自然之间的相互了解,做好灾后的精神重建工作,承担起我们人类应有的生态伦理责任。这就是灾害文学写作的意义所在,也是今后灾害文学创作所要努力的方向。

---

① 毕淑敏:《假如我得了非典》,《文艺报》2003 年 5 月 20 日。

第七章　当代自然灾害文学书写的理论特征

　　大部分灾害文学都属于一种非常态的文学，是在突发的灾害情境下产生的非常文学，它是文学对某个特殊时期社会生活的集中反映。"'非常文学'因为其非常的发生背景而与同期其他文学作品有着明显的差别，显示出了它们独特的文学品格。'非常文学'中的非常事件如抗战、抗洪、地震、'非典'等成为镶嵌在此一文学品类中的家族标徽。"① 这种非常态的文学大都具有非常时期的共性，有着自己鲜明的理论特征。

第一节　灾害文学的审美题材

　　灾害文学以自然灾害作为审美题材，作家偏好一些具有重大影响的自然灾害，但这些灾害毕竟为数不多，因此围绕特定的重大灾

---

　　① 宫爱玲：《非常时期的非常叙事——对非典叙事的一种解读》，《重庆三峡学院学报》2008 年第 2 期。

害会出现数量众多的文学作品，导致同题材作品扎堆的情形。以三年自然灾害为题材的作品有张一弓的《犯人李铜钟的故事》、茹志鹃的《剪辑错了的故事》、刘庆邦的《平原上的歌谣》、杨显惠的《定西孤儿院纪事》等；以饥饿命名的长篇小说有智量的《饥饿的山村》、虹影的《饥饿的女儿》。以唐山大地震为题材的作品就更多了，报告文学有钱钢的《唐山大地震》、张庆洲的《唐山警世录》、刘晓滨的《唐山，唐山!》、李润平的《四天四夜——唐山大地震之九死一生》、王立新的《地震与人——唐山震后心态录》、冯骥才等编著的《唐山大地震亲历记》、郭安宁的《中国唐山大地震》等；长篇小说有张庆洲的《红轮椅》和《震城》、单学鹏的《劫难》、董天柚的《凤凰城》、刘凤城的《凤凰劫》、刘晓滨的《等待地震》、关仁山与王家惠的《唐山绝恋》、王离湘与刘晓滨《废墟狼嚎》、刘宏伟的《大断裂》；中篇小说则有刘宝池的《灾难人生》、何玉湖的《震荡后的震荡》；短篇小说有孙少山的《八百米深处》；诗歌有人民文学出版社出版的《震不倒的红旗》、上海人民出版社出版的《志气歌》、珂宁的《在地震断裂带上》、张学梦的《蓝色的纪念》、徐国强的《大地震十六年》等；散文有张丽钧的《车票》、李永文的《吊兰飞翠》、长正的《经霜焦竹声更高》、李志强和张庆洲的《地震往事》；电视剧本有关仁山等人的《唐山大地震》、冯思德的《方舟》、刘晓滨等人的《唐山故事》等；广播剧本有刘三伶的唐山地震生活"三部曲"：《三个人的月亮》《唐山孤儿的故事》《天堂之梦》等，各种文体可谓齐备。以1991年江淮洪水为题材的作品有蒋德群等人的《中国大水灾纪实》、郭传火的《汪洋中的安徽》、陈桂棣的《不死的土地：安徽三河镇营救灾民纪实》；以1998年大洪水为题材的作品有商泽军的《'98 决战中国》《生死一线——嫩江万名囚犯千里生死大营救》，特别是以长江防洪为题材的有王敬东的《荆江安澜》、傅建文的《荆江倒计时》、岳恒寿的《洪流》等。以"非典"为题材的长篇小说有柳建伟的《SARS 危机》、徐坤的《爱你两周半》、向本贵的《非常日子》、张尔客的《非鸟》、倪厚玉的《非典时期的爱情》、赵凝的《夜妆》、胡发云的《如焉@ sars. com》、胡绍祥的《北京隔离区》、夏凡的《爱在 sars 蔓延时》、陆幸丰的《银狐之劫》等；中短篇小说有阿多的《非典时期的 B 城情感》、邹贤尧的《遭遇非典》、贺静炜的《SARS 覆灭记》、陈国炯的《非典时期的爱情》、四毛的《遭遇非典实况录》；电影文学剧本有朱苹等人的《非典时期的爱》；报告文学有杨黎光的《瘟疫，人类的影子——"非典"溯源》、舒云的《纸船明烛照天烧——中国抗击非典全纪录》等。以 2008 年南方雪灾为题材的有陈启文的《南方冰雪报告》、徐剑的《冰冷血热》、吕辉的《08 雪灾纪事》、聂茂与厉雷的《回家——2008 年南方冰雪纪实》、郝敬堂的《好汉歌》、罗盘的《中原鸣响集结号》、伊始等人的《冰点燃烧》、郝振省主编的《雪灾中闪烁的人性》、吴达明与吴海榕的《大拯救》、雷锋工作室的《2008：中国惊天大雪灾》等。

　　灾害文学过分关注一些重大灾害，导致作家在反映重大灾害事件时出现一些同题作品。如，描写"非典"时期的爱情作品就有倪厚玉的长篇小说《非典时期的爱情》、陈国炯的中篇小说《非典时期的爱情》，以及夏凡的长篇小说《爱在 sars 蔓延时》。记录"非典"时期的个人生活情感的日记则有张积慧的《护士长日记——写在抗非典的日子里》、掬水娃娃的《北大日记》、刘雪涛的《小汤山手记》等。这种同题作品的状况在汶川地震诗歌中表现得更为突出，"写孩子在废墟下读书的，有谭旭东的《废墟里读书的孩子》、洪烛的《废墟下读书的女孩》与十鼓的《废墟下读书的女孩》等同题之作；写汶川别哭的，有唐池子的《汶川，请别哭泣》、黄芳的《汶川，别哭》、李浔的《别哭，汶川》、马东旭的《汶川，别哭啊，别哭》与风之点的《别哭，汶川》等同题之作；写中国不哭的，有陈祖芬的《中国不哭》、杨桦明的《中国 不相信眼泪!》与弋梅荣的《中国不哭!》；写为地震中的罹难者祈祷的，有原野牧夫的《五月，我用我的血泪祈祷》、觅雪嫦晴的《五月的祈祷》与陈亚伟的《祈祷》等同题之作；写我是汶川人的，有茂兴的《我是汶川人》、孙晓杰的《我是汶川人》与蒋平的《那一刻，我已是一名汶川人》等同题之作；写帐篷学校的，有商泽军的《帐篷小学》、山君的《帐篷小学》与琐窗寒的《帐篷学校》等同题之作"①。此外像歌颂英雄教师谭千秋的，有孙文的《千秋之魂——敬献谭千秋老师》、杨健的《最美的死亡姿势——致谭千秋老师》、红雪的《爱——献给谭千秋老师》等；赞美警察蒋晓娟的，有高丹宇的《警察奶妈》、刘功业的《母爱无疆——致蒋晓娟》、鲁川的《圣洁的乳汁》等；以男子背着亡妻骑摩托车回家为题材的诗作有周碧华的《爱人，搂紧我!》、吴忠芳的《背着你，就像当初嫁给我那样》、蒋来宝的《背起爱人去远行——献给我汶川的兄弟》等。诸如此类的同题之作在汶川地震诗潮中大量涌现，很难一一列举。

为什么会出现同题作品扎堆的情形，原因有多种。一是创作主体情动于衷有感而发的需要。面对突发的大灾大难，人们有太多的

----

① 王美春：《汶川地震诗歌漫谈》，陕西人民出版社 2009 年版，第 13 页。

情感要倾诉，太多的悲伤与痛苦要抚慰，太多的理解与感悟要抒发，于是文学便成为人们便捷的宣泄工具，大多数人根本无暇顾及题材的取舍及作品的命名问题。二是受题材决定论的影响，一些作家认为那些具有重大影响的灾害事件在题材上优先于那些不知名的小灾小难，题材的等级序列预先决定了文学作品的价值。在这种创作心理的支配下，一些作家忽视日常生活中的小灾小难，偏爱表现重大的自然灾害，如唐山大地震、非典、汶川地震、南方雪灾等。三是大多数作家并没有机会亲临灾害现场，只能通过报纸、电视、网络等媒体间接地获取灾害信息，对那些反复报道与渲染的信息就会不约而同地格外关注，创作时难免会出现"撞车"现象。比如描写温家宝总理的诗歌有贾洪钟的《总理手里的书包》、夏竹青的《温爷爷捡起了我的书包》、刘国震的《废墟上，总理捡起一个书包》等，这些作品给人的感觉无疑是电视新闻画面的聚焦与定格。

第二节　灾害文学的表现方法

由于灾害文学大多数是以现实生活中发生的重大自然灾害为题材，相应地也就以现实主义的表现方法为主。现实主义讲究细节的真实，要求用历史的、具体的人生图画来反映社会生活；能够如实地再现典型环境中的典型人物，对现实的生活素材进行选择、提炼、概括，创造典型形象，深刻地揭示生活的某些本质特征；表达方式要求冷静客观，通过客观具体的场面和情节传达出作家的情感爱憎和思想倾向，而不是通过作家自己或人物之口直接说出来。

灾难文学借助细节的真实描写，往往把读者带到了灾害的第一现场，目睹那些残破凌乱的水灾现场、地震废墟等。小说《坼裂》描写医院救灾现场的忙碌与紧张，医护人员们举着手写的纸条边跑边喊"谁是肿瘤""乳腺跟我来""泌尿的去停车场"等，细节生动逼真，读来有一种身临其境的现场感。为了表现唐山大地震来临时的细节，钱钢寻找到了九位目击者，采用口述实录的写作方式描述当事人在"地震瞬间"所见、所闻及具体感受，复活了大地震来临时的具体情景。唐山丰南县稻地大队农民田玉安所见到的地震情形：

> 猛然间，像当头挨了个炸雷，"轰隆隆——"地动山摇！我像让一个人扫堂腿扫倒在地，往左撅了个个儿，又往右打了个滚，怎么也撑不起身子……
>
> 一个大火球从地底下钻出来，通红刺眼，噼啪乱响，飞到半空才灭。

唐山市第一医院医务处副处长刘勋在地震中的感受则是另一番情形：

> 先是晃，天旋地转，晃得人站不住，又挪不开。再就是颠，脚底像过电似的。
>
> 紧接着，房上的砖瓦就开始飞下来……人根本控制不住自己，心跳的节律完全乱了。
>
> 四周一片漆黑，热气腾腾……房倒屋塌！

朱玉的《天堂上的云朵》描写了震后北川县城的惨状："房屋坍塌和山体垮塌本来就带来了街道的改变，很多原来四通八达的街道都变成了废墟或者死巷，所有房子的位移更给之后的救援带来了极大的困难，后来者不得不依据废墟上散落的文件判断，这原来是哪个单位的房子。判断曲山幼儿园的位置，只能依据画在墙上的一幅儿童画和一个破损不堪的滑梯。""最靠近河岸的房子，后面有冲下来的房子作为巨大的推力，前面是陡峭的湔江河槽，只好空翻倒进湔江的河道中，使河槽原本 90 度的直立陡坡，变成了缓坡。一座原本建筑在河边的房子，被连震带推，彻底粉碎性倒塌。但是，它的房顶部分，被从距房顶半米处，狠狠削掉。"

　　灾害文学往往会利用自然灾害创设一种灾害情境，在特殊的灾害情境中塑造人物形象。灾害文学往往把一个处于正常生活状态的人物强行拉到一个极端复杂险峻的灾害情境，以此表现人物的独特感受，深入人物隐秘的内心世界，拷问人性的深邃与复杂。因此，灾害的突然而至打破日常生活的常规，造成人物性格命运的改变就成为灾害文学常用的叙事模式。比如，宫爱玲对"非典"小说进行分析，就发现"非典"文学作品有一个相当明显的叙事模式，"即在故事情节发展上，大都经历遭遇'非典'——抗击'非典'——战胜'非典'的过程，与之相应的是小说中的人物生活也经历了'日常——非日常——日常'的转变过程。其中，'非典'事件是小说叙事的主题和情节线索"①。石钟山的《"非典"时期的爱情》讲述了"非典"对于一对即将分手的夫妻家庭生活的改变。他们经历了婚姻的七年之痒，由于关系平淡，缺乏激情，双方约定和平分手。由于"非典"的到来，他们互相体谅对方的

---

　　① 宫爱玲：《非常时期的非常叙事——对非典叙事的一种解读》，《重庆三峡学院学报》2008 年第 2 期。

苦楚，焕发了新的激情，重新找到了家庭的温情与天伦之乐，给平淡的婚姻增添了新的亮色。徐坤的《爱你两周半》描写了两周半的"非典"隔离改变了房地产大亨顾跃进与情人于姗姗的关系，妻子梁丽茹也因"非典"与结伴旅行的同事高强分手，"非典"结束后，顾跃进和梁丽茹解除了婚约。忆秦娥的《SARS 冲击波》讲述了"非典"对跨国友谊的影响。邹贤尧的《遭遇非典》讲述了"非典"对日常百姓生活习惯的改变。《非常日子》讲述了"非典"对西江市市容和官场带来的变化。"非典"爆发之前，西江市是一个人人怕去的破烂城市，环境肮脏，市容破烂。"非典"爆发之后，卫生局长王如示带领大家修路筑桥，清理卫生死角，脏乱差的局面得到改善，市容变得漂亮起来。王如示也由于在抗击"非典"整治环境中的优秀表现被破格提拔为副市长，西江的官场生态因为"非典"发生了巨大的改变。

灾害情境一方面让人感到惊慌、恐惧与绝望；另一方面也能彰显人性的尊严和高贵，有利于塑造坚强果敢的抗灾救灾英雄。柳建伟的《SARS 危机》以北方省会城市平阳作为背景，逼真地描绘了"非典"来临时风声鹤唳的情形，人们疯狂地抢购板蓝根、食醋，大学生听信传言盲目地冲出校园，市委领导和医院思想麻痹，不但无视疫情甚至还刻意隐瞒疫情，致使疫情扩散。在这种情形之下，副市长张保国放弃了自己个人的私念，不顾自己的前程挺身而出，和父亲一道向省委递交了关于"非典"疫情的万言书。在张保国的领导下，平阳市最终摘下了疫区的帽子，取得了抗击"非典"的胜利。除了张保国之外，小说还塑造了以身殉职的医生朱全中的形象，赞扬了以张春山、蒋彦永为代表的知识分子敢于对抗威权发布真相的科学良知。

《北京隔离区》中的白衣天使白岚瞒着家人和恋人来到"非典"隔离区工作，而其恋人陆风作为一个新闻摄影师深入"非典"重镇广州采访，不幸感染了"非典"，恰巧转到了白岚所在的隔离区进行治疗。这对恩爱的情侣为了对方都刻意隐瞒自己的危险处境，陆风一度生命垂危，是白岚用鲜血救活了他，而白岚却感染病毒，命悬一线。陆风后来才知道悉心照料自己的护士竟是日思夜想的白岚，陆风用自己的深情呼唤病危的白岚，在爱情力量的感召下，白岚最终度过了危险期，一对有情人终成眷属。"非典"让这对情侣更加懂得生命的珍贵和爱情的坚贞，见证了爱情的力量和人性的美好。

灾害文学塑造了众多的抗灾救灾英雄人物，比如《唐山绝恋》中的周海光、《劫难》中的岳云海、《风雷》中的祝永康、《分界线》中的耿常炯、《犯人李铜忠的故事》中的李铜忠等都是在灾害下挺身而出带领大家抗击灾害的英雄人物。小说《坼裂》甚至还塑造了另类救灾英雄林絮和卿爽的形象，一个年轻有为但又有点玩世不恭，一个聪颖美丽但却孤独寂寞，他们在虚拟的网络爱情里面恩爱有加，但在现实中又不愿接受对方。除了塑造极具个性特征的英雄形象之外，灾害文学还塑造了大量的英雄群像，这在报告文学中举不胜举。像抗洪救灾中的武警官兵、"非典"肆虐下的医护人员、南方雪灾中的电力工作者，比比皆是。陈启文在《南方冰雪报告》中塑造了为抗击冰冻灾害而牺牲的电力工人罗海文、罗长明、周景华的形象，他们知道自己的危险处境，刻意瞒着自己的亲人，不让他们担心。他们虽然都是普通平凡的人，也从未有过当英雄的想法，但最终他们都在平凡的岗位上超越了自己。作家在风霜冰雪的灾害情境中刻画了他们平凡朴实的英雄身姿，作家慨叹说自己不想轻易使用"英雄"这个词汇。"死亡，是偶然的；成为英雄，是偶然的。而一如既往地投入自己的工作，以诚实的、精业的精神去履行自己的职责，才是必然的。他们只是邂逅了甚至是遭遇了超越他们生命的命运。如果没有这样的坠落，他们还会继续爬到四十多米高的高空，站到那铁塔上，这是他们的岗位，与别的一切其实无关。也许，如果换一种方式，这三个人每人的短暂的一生都可以写一部真实的传记，而他们一直扮演的也不是主角，而是原型。"①

诸如此类的英雄人物在灾害文学中到处都是，灾害文学为什么偏爱塑造抗灾救灾英雄？一是现实生活中涌现出了一大批抗灾救灾英雄，在洪水滔天、"非典"肆虐、冰封大地之际，他们为了人民群众的财产安全奋不顾身地投入抗灾救灾的洪流之中，他们的英勇事迹令人激动感佩。一些作家在写作时只是如实地记录下来，自然地形成于笔端。二是受神话救灾英雄原型的影响。远古先民面对严酷的自然环境，创造了大禹治水、后羿射日、女娲补天、夸父逐日等抗击自然灾害主题的英雄神话，表现了人与灾害顽强斗争的精神。大禹、后羿、女娲、夸父这些神话英雄原型积淀在民族文化的深处，历朝历代一些大的天灾中都呼唤这样的英雄出现。《瓠子之歌》反映了汉武帝亲临瓠子指挥民众堵塞黄河决口，保障农业生产和人民生活的勇气和魄力。司马迁对《瓠子之歌》感动不已，在《史记·河渠书》高度评价了汉武帝治理黄河水患以及兴修水利的举措。陈启

---

① 陈启文：《南方冰雪报告》，湖南文艺出版社 2009 年版，第 122—123 页。

文的《南方冰雪报告》在第五章"中国式总理"中也用了大量的篇幅来塑造温家宝总理的形象,描写了温家宝总理奋战在灾害一线的艰辛苍老的身影。"他还在到处奔波,在一切最需要他的地方。这是一个你可能从未亲眼见过但却非常熟悉的身影。当他突然出现在你的面前时,你眼神里可能饱含着惊奇,但你肯定一点都不会慌张,你看见他,那样平易近人地对你微笑着,一个平民化的总理,一种属于平民的微笑,一个永远都不需要你举头仰视的人。而在这个说不上有多么伟岸的身影的背后,以苍天与大地为背景,或许是惊涛骇浪的浑浊洪水,或许是 SARA 魔影在无影灯下徘徊的医院,或许是汶川大地震的废墟,或许是在我正在追踪的这样一场南方异常罕见的暴风雪中……"① 同样是在这一场冰雪灾害中,胡锦涛主席春节前夕来到大同煤矿,换上工装下到四百米深的矿井中慰问工人,赞扬他们为了千家万户的幸福,为了国家经济社会发展,在井下埋头苦干,为保障煤炭供应做出了很大贡献。他希望广大工人在这个关键时刻,发扬一方有难、八方支援的精神,发扬煤矿工人特别能战斗的精神,在确保安全的前提下,开足马力,千方百计多产煤、多供煤,坚决打好这场保障电煤供应的硬仗。《吕氏春秋·顺民》说:"昔者汤克夏而正天下,天大旱,五年不收,汤乃以身祷于桑林。"在重大的危急时刻需要最高领导出场,这是从远古社会就流传下来的救灾救世模式。古代的君王不光是号令天下,而且还要有自己的担当。灾害文学在英雄人物和最高领导的塑造方面明显有着古代文化的基因在起作用。

---

① 陈启文:《南方冰雪报告》,湖南文艺出版社 2009 年版,第 79 页。

第三节　灾害文学的美学风格

任何一种文学类型都会有自己独特的美学风格，灾害文学也不例外。灾害文学作为一种以表现和反思自然灾害为主题的特殊文学类型，其美学风格主要表现为悲剧与崇高。自然灾害是人类的天敌，每次发生自然灾害都会给人类带来深重的灾难，造成巨大的悲剧。与此相对应，悲剧是灾害文学作品天然的底色和基调，构成了灾害文学最基本的审美品格。

鲁迅先生认为悲剧就是把有价值的东西毁灭给人看，因此灾害文学的悲剧性首先表现为灾害对平静生活的破坏和对美好生命的吞噬。灾害文学通过描写灾难性的毁灭场景，营造一种悲剧情境，传达出一种浓厚的悲天悯人情怀。在强大的自然面前，人类时刻感受到自己的脆弱和渺小，每一次灾害都给人类留下了难以抚平的创伤和痛苦的记忆。岳恒寿的《洪流》描写了凶猛的洪水掀翻了汽车，汪洋之中的人们像可怜的猴子吊挂在树上，脚泡在水里，等待着营救的冲锋舟。一些官兵为了抢救灾民，英勇地牺牲了，一个士兵的尸体上还缠绕着两个小孩。那些被埋在了泥沙里面无法打捞的官兵，与泥沙一起成为抗洪大坝的基石。捞起的官兵的尸体摆放在大堤上，一位老大妈跪在他们身旁不停地为他们扇着蒲扇，仿佛他们是暂时的歇息一会儿，过一会儿还会醒过来。钱钢的《唐山大地震》描写了地震废墟上的惨状，"惨淡的灰雾中，最令人心颤的，是那一具具挂在危楼上的尸体。有的仅有一双手被楼板压住，砸裂的头耷拉着；有的跳楼时被砸住脚，整个人倒悬在半空。他们是遇难者中反应最敏捷的一群：已经在酣梦中惊醒，已经跳下床，已经奔到阳台或窗口，可是他们的逃路却被死神截断了。有一位年轻的母亲，在三层楼的窗口已探出半个身子，沉重的楼板硬落下来把她压在窗台上。她死在半空；怀里抱着孩子，在死的一瞬间，还本能地保护着小生命。随着危楼在余震中摇颤，母亲垂落的头发在雾气中拂动"①。

朱玉的《天堂上的云朵》描写了援助者面对灾难与死亡的悲痛和无助。"两个解放军战士，从北川的废墟上，救出了一个婴儿。他们花了一个多小时，捧着孩子，从北川城里跑到医疗队所在地。这个小孩交到医生手里的时候已经气绝，但是两个士兵不相信，因为当时孩子的身体还是软的。医生告诉两个战士，孩子已经死了，两个战士当场跪在他的面前，医生，求求你，你一定要救救他。这位医生在这种情况下还在不停地给孩子做抢救，尽管她知道这样于事无补。孩子的妈妈也跟着从后方跑过来，三个人满怀希望地望着医生。医生实在无法面对，把小孩交还给两个士兵，痛哭着跑了。当时的北川，在大雨倾盆之中。雨水已经把孩子脸上的血水和泥土冲洗干净了。躺在士兵怀抱里的，是一个非常漂亮的小孩。"②

《回家》描写了一个凝固的世界，"汽车仍旧静止在原地，窗外是冰的原野，雪的世界，京珠高速公路湖南段成为一个巨大的停车场，车灯迷乱，忽明忽暗。汽车仿佛已经静止了一个世纪，钟表仿佛停歇了一个世纪，情绪仿佛凝固了一个世纪，声音也仿佛消失了

---

① 钱钢：《唐山大地震》，解放军文艺出版社1986年版，第33页。
② 朱玉：《天堂上的云朵——汶川大地震，那些刻骨铭心的生命记忆》，《北京文学》（精彩阅读）2008年Z1期。

一个世纪。零下4℃的低温像白色的瘟疫一样在世界里游荡。寒冷就是一场瘟疫，恐慌在蔓延"。"汽车里没有电，没有光亮，没有温暖。人们没有食物，没有水，没有御寒的衣物。车厢里一片黑暗，仿佛一切被火山喷发过后的'火山灰'覆盖，寒冷像毛虫在人的躯体上肆意乱爬。没有人声、没有活动的痕迹。从中午到现在，人们再也没有进食，一个个忍着饥饿，熬到夜幕。"①

　　其次，灾害文学的悲剧性表现为主人公在灾害情境下所遭受的精神苦难。在灾害情境下，人类的一些基本价值会受到挑战，主人公为此会遭受心灵的考验与磨难。《坼裂》中描写军医林絮的责任之痛，一个得过跳高冠军的女孩为了抢救其他同学而被砸伤了大腿，急需截肢，而其家长和班里的同学都要求他不要截肢。抗震救灾归国专家组迟龙翔教授为了自己的名利没有给女孩截肢，只是精心地缝合了外部的伤口，没有后期内在的治疗，保住了的美腿也要敲断。在那么多急需截肢保命的灾民面前，是保护一个美腿重要，还是挽救更多的人的性命重要，使他倍感煎熬。卿爽也面临着心灵的炼狱，只有两分钟的时间抢救废墟中的女教师和腹中的婴儿。由于损烂的手上根本找不到血管打麻药，她只能直接进行剖腹手术。她不忍面对女教师受难的场景，看着血肉模糊的身体泪流满面，手术刀实在切不下去，心里求救似的呻吟着"妈妈"，最终她采取了快速破腹的方法取出了婴儿，但一个生命的诞生如此决然地标志着另一个生命的终结。卿爽突然间呼噜噜地哭出了声，喘得一塌糊涂，又赶紧竭尽全力憋住气，控制住自己。然后一阵眩晕，什么也看不见了。醒来之后她准备再进去为女教师缝合伤口，因为那是一个气息尚存的

---

　　① 聂茂、厉雷：《回家——2008南方冰雪纪实》，湖南人民出版社2009年版，第19页。

生命啊。负责观察震情的战士下达军令,每个人都必须撤离现场。虽然有学生说那个女教师其实早死了,但卿爽还是十分愧疚,不停地念叨:"她还在里面,她还在里面……"《唐山绝恋》描写了经历地震生死考验的周海光面对亲情、爱情的两难选择,写出了灾害对人命运的捉弄。周海光与姐姐向文燕情意深长,妹妹向文秀不顾母亲的反对深爱着工人何刚。地震来临后,何刚和文秀被压在废墟下六天六夜,何刚死了,文燕为抢救伤员也不幸遇难。市长向国华牺牲在指挥救灾的第一线,临死之前把文秀托付给了周海光。文秀的脊椎由于在地震中受伤不能再摔倒,否则脊椎断裂,就会有生命危险。周海光的心情极为矛盾,为了更好地照顾文秀,他兑现了自己的承诺提出要与文秀结婚,可周海光怎么也忘不了文燕,文秀也同样忘不了何刚。在唐山地震一周年前夕,周海光与文秀举行了婚礼。可就在这时文燕出现了,原来文燕并没有牺牲,而是被解放军送到外地医治。文燕的归来打破了原有的平静,文秀提出来要退出。周海光内心依然爱着文燕,但又要完成自己的承诺,处于两难之中。

洪水淹没的村庄、惨不忍睹的地震废墟、冰冻灾害下的中国、"非典"患者痛苦的表情及医务工作者的殉难……读者在阅读这些灾难场景时,不禁悲从中来,感受那些无辜受难者和幸存者们的巨大痛苦。面对这些大灾大难的悲剧场景,整个中华民族都感受到了前所未有的伤痛。人们正是在与灾害不断抗争搏斗中,经历一系列打击、毁灭,提升自己的精神,达到对自我的超越与悲剧的超越。悲剧不单单是灾难、痛苦与毁灭,只有在超越一切不幸时悲剧的意义才会彰显。雅斯贝尔斯曾对悲剧的哲学意义有所阐发:"生命的真实存在没有在失败中丧失,相反,它使自己完整而真切地被感觉到。

没有超越就没有悲剧，即便在对神祇和命运的无望抗争中抵抗至死，也是超越的一种力量。"① 灾害中人们表现出来的坚强不屈的求生意志、坚忍不拔的抗争精神、奋不顾身的牺牲精神都是对现实悲剧的超越，在美好生命与家园的毁灭中激发幸存者的豪情壮志，化悲痛为力量，坚定重建美好生活的信心和勇气。

因此灾害文学带给人们的不仅仅是美好家园的破坏和生命毁灭的悲剧，它还要能给人战胜灾害困境的勇气和力量，从而呈现出灾害文学的另一审美品格——崇高。"人类面对地震、火山、岩浆等灾难的威胁时，我们望而生畏，深感自身的微弱、渺小、平庸和无能为力，人的生命存在受到极大的否定，瞬间产生一种惊惧、恐怖、痛苦等消极被动的情感体验。但是当人们躲避或是抵抗了灾难时，心灵即刻受到莫大的震动，主体将升起一种战胜灾难，力争胜利的自豪感。前者是人们在抗争中毁灭，产生的悲剧感；后者是人们在抗争中胜利产生的崇高感。二者都是审美范畴：悲剧是抗争与毁灭，崇高是抗争与胜利；悲剧的效果是恐惧和怜悯，崇高的效果是痛感和快感；悲剧强调的是毁灭中的净化，崇高强调的是抗争中的超越。"②

灾害文学中的崇高一方面源于自然灾害客体本身，另一方面来自人物的主体实践活动。十八世纪的英国经验主义美学家博克认为："凡是能以某种方式适宜于引起苦痛和危险观念的事物，即凡是能以某种方式令人恐怖的，涉及可恐怖的对象的，或是类似恐怖那样发

---

① ［德］雅斯贝尔斯：《悲剧的超越》，中国工人出版社 1988 年版，第 30 页。
② 熊伟：《欣赏灾难时的生命反思》，硕士学位论文，贵州师范大学，2007 年，第 37 页。

挥作用的事物，就是崇高的一个来源。"① 在灾害文学中这个崇高客体正是自然灾害，那些突如其来的自然灾害来源于人类未知的世界，能够唤起人们对自然的敬畏和恐惧。康德的《崇高的分析》认为崇高的特征是无形式和无限性，并且把崇高分为两种：一种是"数学的崇高"，表现为对象的体积和数量无限大，超出人们的感官所能把握的限度；一种是"力学的崇高"，表现为力量上的无比强大，只局限于自然界。"威力是一种超越巨大阻碍的能力。如果它也能越过本身具有为历代东西的抵抗，它就叫作支配力。在审美判断中，如果把自然看作对于我们没有支配力的那种威力，自然就显出力量的崇高。"②

台风、地震、海啸、洪水、暴风雪等自然灾害发生时，往往携带着无穷的威力，横扫苍茫的大地，房屋垮塌、地动山摇，让人措手不及，陷入惊恐和死亡的氛围之中。自然灾害的破坏力量无限巨大，超出了人们的认知范围和承受能力，以致我们的直觉、感官和知性在短时间内无法把握与驾驭。自然灾害给人类的心灵造成了巨大的震撼，让人类体会到了一种前所未有的挫败感，在自然灾害的威力之下，人类显得那么微弱与渺小，生命脆如薄纸。当我们的生命存在受到自然灾害的极大否定之时，对自然灾害就会产生惊惧、恐怖等情绪，觉得自己的软弱与无力。因此，灾害文学作品中描写的自然灾害景象因为其本身所具有的"无形式""无限性"的特点，从而成为崇高的对象。钱钢的《唐山大地震》描写了地震的威力，在地震地裂缝穿过的地方，"唐山地委党校、东新街小学、地区农研

---

① 朱光潜：《西方美学史》，人民文学出版社 2008 年版，第 231 页。
② 朱光潜：《西方美学史》，人民文学出版社 2008 年版，第 370 页。

所以及整个路南居民区，都像被一只巨手抹去似的不见了。仿佛有一个黑色的妖魔在这里肆虐，是它踏平了街巷，折断了桥梁，掐灭了烟囱，将列车横推出轨。一场大自然的恶作剧使得唐山面目全非，七零八落的混凝土梁柱，冰冷的机器残骸，斜矗着的电线杆，半截的水塔，东倒西歪，横躺竖倚，像万人坑里根根支棱的白骨。落而未落的楼板，悬挂在空中的一两根曲弯的钢筋，白色其外而内里泛黄色的土墙断壁，仿佛是在把一具具皮开肉绽的形容可怖的死亡的躯体推出迷雾，推向清晰"①。

《冰点燃烧》记录了整个世界都被厚冰所包裹，其景象令人震撼，给人一种崇高之感。"戳立着无数断树的远山近岭，尽管披着一层银装，却全然失去冰雕玉琢般的美感，倒像是盔甲连绵剑戟林立的战场，冷森森地晃动着一片瘆人的白光。几座倒塌的输电铁塔，远远望去，就如一具具巨大的恐龙骨架，让人平白生起冰河时期的遥想。路肩上还有残留的薄冰。几棵拦腰折断的大树，大模大样地斜靠在公路的护栏上，它们的枝叶，不是被冰雪削去，就是被冰层裹得严严实实。大树和栏杆仍然冻在一起，垂下的冰凌顺着风势，斜斜地就如一排排锐利的鱼骨。路基右面有一座小村。村前的竹林有如被辗过似的，十分服帖地匍匐在冰地上。屋檐下的冰凌几乎垂至地面，同样是斜斜的，忠实地记录着北风的粗暴蹂躏。菜园子的篱笆早已分辨不出那横七竖八的线条，但见一道道光滑的冰墙围着几畦被冻成冰疙瘩的青菜。不见炊烟，村里一片死寂。若不是冰雪覆盖的村道上印着几道浅浅的车辙，真叫人怀疑这里是否还存在着

---

① 钱钢：《唐山大地震》，解放军文艺出版社 1986 年版，第 32 页。

生命活动的痕迹。"①

　　灾害文学表现出来的崇高源自上面提到的一系列自然灾害客体本身，更多的崇高感来自作品人物的主体实践活动。面对威力巨大、破坏性极强的自然灾害，人们不由得会感到自身的无助与渺小、生命的卑微与脆弱。人类正是在体验了这些消极被动的情感之后，萌生了与大自然一争高下的豪情，人们的心理状态被大大地激奋，生命力也随之蓬勃强健起来。崇高感作为一种精神力量，主要体现在那些无所畏惧、勇于担当的抗灾救灾英雄人物身上。他们为了人民的生命和财产安全，面对病魔肆虐、滔天洪水或乱石崩云的危险情境，能够赴汤蹈火、视死如归。那些灾害情境中的英雄人物正是卡莱尔所赞誉的："是一束耀眼的光芒，照亮了世界上的黑暗；他绝不仅仅是一盏点燃的灯，而是一颗沐浴着上帝的恩泽而闪闪发光的明星……这永不熄灭的光芒使人茅塞顿开，令人刚毅坚强，使人英勇崇高。"

　　面对巨大的自然灾难，人性得到了真实地检验，卑劣和崇高俱在，可以更加清楚地辨别出谁是真的英雄和猛士。金敬迈的长篇报告文学《好人邓练贤》描写了为抗"非典"而殉职的医生邓练贤的英勇事迹，歌颂了邓练贤高尚的职业道德和无私无畏的精神。严阵、吉狄马加、谭仲池、纪宇等人的诗歌也从不同的视角颂扬了白衣战士和各行各业的抗"非典"英雄，反映了"非典"时期全国人民与"非典"作斗争的悲壮情怀。毕淑敏的《花冠病毒》描写了燕市首席病理解剖学家于增风教授亲临一线，以身试毒，不幸身亡。女作家罗纬芝不顾危险打开了于增风的遗物，遗物中居然藏有花冠病毒

---

① 伊始、杨克等：《冰点燃烧》，花城出版社 2008 年版，第 6—7 页。

的病菌，罗纬芝也不幸被感染了花冠病毒，幸亏得到李元、凌念研究小组研制出的药物才得以脱险，可他们没有医生资格，不被体制所认可。于是，设计让市长孙子感染病毒，期望自己的元素疗法得到认可和推广。后来，凌念在给病人治疗时感染病毒去世，他们的导师詹婉英毅然站了出来，作为一个民间科学家肩负起抗击病毒的大任。无论是于增风教授，还是抗疫总指挥袁再春，他们的死都让人感到英勇和悲壮，表现出危难之中人性的悲悯和无奈，显示了绝境中心灵的坚韧和强大。

汶川大地震发生后，十几万大军奔赴灾区，以自己的血肉之躯奋战在抗灾救灾的第一线，他们在地震废墟上经历了一场又一场的特殊考验。徐剑的《遍地英雄——第二炮兵部队抗震救灾实录》、张晋生的《遍地英雄》、中国作协编写的《悲情与壮歌》等报告文学等都较为逼真详实地刻画了他们的光辉形象。极度艰辛、极度疲劳动摇不了他们抢救人民生命财产的信念，在北川，在绵阳，在唐家山堰塞湖，到处都有他们坚毅刚强的身姿，他们争分夺秒地决战在人民最需要的地方。还有那些为了学生舍身赴难的老师，身上都闪烁着崇高的光辉。

实验室在一楼的第一间。很快，上面楼层被撕裂，石头和水泥块泼水般往下倒，边上的墙体不断往下压，教室门框吱吱嘎嘎着开始变形，很快就要垮下来。学生逃生的通道眼看就要堵上了，张家春一个箭步冲过去。这位年轻的羌族汉子，使出全部力量，用自己的身躯顶起门框。

这是通向生命的大门！

学生一个接一个从他的双臂下穿过。

　　40 多个孩子很快逃出摇摇欲坠的教学楼，跑到不远的操场上。

　　而这时，为孩子们扛起"生命通道"的张家春却被裹在滚滚灰尘中，掉下来的砖石不断地砸在他身上。[①]

　　那些被困在废墟中的受难人群也闪现着崇高的身影，他们以顽强的意志和极大的忍耐与死神抗争，表现出一种强烈的求生欲望，等待施救人员的到来。自然灾害让平凡的人变得勇敢与坚强，凭借顽强的生存意识，他们创造了生命的奇迹。"人类出于更顽强的渴生的本能，却仍在为生存为生命而坚持着、奋斗者。奇迹，不仅仅是生命史的奇迹，而且是人类精神史的奇迹。唐山大地震，以它震惊人寰的毁灭性的考验，留下了这批渴生者的姓名。他们无疑是人的骄傲。"[②] 这些求生者中有用一把菜刀两天三夜不停敲击废墟的陈俊华夫妇；有给东风手表不停上劲在废墟中坚持了八天七夜的小女孩王子兰；有靠喝尿吃土在废墟中坚持了十三天的普通劳动妇女卢桂兰；还有依靠群体力量在矿井中生活十五天的赵各庄矿的五位男子汉们。

　　汶川地震中，中国农业银行北川支行信贷部风险经理龚天秀砸腿饮血，断肢求生。

　　第二天嗓子就喊哑了，但是一想到老公说的话，还是要活下去。当时右腿已经不流血了，估计里面形成了血栓。后来她就摸了一块砖头，使劲砸右小腿，小腿被砸烂了，开始流血，

---

　　① 余冠仕、刘堂江、李炳亭、张泽科：《热血师魂——记汶川大地震中的人民教师》，《中国教育报》2008 年 9 月 10 日。
　　② 钱钢：《唐山大地震》，解放军文艺出版社 1986 年版，第 83 页。

她把这只腿顶在老公的背上，血从他的背上流下来，用嘴接着喝。钻心的痛，但是要出去啊，喝了一些血，有力气了，就接着喊。她在里面使劲喊破了嗓子，但是外面听不到。

第三天，消防队来了，开始营救她。水泥板抬不走，先把一些小的墙渣搬走后，露出了盆子大一个洞。一个武警战士把头伸过来，还能碰到她的手。她告诉这个战士，自己把腿砸烂了，还剩下一些皮肉连着，让他去找把锯子，好把腿锯掉。皮肉锯断了，筋还连着，她又要来剪刀，前前后后弄了半个小时，终于把右小腿弄掉了。爬过一段距离后，终于获救。①

在自然灾害的淫威下，人类感受到了自己的渺小，同时又能够挺起胸膛用不屈的精神与顽强的意志超越这种渺小。在与灾难抗争中展现了人类的坚毅顽强与坚忍不拔，彰显了人类精神的伟大与高贵，给人一种崇高之美。"其本质是人的生物生命受到对象的压抑而人的精神生命却实现了对对象的征服和战胜，它显示了人与自然的关系由顺从到征服的历史性变化和历史趋向。对它的感受有一个从痛感转化为快感的过程。"②

---

① 上海文艺出版社编：《生命的感动：四川汶川大地震抗震救灾纪实》，上海文艺出版社 2008 年版，第 90 页。
② 封孝伦：《人类生命系统中的美学》，安徽教育出版社 1999 年版，第 338 页。

结语 当代自然灾害文学书写的
文化功能及其研究展望

文学创作与文学研究要有强烈的现实关怀，不能无视和回避人类生存与发展中所遭遇的自然灾害及其带来的危机。灾害文学用文学性语言来记录灾害、反思灾害，关注思考人们的现实生存境遇，有利于促进人与自然、人与社会的和谐发展。面对当代大量的灾害文学作品，无论是从现实层面还是学理层面来讲，对灾害文学进行理论探讨都显得非常必要而且深具意义。因此，总结归纳灾害文学创作的成就与不足，提升灾害文学创作的水平，建构与之相适应的灾害文学研究范式与理论体系也就成为题中应有之义。

一 当代自然灾害文学书写的文化功能

尽管当代自然灾害文学书写取得了那么多的成就，出现近百部长篇小说，并且拥有张浩文《绝秦书》那样的厚重杰作，但也经常遭遇一些质疑。其中最具代表性的一种就是指责灾害文学的审美价值不高，对其艺术性评价过于苛刻。这些指责没有意识到灾害文学作为一种非常态文学除了审美功能之外，还具有疏导宣泄悲情的治疗功能及记录反思灾难的见证文学功能等。

灾害文学作为文学的一个特殊门类，除了具有一般的审美功能之外，还具有记录历史、反思灾难、心理疗救的功能。

刘庆邦认为文学是为历史做证，文化是对记忆的守卫。由于对三年饥荒怀有刻骨铭心的记忆，加之描写三年饥荒作品的缺失，经过多年的内心酝酿和发酵，他创作出埋藏心底已久的《平原上的歌谣》，为那段历史提供了鲜活的记忆。"这一代作家如果不写，这段经历就等于遗忘了。等这一代人过去，让下一代人来回忆，想象一下就困难，下一代人和这段历史会产生心理和时间的距离。也有可能会有人写，但是那种切肤的体验，那种痛感，就会减弱，写起来比较难。现在日子是好过了，人不光是能吃饱饭，也能吃好饭，但是越是在这样的环境中越是要保护好我们过去的记忆。"① 中国国民性中有一点就是好了伤疤忘了疼，经历了那么多大灾大难，留下来可供后人反思凭吊的遗物却是那么少。因此，灾害文学特别是报告文学中所记录的塌陷的楼房、断裂的道路、汹涌的激流、残损的肢体、悲痛的泪水、坚定的眼神让我们重温了那种苦难深重的灾害现场，时刻提醒并刺痛我们麻木的神经。

从文化记忆的角度看，作为一种见证性的文学，灾害文学具有记录历史、抵抗遗忘的功能。灾害文学的记忆功能远优于冰冷的历史档案与枯燥的数据材料，保留着无比丰富的历史细节。"我对三年大饥荒的生活记忆深刻，称得上刻骨铭心。其中饥荒最严重的1960年，我九岁，正在本村小学读二年级。我饿得成了大头，长脖子，

---

① 夏榆：《一个人的记忆就是一个人的力量》，《南方周末》2004年7月8日。

细腿，连走路都费劲儿。去学校上学需要翻过一条干坑，以前，我在这条干坑里跑上跑下，如履平地。饿成瘦鬼后，过那条坑就难了。此岸，我屁股贴着岸边往下滑；彼岸，我得把自己变成一只小兽物，四肢着地一点一点往上爬。这年夏天，父亲病死了。作为父亲的长子，为父亲送葬时由我扛幡，摔恼盆。堂叔大概怕我瘦得没劲儿，替我把陶制的恼盆摔碎了。食堂面临断顿，不少人得了浮肿病，人们的生存受到了极为严峻的考验。换句话说，贫困和饥饿已使人们的生存到了一个最低的底线，过了底线，人马上就得饿死。谁都不想死，人人都想活命。人们别的念头都没有了，只要能找到一口吃的，只要能保住自己的一条命，就是最大的成功。于是人们的生存意志、生存韧性、生存智慧和生存想象力都尽可能地发挥出来了，构成了那个特殊年代特殊的生存状态。"①

反思功能是灾害文学功能中的应有之义。"吃一堑，长一智。"灾害过后，必须对其进行反思，审视抗灾救灾方面的缺失，拷问人性的弱点，避免灾害的重演或最大限度地降低灾害所带来的损伤。灾害文学的反思功能大多集中在描绘生态环境的恶化方面，以此思考人与自然的关系。徐刚在《中国，另一种危机》中写道："我们不得不走向孤独。每砍伐一棵树，就增加一分孤独；每扑杀一只野生动物，便使这种孤独以滴血的方式更加深刻。与诗人时常自我标榜的小小孤独相比，人类面临的是没有能源、没有绿色、没有云雀和牵牛花的巨大到生存足以被威胁的孤独！人最怕孤独。人又一手造成了此种巨大的孤独！"②

---

① 刘庆邦：《平原上的歌谣·后记》，北京十月文艺出版社 2009 年版，第 358 页。
② 徐刚：《中国，另一种危机》，春风文艺出版社 1995 年版，第 69 页。

李松涛的长诗《拒绝末日》对人与自然的关系进行了反思："地大的恶行，触怒了地，／天大的贪欲，惹恼了天。／大自然，委实被伤害得太深了——／许多温暖的记忆，／都已冰凉。稍一触摸，／就冻得浑身发抖。／飞得好好的禽鸟突然就坠毁了，／游得好好的鱼鳖突然就曝尸了，／跑得好好的野兽突然就断气了，／站得好好的树木突然就扑倒了，／笑得好好的花草突然就凋萎了，／唱得好好的清泉突然就哑默了，／晴得好好的蓝天突然就阴暗了，／这一连串的突然，／让我产生一系列的潸然。……跑遍方知——／地球已千疮百孔，／天空已恶云密布。／窗外，大自然面黄肌瘦，／创伤幽幽急待包扎。／生态环境黄牌迷示，／不曾经历的即将发生——人类，可能被罚下场去！"①

徐刚的报告文学《国难》谴责了破坏自然生态的富有者，对那些承受生态灾难的民工的权宜问题心存悲悯。"民工是人，应该享有人权，他们是中国人，受中华人民共和国宪法及各项相关法律的保护，实际上他们没有医疗保险，甚至连一纸劳动合同都少见，住在几十个人一间的窝棚里，夏天不透风，冬天没有暖气，他们随时都有可能拿不到几个可怜的血汗钱，有的便以自杀等种种极端行为索讨。而在 SARS 袭来时，他们又成了最容易受攻击最脆弱的一个环节。北京啊，什么时候你才会以亲近的目光，注视这一为我们服务、为我们辛劳的弱势群体，并且说：因为你们的健康，我们才健康；因为你们的美丽，我们才美丽！"②

"君子博学而日参省乎己，则知明而行无过矣。"虽然在灾害发

---

①　李松涛：《拒绝末日》，春风文艺出版社 1992 年版，第 2 页。
②　徐刚：《沉沦的国土》，人民文学出版社 2005 年版，第 408 页。

生之后进行反省具有滞后性，但如果养成一种精神的自觉，行动的自律，这种反省就具有超前性，把我们引领上和谐健康的发展之路。

与其他文学相比较而言，灾害文学具有自己特殊的心理疏导与情感疗救功能。在叶舒宪、武淑莲等一批学者的努力下，文学治疗的观念和理论已经深入人心。叶舒宪从人类学的视野考察发掘了文学的治疗功能，认为"文学的发生同以治疗为目的的巫医致幻术有潜在的关联"，"文学在人类文化史上长存不衰，正因为它发挥着巨大精神生态作用，使人性的发展在意识与无意识，理性与幻想，逻辑抽象与直觉体验之间保持平衡"①。他指出文学具有内在的精神医学功能，可以维系作为语言符号动物的人的精神生存和健康。文学最原初的功能不是认识功能、教育功能或审美功能，而是治疗功能。进入文明社会之后，文学的精神治疗功能被有意或无意地忽视和遮蔽了，导致文学疗救功能长期不为人所注意。汶川地震中有许多诗歌描写了降旗默哀的仪式，这是古老仪式传统的现代重演。"人类学讲仪式有两种，一种是定期仪式，跟着春种秋收的季节韵律，是预先安排好日子的。另外一种是没有固定日子的，叫 Ritual of crisis，即发生危机时举行的仪式。这是每一个社会都要采用的，对于突发灾难造成的社会心理创伤，具有巨大的治疗效果。"② 这种降半旗默哀的活动就相当于危机仪式，既宣泄疏导了民众的悲痛情绪，也强化了国家民族的凝聚力。

很多人包括一些学者对灾害文学评价都不是太高，因为他们过多地从审美功能考量灾害文学的价值，看不到灾害文学宣泄疏导悲

---

① 叶舒宪：《文学与治疗》，社会科学文献出版社 1999 年版，第 287 页。
② 叶舒宪：《文学中的灾难与救世》，《文化学刊》2008 年第 4 期。

伤情绪的积极作用，对灾害文学治疗功能的认识存在盲点。比如，很多人对汶川地震诗潮感到惊讶和不理解，在一些诗歌的艺术性上颇有微词并喋喋不休。面对巨大的灾难，人们心中的悲悯、同情、愤怒等感情被大大地激发起来，许多人抑制不住内心的伤痛，情不自禁地拿起笔写下了自己的感受。《孩子快抓紧妈妈的手》《孩子别哭》《愿天佑中华》等一大批诗歌迅速走红，诗歌浪潮澎湃而起。其中很多作者都是草根诗人，以前可能根本就没写过诗，更没想过要在文学史上留下一笔。促发他们写作的动机就是内心情感的驱动，而诗歌是所有文学体裁中最适宜言志的载体，加上媒体的强势推动，掀起了一股地震诗潮，引起大众强烈的共鸣。这些地震诗歌本质上是中华民族集体悲情的仪式化表达，宣泄了一种发自民间的群体心理情感。人们借助这些地震诗歌的写作和阅读，传播爱心和坚强，抚慰内心的伤痛，情感得以移情和升华，从而实现文学的治疗效果。"这些诗歌，不能单用文学的标尺去度量和规范，也不能单用一段苦难记忆、一段悲情去涵盖，它是一种文化心理的反应与表达方式。中华民族这个感性的民族，当面对灾难时，集体情绪必然演为诗歌。"① 地震诗歌等灾害文学是文学介入当下生活的一种方式，是一种民族集体情绪的仪式化抒发，其本意原本就不在文学的审美品格，彰显的是文学的治疗功能。灾害文学作为一种言语建构的乌托邦，发挥治病救人的疗效，"并不是出自艺术自身的要求，而是源于病人的需要，源于陷入困境之中的人的需要"② 灾害文学不仅能够抚慰受难者的伤痛，对于社会公众也是一次心灵的震撼和悲情的宣泄，

---

① 凌宏发：《抗震诗歌：民族悲情的仪式化表达》，《新民晚报》2008 年 6 月 14 日。
② ［美］阿恩海姆：《艺术心理学新论》，郭小平等译，商务印书馆 1994 年版，第 345 页。

激发他们反观自身，重新审视人与自然、人与社会的关系。

二　灾害文学研究的未来展望

面对日益严重的灾害危机，灾害文学研究也要与时俱进，有必要概括总结灾害文学研究范式，提升灾害文学研究理论水准，与灾害文学创作一起，反思人与自然的关系，为改善人类的生态环境奉献出自己的绵薄之力。

灾害在中国古代文化的形成中起着重要的作用，好多文化都带有灾害的影子，例如灾害对中国的卜筮文化、自然科学文化、政治文化都产生了重要的影响，我国古代很早就出现了描写灾害的文学作品。面对多灾多难的生存境遇，人们呼唤能够战胜这些灾难的英雄，创造了后羿射日、女娲补天、大禹治水等神话。这些远古神话成为中国文学发展的源泉，对中国文学的发展影响很大，在题材、主题、观念、创作方法与美学追求方面给后人无穷的启迪，后世的许多作家都从这些神话中汲取了丰富的营养，创作出优美动人的文学篇章。历朝历代都有反映灾害的诗篇流传，元、明、清时期的小说也对自然灾害多有反映。[1] 中国古代灾害文学创作虽然较为丰富，但对灾害文学的思考较为匮乏。就现代灾害文学研究来说，也只有笔者对现代灾害文学进行了相对集中的研究，发表了二十多篇相关研究论文，[2] 并出版了

---

[1]　参见张堂会《中国文学自然灾害书写传统》，《民国时期自然灾害与现代文学书写》，中国社会科学出版社 2012 年版，第 27—55 页。

[2]　代表性的论文有：《现代文学对民国自然灾害的多样性书写》，《文学评论》2009 年第 5 期；《民国时期自然灾害下的人与社会》，《中国现代文学研究丛刊》2009 年第 3 期；《试析民国自然灾害对现代文学的影响》，《中国社科院研究生院学报》2009 年第 5 期；《民国时期自然灾害下人与自然的关系》，《江西社会科学》2011 年第 1 期；《从现代文学看民国时期自然灾害下的社会变革》，《晋阳学刊》2011 年第 3 期；《从现代文学看民国时期的瘟疫》，《北方论丛》2012 年第 2 期。

研究专著《民国时期自然灾害与现代文学书写》，对民国灾害下人与自然、人与社会及人与自我等进行了较为深入的思考，揭示了民国自然灾害与现代文学之间的影响与互动。自然灾害密切了现代文学与乡土的联系，现代文学开始从五四时期的张扬个性主义转向集体主义描写。多灾多难的农村生活使得左翼作家更多地把创作眼光投向乡村，使得表现自然灾害的乡土文学异常发达，这种情形反过来又促进了农村的觉醒与反抗，为中国革命添加了强有力的助燃剂，加速了中国左翼革命的历史进程。

　　由于 2008 年南方雪灾及汶川地震等重大自然灾害的冲击，灾害文学特别是诗歌创作出现井喷状态，对灾害文学的研究也就日益提上议程，出现了一些作家作品的即时评论。李炳银的《对灾难场景的生动解读》对陈启文的长篇报告文学《南方冰雪报告》进行评论，肯定其在灾难题材创作上的成功探索。关仁山的《一篇精美的抗震文学——读李春雷短篇报告文学〈夜宿棚花村〉》，认为《夜宿棚花村》在平静舒缓的文字下面隐藏着生命血流的奔突及人性光辉的闪电，给人们带来一份"于无声处听惊雷"的心灵体验。彭学明的《一朵葵花的哭泣》评价黄葵的诗集《爱在燃烧》是一朵葵花的哭泣。徐坤的《一部生死之书朴实之书》评论王毅的诗集《英雄遍地》是用真情呼唤人间大爱、为英雄鼓而呼之的一部真诚之书。有感于作家李西闽被埋七十六个小时后出版的纪实散文《幸存者》，荆墨写了《生命珍贵的感叹——〈幸存者〉带来的思考》，认为其表达了生命珍贵的感叹，也表达了地震传递的人间真情和人性的坚强。

　　随着研究的深入，出现了一些带有学理性的研究论文。汶川地震不久，黄礼孩主编的《诗歌与人》就推出了"'5·12'汶川地震诗歌写作反思与研究"专号，刊发了张清华、耿占春及于坚、王家新、西川等诗评家、诗人的文章，对地震及地震诗歌创作等问题进行思考。李祖德的《苦难叙事、人民性与国族认同——对当前"地震诗歌"的一种价值描述》，认为"地震诗歌"中所蕴含的民族苦难记忆、人民性和国族认同等诸多意义指向正是其价值表征，为当代新诗写作如何"重返"时代和社会提供了一种深刻启示。王干的《在废墟上矗立的诗歌纪念碑——论"5·12"地震诗潮》，认为2008年汶川特大地震引发的中国诗歌大潮是继"五四"新诗、抗战诗潮、天安门诗歌运动之后的第四次全民诗歌运动，对重新认识诗歌、理解诗歌提供了弥足珍贵的经验。叶舒宪的《文学中的灾难与救世》认为灾难的主题在历代的文学作品中均有反映，文学中反映出来的灾难与救世观念可以给我们很多启示。支宇的《灾难写作的危机与灾难文学意义空间的拓展》认为灾难写作在取得巨大成就的同时出现了相当程度的"危机"，希望借助西方后形而上学思想来突破20世纪中国文学形而上学写作观的束缚，完成从灾难写作到命运书写的蜕变，创作出真正不朽的灾难文学作品。这类研究文章还有范藻的《痛定思痛，地震文学的美学介入及其神学冥思》、李炳银的《5·12汶川大地震的个性文学痕迹》、徐贲的《见证文学的道德意义：反叛和"后灾难"共同人性》等。

基于文学理论研究与当代文学创作脱节的现象，汶川特大地震发生两周年之际，文艺理论界和中国现当代文学研究界在四川举行了一次"后悲剧时代的灾难叙事与人文关怀"讨论会，选择天灾与文学面对天灾的反应为话题，思考一些重要的文学理论问题。冯宪光的《与地震灾害相遇的文学与文学理论》研讨在多元文化时代审美理论如何建树，向宝云的《当代中国文学悲剧精神的规训、消解与重建》认为我们的时代是一个后悲剧意识的时代，曹万生的《消费主义时代的悲剧与人生》指出灾难书写与悲剧是不同的概念，慨叹人道主义悲剧在中国缺乏作家的深刻表现。汶川大地震三周年之际，《社会科学研究》杂志组织专栏研讨"全球化视野下的灾难美学与悲剧形态：从文学书写到艺术表征"，发表了张法的《全球化时代的灾难与美学新类型的寻求》、朱立元与黎明的《大灾大爱生命至上——略谈"以人的生命为本"与灾难书写的崇高悲剧精神》、向宝云的《灾难文学的审美维度与美学意蕴》等论文，思考世界美学如何将全球化时代的新型灾难转化为审美对象以构建审美主体更雄健与更宽厚的心理本体？认为灾难文学必然有价值性、超越性、悲剧性等三种美学意蕴，同时灾难书写中对个体生命的关怀和尊重，正是被现实灾难所激发的"以人的生命为本"的人道主义精神在文艺创作中的体现，灾难书写还须进一步高扬生命的大旗，对人的生存本质进行反思，才能真正催生伟大的作品。

金磊、李继凯等先生在灾害文学命名及其研究理论建构方面表现出了超前的意识与非凡的学识。金磊早在《全民科学减灾呼唤"灾害文学"》一文中就呼吁建设一种灾害文学，认为社会各界需要"灾害文学"，普及国民安全文化素质也需要"灾害文学"，希望由减灾科学家、社会学家、文学家、新闻记者等共同参与，形成多学科的合作联盟。① 他认为科学文学是新世纪中国文学发展的希望所在，全社会都要关注扶植科学文化的发展，理解普及国民自护教育

---

① 参见金磊、李沉《全民科学减灾呼唤"灾害文学"》，《上海城市管理职业技术学院学报》2000 年第 1 期。

的长远及现实意义，有计划地组织开展"灾害文学"的创作活动，希望在21世纪能够把灾害文学发扬壮大起来。① 他还对灾害文学的创立及发展思路进行了思考和阐述，建议用市场经济的规律及方式启动减灾文化产业，最大限度地开发国民防灾自护投资的心理。②

金磊在呼唤灾害文学并为之命名方面做出了拓荒性的贡献，而李继凯在灾害文艺学的命名与建构方面进行了深入的拓展，为灾害文学研究奠定了理论基石。李继凯的《揪心痛楚的文艺研究》一文是为湘潭大学学报的"文艺与灾害"专栏而写的导语，思考在灾害频繁袭击人类并成为人类共同关注的对象时，文学何为与艺术何为的问题，强调文学理论的建构既要溯古凝思，更需现实关怀；既要凸显特色，更需学科交叉。李继凯认为灾害文艺学是文艺学与灾害学交叉结合生成的边缘性新生学科，从研究对象和范畴而言，灾害文艺学主要关注的是灾害与文艺的种种关系。"首先应该是文艺学与灾害学在学理层面的契合关系，其中的人学原则和拯救取向就是基本的沟通平台。其次是现实中的灾害与文艺遇合的关系，即研究灾害事件与文艺的关系，这构成了学术学科衍生的现实基础……再次是文艺学学科方法与其他学科特别是灾害学方法结合的关系……最后是灾害文艺学的研究内容之间构成的有机关系。"③ 专栏里的《拯救的几重含义——由汶川地震诗潮谈起》《原型与符码：20世纪中国文学中的水灾描述》《黑死病与欧洲人文精神的复苏》等论文由

---

① 参见金磊《新世纪文学的出路：科学文学——兼论灾害文学的创立及发展思路》，《劳动安全与健康》2000年第2期。

② 参见金磊《科学文学：新世纪中国文学发展的希望——浅谈灾害文学的创立及发展思路》，《科学学与科学技术管理》2000年第4期。

③ 李继凯：《揪心痛楚的文艺研究——代"文艺与灾害"专栏导语》，《湘潭大学学报》2010年第3期。

近及远、角度各异，对灾害文学进行了具有深度的审视和研究。李继凯、周惠的《关于中国当代文学与灾害书写的若干思考》对中国当代文学与灾害书写进行回顾与思考，试图促进灾害文艺学的建构并为文艺生态学提供必要的佐证和有益的思想资源。"灾害文艺学的理论建构，不仅为文学与灾害之关系提供一个学理化的思考平台，对于生态文艺学或文艺生态学同样是一种有益的补充和增进。"①

　　由于频发的灾害冲击及学人的不懈努力，灾害文学研究也日益引起人们的重视，引起了一定的社会反响。比如，笔者的多篇论文被人大复印报刊资料《中国现代、当代文学研究》《中国文学年鉴》《高等学校文科学术文摘》，以及中国人民大学清史研究所的"灾荒史论坛"和南京师范大学"南京大屠杀研究中心"主办的"中日网"等转载和摘录。许多青年学子都以灾害文学作为学位论文选题，如南京师范大学孙涛的《中国现代文学的洪水母题》、安徽大学龚小妹的《汶川地震文学书写》、苏颖的《新时期至新世纪关于"三年灾荒"的文学书写》、李文娟的《东汉灾害文学研究》、鲁东大学孙从从的《魏晋南北朝灾害文学研究》等。与灾害文学有关的选题也纷纷立项，如国家社科基金项目"民国时期自然灾害与现代文学书写""自然灾害与当代文学研究""古代文学灾害书写研究"；中国博士后科学基金项目"当代自然灾害与文学书写""自然灾害视域下的当代文学研究"等。一些刊物也开始将灾害文学作为一个重要的理论热点话题加以关注，并为此开辟研究专栏。《湘潭大学学报》开辟了"文艺与灾害"专栏，连续多期发表了李继凯及笔者的研究

---

　　① 李继凯、周惠：《关于中国当代文学与灾害书写的若干思考》，《吉林大学社会科学学报》2010 年第 3 期。

文章。美学界也开始关注灾害文学，《社会科学研究》2011 年 2 期也为此开辟专栏，张法、朱立元等学者组织了"全球化视野下的灾难美学与悲剧形态：从文学书写到艺术表征"专题讨论。有鉴于此，南京大学博士黄敏发表了《"灾害文学"研究范式刍议》一文，认为新世纪以来的灾害文学创作热潮引发研究热点并逐渐形成一种新的文学研究范式——"灾害与文学"。"这是一种将目光聚焦于自然灾害，也关注天灾与人祸的关系，强调文学反映功能的文学研究范式。"① 既然灾害文学研究已经被视为一种新的文学研究范式，如何克服其理论支持不足，更多地关注作品的审美维度，去建构更为完善的理论研究体系也就成为笔者思考的应有之义。在目前已有的研究基础之上，笔者不揣浅陋，对今后的灾害文学研究进行一番粗略的规划与设想，期望能够提升灾害文学研究的理论品格，并为灾害文学研究探索一些可行的路径。

第一，基础性的史料整理工作，包括文学作品和研究资料两个方面，对于属于灾害文学范畴之内的作品及研究资料进行搜集、辨别与整理，尽可能悉数全收，按照古代、现代、当代的时间顺序汇编成册，对于其中的长篇和中篇叙事文学可以采用保留存目的方式。

第二，有了这些基本史料，就可以分专题探讨地震与文学、水灾与文学、旱灾与文学、瘟疫与文学等之间的关系，其中已经出现了一些研究成果，比如周惠的《原型与符码：20 世纪中国文学中的水灾描述》、张堂会的《从现代文学看民国时期的瘟疫》、杨立元的《唐山大地震文学论》等。甚至在这些专题下面还可以在小说、诗歌、戏剧、散文等体裁内再进行细部研究，如表现"非典"及汶川

---

① 黄敏：《"灾害文学"研究范式刍议》，《楚雄师范学院学报》2016 年第 1 期。

地震的文学样式很多，有小说、散文、诗歌、戏剧等，可以分门别类地进行细部的专题性研究，比如宫爱玲的《非常时期的非常叙事——对非典叙事的一种解读》① 对表现"非典"的小说进行了别样的解读，王美春对汶川地震诗歌进行了较为详细地考察，出版了研究专著《汶川地震诗歌漫谈》②，这些都是细部研究的范例，值得借鉴。

第三，在前面这些研究基础上，撰写出一部灾害文学通史就是顺理成章之事了，内容涉及古代文学与现当代文学。

第四，在灾害文学史的基础上，再着眼灾害文学的理论建构，可以从灾害文学本体论、灾害文学创作论、灾害文学传播论及灾害叙述学等方面展开理论探讨。灾害文学本体论可以探讨灾害文学的审美题材、表现方法、美学风格等。

第五，探讨灾害文学写作伦理、创作主体与灾害意识、文艺创作与灾害心理、文艺创作与灾害描写及镜像、灾害文艺与人情人性、灾害话语与文学修辞、灾害文艺名家名作、灾害文艺的接受与创新等重要问题，建构起李继凯先生所期望的灾害文艺学就成为一种学术可能。③ 比如灾害文学的写作伦理问题就很有意味，从道德伦理角度看，对大灾大难的任何抒情表演和美学冲动都是一种耻辱和犯罪，阿多诺认为奥斯维辛之后写诗是野蛮的。汶川地震中同样有这样的焦灼和困惑，于是就有了朵鱼的《今夜，写诗是轻浮的》。可问题的

---

① 宫爱玲：《非常时期的非常叙事——对非典叙事的一种解读》，《重庆三峡学院学报》2008 年第 2 期。

② 王美春：《汶川地震诗歌漫谈》，陕西人民出版社 2009 年版。

③ 参见李继凯《揪心痛楚的文艺研究——代"文艺与灾害"专栏导语》，《湘潭大学学报》2010 年第 3 期。

另一面是，经历那么多大灾大难，文学如果不能面对灵魂的破碎和生命的残缺，表达不出对自然和命运的敬畏也同样会是一种耻辱和犯罪。这些问题都值得我们去进行深入的探究。

总之，只要我们脚踏实地，正视自然灾害及其带来的危机，珍视人的生命，对人类的生存境遇心存关怀，充分发挥文学研究的自身优势，借鉴与综合其他人文社会科学方法，探究灾害文学与心理学、灾害文学与人类学、灾害文学与治疗、灾害文学与宗教、灾害文学与死亡、灾害文学与社会学等命题，争取在灾害文学的跨学科研究方面有所突破，开辟更多更广阔的新的研究空间也就指日可待。

杨义先生推荐意见

　　张堂会的《自然灾害与当代文学书写研究》对当代自然灾害文学进行了系统深入的考察，从自然灾害角度切入当代文学研究，表现出较为敏锐的学术眼光和强烈的创新意识。本书资料丰富，言之有物，涉猎了众多的文学作品；视野开阔，践行一种宏观、融通、开放的研究范式，综合运用了文化社会学、政治学、历史学等理论方法，揭示了自然灾害与当代作家创作风貌以及当代文学整体格局之间的关系，展现了当代文学地图的丰富性与多样性，在一定程度上具有填补当代文学研究空白的创新意义，是一部富有开拓精神的学术专著。

杨　义

澳门大学人文学院讲座教授

中国社会科学院学部委员

中国鲁迅研究会会长

2016 年 9 月 1 日

张中良先生推荐意见

　　以往文学研究多关注社会背景、社会文化内涵及审美特点，而对人与自然的关系有所忽略。张堂会的《自然灾害与当代文学书写研究》把当代文学对自然灾害的书写放在题材所涉自然灾害的背景下予以系统、深入的考察，填补了当代文学研究的空白。在考察自然灾害历史与阅读大量表现自然灾害之文学作品的基础上，该著从"人与自然"、"人与社会"、人性思考、文体分类与审美风格等几个方面建构学术框架，将海量作品条分缕析，既呈现出当代自然灾害文学的基本风貌，又给读者认识自然灾害文学现象提供了有效的门径，还有助于读者了解曾经被遮蔽了的灾害史实。对当代自然灾害文学的建树与问题的分析，颇见深度与力度，对灾害文学的理论探索也具有前沿性。附录亦有文献学价值。文笔简劲，理性思考浸透着真挚感情，是一部具有拓荒意义的当代文学研究专著。

张中良

中国现代文学研究会副会长

上海交通大学中文系主任

2016 年 9 月 4 日

参 考 文 献

一　报纸

1. 《大公报》

2. 《河南民报》

3. 《中央日报》

4. 《解放日报》

5. 《前锋报》

6. 《申报》

7. 《新安徽报》

8. 《人民日报》

9. 《羊城晚报》

10. 《新华日报》

11. 《新民报》

12. 《河北日报》

13. 《南方都市报》

14. 《中国教育报》

15. 《文艺报》

二　资料汇编

1. 中国科学院地震工作委员会历史组编：《中国地震资料年表》，科学出版社 1956 年版。

2. 李文治编：《中国近代农业史资料第一辑（1840—1911）》，生活·读书·新知三联书店 1957 年版。

3. 章有义编：《中国近代农业史资料第二辑（1912—1927）》，生活·读书·新知三联书店 1957 年版。

4. 王嘉荫编：《中国地质史料》，科学出版社 1963 年版。

5. 河南省财政厅、河南省档案馆编：《晋冀鲁豫抗日根据地财政经济史料选编》，档案出版社 1985 年版。

6. 河南省地方史志编纂委员会主编，陈传海等编：《日军祸豫资料选编》，河南人民出版社 1986 年版。

7. 孟昭华、彭传荣编：《中国灾荒辞典》，黑龙江科学技术出版社 1989 年版。

8. 李文海、林敦奎、周源、宫明编：《近代中国灾荒纪年》，湖南教育出版社 1990 年版。

9. 马宗晋主编：《自然灾害与减灾 600 问答》，地震出版社 1990 年版。

10. 李文海等：《近代中国灾荒纪年续编》，湖南教育出版社 1993 年版。

11. 骆承政、乐嘉祥：《中国大洪水——灾害性洪水述要》，中国书店 1996 年版。

12. 郭强：《灾害大百科》，山西人民出版社 1996 年版。

13. 范宝俊主编：《人类灾难纪典》，改革出版社 1998 年版。

14. 河南省水利厅水旱灾害编辑委员会编:《河南水旱灾害》,黄河水利出版社 1999 年版。

15. 席会芬、郭彦森、郭学德等:《百年大灾大难》,中国经济出版社 2000 年版。

16. 李文海、夏明方主编:《中国荒政全书》第一辑,北京古籍出版社 2003 年版。

17. 李文海、夏明方主编:《中国荒政全书》第二辑(1—4 卷),北京古籍出版社 2004 年版。

18. 古籍影印室编:《民国赈灾史料初编》,北京图书馆出版社 2008 年影印版。

19. 政协河南省文史资料委员会编:《河南文史资料》(内部发行)。

20. 文史资料选辑编辑部:《文史资料选辑》,中国文史出版社 1900 年版。

21. 政协郑州文史资料委员会编:《郑州文史资料》(内部发行)。

22. 政协开封文史资料委员会编:《开封文史资料》(内部发行)。

三　研究著作

1. 马罗立:《饥荒的中国》,吴鹏飞译,民智书局 1929 年版。

2. 齐武编著:《一个革命根据地的成长——抗日战争和解放战争时期晋冀鲁豫边区概况》,人民出版社 1957 年版。

3. 〔巴西〕约绪·德·卡斯特罗:《饥饿地理》,黄秉铺译,上海三联书店 1959 年版。

4. 中国医学科学院陕西分院流行病学卫生学研究所：《陕北地区鼠疫调查工作总结报告》（内部发行）。

5. ［美］洛易斯·惠勒·斯诺：《斯诺眼中的中国》，王恩光、乐山等译，中国学术出版社 1982 年版。

6. 中共河南省委党史资料征集编纂委员会：《河南抗战史略》，河南人民出版社 1985 年版。

7. 邢汉三：《日伪统治河南见闻录》，河南大学出版社 1986 年版。

8. 陈廉编写：《抗日根据地发展史略》，解放军出版社 1987 年版。

9. ［美］格兰姆·贝克：《一个美国人看旧中国》，生活·读书·新知三联书店 1987 年版。

10. 杜一：《灾害与灾害经济》，中国城市经济社会出版社 1988 年版。

11. 王子平等：《地震社会学初探》，地震出版社 1989 年版。

12. 张水良：《中国灾荒史（1927—1937）》，厦门大学出版社 1990 年版。

13. 延军平：《灾害地理学》，陕西师范大学出版社 1990 年版。

14. 马宗晋主编：《灾害与社会》，地震出版社 1990 年版。

15. 李乔：《中国行业神崇拜》，中国华侨出版公司 1990 年版。

16. 李文海、周源：《灾荒与饥馑》，高等教育出版社 1991 年版。

17. 延军平：《灾害地理学》，陕西师范大学出版社 1992 年版。

18. ［英］贝思飞：《民国时期的土匪》，徐有威、李俊杰译，上海人民出版社 1992 年版。

19. 陕西省卫生厅：《陕西省预防医学简史》，陕西人民出版社1992年版。

20. ［法］米兰·昆德拉：《小说的艺术》，唐晓渡译，作家出版社1992年版。

21. 蔡少卿：《民国时期的土匪》，中国人民大学出版社1993年版。

22. ［美］彭尼·凯恩：《1959—1961中国的大饥荒》，毕健康等译，中国社会科学出版社1993年版。

23. 范炯主编：《叩问上苍——面对天灾的人类》，中原农民出版社1993年版。

24. ［美］费正清主编：《剑桥中华民国史》，中国社会科学出版社1993年版。

25. 李文海等：《中国近代十大灾荒》，上海人民出版社1994年版。

26. 温彦主编：《河南自然灾害》，河南教育出版社1994年版。

27. 袁林：《西北灾荒史》，甘肃人民出版社1994年版。

28. ［美］杜赞奇：《文化、权力与国家——1900—1942年的华北农村社会》，王福明译，江苏人民出版社1996年版。

29. 王红旗：《灾祸与生存——超越灾祸的智慧》，中国国际广播出版社1996年版。

30. 李向军：《中国救灾史》，华夏出版社1996年版。

31. 余树森、陈旭光：《中国当代散文报告文学发展史》，北京大学出版社1996年版。

32. 陆德阳：《流民史》，上海文艺出版社1997年版。

33. 朱玉湘著：《中国近代农民问题与乡村社会》，山东大学出版社 1997 年版。

34. 郭琦、史念海、张岂之：《陕西通史（民国卷）》，陕西师范大学出版社 1997 年版。

35. 王子平：《灾害社会学》，湖南人民出版社 1998 年版。

36. 郑成功：《灾害经济学》，湖南人民出版社 1998 年版。

37. ［美］明恩溥：《中国乡村生活》，午晴、唐军译，时事出版社 1998 年版。

38. 邓拓：《中国救荒史》，北京出版社 1998 年版。

39. 罗祖德、徐长乐：《灾害科学》，浙江教育出版社 1998 年版。

40. ［美］白修德：《中国抗战秘闻——白修德回忆录》，崔陟译，河南人民出版社 1998 年版。

41. 邱国珍：《三千年天灾》，江西高校出版社 1998 年版。

42. ［美］波伊曼编著：《生死一瞬间——战争与饥荒》，陈瑞麟等译，广州出版社 1998 年版。

43. 吴天镛主编：《河南水旱灾害》，黄河水利出版社 1999 年版。

44. 李原、黄资慧：《20 世纪灾祸志》，福建教育出版社 1999 年版。

45. 孟昭华编著：《中国灾荒史记》，中国社会出版社 1999 年版。

46. 孙志忠：《1976 唐山大地震》，河北人民出版社 1999 年版。

47. 钱钢、耿庆国主编：《二十世纪中国重灾百录》，上海人民出版社 1999 年版。

48. 徐剑等：《水患中国》，百花洲文艺出版社 1999 年版。

49. 张志扬：《创伤记忆：中国现代哲学的门槛》，上海三联书店 1999 年版。

50. 夏明方：《民国时期的自然灾害与乡村社会》，中华书局 2000 年版。

51. 刘仰东、夏明方：《灾荒史话》，社会科学文献出版社 2000 年版。

52. 池子华：《流民史话》，社会科学文献出版社 2000 年版。

53. ［美］柯文：《历史三调：作为事件、经历和神话的义和团》，杜继东译，江苏人民出版社 2000 年版。

54. 张晓等：《中国水旱灾害的经济学分析》，中国经济出版社 2000 年版。

55. 段华明、刘敏：《灾害社会学研究》，甘肃人民出版社 2000 年版。

56. 曾维华、程声通：《环境灾害学引论》，中国环境科学出版社 2000 年版。

57. 浩然：《我的人生》，华艺出版社 2000 年版。

58. 池子华：《流民问题与社会控制》，广西人民出版社 2001 年版。

59. 池子华：《中国流民史——近代卷》，安徽人民出版社 2001 年版。

60. 夏明方、康沛竹主编：《20 世纪中国灾变图史》，福建教育出版社 2001 年版。

61. ［印度］阿马蒂亚·森：《贫困与饥荒——论权利与剥夺》，王宇、王文玉译，商务印书馆 2001 年版。

62. 复旦大学历史地理研究中心主编：《自然灾害与中国社会历

史结构》，复旦大学出版社 2001 年版。

63. 秦弓：《荆棘上的生命——二十世纪三四十年代中国小说叙事》，春风文艺出版社 2002 年版。

64. ［法］哈布瓦赫：《论集体记忆》，毕然、郭金华译，上海人民出版社 2002 年版。

65. 杨义：《重绘中国文学地图：杨义学术讲演集》，中国社会科学出版社 2003 年版。

66. 梁长根：《功罪千秋——花园口事件研究》，兰州大学出版社 2003 年版。

67. 蔡勤禹：《国家、社会与弱势势体——民国时期的社会救济》，天津人民出版社 2003 年版。

68. 桑林等：《瘟疫：文明的代价》，广东经济出版社 2003 年版。

69. ［美］王德威：《想象中国的方法：历史·小说·叙事》，生活·读书·新知三联书店 2003 年版。

70. 陈业新：《灾害与两汉社会研究》，上海人民出版社 2004 年版。

71. ［澳大利亚］费约翰：《唤醒中国：国民革命中的政治、文化与阶级》，李恭忠、李里峰等译，生活·读书·新知三联书店 2004 年版。

72. 孙绍聘：《中国救灾制度研究》，商务印书馆 2004 年版。

73. 王林：《山东近代灾荒史》，齐鲁书社 2004 年版。

74. 苏新留：《民国时期河南水旱灾害与乡村社会》，黄河水利出版社 2004 年版。

75. ［美］P. R. 桑迪：《神圣的饥饿：作为文化系统的食人

俗》，郑元者译，中央编译出版社 2004 年版。

76. 余新忠、赵献海等：《瘟疫下的社会拯救：中国近世重大疫情与社会反应研究》，中国书店 2004 年版。

77. 徐昕：《论私力救济》，中国政法大学出版社 2005 年版。

78. 宋致新编著：《1942：河南大饥荒》，湖北人民出版社 2005 年版。

79. 汪汉忠：《灾害、社会与现代化——以苏北民国时期为中心的考察》，社会科学文献出版社 2005 年版。

80. 余凤高：《瘟疫的文化史》，新星出版社 2005 年版。

81. 卜凤贤：《农业灾荒论》，中国农业出版社 2006 年版。

82. 杨义：《通向大文学观》，安徽教育出版社 2006 年版。

83. ［印度］让·德雷兹、阿马蒂亚·森：《饥饿与公共行为》，苏雷译，社会科学文献出版社 2006 年版。

84. 曹树基、李玉尚：《鼠疫战争与和平：中国的环境与社会变迁（1230—1960）》，山东画报出版社 2006 年版。

85. ［美］彼得·盖伊：《历史学家的三堂小说课》，刘森尧译，北京大学出版社 2006 年版。

86. 王霄冰、迪木拉提·奥迈尔编：《文字、仪式与文化记忆》，民族出版社 2007 年版。

87. 李文海、夏明方：《天有凶年：清代灾荒与中国社会》，生活·读书·新知三联书店 2007 年版。

88. 杨义：《重绘中国文学地图通释》，当代中国出版社 2007 年版。

89. 曹树基：《田祖有神——明清以来的自然灾害及其社会应对

机制》，上海交通大学出版社 2007 年版。

90. ［美］劳里·加勒特：《逼近的瘟疫》，杨歧鸣、杨宁译，生活·读书·新知三联书店 2008 年版。

91. 王美春：《汶川地震诗歌漫谈》，陕西人民出版社 2009 年版。

92. 陶东风主编：《文化研究》第 11 辑，社会科学文献出版社 2011 年版。

93. 程光炜：《当代文学的"历史化"》，北京大学出版社 2011 年版。

94. 冯亚琳、［德］埃尔主编：《文化记忆理论读本》，余传玲等译，北京大学出版社 2012 年版。

95. Rutherford H. platt, *Disasters and democracy：the politics of extreme natural events*, Islandpress, 1999.

四　期刊论文

1. 李文海：《晚清诗歌中的灾荒描写》，《清史研究》1992 年第 4 期。

2. 戴秀荣选编：《民国以来历次重要灾害纪要（1917—1939 年)》，《民国档案》1995 年第 1 期。

3. 金辉：《风调雨顺的三年：59 ~ 61 年气象水文考》，《方法》1998 年第 3 期。

4. 陈思和：《来自民间的土地之歌》，《福建论坛》1999 年第 3 期。

5. 叶舒宪：《洪水神话与生态政治》，《天涯》1999 年第 1 期。

6. 金磊、李沉：《全民科学减灾呼唤"灾害文学"》，《当代建设》2000 年第 1 期。

7. 陈东林:《"三年自然灾害"与"大跃进"》,《中共党史资料》2000 年第 4 期。

8. 毛喻原:《汉语的诡谬和险情》,《书屋》2000 年第 9 期。

9. 金磊:《新世纪文学的出路:科学文学——兼论灾害文学的创立及发展思路》,《劳动安全与健康》2000 年第 2 期。

10. 金磊:《科学文学:新世纪中国文学发展的希望——浅谈灾害文学的创立及发展思路》,《科学学与科学技术管理》2000 年第 4 期。

11. 毛喻原:《汉语的诡谬和险情》,《书屋》2000 年第 9 期。

12. 阎永增、池子华:《近十年来中国近代灾荒史研究综述》,《唐山师范学院学报》2001 年第 1 期。

13. 陈晓明:《无根的苦难:超越非历史化的困境》,《文学评论》2001 年第 5 期。

14. 王维洛:《三年自然灾害的历史真相》,《新观察》2001 年第 3 期。

15. 田萱:《一篇关于生存的诗话寓言——评马玉深的长篇小说〈风来水来〉》,《小说评论》2001 年第 5 期。

16. 朱德东、袁艳:《走出饥饿——〈犯人李铜钟的故事〉、〈饥饿的女儿〉、〈粥宴〉之现代解读》,《重庆工商大学学报》2004 年第 2 期。

17. 朱竞:《对民族文化的深层透视》,《延河文学月刊》2004 年第 10 期。

18. 洛保生、张伟丽:《〈聊斋文集·康熙四十三年记灾前篇〉

浅探》，《蒲松龄研究》2004 年第 1 期。

19. 王卓慈：《"灾难"与"抗争"——评长篇小说〈风来水来〉》，《陕西教育学院学报》2005 年第 3 期。

20. 杜玉俭、李莉：《唐代文学中灾异观念的表现》，《广州大学学报》2006 年第 5 期。

21. 徐伟东：《编码与遮蔽——1959—1961 年浩然的小说创作》，《齐鲁学刊》2006 年第 1 期。

22. 李世泰：《灾害意识内涵探析》，《中国减灾》2007 年第 6 期。

23. 宫爱玲：《非常时期的非常叙事——对非典叙事的一种解读》，《重庆三峡学院学报》2008 年第 2 期。

24. 贺仲明：《责任与偏向——论 20 世纪 30 年代农村灾难题材文学》，《人文杂志》2008 年第 3 期。

25. 王干：《在废墟上矗立的诗歌纪念碑——论"5·12"地震诗潮》，《当代文坛》2008 年第 4 期。

26. 谢有顺：《苦难的书写如何才能不失重？——我看汶川大地震后的诗歌写作热潮》，《南方文坛》2008 年第 5 期。

27. 支宇：《灾难写作的危机与灾难文学意义空间的拓展》，《中华文化论坛》2009 年第 1 期。

28. 李继凯：《揪心痛楚的文艺研究——代"文艺与灾害"专栏导语》，《湘潭大学学报》2010 年第 3 期。

29. 李继凯、周惠：《关于中国当代文学与灾害书写的若干思考》，《吉林大学社会科学学报》2010 年第 3 期。

30. 石一枫：《文学的地方志——读迟子建的〈白雪乌鸦〉》，

《当代·长篇小说选刊》2010 年第 5 期。

31. 张堂会：《民国时期自然灾害与现代文学书写》，《青海社会科学》2011 年第 1 期。

32. 李怡：《"民国文学"与"民国机制"三个追问》，《理论学刊》2013 年第 5 期。

33. 闫微微：《从古代神话观照当代自然灾害的文学写作》，《鸡西大学学报》2014 年第 8 期。

34. 洪亮《"民国视野"与现代文学的"研究范式"》，《中国现代文学研究丛刊》2014 年第 7 期。

35. 黄敏：《"灾害文学"研究范式刍议》，《楚雄师范学院学报》2016 年第 1 期。

五　学位论文

（一）博士学位论文

1. 蔡勤禹：《国家、社会与弱势群体——民国时期的社会救济（1927—1949）》，南京大学，2001 年。

2. 苏新留：《民国时期的自然灾害与河南乡村社会》，复旦大学，2003 年。

3. 汪志国：《自然灾害重压下的乡村——以近代安徽为例》，南京农业大学，2006 年。

4. 孙语圣：《民国时期自然灾害救治社会化研究——以 1931 年大水灾为重点的考察》，苏州大学，2006 年。

5. 赵艳萍：《民国时期的蝗灾与社会应对》，华南师范大学，2007 年。

6. 向常水：《民国北京政府时期湖南慈善救济事业研究》，湖南师范大学，2009 年。

7. 何旭娟：《张钫慈善事业研究》，湖南师范大学，2010 年。

8. 宴洁：《论中国现代文学多重视角下的乡土叙事》，暨南大学，2015 年。

（二）硕士学位论文

1. 喻林：《三十年代江西荒政初探》，江西师范大学，1999 年。

2. 陈冬生：《建国初期河北省救灾工作述评》，河北师范大学，2000 年。

3. 刘玉梅：《民国时期河北灾荒研究》，河北大学，2001 年。

4. 冯圣兵：《陕甘宁边区灾荒研究（1937—1947）》，华中师范大学，2001 年。

5. 王国庆：《近代中国社会慈善家群体研究》，湖南师范大学，2002 年。

6. 章博：《武汉一九三一年水灾救济研究》，华中师范大学，2002 年。

7. 王卫红：《20 世纪二三十年代华北乡村危机浅析》，山西大学，2003 年。

8. 袁滢滢：《近代山东灾荒研究》，山东师范大学，2004 年。

9. 张一平：《自然灾害、政治斗争与苏北民生——以 1946 至 1949 年国共救荒为考察中心》，南京师范大学，2004 年。

10. 王虹波：《民国时期自然灾害对乡村民生的影响》，吉林大学，2004 年。

11. 侯艳兴：《河北省难民问题及难民救济初探》，河北师范大学，2004 年。

12. 王晓卿：《20 世纪华北地区的水旱灾害及防救措施研究》，中国农业大学，2005 年。

13. 钟启顺：《民国时期湖南自然灾害及社会变迁（1912—1949）》，湖南师范大学，2005 年。

14. 谢秀珍：《灾荒、环境与民国山东乡村社会》，山东大学，2005 年。

15. 温艳：《20 世纪20—40 年代西北灾荒研究》，西北大学，2005 年。

16. 邓峰：《明末山东灾荒与社会应对——以〈醒世姻缘传〉展现的山东地方社会为中心》，北京师范大学，2005 年。

17. 苑书耸：《华北抗日根据地的灾荒与救济研究》，山东师范大学，2006 年。

18. 王小静：《1942—1943 年河南灾荒研究》，山东师范大学，2006 年。

19. 付春锋：《20 世纪 20 年代甘肃灾荒救济》，兰州大学，2006 年。

20. 刘冬：《北洋政府时期（1912—1927）荒政研究》，南京农业大学，2006 年。

21. 马国喜：《自然灾害与移民冲突——咸丰同治年间苏鲁湖团案》，山东大学，2006 年。

22. 李强：《民国时期西北民族地区灾荒引发的社会问题研究》，兰州大学，2006 年。

23. 董媛媛：《论灾害报道的新闻价值与社会效果》，中央民族大学，2006 年。

24. 朱琳琳：《论华北抗日根据地的救灾运动》，郑州大学，2006 年。

25. 刘洋：《灾难文学论》，东北师范大学，2006 年。

26. 葛凤：《〈大公报〉与近代灾荒救济》，山东师范大学，2007 年。

27. 蔡虹：《〈申报〉与晚清灾荒救济》，山东师范大学，2007 年。

28. 王颖：《自然灾害与地方民生——以 1923—1932 年陕北地区为例》，陕西师范大学，2007 年。

29. 刘京军：《战争·灾荒·瘟疫——抗战时期馆陶历史之管窥》，山东大学，2007 年。

30. 钟丽：《民国时期山东癀疫病传播与卫生防疫》，山东大学，2007 年。

31. 熊伟：《欣赏灾难时的生命反思——灾难片的审美价值研究》，贵州师范大学，2007 年。

32. 樊璐：《1990 年代以来美国灾难片叙事研究》，南京师范大学，2008 年。

33. 廖武振：《民国时期（1931—1935 年）江西灾荒救济研究》，南昌大学，2009 年。

34. 安少梅：《陕西民国十八年年馑研究》，西北大学，2010 年。

35. 李业超：《当代灾难片的生态意蕴阐释》，山东师范大学，2010 年。

36. 崔丹丹：《论新时期灾难报告文学》，河北师范大学，

2010 年。

37. 胡丰：《20 世纪欧洲自然灾难文学的生命价值观》，东北师范大学，2011 年。

38. 朱凌民：《灾难片的人文意义与价值》，四川师范大学，2011 年。

39. 何林鲜：《灾难·死亡·生命——对汶川大地震的美学反思》，四川师范大学，2011 年。

40. 申淼：《灾难片的创作分析与人文思考》，齐齐哈尔大学，2012 年。

41. 苏颖：《新时期至新世纪关于"三年灾荒"的文学书写》，安徽大学，2013 年。

42. 龚小妹：《汶川地震文学书写》，安徽大学，2014 年。

43. 陈颖：《地震书写的重与失重》，四川师范大学，2014 年。

44. 孙涛：《中国现代文学的洪水母题》，南京师范大学，2014 年。

45. 李文娟：《东汉灾害文学研究》，安徽大学，2014 年。

46. 孙从从：《魏晋南北朝灾害文学研究》，鲁东大学，2014 年。

47. 李伟：《先秦文学中的灾害叙事》，陕西理工学院，2015 年。

六　当代灾害文学作品编目

浩然：《金光大道》，人民文学出版社 1972 年版。

南哨：《牛田洋》，上海人民出版社 1973 年版。

浩然：《艳阳天》，人民文学出版社 1974 年版。

张抗抗：《分界线》，上海人民出版社 1975 年版。

解放军文艺社编：《人定胜天的赞歌》，解放军文艺社 1977 年版。

《震不倒的红旗》编辑组编：《震不倒的红旗》，人民文学出版社 1977 年版。

时永福：《志气歌》，上海人民出版社 1977 年版。

李尔重：《战洪水》，陕西人民出版社 1979 年版。

康濯：《灾难的明天》，《春种秋收》，人民文学出版社 1980 年版。

峻青：《海啸》，中国青年出版社 1981 年版。

孔厥：《受苦人》，《孔厥短篇小说选》，人民文学出版社 1982 年版。

钱钢：《唐山大地震》，解放军文艺出版社 1986 年版。

张学梦：《大地震》，《诗刊》1986 年第 7 期。

苏晓康：《洪荒启示录——洪汝河两岸访灾纪实》，《中国作家》1986 年第 2 期。

张恨水：《燕归来》，安徽文艺出版社 1986 年版。

廖润柏：《八月，干渴的荒野》，《民族文学》1987 年第 7 期。

张抗抗：《流行病》，《北方文学》1988 年第 7 期。

单学鹏：《劫难》，河北人民出版社 1989 年版。

申跃中：《一盏旱灯下》，葛洛、刘剑青主编《中国新文艺大系（1949—1966）》短篇小说集（下），中国文联出版公司 1989 年版。

孙少山：《八百米深处》，中国文联出版公司 1990 年版。

姜滇：《摄生草》，《当代》1990 年第 3 期。

苏童：《我的棉花，我的家园》，《作家》1991 年第 1 期。

刘玉堂：《那年初秋在唐山》，《时代文学》1991年2期。

蒋德群、黄建新、陈建平编：《中国大水灾纪实》，江苏文艺出版社1991年版。

高建群：《雕像》，《中国作家》1991年第4期。

陈桂棣：《不死的土地：安徽三河镇营救灾民纪实》，《当代》1991年第6期。

江深等：《人民子弟：南京军区部队、民兵抗洪救灾纪实》，《昆仑》1991年第6期。

涂路：《洪水沉思录》，《清明》1991年第6期。

刘醒龙：《洪水，八个生命的瞬间》，《长江文艺》1991年第10期。

郭传火：《汪洋中的安徽》，《民族文学》1991年第10期。

李凖：《黄河东流去》，北京十月文艺出版社1992年版。

薄渊：《黄河花园口事件始末——二战中国战场报告》，花山文艺出版社1992年版。

李蕾森：《东方大浩劫——黄河花园口堵复事件内幕揭密》，河南人民出版社1992年版。

黄春明：《青番公的故事》，郭枫等编《台湾当代小说精选》，生活·读书·新知三联书店1992年版。

张希昆、严双军：《中国大洪灾：1991年中国特大洪涝灾害纪实》，地震出版社1993年版。

蒋德群等：《1991——向洪水宣战——南京军区部队抗洪救灾纪实》，解放军出版社1993年版。

路遥：《平凡的世界》，《路遥文集》第3、4、5卷，陕西人民出版社 1993 年版。

高行健：《野人》，中国文联出版公司 1993 年版。

路遥：《在困难的日子里》，《路遥文集》第 2 卷，陕西人民出版社 1993 年版。

陈忠实：《白鹿原》，人民文学出版社 1993 年版。

刘继明：《海底村庄》，《上海文学》1994 年第 2 期。

冯玉雷：《野糜川》，《飞天》1994 年第 5 期。

谈歌：《天下荒年》，《北京文学》1995 年第 10 期。

陈忠实《山洪》，《陈忠实文集》第 5 卷，太白文艺出版社 1996 年版。

李松涛：《拒绝末日》，春风文艺出版社 1996 年版。

邢军纪：《黄河大决口》，解放军出版社 1996 年版。

苏童：《两个厨子》，《收获》1996 年第 6 期。

苏童：《天使的粮食》，《北京文学·精彩阅读》1996 年第 11 期。

徐国强：《蓝光——唐山大地震 20 周年献诗》，《诗刊》1996 年第 7 期。

刘晓滨：《唐山，唐山!》，百花文艺出版社 1996 年版。

金涛：《冰原迷踪》，中国少年儿童出版社 1996 年版。

楚汉：《中国，1959—1961——三年自然灾害长篇纪实》，四川人民出版社 1996 年版。

张一弓：《犯人李铜钟的故事》，刘绍棠、宋志明主编《中国乡土文学大系·当代卷》，农村读物出版社 1996 年版。

马原：《白卵石海滩》，《马原文集·卷三》，作家出版社 1997

年版。

徐刚：《伐木者，醒来！》，吉林人民出版社 1997 年版。

徐刚：《守望家园》，湖南科学技术出版社 1997 年版。

哲夫：《天猎》，《哲夫文集》第 5 卷，长江文艺出版社 1997 年版。

池莉：《霍乱之乱》，《大家》1997 年 6 期。

白希：《洪水季节》，《清明》1997 年第 4 期。

杨争光：《干旱的日子》，《赌徒》，北京出版社 1998 年版。

张抗抗：《沙暴》，《中国当代作家选集丛书·张抗抗》，人民文学出版社 1998 年版。

杨争光：《黄尘》，《老旦是一棵树》，陕西旅游出版社 1998 年版。

李满龙：《生命强音》，《人民文学》1998 年第 11 期。

聂茂：《英雄挽歌（外一首）》，《人民文学》1998 年第 11 期。

岳恒寿：《洪流》，《人民文学》1998 年第 11 期。

傅建文：《荆江倒计时》，《解放军文艺》1998 年第 12 期。

水运宪：《对水当歌——湖南 '98 抗洪抢险回眸》，《人民文学》1998 年第 12 期。

张建平：《断裂带》，中国青年出版社 1999 年版。

海岩：《死于青春》，群众出版社 1999 年版。

王治安：《悲壮的森林》，四川人民出版社 1999 年版。

钱钢、耿庆国主编：《二十世纪中国重灾百录》，上海人民出版社 1999 年版。

梁玉骥、傅后闽、王顺等：《台湾大地震目击记》，经济日报出版社 1999 年版。

马烽《村仇》，《马烽文集》第 2 卷，大众文艺出版社 2000 年版。

马烽《祈雨风波》，《马烽文集》第 4 卷，大众文艺出版社 2000 年版。

杨黎光：《生死一线——嫩江万名囚犯千里生死大营救》，《报告文学》2000 年第 2 期。

牛正寰：《风雪茫茫》，《飞天》2000 年第 21 期。

郭超人：《驯水记》，冯健、李峰主编《通讯名作 100 篇（1949—1999）》（上），新华出版社 2000 年版。

陈祖豪：《唐山地震亲历记》，民族出版社 2001 年版。

胡发云：《老海失踪》，长江文艺出版社 2001 年版。

王离湘、刘晓滨：《等待地震》，人民文学出版社 2002 年版。

李绵星：《爱入膏肓》，春风文艺出版社 2002 年版。

刘晓滨：《废墟狼嚎》，百花文艺出版社 2002 年版。

关仁山、王家惠：《唐山绝恋》，作家出版社 2002 年版。

关仁山：《非常爱情》，《野秧子》，大众文艺出版社 2002 年版。

黄国荣：《乡谣》，作家出版社 2002 年版。

阎连科：《年月日》，新疆人民出版社 2002 年版。

王安忆：《小鲍庄》，上海文艺出版社 2002 年版。

杨黎光：《瘟疫，人类的影子："非典"溯源》，人民文学出版社 2003 年版。

张积慧：《护士长日记：写在抗非典的日子里》，广东教育出版社 2003 年版。

柳建伟：《SARS 危机》，作家出版社 2003 年版。

胡绍祥：《北京隔离区》，上海人民美术出版社 2003 年版。

张尔客：《非鸟》，人民文学出版社 2003 年版。

向本贵：《非常日子》，朝华出版社 2003 年版。

倪厚玉：《非典时期的爱情》，花山文艺出版社 2003 年版。

广东省作家协会编：《守护生命：来自广东抗击"非典"第一线的报告》，广东高等教育出版社 2003 年版。

吴束、陈宽编：《一场没有硝烟的战争：中国抗击"非典"纪实录》，中国国际广播出版社 2003 年版。

王燕、耿清华主编：《非典时期的爱与痛》，宁波出版社 2003 年版。

掬水娃娃、刘雪涛：《非常女生日记：北大日记 小汤山手记》，北京十月文艺出版社 2003 年版。

吴健、霍艳：《SARS 时期的爱情》，二十一世纪出版社 2003 年版。

孙英春：《非典时期心情处方》，中国旅游出版社 2003 年版。

夏凡：《爱在 SARS 蔓延时》，中国青年出版社 2003 年版。

北京作家协会、北京老舍文艺基金会、北京娱乐信报编：《历史的细节》，中国广播电视出版社 2003 年版。

石钟山：《"非典"时期的爱情》，《清明》2003 年第 5 期。

舒云：《纸船明烛照天烧——中国抗击非典全纪录》2003 年第 5 期。

四毛：《遭遇非典实况录》，《审计理论与实践》2003 年第 6 期。

《非典时期 非常短信》，《健康博览》2003 年第 6 期。

朱苹：《非典时期的爱》，《电影文学》2003 年第 7 期。

陈建功：《非典时期的精神生活》，《人民文学》2003 年第 7 期。

陆健：《非典时期的了了特特博士》，《中国作家》2003 年第 8 期。

徐刚：《国难》，《报告文学》2003 年第 9 期。

阿多：《非典时期的 B 城情感》，《边疆文学》2003 年 11 期。

张致志：《倾心眷恋：非常时期的非典型爱情》，大众文艺出版社 2004 年版。

陆幸丰：《银狐之劫》，作家出版社 2004 年版。

赵凝：《夜妆》，春风文艺出版社 2004 年版。

莫言：《丰乳肥臀》，当代世界出版社 2004 年版。

于坚：《事件：棕榈之死》，《一枚穿过天空的钉子》，云南人民出版社 2004 年版。

王林梅：《期待每个黎明》，解放军文艺出版社 2004 年版。

高建群：《饥饿平原》，《刺客行》，太白文艺出版社 2004 年版。

张炜：《柏慧》，中国社会出版社 2004 年版。

孟广顺：《河魂》，中国文联出版公司 2004 年版。

苏童：《天使的粮食》，《神女峰》，上海文艺出版社 2004 年版。

忆秦娥：《SARS 冲击波》，《青年作家》2004 年第 3 期。

苏童：《米》，上海文艺出版社 2005 年版。

孙正连：《洪峰》，《大布苏草原》，北方妇女儿童出版社 2005 年版。

陈登科：《风雷》，人民文学出版社 2005 年版。

柳青：《创业史》，人民文学出版社 2005 年版。

莫言：《秋水》，《莫言作品精选》，长江文艺出版社 2005 年版。

莫言：《红蝗》，《食草家族》，上海文艺出版社 2005 年版。

毕飞宇：《平原》，江苏文艺出版社 2005 年版。

刘凤城：《凤凰劫》，大众文艺出版社 2005 年版。

阿来：《空山》，人民文学出版社 2005 年版。

阿来：《已经消失的森林》，《遥远的温泉》，四川民族出版社 2005 年版。

李存葆：《绿色天书》，河南文艺出版社 2006 年版。

邓贤：《黄河殇》，人民文学出版社 2006 年版。

胡发云：《如焉@ sars. come》，中国国际广播出版社 2006 年版。

虹影：《饥饿的女儿》，文化艺术出版社 2006 年版。

陈国炯：《非典时期的爱情》，《野草》2006 年 2 期。

高建群：《最后一个匈奴》，《长篇小说选刊》2006 年第 6 期。

张庆洲：《唐山警世录》，上海人民出版社 2006 年版。

李润平：《四天四夜——唐山大地震之九死一生》，对外经济贸易大学出版社 2006 年版。

京夫：《鹿鸣》，上海人民出版社 2007 年版。

杨显惠：《定西孤儿院纪事》，花城出版社 2007 年版。

杜光辉：《浪滩的男人女人》，《时代文学》2007 年第 5 期。

杨显惠：《夹边沟记事》，花城出版社 2008 年版。

赵休兵：《热雪森林——广州军区某炮师抗雪救灾纪实》，《战士文艺》2008 年第 Z1 期。

赵休兵：《脊梁的高度——"5·12"地震广州军区赴川部队抗震救灾纪实》，《战士文艺》2008 年第 4 期。

赵休兵：《热的雪——广州军区某炮师抗雪救灾纪实》，《求是》2008 年第 6 期。

邹贤尧：《遭遇非典》，《长江文艺》2008 年第 8 期。

李春雷：《夜宿棚花村》，《中国作家》2008 年第 13 期。

朱玉：《天堂上的云朵——汶川大地震，那些刻骨铭心的生命记忆》，《北京文学》（精彩阅读）2008 年 Z1 期。

国家电网公司编：《冰雪战歌—国家电网抗冰救灾文集》，中国电力出版社 2008 年版。

吴达明、吴海榕：《大拯救——广东省乳源瑶族自治县 2008 年世纪冰灾救助滞留旅客纪实》，中山大学出版社 2008 年版。

徐剑：《冰冷血热》，中国电力出版社 2008 年版。

伊始等：《冰点燃烧——2008 南方大冰灾纪事》，花城出版社 2008 年版。

郝振省主编：《雪灾中闪烁的人性》，中国书籍出版社 2008 年版。

新华月报编：《齐心协力夺取抗冻救灾全面胜利》，人民出版社 2008 年版。

雷铎工作室：《2008：中国惊天大雪灾》，花城出版社 2008 年版。

上海文艺出版社编：《生命的感动——四川汶川大地震抗震救灾纪实》，上海文艺出版社 2008 年版。

刘宏伟：《大断裂》，长江出版社 2008 年版。

罗伟章：《饥饿百年》，重庆出版社 2008 年版。

周玉冰，韩小华：《五月的名字叫坚强》，安徽文艺出版社 2008

年版。

　　武正国：《抗震救灾群英颂》，山西教育出版社 2008 年版。

　　岳麓书社选编：《五月的殇咏》，岳麓书社 2008 年版。

　　赵丽宏、吴谷平主编：《惊天地泣鬼神——汶川大地震诗抄》，
华东师范大学出版社 2008 年版。

　　赵丽宏主编：《天使在泪光中远去》，上海文艺出版社 2008
年版。

　　珠海出版社编：《瓦砾上的诗——5·12 汶川大地震祭》，珠海
出版社 2008 年版。

　　吴兴人主编：《废墟上的升华》，四川人民出版社 2008 年版。

　　刘满衡主编：《国殇——献给 5·12 汶川大地震蒙难者和英雄们
的歌》，海天出版社 2008 年版。

　　李瑛等：《感天动地——汶川大地震诗歌记忆》，解放军文艺出
版社 2008 年版。

　　尚泽军：《诗记汶川》，作家出版社 2008 年版。

　　陈寅主编：《汶川——"5·12"诗抄》，深圳报业集团出版社
2008 年版。

　　苏历铭选编：《汶川诗抄》，群众出版社 2008 年版。

　　柳柳等著：《珍藏感动——汶川·生命之诗》，上海锦绣文章出
版社 2008 年版。

　　人民文学出版社选编：《有爱相伴》，人民文学出版社 2008
年版。

　　吴兴人主编：《不屈的国魂——汶川大地震诗歌选》，四川人民
出版社 2008 年版。

海啸等主编:《大爱无疆——我们和汶川在一起》,新世界出版社 2008 年版。

聂珍钊等编:《让我们共同面对灾难——世界诗人同祭四川大地震》,上海外语教育出版社 2008 年版。

丝丝:《来生我们一起走》,人民文学出版社 2008 年版。

杨贵云:《县委书记》,人民文学出版社 2009 年版。

王敬东:《荆江安澜》,《北京文学(精彩阅读)》2009 年第 1 期。

朱玉:《巨灾对阵中国——汶川大地震一周年祭》,《北京文学》2009 年第 5 期。

刘庆邦:《逃荒》,《上海文学》2009 年第 11 期。

骆平:《隔绝》,四川文艺出版社 2009 年版。

虞慧瞳:《全中国都下雨》,江苏人民出版社 2009 年版。

李希闵:《救赎》,上海文艺出版社 2009 年版。

李牧雨:《亲亲伙伴——震后孩子们的心灵抚慰故事》,四川少年儿童出版社 2009 年版。

刘庆邦:《平原上的歌谣》,北京十月文艺出版社 2009 年版。

刘庆邦:《红煤》,北京十月文艺出版社 2009 年版。

雪漠:《大漠祭》,敦煌文艺出版社 2009 年版。

刘震云:《温故一九四二》,人民文学出版社 2009 年版。

张守志:《中国王家坝》,中国水利水电出版社 2009 年版。

李鸣生:《震中在人心》,上海文艺出版社 2009 年版。

陈歆耕:《废墟上的觉醒》,上海文艺出版社 2009 年版。

张庆洲:《红轮椅》,花城出版社 2009 年版。

陈启文：《南方冰雪报告》，湖南文艺出版社 2009 年版。

纪阳：《震区：2008.5.12，14 时 28 分 04 秒》，作家出版社 2009 年版。

聂茂、厉雷：《回家——2008 年南方冰雪纪实》，湖南人民出版社 2009 年版。

王敬东：《荆江安澜》，《北京文学》2009 年第 1 期。

杨杨：《通海大地震真相：一个人的回忆与调查》，安徽文艺出版社 2010 年版。

智量：《饥饿的山村》，江苏人民出版社 2010 年版。

张健：《成长在青川》，宁夏人民出版社 2010 年版。

李先钺：《我前面桃花开放》，宁夏人民出版社 2010 年版。

徐坤：《爱你两周半》，天津人民出版社 2010 年版。

迟子建：《白雪乌鸦》，人民文学出版社 2010 年版。

李春雷：《玉树之行》，《中国作家》2010 年第 14 期。

关仁山：《重生——汶川特大地震三周年祭》，四川文艺出版社 2011 年版。

梦非：《5·12 汶川特大地震百日手记》，成都时代出版社 2011 年版。

闫星华：《震区》，作家出版社 2011 年版。

歌兑：《坼裂》，解放军文艺出版社 2011 年版。

贺享雍：《拯救》，四川文艺出版社 2011 年版。

黄新初主编：《从悲壮走向豪迈·汶川特大地震书系 文艺卷诗歌》，四川文艺出版社 2011 年版。

黄新初主编：《从悲壮走向豪迈·汶川特大地震书系 文艺卷小

说》，四川文艺出版社 2011 年版。

黄新初主编：《从悲壮走向豪迈·汶川特大地震书系 文艺卷报告文学》（上、下卷），四川文艺出版社 2011 年版。

姜明：《寻根》，四川文艺出版社 2012 年版。

白云：《国家血脉》，内蒙古文化出版社 2012 年版。

毕淑敏：《花冠病毒》，湖南文艺出版社 2012 年版。

肖亦农：《毛乌素绿色传奇》，远方出版社 2012 年版。

安昌河：《断裂带》，中国书店 2013 年版。

张浩文：《绝秦书》，太白文艺出版社 2013 年版。

冯积岐：《非常时期》，文化艺术出版社 2013 年版。

陈新、王卉：《爱与你同在——芦山地震中的感动》，人民出版社 2013 年版。

梁佐政：《映秀湾》，作家出版社 2014 年版。

阎连科：《日熄》，麦田出版社 2015 年版。

张建平：《唐山涅槃》，北京出版社 2016 年版。

后　　记

　　我对当代文学自然灾害书写这个论题持续关注了十多年，最初在写博士学位论文的时候就已经萌生了研究当代灾害文学的想法与冲动，但是考虑到博士学位论文的框架结构和研究对象的跨度太大等实际问题，只选取了民国时期的灾害文学作为主要的研究对象，暂时搁置了当代灾害文学的研究，但心里的那个执念也还是没有完全放下，后来便陆陆续续收集了一些相关资料。2008 年汶川地震的发生更加坚定了我对这一研究的想法，但由于忙于教学和行政管理工作，一直没有充裕的时间开展这一研究。后来，随着玉树地震、禽流感等灾害的不断发生，心底对这一研究的渴望也日益迫切。为了寻求一份安宁的研究空间，我毅然克服了多重困难与阻力进入复旦大学中国语言文学博士后流动站，在陈思和等先生的指引下心无旁骛地展开了这一研究工作，相关的选题也陆续获得了国家社科规划办和中国博士后科学基金会的立项，我更加坚定了自己对当代灾害文学研究的信心。这部书稿的初稿完成已经有几年时间了，中间经历了不断的反复与修改，总感觉还有许多不尽如人意及意犹未尽之处，作为国家社科基金项目"自然灾害与当代文学书写研究"（12BZW117）的结项成果，已经到了必须收官的阶段了，因此与大连特大原油火灾、大兴安岭火灾、王家岭矿难等新作相关的论述都无暇展开了。

书稿的完成首先要感谢我的合作导师陈思和先生，在写作的过程中曾得到先生悉心的指教和点拨，每当写作遇到困难时，先生总能用他那高远深邃的思想为我答疑解惑。每次听完课后和先生一起用餐，聆听先生神采飞扬的侃侃而谈是一种无比快乐的享受，从中能真正感受到一个学者的平易朴实与开阔胸襟。在复旦大学的那些日子里，时刻感受到先生润物无声的言传身教，令我终身受益，永志在心。先生提携后进的长者之风更是令人感动，尽管他手头事情多而且杂，还是慨然允诺为本书作序，利用春节假期写出了序言。先生在正月初五就把序言发给了我，让我在春寒料峭中感受到一股浓浓的暖意。更令我感动和后悔的是几个月后才知道的信息，原来先生年前刚在华山医院做了眼科手术，拆线之后是不宜用眼看书写字的，但先生哪里是个闲得住的人，结果导致眼疾没有痊愈，后来视网膜又出现了裂痕，只好三月又去医院做了一次修补手术。得知这一消息后，我内心愧疚不安之外更是增添了一份感动，先生的人品学问与道德文章自当铭记在心，以之为范，鞭策自己不断前行。

本书为江苏省第五期"333 高层次人才培养工程"第三层次培养对象及江苏省第五期"333 工程"培养资金资助项目（BRA2017472）、扬州大学"中青年学术带头人"等人才项目的成果，得到第 51 批中国博士后科学基金面上一等资助

（2012M510098）、第六批中国博士后科学基金特别资助
（2013T60404）以及扬州大学出版基金资助，在此一并致谢。本书的
写作与完成曾得到诸多师友的教诲和帮助，部分内容曾在《中国现
代文学研究丛刊》《社会科学辑刊》《中国社会科学院研究生院学
报》《海南师范大学学报》等期刊发表，并被《中国社会科学文
摘》、人大复印报刊资料《中国现代、当代文学研究》、中国人民大
学"中国灾荒史论坛"等全文转载或收录，在此谨向张炯、王兆胜、
杨剑龙、毕光明、易晖、张洁宇、赵俊、冯静、杨乃乔、傅杰、戴
耀晶、朱立元、黄霖、刘晓南、陈正宏、陈广宏、刘钊、张业松等
诸位师友致以诚挚的谢意，同时还要感谢海南作协副主席张浩文、
陕西作协理事马玉琛等，他们慷慨惠赠其大作《绝秦书》《风来水
来》等，他们杰出的灾害书写为本课题提供了坚实的文本支撑。此
外，还要感谢扬州大学文学院的领导和同事们，他们无私的关怀与
帮助为我营造了一个良好的工作与生活环境。当然还要感谢我的家
人，正是他们多年来的默默守护与支持，给了我前行的勇气与动力，
能够自由徜徉于学术研究的海洋。

责任编辑郭晓鸿女士、特约编辑席建海先生为本书的出版付出
了辛勤的劳动，中国社会科学院学部委员、澳门大学讲座教授杨
义先生和中国现代文学研究会副会长、上海交通大学教授张中良
先生为本书的出版撰写了热情洋溢的专家推荐意见，特别是张中
良先生的严谨与一丝不苟让人感佩，在先前发来的的专家推荐意
见中误把"条分缕析"打成了"条分理析"，为了这一字之差，先
生不辞麻烦又重新发了一个修订版，并加以详细说明，还特地指
出了参考文献中一个作品的归类问题。为了表达对他们的谢意，

他们的出版推荐意见一并附录于后。在我人生的旅途中，要感谢的人的名单可以无限制地列下去，感谢所有与我相遇相知之人，我将怀着一颗感恩之心继续上路，且行且惜，让温暖的阳光始终照耀在心底。

2017 年 3 月 7 日

于扬州锦苑雅仕坊